U0462507

赵普演义

马光复 赵 涛 主编

赵凤山 著

中国古代军师演义丛书

国际文化出版公司

·北京·

图书在版编目（CIP）数据

赵普演义 / 赵凤山著 . -- 北京 : 国际文化出版公司 , 2023.2
　（中国古代军师演义丛书 / 马光复 , 赵涛主编）
　ISBN 978-7-5125-1381-5

　Ⅰ . ①赵… Ⅱ . ①赵… Ⅲ . ①章回小说－中国－当代
Ⅳ . ① I247.4

中国版本图书馆 CIP 数据核字 (2022) 第 012140 号

中国古代军师演义丛书·赵普演义

主　　编	马光复　赵　涛
作　　者	赵凤山
责任编辑	戴　婕
出版发行	国际文化出版公司
选题策划	兴盛乐
经　　销	全国新华书店
印　　刷	保定市西城胶印有限公司
开　　本	880 毫米 × 1230 毫米　　　　32 开
	12.5 印张　　　　　　　　　　282 千字
版　　次	2023 年 2 月第 1 版
	2023 年 2 月第 1 次印刷
书　　号	ISBN 978-7-5125-1381-5
定　　价	69.80 元

国际文化出版公司
北京朝阳区东土城路乙9号　　　　邮编：100013
总编室：（010）64270995　　　传真：（010）64270995
销售热线：（010）64271187
传真：（010）64271187-800
E-mail: icpc@95777.sina.net

序 言
Preface

中国是有着五千年悠久历史的文明古国，中华传统文化博大精深，军事文化是其中很重要的组成部分。在我国古代军事文化中，军师的产生与存在也是一个十分特殊而耀眼的现象。

中国古代军事文化源远流长，异彩绚烂，在世界文化发展史上具有突出地位。它是中国古代无数次王朝战争和大规模农民起义战争的经验总结。它的丰富内容，是前人留下的宝贵军事经验，是中华民族灿烂文化遗产的一个重要部分，是用流血换来的推动历史发展的理论财富，也是人类智慧的结晶。随着历史的发展和社会的前进，历代的军事家、战略家和不断涌现的军事论著中对于战争与军事问题的理性认识，也在不断地深入和提高，中国近代直至现代的军事思想，都从中批判地继承和吸取了许多有价值的内容。

在我国古代大大小小的战争中，军事家与战略家不断总结经验，逐渐形成了独特的"以仁为本"的战争观，它主要包括两层含义：

第一，战争的核心支柱是"以仁为本"，即所谓的"仁义之师"。《司马法·仁本第一》中即开宗明义："古者，以仁为本，以义治之之谓正。正不获意则权。"仁者使人亲和，义者使人心悦。仁和义，才是军队战斗力的核心凝聚力，才是赢得战争胜利的最根本的基础。

第二，战争首要准则是"师出有名"。古籍《礼记·檀弓下》中就明确主张"师必有名"，认为"师出无名"必将遭到众人的非议和反对，终成败局。

这些战争的基本原则，即使历史发展到今天，仍然是颠扑不破的真理。

中国传统军事文化包含着丰富的军事理论和深邃的军事思想，以及战争智慧、军事谋略、战略和战役的策划、战争指挥与战争部署等内容。在中国历史上曾发生无数大大小小的战争，在轰轰烈烈的战争历史进程中，时时刻刻都有军师（军事家、战略家）的身影，以及军师的劳苦、军师的智慧、军师的心血。

我国古代杰出军师，通过战争的实践，以及长期对战争的研究，总结出许多可贵的军事思想，值得我们学习与借鉴。比如：

一、重战思维。战争是国家头等大事。《孙子兵法》中就明确指出："兵者，国之大事，死生之地，存亡之道，不可不察也。"它认为战争是关系到国家生死存亡的头等大事，绝对不能大意，不能不认真研究和对待。

二、慎战思维。慎重对待战争，要仔细分析前因后果，以及各种形势与条件，不可以轻易言战。《孙子兵法》中这样写道："亡国不可以复存，死者不可以复生。故明君慎之，良将警之。"

三、备战思维。指的是战争要有准备，要未雨绸缪，不打无准备之战。必须重视备战，思想上时刻不要忘记战备，要做到"用兵之法，无恃其不来，恃吾有以待也；无恃其不攻，恃吾有所不可攻也。"（《孙子兵法》）

四、善战思维。就是要会用兵打仗。第一，注重以"道"为首要因素的多因素制胜论。"道"就是政治，是"令民与上同意也。故可以与之死，可以与之生，而不畏危也"。第二，庙算制胜论。庙算，是古代开战前在庙堂举行军事会议，商讨与谋划战争的一种方式。《孙子兵法》主张战前庙算，要对战争全局进行计划和筹划，制订出可行的战略方针。第三，"诡道"制胜论。《孙子兵法》里讲道："兵者，诡道也。"因此，他提出"能而示之不能，用而示之不用，近而示之远，远而示之近。利而诱之，乱而取之，实而备之，强而避之，怒而挠之，卑而骄之，佚而劳之，亲而离之"的诡道之法，进而达到"攻其不备，出其不意"的目的。第四，"知彼知己"制胜论。《孙子兵法》中写道："知彼知己，百战不殆；不知彼而知己，一胜一负；不知彼不知己，每战必殆。"

在用人方面，古代军师也有自己的精心总结。战争中怎样使用军事将领，几乎同样决定着战争的胜负。用将之道的原则是选贤任能，这不仅是古代军师的用将之道，也是社会的用人之方：

一、重将思维。即十分重视军队的将领工作，了解和统筹部属。《投笔肤谈·军势第七》指出："三军之势，莫重于将。"并且认为："大将，心也。士卒，四肢百骸也。"也就是我们现代所说的"千军易得，一将难求"。

二、选将思维。即注意考察、选拔将领工作。在古代，选将标准有五个。《孙子兵法》中就明确提出"将者，智、信、仁、勇、严也"。这五项标准即使在今天仍有极大的实用价值。

三、用将思维。即选人之后，还要用好人。古人认为，将帅使用的基本原则，就是第一信任和第二放手。要做到"用人不疑，疑人不用"。

古代军师是我国历史上一颗颗璀璨的明珠，他们的爱国主义思想、杰出的军事谋略与高超的指挥能力和军事智慧，是我们需要认真继承和弘扬的中华优秀传统文化遗产，广大读者也能够从中了解和学习我国古代军师那种兢兢业业、追求理想、大智大勇的精神，以及一丝不苟、认认真真学习和工作的高贵品德。

基于以上的认识，我们在20世纪90年代初策划了这套《中国古代军师演义》丛书，从中国古代众多军师人物中撷取十位。因为中国古代军师名录众多，撷取哪些人进入十大军师之中，曾有过不同看法。为了选题的严谨性，我们征求了著名历史文化学者、中国古典文学专家余冠英①先生的意见。

根据余先生的建议，本套丛书精选了十位具有重要历史地位的军师，用演义的文学样式，全面、生动、活泼、形象地书写他们辉煌的一生，书写他们的历史贡献以及丰功伟绩。作家们力求全书人物形象突出，故事性强，具有较强的可读性，能达到思想性与艺术性相结合的高度。

《中国古代军师演义》系列丛书一经上市，就受到广大读者的热烈欢迎。我们也深感欣慰。经历二十余年的沉淀，这套书也经受住时间的考验，在中国文化更有影响力的今天，为了

---

① 余冠英（1906—1995），江苏扬州人。毕业于清华大学，曾在清华大学、西南联大任教。1952年担任中国科学院文学研究所研究员，后又担任文学研究所主任，国家学术委员会主任。曾主编《中国文学史》《唐诗选》等。

更好地适应时代的变化，讲好中国故事，也为中华优秀传统文化的传播贡献一份力量，我们特组织了优秀的编辑老师对《中国古代军师演义》系列丛书进行重新修订、审校、设计，并对封面人物画像、内文插画进行了艺术创作，希望这套全新的丛书能再次给读者朋友带来更好的阅读体验。

阅读军师演义，不仅可以让我们形象地了解、认识、学习中国古代的军事与军师的高超智慧、战略思维、人格品德，帮助我们做好今天的工作，而且可以让我们享受阅读演义过程中的愉悦和快乐。

十卷军师演义的内容十分宽泛，历史材料的收集也繁简不一；书写工程宏大，还要做好取其精华去其糟粕。在塑造典型人物和描绘战事的时候，还要尽量坚持"大事不虚，小事不拘"的原则。因此，书中可能会有些许疏漏与不足，敬请学者专家和读者不吝赐教、指正。

马光复

（编审、国务院有突出贡献专家、中国作家协会会员、北京作家协会儿童文学创作委员会副主任）

2022年4月

目 录

Contents

第一回 | 清流关匡胤遇阻
宝应寺赵普受计

赵普

……松林发出海潮似的吼声。漆黑的天……不见五指。偶尔，几块浓黑的云团……的星星。

……敖滁州市西郊）二十里扎营的周兵……士兵，四周是那样的寂静。中军帐……方面大耳、剑眉凤目、身材魁梧的……双手，在帐内踱来踱去，看上去是那……周殿前都虞候赵匡胤。

……？此时正值后周显德三年（956），……国瓦解，诸侯混战。五十余年间，子……，在一片血泊中出现了五朝、八姓、……为尸体横陈的疆场；千里沃野沦为狐……着统一天下的雄心，此番御驾亲征南唐，赵匡胤作为主……驾前往。周兵一路之上势如破竹，直抵滁州西南的清流关下。

这清流关倚山靠水，地势险峻，历来是兵家必争之地。赵匡胤率兵攻打数日，怎奈南唐军队凭借城关坚固，死守关隘，等待援兵，令赵匡胤一筹莫展。

赵匡胤正在沉思之际，周世宗的亲兵进来通报："将军，已是三更天了。陛下见将军还未休息，特遣我前来请将军早些安歇。明天陛下要亲自督战。"赵匡胤见周世宗如此关心自己，甚是感激，暗下决心：明天无论如何要拿下关来！

次日，周兵排兵布阵，旌旗招展，斗志旺盛。周世宗在黄麾盖下凝目观看，不禁暗暗叫苦。只见清流关上士兵林立，张弓搭箭，正严阵以待。

赵匡胤头戴金盔，身披绿袍，手执浑铁通天棍，威风凛凛。主人英武，马也显得精神，周身的鬃毛火炭一般耀眼，雪白的鼻子高高扬起，四蹄用力刨着地面。赵匡胤手提缰绳，跃马向前，高声喝叫："城上守将听着，不要像个缩头乌龟躲在关内，有本事的出来与我决一雌雄！"

城上守将并不答话，只是传令放箭。箭镞如雨点般飞向赵匡胤，周兵纷纷用盾牌团团护住主帅。赵匡胤舞动手中的浑铁通天棍，上下翻飞，毫不畏惧，加紧督促士兵攻城。虽然周兵个个奋勇争先，无奈乱箭密密麻麻，疾如飞蝗，根本无法靠近关下。

赵匡胤向关上望去，猛然瞅见一个守将正弯弓搭箭瞄准周世宗，忙喊道："陛下小心！"话未停，便提马冲向周世宗。说时迟，那时快，守将一箭射中赵匡胤的右臂，疼得他"哎呀"一声，手中的浑铁通天棍落于地上。他的坐骑左眼也被乱箭射中，哀叫一声，扑倒在地。周兵纷纷抢上前来，用盾牌团团护住周世宗和赵匡胤。世宗见爱将受伤，急令鸣金收兵。

回到营内，周世宗忙请军医为赵匡胤治伤。令赵匡胤痛心的是，他心爱的坐骑彻夜悲鸣不止，第二天凌晨，便倒地死去，左眼一个深洞，右眼涌满泪水。赵匡胤抱住坐骑的头，用战袍擦干坐骑右眼中的泪水，让手下士兵将坐骑埋葬在山坡之下，周围种上松柏。

周世宗见爱将失去战马，心情郁闷，便将自己的良驹银鬃玉兔马赐给了他。赵匡胤感动万分，一连数日，屡次请缨出战。周世宗怕他再有闪失，只令他在营中静心养伤。赵匡胤哪里闲得住，每天都派探马去打听南唐军队的动静，得知清流关一兵一卒都不出关，便只得纵马疾驰，四处勘察地形。

清流关两军燃起火把，相隔几里的琅琊山（位于今安徽滁州市西南郊）却是一派太平景象。此山层峦叠嶂，郁郁葱葱，杜鹃、大山雀、柳莺、金腰燕哪里管得什么战争，仍是自由自在地飞来飞去。这"蜂黄蝶紫燕参差""绿树交加山鸟啼"的景观，让人们对和平充满了无限的向往。

一个三十出头的人正急匆匆地走在通往琅琊山的路上，不时擦着额头上的汗水。他生得面白须长、眉清目秀，显得老成持重、胸有城府。此人来到坐落在半山腰的宝应寺，轻敲寺门，一个小沙弥迎了出来，道："阿弥陀佛！敢问施主可是赵普赵则平吗？"

此人正是本书的主人公——赵普。赵普见小沙弥一下子道出他的姓名，心中一惊，忙问道："我正是赵普，请问小师傅从何处得知？"

小沙弥微微一笑："我家住持早已占得施主会此时到来，命我在此迎接。"

赵普这才释然道："慧觉禅师真是神仙。他现在何处？烦你带我前去拜见。"

赵普随小沙弥绕过大雄宝殿，来到慧觉禅师念经修行的禅房。小沙弥推开房门，一股清香扑鼻而来。赵普抬眼看去，只见室内陈设极为简朴，到处堆满了经卷，居中一个癯骨清颜、两道白眉、仙气飘然的长老盘腿而坐，正在闭目养神。这正是慧觉禅师。

赵普规规矩矩地垂手而立。长老并未睁眼，开口道："来人可是赵施主吗？"

赵普恭敬地弯腰答道："正是在下。"

慧觉禅师睁开双目，赵普只觉两道电光射来，陡然一惊。慧觉禅师上下打量着赵普，然后手抚须髯，点了点头："好！好！"

赵普落座后，小沙弥献上清茶点心。慧觉禅师道："我前些日子收到令师明智贤弟的来信，说你近日会来此地。令师身体如何？我与他灵须山一别，已是二十年前的事了。"

赵普起身答道："老师身体康健如初，他十分挂念大师，特命我前来探望。"

慧觉禅师叹了口气，道："老衲也很是惦记他。"说罢，他话题一转，"赵施主，你可知道本寺的历史？"

赵普不假思索，脱口而出："此寺是唐大历六年（771）由滁州刺史李幼卿与法琛禅师所建，距今快二百年了！"

慧觉禅师略感惊讶地看了一眼赵普，然后轻声吟道：

> 佛寺秋山里，僧堂绝顶边。
> 同依妙乐土，别占净居天。
> 转壁千林合，归房一径穿。
> 豁心群壑尽，骇目半空悬。
> 锡仗栖云湿，绳床挂月圆。

经行①蹑霞雨，跬步隔岚烟。

地胜情非系，言忘意可传。

凭虚堪喻道，封境自安禅。

每贮归休巅，多惭爱深偏。

助君成此地，一到一留连。

"这是李幼卿刺史为琅琊山东峰禅室落成所写的五言诗。李刺史与法琛禅师功德无量，此山此寺定会千古扬名。"赵普复答道。

慧觉禅师更是惊奇万分："赵施主博学多闻，连老衲吟诵之诗是何人所作都了如指掌，真是稀世之才。"

赵普忙抱拳拱手："禅师过奖了。适才晚辈见路旁石上刻有此诗，便铭记在心。"

慧觉禅师暗道：看来明智贤弟的这个弟子并不简单！他知老衲对李刺史和法琛禅师敬仰无比，所以才特地对本寺历史先做了了解，真是个有心人呀！

慧觉禅师见点明话题的时候已到，便直截了当道："赵施主此番学成下山，先来探望老衲，恐怕别有用意吧？"

赵普脸一红，虔诚地说道："久闻老师念叨大师大名，此番学毕前来拜谒宝寺，一来瞻仰大师仙风道骨，替老师问候于您；二来还要聆听教诲，望大师能够指点迷津。"

慧觉禅师点了点头："施主在明智贤弟处，久有为周朝效力之心，甚是可嘉。你老师在信中透露了此意，希望我能

---

① 经行：指佛教徒因养身排遣郁闷，散步往返于一定之地。（本书正文部分脚注无特别标注均为编者注。）

成全于你。现如今群雄割据，烽烟四起，生灵涂炭，百姓遭难，世人都盼天下一统。老衲在这世上已经枉活了七十八年，进入佛门，六根已净，不愿再介入人间是非，恐怕帮不上施主的忙。"

赵普起身深施一礼，然后正色道："在下久闻老师言讲，大师一颗丹心，肝胆相照，虽是出家之人，却是一副热心肠。佛家讲究慈悲为怀，难道大师就不为天下芸芸众生着想吗？"赵普说罢，却又有些后悔，唯恐话说得过激，遭禅师见怪。

老师曾对他讲过慧觉禅师的经历。慧觉禅师出家之前，与老师一起辅佐过后唐的庄宗皇帝。他足智多谋，能前知五百年，后知五百载，可与三国时的诸葛亮媲美。后因遭受佞臣诬陷，且看透了官场中的尔虞我诈，才与老师一起愤而出家。慧觉禅师此后一直在宝应寺潜心学佛，而老师则在灵须山悉心教授弟子。据老师讲，慧觉禅师这些年来并未忘却尘世，他刚才那番话莫不是在考验自己？赵普心中忐忑不安。

慧觉禅师哈哈大笑道："明智贤弟果然没有收错你这个徒弟，不像老衲这些年来毫无收获。时候已晚，素斋侍候。"

不大一会儿，小沙弥将饭菜摆上。赵普此时心中像吃了一粒定心丸一样，才觉得有些饥饿，吃起来觉得饭菜格外清淡爽口。禅师坐在一旁，颔首微笑。

晚饭用罢，赵普与慧觉禅师促膝交谈。慧觉禅师给他分析了目前的天下形势。赵普问道："依大师所见，究竟何人能一统天下呢？"

慧觉禅师神秘地笑了笑："天机不可泄漏。"

赵普连忙站起身来道："大师不愿多讲，晚辈怎敢勉强。此番学生出山，决意辅佐后周。现今后周与南唐交战，于清流关受挫，谁胜谁负，难见分晓。还望禅师点拨一二。"

　　慧觉禅师默默诵起经来，好像并未听见赵普的话。过了好一会儿，慧觉禅师才开口说道："胜负乃天意、民意。不过看在我与你老师交情的分上，我就成全了你吧。"说罢，他站起身来，从经书中取出一张纸交给赵普，"此乃清流关地形图，有一小路可通关后。切记，切记，破关后不要妄开杀戒，给溃败之军留条生路。"

　　赵普接过地图，答道："晚辈一定谨记大师所言。"

　　禅师清了清嗓子，用他那浑厚的声音念起一首诗来：

　　　　曹溪旧弟子，何缘住此山？
　　　　世有征战事，心将流水闲。
　　　　扫林驱虎出，宴坐一林间。
　　　　藩守宁为重，拥骑造云关。

　　赵普笔直站立，洗耳恭听，他知道这是唐朝诗人韦应物在做滁州刺史时，进琅琊山写的《诣西山深师》一诗。此时，慧觉禅师诵念此诗，寓意何在呢？

　　"罢罢罢！"禅师咬了咬牙，"为了早日一统天下，老衲要破戒了。记住，方面大耳之人可操胜券。唉，老衲此次多言，只恐要连带本寺遭受劫难了。你去吧，一会儿贵人就要来到。"说罢，又闭目打坐。

　　赵普悄然退出禅房。待他出得门来，慧觉禅师睁开双眼，深深地叹了一口气："这一切都是定数呀！天哪，我是不是做错了？！"

　　赵普出得寺外，暮色从远山处暗暗袭来，一股潮湿的风从山林中吹过。他快步向山道走去，口中念着"方面大耳之人"。忽然马挂銮铃响，一阵马蹄声从远处传来。赵普急忙躲进树丛，定神观瞧。

来人到了这片树林，翻身下马，四处打量，像是找什么东西。只见他身着绿袍，精神抖擞，神采奕奕。当看到他长得方面大耳时，赵普不由得"哎呀"叫出声来。来人听到叫声，也往这边寻来。

赵普跳出树丛，一把抓住来人道："说贵人，贵人就到。我道是谁，原来是匡胤兄！"

来人正是赵匡胤。他因心情烦闷，出来散心，远远见有一人躲进树林，怕是奸细，于是下马查找。赵普拉住他，吓了他一跳。他仔细一看，也不禁大声叫道："我道是谁，原来是则平兄。一别数载，你可是从天而降？"

赵普感叹道："一言难尽。我先来问你，清流关可曾破了？"

一提起清流关，赵匡胤不由皱起眉头道："难啊！"

赵普不慌不忙道："破清流关只在顷刻之间，何必发愁？"

赵匡胤忙拉住赵普的手，说道："从小我们在一起玩，你就有智多星之称，莫非你就是我的救星吗？有何妙计，快快说来！"

第二回　失关隘南唐兵败
　　　　　得滁州判官审案

　　赵匡胤巧遇赵普，还未及叙说旧情，便催问起破关妙计。赵普并不急于回答，而是先问道："匡胤，清流关前除了关道，还有何路可走？"

　　赵匡胤焦急万分，看到赵普沉稳自如，只好答道："清流关附近山民全被掳进关内，我曾派兵四处勘察，因地形复杂，还未找到另外的入关途径。"

　　赵普点了点头，从怀中掏出清流关地形图，指着密密麻麻的标记说："这张图上标着一条崎岖小路，由此路可绕到关后。因坡陡林密，此路向来少有人涉足。"

　　赵匡胤喜出望外，追问得图经过，赵普便将慧觉禅师赠图缘由简要地叙说一遍。说话间，天色迅速黑了下来，远处的山峰显出庞大的阴影。赵匡胤让寻来的亲兵牵过一匹马，交给赵普，道："则平兄，军务紧急，我们先回大营，容日后再去拜谢慧觉禅师。"说完，扬鞭催马下山。赵普紧跟其后。片刻，一行人便消失在黝黑的山林中。

　　后周大营内，周世宗的大帐里灯火通明，如同白昼。赵匡胤将赵普献图一事大肆渲染，周世宗龙颜大悦，吩咐让赵普进帐。赵普参拜世宗礼毕，世宗命身旁的翰林学士窦仪起草敕书："赵普献图有功，城破之后，可作滁州军事判官。"赵普赶忙谢恩。

且说赵匡胤得图之后，亲自挑选精锐将士，组成先锋部队，督军星夜前进。在距清流关五里时，赵匡胤按照地图所标，指挥人马斜插入羊肠小道。小道荆棘丛生，赵匡胤与众将下马，命人马鱼贯而行。人马冲至关后，关上守兵还在酣睡之中。匡胤命周兵架起云梯，将火把掷进关上，冲杀入内。关上守兵以为周兵是从天而降，便喊爹叫娘，纷纷逃命。

关上四处火起，守将姚凤闻听外面喊杀连天，正要命人打探，关上守兵已来报称周兵入关。姚凤大惊失色，赶快飞走出室，翻身上马，冲出东门，向滁州方向逃去。兵无主将，无心恋战，跑得快的随主将向滁州奔去，跑得慢的自相践踏，死者不计其数。周兵大刀阔斧，见着南唐兵就杀。接着赵匡胤下令，凡愿降者免死，关内守兵纷纷放下武器，降者竟有数万之众。这时，从琅琊山方向传来清脆的钟声，环滁僧寺皆鸣钟以应之，清脆的钟声在山谷中回荡……

赵匡胤听到钟声，下马向琅琊山方向深施一礼，然后率兵乘胜追击南唐溃兵。

姚凤引军败退，进得滁州城，顺着马道先上城楼眺望，只见周兵正漫山遍野追击过来。于是，他立即下令军士把浮桥拆掉。几丈宽的护城河，没有浮桥，任你赵匡胤天大本事也休想过来！

周兵追到护城河边，赵匡胤见南唐兵已拆掉了浮桥，便手举马鞭在空中一甩，那银鬃玉兔马忽地腾空而起，竟飞跃过护城河。周兵见主帅过河，便齐声呐喊，纷纷跳入水中，凫水而过。赵匡胤督军架起云梯，四面攻城。

姚凤见形势急迫，连忙令士兵向城下传话，请赵匡胤答话。赵匡胤听到喊声，抬头望去，只见姚凤站在城头，便说："现在还有何话可说，快快打开城门，否则城破之时，杀你个片甲不留！"

姚凤并不慌张，回答道："人各为其主，休想叫我投降。你既袭据我清流关，为何还要乘人之危，苦苦相逼，这算什么大丈夫？有胆量，你且后退让出空地，容我出城列阵，与你决一死战。"

赵匡胤笑道："你这无非是缓兵之计，此城破在旦夕，怕你作甚？容你一个时辰整军来战。"说罢命令周兵停止进攻，退过护城河，列阵等候。

一个时辰过后，果然城门大开，姚凤带领南唐兵蜂拥而出，刚越过护城河，立足未稳，赵匡胤便骑着银鬃玉兔马斜刺里冲将过来。姚凤听见马蹄声，见赵匡胤已到近前，忙挺枪相迎。二人打马盘旋，交战五六个回合，姚凤力不从心，拨马想走，稍一犹豫，赵匡胤的浑铁通天棍横扫过来，击中他的后脑，可怜南唐赫赫有名的大将竟一命呜呼。南唐士兵吓得魂飞胆破，弃城而逃。赵匡胤一面遣人向周世宗报捷，一面率部进城安民。

滁州城内虽未经战乱，但周兵进入后，市民惊恐，店铺关门，不少有钱的人跑到乡下躲避，溃兵及盗匪乘机四处抢劫。赵匡胤立即下令加强巡逻，维持秩序，同时大举清乡，捕捉盗匪，并论功行赏。谁知士兵们为了争功领赏，三日之内竟捕得乡民百余名，统统指为匪盗，照律定罪，尽在死刑之列。赵匡胤并不派人审问便命择日行刑。

　　且说赵普作为军事判官，奉命前来滁州任职。他进得城门，只见黑压压的一群人围在城墙边，不知发生了什么事，便挤上前去观看。只见城墙上贴着官府告示，写明盗匪罪状，并画有人像。人群里一片乱糟糟的"嗡嗡"声，赵普很纳闷，便侧耳仔细倾听。只见一个高个儿后生指着画像上一个粗眉大眼的人，高门大嗓地对旁边的矮胖汉子说："那不是咱们庄的王铁汉吗？前天他妹夫来他家，送给他一匹绸缎，周兵搜查时硬说他是盗匪，他顶撞了几句，便给抓了起来。"矮胖汉子捅了高个儿一下："小声点儿，别叫官府的人听见。"高个儿后生满不在乎地说："听见怎么啦？王铁汉本来是老实巴交的打铁汉子，咱们全庄的人都可以给他做证！"

　　赵普走上前去，向二人拱手问道："请问两位朋友家住何庄？"矮胖汉子见赵普穿戴与庄户人家不同，知道有些来头，便欲拉高个儿后生挤出人群。高个儿后生瞥了赵普一眼，见他面白和善的样子，并不在乎，埋怨矮胖汉子："怕什么？官府也得讲理。我刚才说的你们如果不信，就去大王庄打听打听！"

　　赵普离开人群，径自先去州衙拜见赵匡胤。二人相见，叙过礼后，赵匡胤格外高兴："则平兄，多亏你相助破了清流关。"

　　赵普恭维道："匡胤，你的威武震慑了南唐三军，谁人不知？！"

　　二人谈笑风生之时，下面来人禀告赵匡胤：明日午时要对捉来的百余名盗匪行刑。

　　"还问什么？这些盗匪扰乱秩序，可恶可恨，早该处决！"赵匡胤说完，把手一挥。

来人转身刚要走，赵普插话道："匡胤，说抓来的这些人都是盗匪，你可曾亲自审问？"

"一些小毛贼，用不着审问。南唐的百姓，本来就都是俘虏，我未曾加罪于他们，已是法外开恩。如今这些人又甘做盗匪，若不处死，将何以儆众？"赵匡胤振振有词道。

"两国交兵，百姓何罪？我们只是征伐李璟，又不是征讨百姓，怎么能把百姓当作俘虏看待呢？如有挟嫌图报、诬良为盗的事情发生，错将良民斩首，岂不是草菅人命吗？"赵普驳得条条有理。

谈到此时，二人不免声音高了一些，客厅里的仆人以为二人争吵，吓得动也不敢动，直挺挺地站在那里。当赵匡胤端起杯子，发现茶凉了时，仆人才如梦初醒，赶忙上去斟上热茶。赵匡胤呷了一口热茶，心情才平和下来，缓言道："则平兄，我军务繁忙，你若不怕辛劳，我就把这百余人交给你审问，待审理清楚，再行定罪如何？"

赵普满口应承下来，并立刻吩咐来人：列好名册，明日就审。

第二天，听说新来的军事判官要审案，大清早，府衙外就围聚了好多人。因是两国交战期间，赵普免去了很多烦琐的程式。他事先通知被抓乡民的所居地，让庄主出面，只要拿出证据，能证明被抓的人清白，十人联名具保，就可取保放人；凡是真正的盗匪，有被盗者出面，辨认出自己被盗的物品，二人以上指证，就要被收监判刑；对那些溃兵散勇，趁火打劫，扰乱秩序的，则一律处死。府衙外围聚的人黑压压一片，绝大部分是来为乡亲邻里具保做证的。

赵普审问的第一个被抓的乡民就是王铁汉。赵普坐在桌案后面，看到跪在地上的王铁汉脸色黝黑，粗眉大眼，膀宽腰圆，面带憨态，便把惊堂木一拍："下跪何人？报上名来！"

"草民王铁汉。"王铁汉身躯粗壮，但说起话来却细声细气。

"家住何处？"

"滁州城外大王庄。"

"你家绸缎从何而来？"

"是我妹夫前两天送来的。"

"你讲的话是否属实？如欺瞒本官，是要从严治罪的。"

"大人，小人不敢胡言。"

赵普问得干脆，王铁汉答得清楚，赵普吩咐将大王庄的庄主和乡邻请进府衙。

赵普问庄主："王庄主，这王铁汉可是你庄的乡民？"

"回禀大人，王铁汉是本庄乡民，祖孙三代打铁为生。"庄主是个须发皆白的长者，说话慢吞吞的。

赵普："他平日为人如何？可有盗匪行为？"

庄主："王铁汉素来安分守法，从不与人争斗，更无偷盗行为，与盗匪无半点瓜葛。"

赵普："他家的绸缎可是其妹夫所送？他妹夫现在何处？"

庄主："绸缎确是他妹夫所送。他妹夫平素专做绸缎生意，现又到杭州去贩货。"

王庄主老迈年高，赵普吩咐兵士让他在旁边坐下。在进来的十来个人中，赵普发现有那个在城墙下相遇的高个儿后生。他从心里佩服这个年轻人，如果不是他在告示下讲出一番鸣不平的话，王铁汉恐怕早就做了刀下鬼啦！

"你们大家愿意为王铁汉担保吗？"赵普问道。

"愿意！"十来个人异口同声，尤以那个高个儿后生嗓门最大。这些人一一画押。

"王铁汉，你站起来，可以回家啦！"

王铁汉似乎未听清赵普的话，仍然跪在地上。

赵普又重复一遍："王铁汉，你可以回家啦！"

"大人，这是真的？"这回王铁汉才将信将疑地站了起来。

高个儿后生提醒王铁汉："还不快向赵大人谢恩！"

王铁汉又要下跪，赵普挥手制止："你本无罪，理应释放，是赵匡胤大人吩咐这样做的。"

王铁汉"扑通"一声跪在地上，言辞恳切："大人，我有一身力气，会打兵器，也粗通武艺，现孤身一人，我愿跟随您左右，就是牵马坠镫①也心甘情愿！"

赵普自己揽过审案职责时，只是不想冤枉好人，没想到南唐乡民还有自愿加入后周军队的，这实在出乎他的意料！他当即给王铁汉改名为赵忠，收为家人。

赵普一上午审问了几十个被抓的乡民，大都是无辜良民，只有几个是平时游手好闲、偷鸡摸狗的刁民。

审到天黑时分，百余名被抓的乡民将要审完，一个细高身材的汉子被带上来。只见此人脸如枣核，额头窄窄，下巴尖尖，一脸的委屈相，可是两只小小的绿豆眼却不停地左右转动。他自称刘二，家住上刘庄，以采药为生，没有同乡人来证

---

① 坠镫：向下拉正马镫，侍候主人或尊长上马。表示对人敬仰、愿做苦差事的意思。

明他的身份。

"刘二，你为何没有同乡前来具保？"赵普看似随便发问，实则外松内紧。

"回大人，我们上刘庄离滁州七八十里，深山老林，路又不好走，山里人轻易不进城来。"刘二回答得滴水不漏。

赵普紧接着问："那你为何事进城？"

刘二先愣了一下，立刻又醒过神来，赶忙答道："我是给城里药铺送药材来的。"采药为生，进城送药，听起来理由充足。

"送的什么药材？"赵普毫不放松。

"当归、半夏、川芎……"刘二说得结结巴巴。

赵普察言观色，发现刘二的精神开始紧张起来，便单刀直入："刘二，我且问你：当归花开何色？川芎产于何地？"

刘二神色慌张，随口答道："当归开黄花，川芎就产在滁州周围山里。"

赵普将惊堂木一拍："大胆刁民，你到底是干什么的？竟敢假冒山民，自称以采药为生，却连当归开白花、川芎产在巴蜀和云南也不知晓，分明是欺骗本官！你身上的二百两白银从何处抢来？还不从实招来！"

"银子是小人卖药所得，大人可不能冤枉草民。"刘二反倒不再慌里慌张，而且口气很硬。

赵普见他嘴硬，立刻派人去传几家被抢药铺的掌柜和伙计。不一会儿，几个掌柜和伙计来到堂前。

"你们曾前来告官，药铺银两被人抢劫，且看堂前所跪之人，谁能认得？"赵普指着刘二。

郭记药铺掌柜揉揉眼皮，上前仔细打量，刘二两眼躲向一边。郭掌柜气得哆哆嗦嗦地说:"那天他来药铺抢柜上的银子,脸上抹着黑烟子,虽看不清别的,但这张两头尖的脸我这辈子也忘不了。"伙计也指证刘二抢劫药铺。

刘二像泄了气的皮球,耷拉下尖脑袋,只得招认自己是南唐败兵,流窜作案。

百余人审完,赵普将审案结果禀明赵匡胤:确有赃证,是盗匪的只有十几个人,按律处治;其余的按善良乡民一律释放。只这一件事,滁州城的百姓就齐颂赵匡胤慈爱仁明。赵匡胤自然高兴,有赵普这样的谋臣在身旁,他的前程就有了支撑。二人约定晚上痛饮,一醉方休。这时侍从禀报:城外有人点名让赵匡胤前去迎接。

第三回　病榻前故人叙旧
　　　　府衙内弘殷遇险

　　且说赵匡胤正欲与赵普夜饮欢聚，不料有人来到城外叫他迎接。赵匡胤不知来人是谁，哪敢怠慢，立即出衙，与赵普顺马道登上城墙，手扶垛口，向下观瞧。城外之人高声喊道："匡胤，为父和你兄弟到了，快叫兵士打开城门让我们进去。"

　　你道来人是谁？原来是赵匡胤的父亲赵弘殷和大弟赵匡义。赵弘殷也是一员武将，在灭后梁、建后唐的争战中，以骁勇建功，得到后唐庄宗赏识，被提拔为飞捷指挥使。但此后二十多年，他却一直官运不济，朝代换了两次，皇帝换了五个，可官职仍原封不动。这次，后周出兵攻打南唐，赵弘殷为副行营都部署，随驾出征。在夺取扬州后，他奉周世宗之命，留韩令坤率兵镇守扬州，自己则带次子及本部人马西还，来到滁州已是夜晚。

　　赵匡胤见是父亲与大弟来到，赶忙问道："父亲大人可好，孩儿在城上有礼啦！"

　　"你先打开城门，再叙礼不迟。"赵弘殷等得已是不耐烦了。

赵匡义也在城下喊道："大哥，我们已来此多时，夜深天凉，快开城门，安顿父亲与众兵士住下。"

赵匡胤正欲让兵士开门，赵普在一旁拦阻道："万万不可。此时城内敌人未肃清，恐有余党，若乘此作乱，后果不堪设想。望匡胤兄慎重才是。"

赵匡胤犹豫片刻，冲城下喊道："父亲虽系至亲，把守城门乃是王事。此时尚未到开启城门时间，孩儿不敢听从父命而擅开城门，望父亲谅解。明日一早孩儿定会亲自迎接父亲进城。"

"大哥，我与兵士不进城无妨，可此时已是春寒时节，父亲年事已高，受不了夜寒。你放下吊桥，让老父一人进城，也是做儿子的应尽的本分。"赵匡义闻罢大哥所言，气得火往上撞，嗓门也高了许多。

这时赵普已命人取来御寒衣物。赵匡胤一面命人将物品顺城墙坠下，一面歉疚地说道："望父亲恕孩儿不孝，王事大于私情，父亲想必能够体谅孩儿的苦心。"

赵匡义还要说些什么，被父亲拦住了。赵弘殷点了点头道："不愧是我的孩子。我们今晚就在城外住下，待明早开启城门再进城。你劳累一天，赶快回衙休息去吧。"

守兵见赵匡胤听从赵普劝告，竟然不让老父进城，不由暗竖大拇指，称赞主将不徇私情，因而个个抖擞精神，更加恪尽职守。

这日夜里，赵匡胤与赵普都没睡安稳。次日清晨，太阳刚一升起，城外的兵士已列队完毕，战马打着响鼻。赵弘殷冻得脸色发青，在马上强打精神，仍是浑身颤抖。赵匡胤亲自将父亲和弟弟迎进城内。还是赵普细心，看到了老人掩饰不住的病态，忙请来军医为老人治病。

中午过后，赵弘殷便发起高烧，病势甚急。赵匡胤心中内疚，急忙延请名医为父亲诊治，日夜侍奉，以尽孝心。赵匡义对赵普很是不满，但见父亲并未发作，也不好说些什么。见赵弘殷生病，赵普虽然不安，时常过来问候病人，但并未觉得自己做错了什么。

赵匡义见有哥哥细心照顾父亲，便又带兵出征去了。哪知南唐国主李璟挑选精锐兵士六万人，命其弟齐王李景达为元帅，直抵扬州。周将韩令坤见南唐军队来势凶猛，深恐寡不敌众，飞章告急，请求救援。周世宗急命赵匡胤出兵。

赵匡胤接到旨意，左右为难：父亲病情未见好转，一旦出现意外，自己不仅要背上不孝之名，遭母亲、弟弟唾骂，还要抱恨终生；再说韩令坤是自己少年时的挚友，此时被困扬州，若见死不救，自己哪还算是个有义气的人？更何况君命难违，贻误军机之罪怎能担当得起？君命、忠孝、友情纠缠在一起，赵匡胤不知如何是好，实难找到万全之策。

这时恰值赵普前来探病，看见赵匡胤忧虑万分，赵普急忙询问。赵匡胤将事情和盘托出。赵普略加思索道："军情紧急，请即日带兵救援。若匡胤兄放心得下，我愿代尽子职，侍奉尊翁。"

赵匡胤紧紧握住赵普的手，说道："则平兄可帮了我的大忙了。这叫我如何感谢你？"

赵普摇了摇头，说道："匡胤你这可就见外了。你姓赵，我也姓赵，我们本是同宗。更何况在洛阳时曾彼此为邻，互以兄弟相待。尊翁待我也是不薄。若你不以名位为嫌，你父即我父。你放心前去，保你得胜回来，尊翁病已痊愈。"

　　赵匡胤见状也不再客套，深感自己多了一个好助手，于是拜谢道："多谢则平兄顾全宗谊，为我分忧。从此后我们有福同享，有难同当，决不食言。"

　　赵普连忙答礼道："何必多礼。你平素胸怀鸿鹄大志，只要你不嫌弃，我愿追随你左右，尽力辅佐。"

　　赵匡胤当下留赵普镇守滁州，自己立即挑选精兵两千，连夜疾驰扬州。

　　这里按下赵匡胤进兵不表，单说赵弘殷卧在病榻之上，体质虚弱，但却神志清楚：两个儿子赶去前方为朝廷效力，身边没有亲人，心中不免有些凄凉。虽然赵匡胤将自己托与赵普，但因自己的病全是由于当时赵普劝阻赵匡胤，不让自己进城所得，故心中难免有些疙瘩。

　　赵普多么聪明！他知道老人心事，但也并不多加解释，而是每天在公务之余，赶到老人病榻之前嘘寒问暖，侍奉汤药，并亲自关心老人的饮食。赵弘殷看在眼里，渐渐地开始与赵普亲热起来。

　　这日，赵普侍奉赵弘殷喝下汤药后，见老人病情好转，便点上明灯，拉把椅子坐在床前，与老人叙起旧来。赵弘殷道："你还记得曾与我家毗邻吗？"

　　赵普忙答道："老伯待我家的恩情，我怎能忘记？"

　　看官可能奇怪：赵普是幽州蓟人（今北京市西南），赵弘殷家在洛阳，千里之遥，两家怎会为邻呢？原来后唐时期，幽州节度使赵德钧连年用兵，人民生计困苦，流离失所。赵普的父亲赵回率领全族迁到了常山（今河北正定），后又率全家迁居到洛阳。热心的赵弘殷收留了在街头徘徊的赵回一家。此后，赵弘殷又在自家旁边的空地上帮助赵回建起一幢房子，赵回一家才有了容身之所。

谈起这段往事，赵普感慨万千道："当初若不是老伯收留我们全家，我们恐怕就要露宿街头了。"

"你倒没有露宿街头，我却露宿城外了。我真以为你早忘记往事了呢。"赵弘殷半开玩笑半认真道。

赵普起身，深鞠一躬道："请老伯原谅小侄。小侄虽然职务卑微，但公职在身，迫不得已。这也是帮助匡胤树立他的威信。"

赵弘殷哈哈大笑道："老伯早就不怪你了，我连这点道理还不懂！我还记得你和匡胤自幼就投缘，当初你们这些孩子常分成两拨，你和匡胤总在一起，他自封为元帅，你自封为军师，你们二人配合起来，那可真叫如鱼得水，相得益彰。哎呀，扯远了，我早就想问你，那次战乱之后，你们全家搬到何处去了？你父亲怎么样了？"

听到赵弘殷谈到往事，赵普想起童年时的一景一幕，不觉笑出声来。可一提起父亲赵回，他立即黯然失色道："我十五岁那年，城里发生兵乱，因父亲去乡下收租未回家，母亲心中慌乱，趁天黑随便收拾了些东西，便拉扯着我去找父亲。没想到父亲听说城内发生兵乱，赶着回来接我们，却在进城时被乱兵杀死了。消息传来，母亲只好哭着收殓了父亲的尸首，带我住到了乡下。"

赵普说着说着，眼里涌满了泪水。赵弘殷递过手帕，连声叹道："唉，赵回兄可是个好人呀！战乱无情，什么时候天下才能太平呀！"

二人陷入了沉默之中。赵普见老人情绪低落下来，忙强打精神，又讲述起了自己的往事："洛阳发生战乱，不久便殃及乡下。母亲又带我四处躲避，最后到了灵须山。那里风景优美，土地肥沃，聚集了不少逃难去的百姓，大家互相照顾，从此我们便在那儿住了下来。"

"哦，原来你们到了灵须山，怪不得我们到处打听，却始终没有你们的消息。那后来又发生了什么事呢？你娶妻了吗？"

"后来，母亲为我订下一门亲事，女家也是逃难去的。十四年之前，我二十岁时，与内人林氏完了婚。林氏十分贤惠，待母亲很是恭顺。不久我们的第一个儿子出生了。"说到夫人，赵普的脸上露出了幸福的笑容。

赵弘殷知道了赵普的情况，心中颇为他高兴。他与赵回的关系甚笃，二人私下里还有联姻的打算。若不是战乱，说不定赵普就成自己的女婿了呢。想到这儿，赵弘殷的脸上露出了笑容。

赵普看到老伯脸上的笑容，好奇地问道："老伯，您在想什么？"

"啊，没什么。"赵弘殷忙掩饰住自己的笑容。既已如此，他也不想再说些什么，就让这些往事埋藏在自己的心中吧。他话头一转，问道："对了，我听匡胤讲到你献图一事。你不是不爱读书吗，怎么会拜老师呢？都学些什么？"

谈起老师，赵普的兴致更高："犬子出生之后，我上山为他求签，竟意外地碰到了明智长老。他对排兵布阵颇有研究。我自幼便只爱读兵书，这一下可算遇到了名师。明智长老也愿收我为徒，从那以后，我便搬上山去，与老师一起研习兵法。"

"哦，你这一学就是十年呀！那你一定跟明智长老学到了不少东西，此次是下山报效朝廷啦！你的老师已然出家，会让你管这些尘事吗？你不会是偷着下山的吧？"赵弘殷的问题一个接着一个，恨不得一下子就知晓赵普过去二十年的事情。

"我此次下山还是老师所遣。看到战乱频繁，生灵涂炭，百姓卖儿卖女，困苦不堪，我的老师忧心如焚，盼望早日天下一统，人们能够安居乐业。故此他命我下山，以所学本领报效后周，并答应替我照看我的老母和妻儿。"

"你的老师可真是深明大义呀！真希望能早日一睹他的风采。"赵弘殷说着又陷入了沉思。

赵普起身为老人倒水，他往窗外一瞥，忽见一条黑影从房上窜下。赵普反应十分敏捷，大喊道："抓刺客！"顺手抄起一把钢刀，站在床前护住赵弘殷。那刺客破门而入，头裹黑巾，只露双眼，直奔病榻。

赵普横刀在前，厉声喝问："来者何人，竟敢入衙行刺？"

刺客并不答话，绕过赵普，举剑刺向赵弘殷。赵普奋力用刀将剑隔开。这时，与赵普同来的赵忠闻声冲进屋内，举起佩刀与刺客搏杀。众侍卫也都拥入屋中，这时刺客不免有些慌张，一个疏忽，被赵忠用刀砍伤手背，手中的剑应声落地。众侍卫上前，七手八脚将刺客捆了个结实。

赵普让兵士将刺客押下，先端上水，为赵弘殷压惊。赵弘殷虽是武将，经历过无数恶仗，怎奈病体缠身，浑身无力。此时，他见赵普以文弱之躯挺身而出，甚为感动，拉住赵普的手道："贤侄，不知何人要加害于我，亏得你舍命相救，我才保住性命。你快去审问那个刺客，看他与我有何冤仇？"

赵普令众侍卫在旁保护赵弘殷，自己亲自去后堂审问刺客。那刺客早已被兵士撕去面罩。露出满脸横肉，两只眼睛透出杀气。

"跪下，好好回大人的话。"兵士们齐声喝道。

谁知刺客并不下跪，梗着脖子，满不在乎地说道："少啰唆，要剐要杀，快点动手，给爷爷个痛快。脑袋掉了，碗大的疤，二十年后又是条好汉。"

两个兵士走过来，一人一脚踢在他腿弯处，刺客"扑通"一声跪倒在地。

赵普并不厉声喝问，而是采取攻心战术："你硬充什么好汉，连姓名都不敢通报！本大人从不杀无名之辈。"

"爷爷既然敢来，又怕你作甚！爷爷行不更名，坐不改姓，南唐姚龙就是爷爷的大名。你能把爷爷怎么样？"刺客仍然横眉立目。

"你为何深夜入衙行刺？我等与你有何冤仇？还不快快招来，免受皮肉之苦！"赵普突然提高嗓门，大声问道。

姚龙不免有些心虚，但仍瞪大眼睛，粗声粗气地说："我弟弟姚凤叫赵匡胤一棍打死，我不服，要给弟弟报仇。"

"原来如此。姚龙，你好无道理。赵匡胤与姚凤各为其主，两军阵前厮杀，刀棍是不长眼睛的。姚凤之死，是他技艺不精。"赵普句句有理。

"冤有头，债有主，难道我弟弟白死了不成？"姚龙不依不饶。

"那你何不去找赵匡胤当面硬碰硬比试，偷偷摸摸到府衙行刺病人，难道不怕世人笑话吗？"赵普有意讥讽他。

果然，姚龙像泄气的皮球低下头来："子债父还。都说赵匡胤厉害，我弟弟都不是他的对手，我更是白搭。"

周围的兵士都忍不住笑出声来，觉得这人真是憨得可爱。赵普见已审问清楚，便令人将姚龙押入大牢，等候赵匡胤回来再行发落。这时兵士来报扬州星夜来人，赵普不由心头一惊：匡胤只带两千精兵，要对付数万之众，难道出事了不成？

第四回 匡胤倾吐鸿鹄志
　　　　　则平重金购宝物

　　且说赵普命兵士速唤来人，竟是赵匡胤的亲兵前来向赵弘殷和赵普报捷的。赵匡胤在扬州以两千精兵斩获南唐将士一万五千人，大获全胜。赵普急忙将喜讯告诉赵弘殷。

　　赵弘殷听说儿子得胜，高兴得病好了一大半。他又问起刺客之事，赵普一一告知。赵弘殷听后倒不惊奇，叹口气说："这是一个粗人，哪晓得战场的规矩。赵匡胤回来后，你说服他，放他去吧。"赵普点头称是。

　　南唐经过此次惨败，精锐军队损失惨重。可是寿州（今安徽凤台）的刘仁瞻却死守城池，周兵久攻不下。周世宗正拟从扬州进兵，攻取江南，宰相范质劝阻道："陛下自春天出兵，现今已入盛夏，士兵疲乏，粮草又供应不上。依臣愚见，不如暂且退兵，休整数月，等到兵精粮足，再图南征未迟。"

　　周世宗沉吟片刻道："朕攻打寿州数日，耗费许多军械粮饷，此时放弃，实在不甘心呀！"

　　范质正欲再次进谏，侍卫亲军都指挥使李重进上前奏道："陛下尽可还都，臣愿率领部分将士在此继续攻城。"

　　周世宗大喜道："卿愿代劳，朕可放心而回了。朕授你尚

方宝剑，一切可先斩后奏。"于是，周世宗留兵万人，自率其
余人马还朝。同时念赵匡胤父子出外日久，鞍马劳顿，也令他
们与自己一起还朝休整。另派大将驻守滁州、扬州。

赵匡胤接旨，先引兵回滁州，与父亲相见。此时父子相
见，欢喜异常。赵普在旁也为他们高兴。

赵弘殷道："匡胤，我病中可多亏则平昼夜侍奉，亲调汤
药，才好得这么快。"赵匡胤十分感激，连忙向赵普拜谢。当
赵弘殷述及赵普力挡刺客救其一命时，赵匡胤再次拜谢赵普救
父之恩。自此，赵匡胤更加信任赵普，二人又恢复了童年时亲
密无间的友谊。

回到汴都（今河南开封），赵匡胤叩见周世宗道："判官
赵普献图有功，料理滁州军务更是井井有条。此人具有大才，
可委以重任，望陛下明察。"

周世宗对赵匡胤十分信任，闻听此言点头称是。次日下
诏，封赵弘殷为检校司徒，赵匡胤为定国军节度使兼殿前都指
挥使，赵普为节度推官。三人接旨，一齐上表谢恩。自此，赵
匡胤父子分掌禁军，权重朝野，十分显赫。

赵普将一切安顿妥当，便遣赵忠与其他家仆一道去灵须山
接老师、母亲及妻儿来汴都。这日，从凌晨起秋雨就淅淅沥沥
下个不停，雨丝很细、很密，整个天空好似弥漫着一层潮湿的
烟雾。及至黄昏，阵阵晚风袭来，风助长雨势，细雨一阵紧似
一阵。赵匡胤来赵普府中拜访，赵普令人摆上酒席，二人在密
室中饮酒闲谈。

酒过三巡，赵匡胤的方面大耳泛出红色，双目更加炯炯有
神。赵普凝视着赵匡胤，心中暗想：此人的确有帝王之相。他
曾听人讲，赵匡胤刚出生时，红光满室，紫气盈轩，遍体异香

馥郁，经夜不散，因此被叫作"香孩儿"。慧觉禅师说方面大耳之人可一统天下，说不定就应在他的身上。我若及早辅佐于他，不仅将来会享尽荣华富贵，光宗耀祖，说不定还能名垂青史、流芳百世呢！

赵匡胤见赵普只是盯着自己看，不觉摸摸自己的脸，纳闷道："则平兄，我脸上有什么异常吗？难道刻着字不成？"

赵普这才觉得自己有些失态，忙端起酒杯道："匡胤，你还记得我们俩在琅琊山重逢时，我说的'说贵人，贵人就到'那句话吗？"

"记得呀。"赵匡胤点了点头，"当时我还奇怪，我哪里是什么贵人呀，连个清流关都打不下来。要不是兄弟你出现，还不知道以后会发生什么事呢！"

"我在滁州宝应寺时，曾问慧觉禅师何人能平定天下，禅师曾谈到方面大耳之人可操胜券。凭你的雄才大略，有朝一日定可登帝位。我先敬你一杯，盼这一天早日来到。"说罢，先举起了酒杯。

赵匡胤端起杯子一饮而尽，起身取过笔墨纸砚，龙飞凤舞，赋诗一首。赵普凑近观瞧，随口吟出：

> 欲出未出光辣达，千山万山如火发。
> 须臾走向天上来，逐却残星赶却月。

吟完，赵普心领神会，赵匡胤胸中的鸿鹄大志尽在不言之中。赵匡胤斟上一杯酒递给赵普："则平兄，我敬你一杯。一为感谢你助我攻下清流关，二为感谢你替我照顾老父，三嘛，望我们就像小时候一样，我当元帅，你当军师，咱们战无不胜。"

话说得再明白不过了。二人交换了一下眼神，然后一起哈哈大笑。赵普道："俗话说功高盖主。你可要谨防小人。依我看，当务之急，就是要多聚合一些自己人，以防不测。如果你不嫌弃，我愿为你效犬马之劳。"

赵匡胤正要说话，赵普家人进来禀报：去灵须山的人回来了。赵普连忙迎出门外，只见妻子林氏、儿子承宗就在眼前，旁边跟着赵忠及另几个仆人。见到妻儿，赵普自然高兴万分，但却没有见到母亲及老师。

此时，赵匡胤也走到门外，赵普先让林氏拜见赵匡胤，然后大家到客厅落座。赵普忙问道："为何不见老师与母亲？"一提此事，林氏立刻抽咽起来。

承宗哽咽着说道："父亲走后不久，一场瘟疫降临。奶奶和师祖全过世了。"说罢，号啕大哭。

赵普听后，目光呆滞，傻呆呆愣在那里好一会儿。赵匡胤在一旁好言安慰道："则平兄请节哀，人死不能复生。如果伯母及明智长老在世，看到你能为朝廷效力，一定会以你为骄傲的。"

赵普送走赵匡胤，一人静静地坐在书房里，回想起母亲、老师含辛茹苦教育自己成人的一景一幕，不由得放声痛哭起来。

一连几天，赵普茶不思，饭不想，整日独坐书房。林氏劝慰道："相公，如果老师和婆婆看你如此痛苦，也会心疼的。他们临终前交代，让我转告你多多保重身体，为朝廷效力，争取早日辅佐明主统一天下。这样他们就心安了。"

赵普点点头，母亲和老师的教诲他怎能忘怀！他知道，如果自己因小失大，因为一己的私情而忘记了辅佐赵匡胤成就大业，母亲和老师在天之灵也不会饶恕自己！

这天，赵忠陪赵普上街散心。只见闹市一角，一伙人聚集在一起，赵普派赵忠过去打探。赵忠回来道："有个大汉在卖剑。"

"这有何稀奇。"赵普转身要走，忽然念头一闪，想到一人，此人既不嗜酒也不贪财，只喜好名马宝剑，自己正为如何替赵匡胤拉拢他而发愁，这不是手到擒来吗？想罢，连忙叫上赵忠过去观瞧。

只见一条大汉头戴发巾，身穿旧战袍，手中拿的剑鞘上插着草标，正喊着："兄弟初来汴都，因为寻亲不遇，盘缠花光，只得卖掉这把祖传的宝剑。如有识货的，兄弟愿贱价相卖。"

"你这剑凭什么叫作宝剑？抽出来让大伙瞅瞅嘛！"人群中有个年轻人喊道。

大汉"嗖"的一声把剑从剑鞘中抽出来，一道寒光登时夺人眼目，站近的人只觉一股冷气迎面扑来，不禁打起寒噤。真乃是：远看似玉沼春冰，近看似琼台瑞雪。

众人一起喊道："好剑，好剑！"

大汉得意扬扬道："我这宝剑有两个好处：第一，砍铜剁铁，如削竹木；第二，吹毛即断。"

众人起哄道："不信，不信。你试试！"

大汉冲众人拱了拱手道："敢问众位，谁借铜钱用用？"

赵普冲赵忠点了点头，赵忠往场内扔进一枚铜钱。大汉抱了抱拳道："谢谢这位爷。"说罢卷起衣袖，举剑在手，只一剑，就把铜钱剁成两半。

看热闹的人们齐声喝彩。

大汉又从头上拔下一根头发，照着剑口上用力一吹，那头发顿时成为两段，飘下地来。众人都看呆了。

有人问道："你这剑要多少钱？"

大汉道："我急需钱使，你若识货，给纹银二百两拿走。"

一听二百两，众人一哄而散。大汉叹了口气道："宝剑啊，宝剑，偌大的汴都城，竟然没有一个识货的，真是委屈你了！"

赵普问身边的赵忠："你不是会打造兵器吗？觉得这把剑怎样？"

赵忠回道："大人，这把剑真可谓举世无双。莫非大人有意于它？"

"正是。"赵普答道。

大汉听到他们的谈话声，见是刚才赏给铜钱的一主一仆，便定睛仔细打量他俩。只见主人穿戴虽然俭朴，但温文尔雅，气度不凡，让人觉得有些来历，于是抱拳道："这位爷可是想买此剑？你若识货，我愿便宜相卖。"

赵普示意赵忠，赵忠上前答道："二百两太贵了。你若一百两愿卖，我们就买下了。"

大汉哈哈大笑："一百两，那是把金子当生铁卖了。"

赵普这才说话："这位好汉，你这把剑从何得来？真是祖传的吗？你祖上是谁？"

大汉长叹了口气道："此剑确是我祖上留下的。若说我祖上是谁，恐怕辱没了先人。他们如知道我这么没出息，只怕是死不安寝了。"

赵普见这位大汉出于真意，并不像偷盗者所为，便又说道："你若真心要卖，一百五十两如何？否则，没个识主，纵是十两，也无人问津。"

大汉咬了咬牙说道："罢，罢，罢！谁让我缺钱呢！一百五十两，就让你捡个便宜吧。"

赵普与赵忠引着大汉回府取钱。大汉领钱而去，赵忠不解地问道："大人是个文官，要这剑有何用处，莫不是为了防身？"

赵普摇了摇头："我要送与他人。可是还缺一匹好马！"

"大人要好马吗？前几天我听别人说，东街上有一个姓郭的教头死了，他有匹枣红马，唤作'穿云电'。听说因家穷，无钱办丧葬之事，正找买主呢。"

"果然如此吗？你快快多带些银两，咱们现在就去。"赵普两眼放光。自从赵普得知母亲和老师去世之后，他还是头一次这么高兴。赵忠在一旁迷惑不解，不知老爷要给谁送礼，这么重要。

赵普叫赵忠领路，一口气到了郭教头家，却是一处破院、几间平房，只听里面有女人的哭声。赵忠上前拍门道："屋里有人吗？"

过了好一会儿，一个妇人一边擦着眼泪，一边出来开门道："两位到寒舍有事吗？"

赵忠上前答道："我们听说郭教头过世了，有匹坐骑要卖，不知卖了没有？"

妇人道："放信出去已经有好几天了，莫说买，看也不曾有人来过。"

赵忠与老爷对了一下眼神，见老爷的眼中充满了喜悦的神色，他心中也觉欢喜，忙道："我们委实真心要买，可否先让我们看一下马？"

妇人道："在院子里面，请进来看看，不买无妨。"

赵普和赵忠随妇人进了院子，来到马棚前，只见那马已瘦成皮包骨了！

赵忠问道："怎么饿得这般瘦？"

妇人苦笑道："人都吃不饱，谁还顾得上它？先夫在世之时，倒还勤喂着点。他这一死，又无人买它，哪还有心思去喂它，所以掉了膘。"

赵普点了点头，把马周身相了相：头至尾，准长丈余，蹄至鬃，准高八尺；遍体红毛，并无半点杂色。他又看了看马的牙齿，然后道："你要卖多少银子？"

妇人道："不瞒你说，先夫病重时，并不曾讲过价钱。只说如果遇到识货的，贱些也卖了；否则，情愿没草料饿死它，也不卖。随你吧，自己说个价钱。"

赵普沉吟片刻，然后说道："一百两银子如何？"

妇人不由一惊，心想前些日子有人劝她将马卖给种地的，只给五两银子，可见这马还要更值些钱，索性再多要些。于是她说道："一百两少些，我还有两个未成年的孩子，你再多加点吧。"

赵普暗忖：没想到这个妇人如此贪心，看在这马实在是可心的分上，就让了她吧。于是添价到一百五十两。妇人唯恐再要价吓走买主，赶紧点头答应。

赵普让赵忠牵着马往府衙走。赵忠嘴里嘟嘟囔囔道："一百五十两买这么匹瘦马干什么？用它耕田都不行！"

赵普笑着不语，回府让马夫悉心饲养。马夫一见此马，立刻惊叫道："老爷从何处得此宝马，怎么瘦得这么厉害？"

　　赵忠这才佩服老爷的眼力，将买马情况全都告诉了马夫。马夫直点头道："一百五十两，值，值啊！"

　　过了些日子，宝马已恢复元气。此马的妙处在于：奔腾千里荡尘埃，神骏能空冀北胎。蹬断丝缰摇玉辔，金龙飞下九天来。

　　这天，赵普让赵忠牵马捧剑，来到赵匡胤的府衙。赵匡胤远远地迎了出来，道："则平兄，好久不见，你这一向可好？因我忙于公务，未能前去看望，望则平兄原谅。"说罢，一眼看见赵忠牵着的马，连声喊道，"好马！好马！"

　　赵普笑道："不仅有好马，还有好剑呢。赵忠，拿剑让赵大人看看。"

　　赵匡胤拿过剑，只见剑把上用赤金嵌出"青淳"二字，双歧杏黄回须卷毛狮子吞口，剑鞘上裹着绿沙鱼皮菜花铜蟒虎铰链。看那锋刃乃是四指开锋，一指厚的脊梁，镜面似的明亮，远望却似一汪水，照耀得人的脸也青了。赵匡胤爱不释手，一边连声赞叹，一边问赵普："则平兄，这良驹、宝剑是送我的吗？我可是使棍的呀，且还有皇上御赐的马。"

　　赵普诡秘地笑笑："咱们进屋再谈。"

第五回 煞费苦心寻佳丽
忍痛割爱舍红粉

且说赵匡胤与赵普到客厅坐下之后,赵匡胤迫不及待地问道:"则平兄,你究竟要将这良驹、宝剑送给何人?快别卖关子了。"

赵普手捻须髯道:"不要着急嘛,听我慢慢道来。你觉得散员都指挥使王审琦这个人如何?"

赵匡胤这才恍然大悟,道:"此人能征善战,一次圣上召禁军将领在苑中宴射,王审琦百发百中,颇得陛下赏识。此人与我交情还算可以。哦,我明白了,王审琦这人视宝剑、良驹如命,莫非则平兄想把他拉到咱们这边不成?"

赵普点头微笑道:"你说得不错。后天是他的五公子满月,匡胤兄乘机将此良驹和宝剑送去,他定会感恩不尽。"

赵匡胤兴奋地握着赵普的手道:"则平兄,我该如何感激你呢?你可真是上天派来助我的呀!"

赵普也十分激动:"能为匡胤兄穿针引线,出一点力,我是三生有幸。赵兄有用得着我的时候,千万不要客气。"

"则平兄,你我亲如兄弟,你可真是我的福星呀。对了,我父亲这些日子常惦记你,走,和我一起去看望他老人家!"

　　赵普在赵匡胤府中一直待到日落西山。刚回到府中，赵忠便捧着一个包袱前来禀报："大人，这是赵府管家亲自送来的。"

　　赵普打开一看，原来里面是纹银一千两。赵匡胤怕当面送与赵普，会遭到拒绝，特地采用此法。赵普怎能不体谅赵匡胤的良苦用心。他的俸禄并不多，自从妻儿来府，更是觉得生活拮据。买良驹、宝剑的钱，还是夫人咬着牙拿出来的呢。这可真是雪中送炭呀！赵普的双眼润湿了。

　　这里按下赵匡胤为王审琦送去礼物、王审琦欣喜异常不提，单表赵普为了替赵匡胤拉拢亲信大将，想方设法，呕心沥血，将一些人的嗜好、性格等烂熟于胸。这些人大都不喜读书，性格豪爽，不拘小节。只要投其所好，联络起来并不很难。

　　征伐南唐时，赵匡胤是主将，石守信是先锋。石守信作战勇猛，曾一人力战五将，毫不畏缩。他嗜金如命，专好敛财。石守信过四十五岁生日时，赵普为赵匡胤出主意，以祝寿为名，送去黄金五百两、好酒百坛。石守信受宠若惊，自此与赵匡胤成为生死之交。

　　这日，赵普叫来家人赵二，开门见山道："赵二，你来说说这京城哪家行院①的姑娘最好呀？"

　　赵二战战兢兢答道："小人不知。"

　　"你怎么会不知道？我听说你常去那里嘛！"赵普盯着赵二。

　　"大人恕罪呀！小的再也不敢了。都是别人挑唆我去的

————————————

①　行院：即妓院。

呀！"赵二"扑通"一声跪倒在地，叩头如捣蒜。

"起来，起来，我不怪你，我是真心问你。"

赵二见大人还是那样和颜悦色，这才安下心来，不由眉飞色舞道："若说行院里的姑娘，还得算是知春院的。那里的姑娘真是个个没得挑儿，尤其是凤春姑娘，那可真叫色艺双绝！"

赵普见赵二的口水都要流出来，厌恶地摆了摆手道："够了，你可以下去了。"

赵二见老爷的脸色有些阴沉，意识到自己说漏了嘴，连忙低着头退了出去，心里直打鼓，唯恐会因此砸了饭碗。

赵普派人叫来赵忠，吩咐道："换件衣服，我们去知春院。"

赵忠丈二和尚摸不着头脑，只是说："老爷，知春院可不是个好地方。万一夫人知道我陪老爷去了，那可是吃不了兜着走呀！老爷，你饶了我吧！若说别的事情，赵忠我在所不辞。"

赵普把赵忠叫到近前，耳语了几句，赵忠这才说道："老爷原来是为了这个呀。我去，我去！"

赵普打扮成商人，赵忠扮成保镖，二人摇摇摆摆到了知春院前。早有鸨娘迎了出来，见赵普一副富商模样，格外殷勤地说："老爷，你是第一次来吧。你想叫哪位姑娘呀？我们这里的姑娘个个可都是百里挑一。"说着，又拉住赵忠的手说，"我说这位兄弟，你这里有熟识的姑娘吗？要不要我帮你叫一个？"赵忠甩掉鸨娘的手，像个凶神恶煞般立在赵普身旁。

赵普摇着扇子道："鸨娘，我这个兄弟不解风情，不要管他。我是慕凤春姑娘之名而来，烦鸨娘替我叫一下吧。"

"哦，老爷是想叫凤春呀，那可真是不巧，凤春姑娘今晚有个应酬，恐怕不能早回来。"

赵普忙握住鸨娘的手，塞过一锭银子："鸨娘，我们从外乡而来，麻烦你帮助安排一下吧。"

鸨娘爱的是财，立刻眉开眼笑，连道："行，行，我派人去看看，让凤春早些出来。凤仙呀，你先带两位爷到凤春姑娘的屋内等着。"

凤仙答应着，领着赵普二人到了一间屋子，挑起门帘进去，一股馥郁的异香扑鼻而来。赵普在桌前坐下，环顾四周，只见名贤书画悬挂四壁，阶檐下放着二三十盆怪石苍松；坐榻尽是雕花香楠木小床，坐褥尽铺锦绣。这时，小丫鬟端上来了茶点果子。

凤仙见了赵普这样的富商模样的人，便有心搭讪："老爷，你是何方人氏呀？"说罢，便在桌下用脚勾赵普的腿。

赵普虽然心中反感，但却不能表现出来，便站了起来，在屋中左右看看。他拿起放在床上的箫，问道："凤仙姑娘，可能吹上一曲吗？"

"哟，我可不会，凤春吹的可好啦！那些客人就爱听她吹唱！"听口气，凤仙羡慕得不得了。

"这幅白莲图也是她画的吗？哦，这诗也是她写的吗？写得可真不错。"赵普问罢，不由念道：

素花多蒙别艳欺，此花真合在瑶池。

无情有恨何人觉？月晓风清欲堕时。

赵普啧啧称赞。诗中通过描写白莲花含着怨恨在人们不知不觉中凋落，暗喻作者洁身自好的品格。赵普正想象着凤春究竟是个什么样的尤物，因而丝毫没有察觉到有一个人进了屋，且已站在他的身旁。

"这是唐朝诗人陆龟蒙的《白莲》诗。我最喜欢它，因而特地作了这幅画。老爷，你觉得如何？"赵普觉得这声音犹如莺声燕语般婉转好听。他转身一看，只觉眼前一亮，但见面前女子，容貌似海棠滋晓露，腰肢如杨柳袅东风，浑如阆苑琼姬，绝胜桂宫仙子，真是别有一番风韵。于是深施一礼："可是凤春姑娘吗？"

凤春忙还以万福："正是奴家。老爷你请坐。"

赵普与凤春落座，赵忠站立一旁，凤仙躲了出去。凤春为赵普斟满酒杯，问道："老爷，敢问贵姓呀？"

赵普答道："我姓赵，现在居于汴都。早就听说姑娘的芳名，今日一见，果然名不虚传。听凤仙讲，你的箫吹得不错，可否为我吹上一曲？"说罢，将手中的箫递给凤春。

凤春莞尔一笑，接过箫，口中轻轻吹动，箫音好似穿云裂石之声。吹罢，凤春又道："我为老爷再唱个曲吧。"真乃是新莺乍啭，字正腔圆，余韵悠扬。赵普不住声地喝彩："姑娘吹得好箫，唱得好曲！"

凤春面带微笑，执盏擎杯，又亲自为赵普敬酒。二人谈得兴趣盎然，竟然忘记了时间。凤春说道："老爷，天色已晚，你今晚就在这安歇吧。"

赵普忙摆摆手道："我还有些事情，今天还要回去。与卿一席谈，我甚是钦佩你的才华。改日我定会再来。"凤春恋恋不舍地与赵普告别。赵普踏着朦胧月色回府。

第二天上午，赵普来到赵匡胤府中，直截了当道："匡胤，我需要一笔钱，你能倾囊否？"

赵匡胤有些迷惑，赵普虽然经济并不富裕，但一向不愿接受他的馈赠，这次真是太阳从西边出来了，忙道："则平兄，你太客气了！只要你张口，要多少我给多少。"

赵普伸出三个指头。

赵匡胤猜道："三百两？"

赵普哈哈大笑道："三百两，我还跟你借什么？是三千两银子！"

"则平兄，并不是我小气，你要三千两有何用处？可否先告诉我呢？"

赵普摇了摇头道："我想为你买一个人。到时你自会知晓。"

"为我买人？"赵匡胤皱着眉头想了一会儿，拍着大腿道，"哦，我明白了。则平兄是想送给他？"说罢在纸上写了几个字。

赵普笑着点了点头，二人相视大笑。赵匡胤道："则平兄，可真是难为你为我如此绞尽心思，四处奔波。我在这里谢过了。"

午后，赵普带着赵忠又来到了知春院。鸨娘见是赵普，远远迎了过来，道："老爷，你可来了！风春这丫头自昨晚你走后，便茶不思，饭不想，正在床上躺着呢。"

"是吗？"听说风春病了，赵普急忙前去探视。只见风春背对着房门，已经睡着了。望着风春的背影，赵普思绪万千，他虽然不好读书，但对多才多艺的人却甚是羡慕。夫人林氏虽然十分贤惠，可风春比起林氏来，却别有一番风韵，令他不免产生遐想。

赵普正在胡思乱想之际，只见凤春翻了个身，胳膊伸出了被外。赵普走过去，怜惜地为她盖好。凤春睁开了眼，见是赵普，"呀"地叫了一声："是你？"

赵普微笑道："听说姑娘病了，特来看望。"

凤春一边起身穿好衣服，一边说道："我没病，只是觉得浑身没劲儿。你一来，我就觉得爽快了。"

赵普凝望着凤春，凤春也大胆地看着他。彼此都从对方的眼睛中看到了爱慕之情。

赵普轻咳了一声，道："赵忠，你到门外看着，我与凤春姑娘有要紧事谈，闲人不要进入。"赵忠答应一声出去了。

凤春的脸一下子红了，低下了头。赵普坐在姑娘的身边，柔声说道："姑娘，上次我没有说明真实身份。我乃是当朝显官赵匡胤麾下的节度推官赵普。我想为姑娘赎身，不知你是否愿意？"

凤春惊喜地抬起了头："老爷，你果然要为我赎身吗？我昨天初次见到老爷，一眼便知老爷不是个凡人，果然我没有看错！不知老爷府中有几位夫人？"

赵普爽快地说道："我只有一位正室夫人。"

凤春喜形于色道："只要能与老爷在一起，什么名分都可以。"

赵普感动得眼泪在眼眶里打转转。他有些哽咽道："可是我已无意再娶，有一人却与姑娘十分相配。"

"什么？"凤春站了起来，杏目圆睁。

赵普低下了头，过了一会儿才说道："我知道辜负了姑娘对我的一片痴心，可此人前途无量。他不但是员猛将，而且颇有文才，极重感情。如果姑娘不愿意的话，我也并不勉强。"说罢，站起了身。

　　凤春沉默了好半天，才悄声答道："好吧，从良总比在这里强。我听从大人的安排。"

　　赵普这才长出了一口气，当即出门对赵忠交代了一番，赵忠转身离去。赵普又回到屋中，见凤春立在床前，正望着白莲图发呆。赵普叹了口气，坐在桌边。二人谁也不说话。

　　赵普随便翻着桌上的东西，一本《太和正音谱》映入眼帘："太好了，姑娘，这本书你从何得来？"

　　凤春转过身来，见赵普捧着《太和正音谱》，便答道："此乃我师父临终前所赠，据说传世只有两本。大人对这个也感兴趣？"

　　赵普连连点头："我寻这本书已经很久了，太难得了，太难得了！"

　　凤春眼睛一亮："如果大人真喜欢的话，我就把此书送给大人，也算作我们相识一场的纪念。"

　　赵普捧着这本书，竟不知说些什么才好。二人就这么呆呆地望着。过了好半天，赵忠才回来，对赵普耳语了几句，赵普连连点头，对凤春说道："姑娘，鸨娘已经答应了，你收拾一下东西，明天我派赵忠先把姑娘接到我府中。今天你就早点休息吧。"

　　"大人，你今天能不回府吗？"凤春眼巴巴地望着赵普。

　　赵普咬了咬牙道："不了，明天等你到了我府中，咱们再叙谈吧。"说罢，转身就走。

　　"大人，留步。"凤春追了出来，递给赵普《太和正音谱》。

赵普接过，头也不回地走了。赵忠在后边紧紧跟着，心里纳闷：老爷从不好女色，对凤春却颇感兴趣，花三千两银子为她赎了身，还要送给别人。唉，老爷可真让人捉摸不透。

按下赵忠将凤春接回赵府不提，单说这日赵普的次子承煦满月，赵普撒下帖子，宴请众位将领。大家都知赵普与赵匡胤的交情极深，便纷纷前往捧场。

第六回　顾大局慷慨赠美
结义社兄弟同心

话说赵普四处奔走，为赵匡胤拉拢朝中重臣。他们中有的本来便是赵匡胤和赵普儿时的密友，自然一拍即合。另外的人见赵匡胤如此厚待自己，也都感恩戴德。

赵普见时机已经成熟，和赵匡胤商量后，于后周显德四年（957）二月十六日，借为儿子过满月之机举行宴会，邀请众臣赴宴。

这日，赵府里张灯结彩，高朋满座，热闹非凡。赵普满面红光，笑容可掬地张罗着。客人们齐声夸赞赵承煦长得有福相，日后定会为赵门增光。赵普听了，顿觉脸上很有光彩。

傍晚，客人渐渐散尽，赵普与赵匡胤又特邀大将石守信、王审琦、高怀德、慕容延钊、张令铎、韩令坤、韩重赟、罗彦瑰等留下，令家人重排酒宴。

赵普只令赵忠在席间侍候，其他人等一律退下。他与赵匡胤亲自为众人斟酒，大家甚觉开怀。

众将喝得满面通红。石守信叫道："赵推官，你可安排了什么助兴的节目？"

赵普笑道："若不是石将军提醒，我差点都忘了。我新近购得一女，此人歌舞俱绝。赵忠，去把凤春姑娘请来。"

众人眼巴巴地望着门外。工夫不大，赵忠引着一女子走来。只见此女脸如满月，眼波流动，风情万种，一双明亮清澈的眸子有着勾魂摄魄般的魔力。她那鲜如芙蓉的脸上挂着微笑，娉娉婷婷，来到厅中，向众人道了个万福，樱唇微启道："小女子凤春见过众位大人。"声音温温软软，宛如莺啼。

众将都看呆了，他们终日忙着打仗，哪里见过如此美貌的女子！和这个女子比起来，自己的妻妾一下子黯然失色，不由都大声叫道："赵推官好眼力，真乃是绝色佳人！"

凤春虽然见多识广，但见了这个场面，也不禁含羞地低下了头。众人中，慕容延钊历来以好色出名，他张着嘴，眼睛一眨不眨地盯着凤春。凤春感到他的目光，偷眼望去，只见此人剑眉虎目，身材魁梧，衣饰华丽，气质不凡。不望则已，这一望，二人目光一下子对上了。凤春只觉得那双眼睛中充满了无限的柔情，心中不由暗道：莫非赵大人就是要把我许配给此人？

赵普见慕容延钊双眼死盯着凤春，像是要一下子将凤春吞进肚里，心里不免有股酸意。他镇静了一下，然后说道："凤春，还不快来给众位大人敬酒。"

凤春轻轻答应一声，款款走到近前，伸出纤纤细手，端起酒壶，为众人斟酒。只见这双手白皙如玉，手指浑圆、丰腴却又修长。众人只觉一阵清香直沁心脾，不禁有些意乱心迷。

赵普为凤春一一介绍众人，至慕容延钊跟前，特意介绍道："此位是殿前铁骑都虞候慕容延钊大人。"

凤春一看，正是刚才死盯着自己的那个人，不觉脸色有些微红，低头斟满酒，然后娇声道："大人请。"

"有劳姑娘了。"慕容延钊声音有点儿发抖，但一双眼睛仍然痴痴地盯着凤春。

凤春斟酒完毕，垂首敛眉坐在赵普身边。

赵普对她说："凤春，众位大人听说你能歌善舞，都要一饱眼耳之福。来，为赵将军和众位大人助个兴！"

凤春起身施礼，轻声道："那我就献丑了，望众位大人莫笑。"

凤春载歌载舞地唱了起来，众人这才发现凤春不仅容貌美艳，身材婀娜，而且歌喉婉转，舞姿婆娑。大家高声喊道："好啊，好啊！赵推官你可真有艳福呀！"

赵普含笑不语。凤春略微有些气喘地收了舞姿，赵普便令她退下。众人不免有些怅然。

石守信见气氛有些沉闷，便提议划拳喝酒。众将一下子来了精神。赵普见慕容延钊始终无精打采，趁他起身更衣，连忙跟了出来。到了无人处，赵普说道："慕容大人，请留步，我有一件事想与将军讲。"

慕容延钊诧异道："则平兄，你有何事？"

"有好事。"赵普故作严肃状。

"好事？"慕容延钊苦笑道，"什么好事能轮到我头上，不会有人给我送良剑宝马，或者金银财宝吧？"

石守信、王审琦与慕容延钊相交很深，他们都将赵匡胤送礼物一事告诉了慕容延钊，故此慕容延钊说起话来有些酸溜溜的。

赵普早有准备，微微一笑道："匡胤兄也有一物要送与将军。"

"是何物？"慕容延钊丝毫提不起精神。

"就是凤春，匡胤让我将此女购下，就是为了送与将军！"

"果真如此吗？则平兄你舍得吗？"慕容延钊双眼放光，眼神一下子亮了起来。

"难道我还会拿这件事开玩笑不成？就是凤春姑娘也十分乐意侍奉大人。"赵普装着有些委屈。

慕容延钊闻罢，忙躬身一拜："在下先谢过了。以后有用得着我的地方，在下一定竭尽全力。"

二人兴高采烈地回来，众将见状，颇为稀罕。他们都知道慕容延钊有好色之病，怎么会一下子就痊愈了呢？

赵普举起酒杯，说道："众位，我要宣布一件事。凤春年已二九，我又无意另行娶妾。刚才我与慕容延钊大人商量，将凤春许配于他。来，让我们大家一起敬慕容大人一杯，盼望早日喝上喜酒！"

众人这才知道原委，不禁为慕容延钊高兴，也觉得赵普实在了不起，舍得将这样的美人送给他人。

趁众将为慕容延钊敬酒之际，赵普与赵忠耳语了几句，赵忠出去不大一会儿，拿回一本书来。赵普来到高怀德近前，低声道："我听匡胤讲，将军十分喜好音律，特别想得到这本《太和正音谱》。我偶然得到此书，特地送给大人。"

高怀德听说，神采飞扬，连声道："难得匡胤与则平兄记得此事，多谢，多谢！"

赵普见一切安排妥当，拍手道："大家想听故事吗？我给众位大人讲一个。"

霎时，厅里鸦雀无声，众人不知赵普又搞什么花样。赵普讲的是他与赵匡胤小时的故事。一日，他与赵匡胤在一间无人居住的土屋中玩打仗游戏，玩得正尽兴时，外面鸟雀声喧，嘈杂不止。二人颇觉奇怪，以为有毒蛇猛兽伤害鸟雀，便一同走出土屋。

二人往四处一看，哪里来的什么毒蛇猛兽，只见黑压压一大片麻雀正朝着土屋叫个不停。赵匡胤觉得晦气，便拿起随身带的弹弓，连续射下几只叫得最欢的鸟儿，其余鸟儿飞逃得无影无踪。

见赵匡胤弹无虚发，赵普拍手叫好。二人正准备回土屋继续玩游戏，猛听得一声怪响，好似地震一般。二人转身一看，只见适才他俩玩游戏的那间土屋竟无缘无故地倒塌了。

赵普惊道："怪不得刚才鸟雀叫得如此厉害，原来是要引我们俩出来，否则我们这会儿早被压死在屋中了！"

赵匡胤后悔道："鸟雀救了咱们的命，我却要了它们的命，真是太不应该了。"二人只好拾起死雀，将它们小心掩埋起来。

众人听完赵普讲的故事，都不禁咋舌，连声道"奇"。石守信喊道："大难不死，必有后福。我看你们二人都是贵人天相，一定会飞黄腾达。"

赵普连连摆手道："我哪里是什么贵人天相呀，匡胤才是吉人自有天相呢。小时，我俩进庙求签，匡胤只求当个小校，可自小校以上至节度，都是下下签，不由道：'难道是要做天子吗？'一掷就是圣签。"

"果真如此吗？那匡胤兄岂不是要当皇帝吗？"慕容延钊大声叫道。

"嘘——"赵普连忙压低声音，"隔墙有耳，众位大人还是小心为上。"

"则平兄，那你掷了个什么签？"高怀德问道。

"这个……我却没有掷。"赵普笑道。

难道赵普真的没有掷签吗？不然。那日他在匡胤之后求签，本想做个小文官，没想到掷出的签却写道："一人之下，万人之上。"只不过，此时赵普却不愿当众说出。他只想让众人把注意力全集中在赵匡胤身上。

赵匡胤举起酒杯道："匡胤不才，岂能做上皇帝，今生只想与众位好弟兄常在一起相聚，共同辅佐我主周世宗，便足矣。"

赵普见众将以钦佩的眼光望着赵匡胤，知道时机已经成熟，便说道："我看在座的众位将军均是匡胤的莫逆之交，为何我们不结拜成交，今后好互相有个照应呢？不知众位意下如何？"

"好啊，好啊，正应如此！"大家齐声喊道，其中以石守信、高怀德、王审琦、慕容延钊的声音最大。

赵匡胤点头道："则平兄所提极是，我看咱们现在就磕头结拜吧。"

赵普令赵忠撤下酒席，摆好香案，众人就在桌前结成异姓兄弟，声称："有福同享，有难同当。"赵普笑得尤其开心。没有他的精心筹划，又怎会有今天这种场面？现在总算迈出了第一步，今后定会一帆风顺。赵普对未来充满了信心。

王审琦道："没错。咱们结拜也该起个名吧。我看咱们中间则平兄最为机智多谋，你来说说！"

"没错，没错。则平兄就是咱们的军师，你来起个名吧。"众人起哄道。

赵普深思片刻，说道："我看大家都是有义气之人，不如就叫'义社'吧。"

结为义社兄弟

众将齐声叫好。就此，义社结成。

你道赵普拉拢众人，与匡胤共同结成兄弟，难道就不怕有人告密、朝廷查究？原来，此事赵普布置得十分诡秘，旁人毫不知晓。此外，赵普还机巧施计使周世宗整日不理朝政。当然，这还得从南唐说起。

原来，李璟见南唐疆土难保，便主动提出割让四州，划江为界，听命周室。周世宗见李璟哀求，况江北之地已尽数夺取，便应允下来。

且说李璟自与后周隔江而治后，整天唉声叹气，惶惶不可终日，唯恐世宗不守诺言，再次进犯江南。他身边的群臣也是整天愁眉不展。李璟发布皇榜晓谕全国，有能为国家出谋划策者，不但给予重赏，还能授给高官。

皇榜贴出后，一个三十出头的汉子揭榜，觐见李璟。叩拜完毕，李璟令他站立一旁，然后问道："你叫何名？何方人氏？"

此人不慌不忙道："草民叫赵新，本是后周人氏，因战乱来到南唐，现定居于此。"

"哦，你是后周人？"李璟有些狐疑。

"草民虽是后周人，但因南唐土地肥沃，民风甚好，故而宁愿久居南唐。草民有一堂兄名叫赵普，现为后周大将赵匡胤的节度推官。他足智多谋，雄心勃勃，与我自幼关系甚密。我愿只身前去后周，向他了解后周情况，定会不辱使命。"

李璟闻罢，颇有些犹豫，但是也别无良策，心想试一试也未尝不可，于是点头应允。

饥餐渴饮，晓行夜宿，赵新这日到了汴都。他先找到一家客栈住下，稍事休息后，便到赵府寻亲。家丁通禀进去，言道："大人，门外有一人，口口声声称是大人的堂弟，要见大人。"

赵普听了，丈二和尚摸不着头脑，不知从哪里掉下个堂弟来，忙说道："请到客厅说话。"

赵新一进门，便"扑通"一声跪倒道："小弟赵新叩见大哥。"

"赵新？"赵普扶起赵新，仔细端详，"是，真的是你。不说我都快认不出来了。你这是从哪里来？自从我家迁到洛阳，咱们一别就是二十多年了。"

"哥哥，你们走后，我也与父母兄弟四处流浪，受尽了苦。要不是到了南唐，承蒙好心人收留，说不定全家就已死在荒郊野外了。"赵新一把鼻涕一把泪。赵普也抱着赵新，哭成泪人，连声道："兄弟，你可受苦了。"

赵新哽咽着说道："后来，后周与南唐作战，我才辗转知道了哥哥的下落。这不，我马上就找来了。"

"找到就好，找到就好。这回咱们就骨肉团圆，可以住在一起了。兄弟，你的行李在何处，我让家人替你取来。"赵普拉着赵新的手，激动地说道。

一夜无话。第二天，赵新早早起床，来见赵普道："哥哥，我有一句话，不知当讲不当讲？"

"兄弟请讲。"无事不登三宝殿，赵普经过一夜思考，也知赵新必然有事相求。

赵新将事情的来龙去脉一说，赵普皱着眉头，来回踱步。赵新在一旁忐忑不安地望着堂兄。

赵普深知，两国为敌，本该将赵新送与官府处置。但一来赵新是自己的亲堂弟，至亲骨肉，如何舍得！二来他一心想辅佐赵匡胤称帝，但周世宗却是明主，深受国民爱戴，一时难以下手。

赵普思前想后，眼珠一转，计上心来："俗话说，酒是穿肠毒药，色是刮骨钢刀，财是惹祸根苗，气是雷烟火炮。就这么办！"想着，叫赵新附上耳来，二人耳语了一番。赵新连连点头。

赵新在赵府小住几日，便返回南唐。见了李璟，赵新说道："自古英雄难过美人关，世上哪有不爱美色的男人！周世宗虽然表面不好女色，但草民从堂兄之处得知，他却常为后宫无佳丽而抱怨。我看不如四处访得绝代佳人，献给周世宗，让他整日耽于女色，这样，咱们就可高枕无忧了。请国主明鉴。"

第七回　江南娇娃施媚术
文武密议立太子

　　话说唐主李璟听罢赵新所言，犹豫不决。周世宗柴荣并非昏庸之辈，他若不上此当，岂不是枉费心机，落个笑柄？礼部尚书黄崇质出班奏道："臣以为赵新所献之计未尝不可。周主也不是什么圣贤，怎能过得了美人关？还请国主定夺。"

　　李璟沉吟片刻，点头应允，当下令黄崇质负责此事。按下赵新谢绝李璟许以的高官，只是收下赠予的百亩良田和千两黄金不提，单说江南水土养人，各地美女如云，黄崇质经过筛选，最后选中两名美人：一个叫秦弱兰，一个叫杜文姬。二人不仅有倾城倾国之貌，而且琴棋书画无所不精。李璟见了十分爱怜，若不是为了免受战争之祸，如何舍得将如此佳丽送与旁人！遂命宫中派人教习秦弱兰、杜文姬礼仪。二人心性灵巧，一点就透，仅学半月，便由黄崇质送到汴都。

　　且说周世宗连年征战，深感疲惫，很想与嫔妃们整日一起玩乐。听说南唐进贡美人，便吩咐在延和殿召见南唐使臣。

　　黄崇质领旨，在馆驿叮嘱秦弱兰、杜文姬道："南唐江山社稷的存亡和黎民百姓的安危，都托付给你们了，你俩定要施展手段，让那世宗神魂颠倒，不再出兵南唐……"秦弱兰、杜文姬都是二八少女，哪里懂得这些，只是一个劲儿点头。

黄崇质带她们一起来到殿前，二人不敢抬头，罗衣拂地，俯伏丹墀①。分列两边的文武大臣，见南唐两位美人进殿，不知周世宗何意，故此均屏住呼吸，端然肃立，殿内一片寂静。这时，空气中传来两声黄莺似的娇啼：

"臣妾秦弱兰见驾。"

"臣妾杜文姬见驾。"

这两声婉转的莺啼，甜美圆润，像蜜一样灌进周世宗的心田。周世宗顿时来了精神，吩咐二人抬起头来。两位美人遵旨，仰首而跪，世宗定睛望去，喜上眉梢，二目如电，射在美人身上。周世宗为何见到秦弱兰、杜文姬欣喜若狂？原来他的后宫虽然嫔妃众多，但是论容貌就没有一个比得上这两位南唐美人的。单说秦弱兰生得腰似三春杨柳，脸如二月桃花，娇滴滴一团俊俏，软绵绵无限丰姿。有诗为证：

> 浣雪蒸霞骨欲仙，况当二八正芳年。
> 画眉腮下娇新月，掠发风前斗晚烟。
> 桃露不堪争半笑，梨云何敢压双肩。
> 更余一种柔弱态，消尽人魂实堪怜。

世宗见秦弱兰纤腰欲折，恨不得下殿扶住。再看那杜文姬，更是眸含秋水，鼻倚琼瑶，花容月貌，体态丰盈，真恰似杨玉环再生。有诗为证：

---

① 丹墀（chí）：古代宫殿前的石阶，用红色涂饰，故名。

三寸横波回慢水，一双纤手语香弦。

海棠标韵娇花貌，凤绡衣裙香生暖。

玉搔头掠青拖碧，明珠仙露嫩蕊鲜。

六宫粉黛无颜色，出水芙蓉风情愁。

周世宗看到两位美人姿容盖世，倾城倾国，早已忘记自己的帝王身份，便意欲马上退朝，命内监携她俩入后宫，以便独享人间美色。范质看到周世宗如此迷恋南唐进贡的尤物，立即向世宗奏道："陛下以神武之姿，方欲削平南北，奈何受南唐之美女？"

平章事王溥也进谏道："唐主以美色引诱陛下，切莫上他圈套，愿陛下摒而不受，谕来使领回方是。"

这时的世宗只等饱餐秀色，也不怪罪范质、王溥直言犯上，反而安慰二人道："二卿忠心可嘉，但唐主遣使远来进献美女，也可见他的至诚，若摒而不受，未免不近人情。朕南征北战，东挡西杀，又怎么会受美色引诱？二卿不必多言，朕自有方略处之。"

范质、王溥还要进谏，周世宗却转向南唐来使黄崇质道："朕向日兴师征伐，两国视为仇敌，今则通好成为一家，朕在位之日，不会再进军江南，可将此意说与唐主。"

黄崇质掩饰不住内心的喜悦，顿首受命，辞别周世宗，回到江南，面见唐主，复了旨意。李璟重赏了黄崇质。

且说周世宗自从得了秦弱兰、杜文姬两个美人后，便不再视朝听政，每日里在宫中饮酒作乐，吹弹歌舞。有两个美人陪伴，周世宗左拥右抱，好不得意，早把荡平四海的雄心丢到爪哇国去了。秦弱兰、杜文姬本是二八年华，情窦初开，恨不得寸步不离周世宗。

秦弱兰身躯纤弱，腰细如柳，擅长歌舞，周世宗酒酣之时，她就歌舞助兴。她舞的《凌波曲》中的龙女，别有风韵，袅袅婷婷，绣带轻飘，忽而如蜻蜓点水，忽而如燕子穿花，忽而腰弯探地，忽而倏地跃起，千娇百媚，一双秀目不离周世宗。周世宗喜得拍手称好。一曲舞罢，秦弱兰桃花面艳色如醋，杨柳腰柔枝若断，周世宗赶紧将她搂在怀里，轻轻抚摸，香温玉软，柔媚可怜。那秦弱兰见周世宗如此宠爱，便紧偎在周世宗怀里撒娇。

杜文姬体态丰满，周世宗极爱她浴后的姿容。每当酒宴之后，便命杜文姬坐兰汤沐浴，浴后见驾不必梳妆。杜文姬新浴之后，肌肤光嫩如莹，遍身冰肌玉骨，酥胸略袒，宝袖宽退，缕缕香气从体内飘出。周世宗痴迷的目光不离她的胸前。那杜文姬是何等聪明之人，她扭转身躯，做出各种媚态，周世宗见她娇倩艳丽，风韵无限，恍如杨玉环来到身边，早把帝王之尊扔到一边，赶紧与美人共度良宵。

自此之后，周世宗对秦弱兰、杜文姬更是恩宠有加，对她们所提要求，都是传旨照办。一日，三人在内苑赏花，两位美人忽然兴起，要周世宗建一座八角览胜赏花楼，以便居高临下，眺望四周景致。周世宗马上降旨，择吉日动工，限期建成。

后周文武诸臣，见周世宗不理朝政，整日沉迷于两位美人，个个无计可施。如今又见内苑在建造楼台，大兴土木，无端耗费库银，急得一齐去找范质、王溥，要两位德高望重的宰相进谏。

范质、王溥在延和殿进谏受挫，并不灰心，怎奈现在无旨不得擅自进入后宫，无法与周世宗见面。范质、王溥便安慰诸臣，回去各自尽心竭力，料理好政务，切莫松懈。然后二人彻夜长谈，寻找良策。范质、王溥有何德何能，如此受百官拥戴，这里略做交代。

范质字文素，大名宗城（今河北邢台威、广宗二县）人，诞生之时，其母梦见神人授以五色笔，九岁能写文，十三岁治《尚书》，教授生徒。此人性急，以廉洁自持，为官正直，很受历朝皇帝重用，曾官拜中书侍郎、平章事、集贤殿大学士。周世宗登基后，他更是尽心辅佐，众臣都十分敬重他的为人。

王溥字齐物，并州祁（今山西太原祁县）人，为人宽厚好学，手不释卷，很受周太祖郭威赏识，官授左谏议大夫、枢密直学士。周太祖病重时，召学士拟诏，以王溥为中书侍郎、平章事。宣制完毕，周太祖欣慰地说："朕无忧矣。"即日驾崩。可见王溥当宰相是周太祖死前的重托，再加上他好奖掖后进，朝中不少显位高官都是由他举荐的，所以，虽然他人颇咨啬，仍受众臣爱戴。

眼见周世宗沉溺于酒色，范质、王溥心中十分着急。这日，送走众臣，范质留王溥在府中，商量后取得共识：现在还不是天下太平的年月，周世宗要想建立宏图伟业，还应继续秣马厉兵。

范质眉头紧锁，在屋里来回走动，不一会停下来对王溥说："齐物兄，俗话说色是刮骨的钢刀，陛下如果继续在后宫不离南唐美人，不但南征北伐无望，陛下的龙体也令人担心。"

王溥则坐在椅子上，手拿唐人苏冕所著的《会要》不时翻看两眼，见范质终于开口，才合上书卷，抬头望着范质道：

"文素兄，虽然我们都已位居宰相，是陛下的重臣，但对于女人的事还是不能正面进谏，在延和殿不是被陛下驳回了吗？如果招惹龙颜大怒，我们身家性命安危是小，弄不好大周的基业也要毁掉。"

范质眼睛忽然一亮，马上坐下来对王溥道："是呀，我也思考良久，陛下对秦、杜二美人宠爱之极，我们入谏，陛下未必听得进去。现在紧要的是奏立太子，以端国本，倘有不测，尚可倚赖。"

王溥答道："文素兄所言极是，奏立太子，名正言顺，陛下不会拒谏，但最好我们先与一些握有兵权的武将联络，取得他们的支持。"

"亏得齐物兄提醒，文臣武将齐心协力，才能共保江山不倒。节度使赵匡胤颇得圣上赏识，此人在武将中也很有威信，奏立太子一事，我们可先征求他的意见，如不谋而合，再好不过。"范质话音刚落，王溥便点头答应。

第二天，范质便派人请赵匡胤过府叙话。此时，赵普正在赵府与赵匡胤闲谈，话题自然集中在周世宗纳美一事上。

赵匡胤虽有称帝之心，但周世宗待他不薄，要从周世宗手中夺天下，他却有些于心不忍。赵匡胤长叹了一口气，道："唉，现在陛下沉湎于南唐美人，不理朝政，一些将领纷纷前来找我，心中多有不满。将士们御守边关，风餐露宿，很是辛劳。我主心中却只有美人，没有将士。长此下去，谁还能谨守职责呢？我大周基业岂不要毁于一旦！"

赵普见赵匡胤情绪激动，自然不便说出南唐献美是他从中出谋划策的结果。他心中暗暗好笑，周世宗宠美，一来荒废朝政，令众臣离心；二来会消耗元气，体力不济。这对赵匡胤可谓大有好处，他怎么会不明白呢？不过赵匡胤素有仁爱之心，这也是皇帝应具备的品质，赵普甚是钦佩。

赵普微笑道："历代帝王哪个不爱美人？江山社稷还是代代相传。依我之见，不如您代诸臣奏立太子，这样，百官定会认为您是为大周着想，会更加拥戴您，也会免去一些人的猜忌。"

"立太子？"赵匡胤口中喃喃道。他真不知赵普葫芦里卖的什么药。一方面，他劝自己寻找机会，拉拢群臣，伺机夺位；一方面，他又劝自己奏立太子，这不绝了后路？

赵普像是看透了赵匡胤的心思，接着说道："世宗的儿子都还年幼，到时我们可以……"说着，便突然停住。

赵匡胤并不糊涂，立即明白了赵普话中的意思，不由得暗中挑大拇指。一时间，赵匡胤竟希望周世宗早日驾崩。

这时家丁来报："回禀大人，宰相范大人请大人到府中，说有要事相商。"

赵匡胤挥挥手道："知道了。备马，我即刻起身。"说罢，看着赵普。

赵普不慌不忙道："如果我没猜错，十有八九是要与你商量奏立太子一事。"

赵匡胤点了点头，整换衣帽，带了几个随从，来到宰相府中。范质在客厅外等候赵匡胤，见面先是一番寒暄："赵将军光临舍下，未能远迎，请勿怪罪。"

赵匡胤谦恭道："满朝文武无不敬佩大人，匡胤不才，早该登门请教。"

进了客厅，两人分宾主落座，家人献上茶来。范质探询地问道："赵将军近些日子听到什么风声没有？"

赵匡胤佯装不知，道："匡胤乃一武夫，整日加紧操练兵马，以备战事一起，报效朝廷。除此之外的事就不太清楚了，还望大人多加指点。"

范质心里想：这么大的事情你怎能不知，在老夫面前装什么糊涂，嘴里却说："赵将军忠心可嘉，陛下没有看错人。多亏了有你这样的大将护国，大周的江山才能固若金汤。"

"匡胤无德无才，愧对大人夸奖。不知宰相找我何事？"赵匡胤直接发问。

范质立即站起身来，皱着眉头，在屋中来回踱了几步，然后说道："自从南唐献美之后，陛下多日不临朝，又在内苑盖了座八角览胜赏花楼，大臣中多有怨声。有人建议奏立太子，以稳朝纲。我请赵将军过府来，就是想商议此事。不知赵将军是怎么想的？"

赵匡胤略微沉吟一下，道："奏立太子，天经地义，我等武夫，听凭大人安排。"

范质虽与赵匡胤同朝为臣，但平日文臣武将交往不多，只知赵匡胤作战勇猛，为人豪爽，深得周世宗宠幸。今日请他前来，原以为要费一番口舌，没想到却如此顺利，不禁大喜过望道："赵将军这般通晓事理，老夫十分敬佩。"

"自古以来立长不立幼。据我观察，长子宗训虽然年幼，但却聪明伶俐，喜读诗书，颇有帝王之相。陛下也十分喜欢他。范大人意下如何？"赵匡胤将心中所想和盘托出。

范质心中暗暗盘算，自古都立长子为太子，否则会天下大乱。虽然宗训有些愚钝，总爱与宫女、太监戏耍，但也只好如此。自己在文臣中颇有威望，赵匡胤在武将中说一不二，只要我们二人联手，奏立太子一事定会成功。想到这里，范质拱拱手道："赵将军考虑十分周全，明日老夫召集百官齐集朝堂，请赵将军务必与老夫一同入奏。"

赵匡胤心里高兴，脸上却不露出来。他知道像范质这样德高望重的老臣，讲起话来极有分量，因此着意奉承范质，以博得其信任和好感。范质也正要拉拢赵匡胤，故此一文一武谈得十分投契。

日落时分，赵匡胤起身告辞，范质亲自将他送至府门外，二人相约明日朝堂上见。

　　且说次日早朝时间，文武群臣由范质、王溥带领，一齐直叩宫门，请见世宗，面奏大事。

　　周世宗现在十分高兴。览胜赏花楼竣工，秦弱兰、杜文姬两个美人与他通宵欢娱，乐得他心花怒放。听说百花已经开放，他欲带领美人登楼观花，宫门上却传报道："文武诸臣有事启奏陛下，俱在宫门外候旨。"

　　周世宗登时不悦道："朕今日身体不爽，有事让他们明日再奏。"说罢，就与两位美人进入内苑。他左边搂着秦弱兰，右边抱着杜文姬，心想就是一统天下，也不过如此。

　　这时，宫门上又传报道："宰相范质等人说事关重大，有关社稷危亡。他们在外面长跪不起，口称要立即面奏陛下，否则就一直跪下去。"

　　周世宗知道范质为人稳重，不是急事不会如此。再加自己多日没有临朝，也怕误了政事，便对二美人道："朕去去就来，你等不可走远，要等朕一起赏花。"二美人拉住周世宗的手，撒娇道："陛下，不要去嘛，没有陛下臣妾觉得孤单。"

　　周世宗哈哈大笑道："咱们的日子还长着呢！朕处理完公

务，马上就来陪两位美人。"说罢，与二美人亲热了一会儿，方整理好衣冠，宣群臣上朝觐见。

众臣行礼后，文武分东西站立。周世宗问："范爱卿，你率众臣有何要事入宫见朕？"

范质出班跪奏道："陛下亲建宏基大业，四海仰慕。众臣奏请陛下早立皇储，以正国本，这乃是国家之幸事。"

周世宗原以为有何等大事，听到只是为立太子奏本，便不耐烦道："满朝功臣之子皆未受封，岂可先加恩于朕之皇嗣？朕之长子宗训还只有七岁，是个孩童，过一阵再说不迟。"

范质、王溥等文臣均跪拜于地："陛下圣明，皇嗣未立，怎能封功臣之后？"

赵匡胤也率众武将跪拜道："臣等受陛下厚恩，还敢奢望推恩于子孙？乞求陛下顺乎万民之意，速立皇储。"

周世宗见文武百官异口同声，心想这是早晚的事，遂准了奏本，下旨立长子宗训为梁王。范质率诸臣叩首谢恩。周世宗见无本再奏，便早早退朝，回内苑陪二美人游玩去了。

赵匡胤退朝回到府中，赵普早在等候。赵匡胤将朝中之事叙说一遍，赵普道："梁王宗训，年幼无知，不懂国事，不足为虑。倒是殿前都点检张永德，身居要位，执掌兵权，圣上又是他的郎舅，此人不除，终是大患。"

赵匡胤道："永德与我平日并无过节，只要撤了他的职也就是了，不必非得斩草除根。另外此事不可操之过急，要相机行事。"赵普点头称是，下来自去布置。

显德六年（959），北汉王刘钧借助辽国之力，屡屡入侵后周边境，搅得周朝不得安宁。赵匡胤身为朝中大将，立即召赵普到府中议事。

赵普沉吟片刻，道："我以为采取釜底抽薪之计，先伐辽邦，比直攻北汉更为妥当可行。先剪除北汉的后援，再讨北汉，可以一举两得，你以为如何？"

赵匡胤连连拍手道："果然是妙。"

二人正在商量，周世宗派人来叫赵匡胤进宫商议军情。赵匡胤进宫见驾，发现范质、王溥、张永德以及侍卫都虞候韩通等都在场。

周世宗见诸人已到，于是说道："北汉气焰十分嚣张，接连犯我边境，是可忍，孰不可忍！我意派兵征讨北汉，诸位爱卿意下如何？"

赵匡胤先奏道："臣觉得北汉之所以敢进犯我大周，是因为有辽邦作为后盾。故此臣以为不如先攻打辽邦，断其后路，再讨伐北汉不迟。"范质等人在旁连连点头。

周世宗思考片刻，说道："赵爱卿考虑十分周全，就依你所言，朕即日发兵。"

范质又奏道："臣有一言，不知当讲不当讲？"

"爱卿请讲。"周世宗对范质非常客气。

范质道："此役事关重大，臣以为陛下应当御驾亲征，这样，定会鼓舞我军士气，大获全胜。"

周世宗怎舍得离开两位美人，但大敌当前，也只得把美人搁置一边。当下周世宗降诏要亲征辽邦，命赵匡胤为水路都部署，韩通为陆路都部署，张永德留守都城，自己则率领禁军为后应，择日出征。

且说赵匡胤的父亲赵弘殷因旧病复发，已经谢世，被追赠为太尉、武清节度使。按照旧制，赵匡胤应免官守丧三年，但周世宗破例"夺情"，依然降旨让赵匡胤伴驾出征。赵匡胤心里明白这是周世宗对他的信任。周世宗待他一家可谓不薄：不仅追赠其父，还封他为忠武节度使，使他从此握有重兵。

随着赵匡胤官职的升迁，赵普也从推官升为掌书记。听说张永德此次留守京城，赵普心中不禁一喜。他将家人赵忠叫到跟前，俯耳授计，赵忠点头答应，出去准备。

赵普亲来赵匡胤府中，要求随军出征。赵匡胤巴不得这样，忙道："那就请则平兄在我身边当个军师，遇事也好有个商量。"

一切准备停当，赵匡胤带领战舰，择日出发，顺风顺水，所到之处无不旗开得胜。这日弃舟登岸，长驱直入到了瓦桥关（今河北雄县城西南），扎下营来。

赵普考察完地形后，来见赵匡胤道："匡胤兄，我军已经进逼辽国重地——幽州。敌军一定会趁我们舟船劳顿、疲惫不堪之际，乘夜偷袭。我看应当早做准备，以防不测。"

赵匡胤忙道："军师所虑极是。辽军素来作战凶猛，只恐有的将士到时畏缩不前。我如何才能知道他们每个人是否勇敢杀敌呢？"

赵普笑道："这个不难。您可令他们每人背个皮笠，到时自会派上用场。"

赵匡胤吩咐下去，各营一方面埋锅造饭，一方面严加警戒。

三更时候。辽军瓦桥关守将姚内斌率数千骑兵偷偷出关，将马铃铛摘掉，马蹄用布包好，悄无声息摸到周营附近。姚内斌见周营灯火通明，只有几个游哨在营前巡逻，便将手一挥："给我冲！"辽兵齐声呐喊："冲啊，杀啊！"

周朝士兵一见辽兵杀来，忙大声喊道："了不得了，辽人杀来了，快跑呀！"

待辽人杀进周军营盘，刚才奔逃的士兵已经踪迹全无，大

营内竟空无一人。姚内斌情知上当，忙喊道："我们中计了，快撤！"

说时迟，那时快，只听"轰、轰、轰"三声炮响，周兵将辽军团团包围。迎面大旗上高挑一个"赵"字，旗下一员大将，手拿浑铁通天棍，高声喝道："辽贼，我乃赵匡胤是也。快快放下兵器，饶尔等不死。否则，让你们片甲不留！"

姚内斌骂道："今日爷爷中了尔等奸计，我跟你们拼了。"说罢，手持三尖两刃刀，直冲赵匡胤扎来。赵匡胤不慌不忙，往旁一躲。姚内斌抽回刀来，刚想变招，赵匡胤已手举浑铁通天棍，搂头盖顶直冲姚内斌砸来。姚内斌躲闪不及，即被扫落马下。周兵上来将他按住，捆了起来。

赵匡胤将浑铁通天棍舞动起来，一扫一大片。周兵见主帅英勇，个个士气高涨，将辽军杀得大败而归。赵匡胤查点队伍，只死伤了几名军士，便传令诸将，把出战时带的皮笠，呈上验看。

诸将奉令呈上。赵匡胤亲自看过，即传几个将士上前，大声说道："你们刚才临阵，为何不肯力战？临战脱逃者，按军法理应斩首，推出去给我斩了。"刀斧手将几位将士五花大绑，推出辕门之外。

左右将士不知何故，上前求情。赵匡胤道："你们以为我冤屈了他们吗？我让你们各戴皮笠，为何这些人的皮笠上留有剑痕？"

众将看时，果见这些人的皮笠上有剑痕，更加迷惑不解。赵匡胤这才详细解释道："我临阵督战时，见他们退缩不前，用剑砍了他们的皮笠，作为标记。若不将他们斩首示众，以后谁还奋勇杀敌？"

诸将听后，心服口服，愈加惮服赵匡胤执法严明，不敢再有半点疏忽。

赵匡胤率众将士一举攻下瓦桥关，此时韩通也高奏凯歌，攻克莫州（今河北任丘）、瀛州（今河北沧州），来瓦桥关与赵匡胤会师。不久，周世宗也率禁军来到。

这晚，周世宗大排酒宴，慰问众将。诸将兴高采烈，推杯换盏，划拳行令。周世宗也十分高兴，辽邦重镇幽州治所近在咫尺，胜利就在眼前，怎能不令人激动？！

谁知韩通此时却奏道："陛下出师不过四十二日，兵不血刃，势如破竹，便得燕南各州，这都是陛下威名远扬，使得辽将闻风丧胆，才奏此奇功。辽主闻听燕南失守，必定集中重兵防守幽州。依我之见，我们实难速战速决，还望陛下三思，不要轻入。"

赵匡胤大声喊道："主公万不要听他之言。我军将士气势旺盛，求战心切，何不乘此雄风一鼓作气扫辽平北，完成陛下统一中原的大志！"周世宗频频点头。

再说赵普并未参加此次庆功宴，而是在帐中与所带家人赵忠密商。赵普说道："赵忠，我临行前交代你做的木简，到派上用场的时候了。"

赵忠闻罢，忙取出一块三尺长的木简，交给赵普。赵普看了看，笑道："好，好！现在，你把它塞到世宗的文书之中，记住，要做得神不知鬼不觉。"

赵忠答应道："大人，您放心。"说罢，趁着夜色，躲过周世宗黄罗帐外的巡逻士兵，将木简插到桌上的文书之中。

酒宴散罢，周世宗单将赵匡胤一人留下，说道："赵爱卿，唯有你一人还牢记朕统一中原、收复南北的决心，怎奈诸将都心存退意，难道叫朕就此罢手不成？朕意已决，不捣辽都，决不收兵。明日你领兵一万继续北进，朕统大队人马随后就到。朕就等着爱卿的捷报了。"

赵匡胤叩首道："陛下如此信任、重用微臣，臣感恩不尽，定当竭尽全力。另外，臣还有一事要禀明陛下：掌书记赵普足智多谋，臣这次能一举攻下瓦桥关，全是他的功劳，还望陛下给予重赏。"

周世宗点了点头道："朕对赵普也印象颇佳，此次还京，朕一定给赵普加官晋爵。我还要看些文书，你先退下吧。"

赵匡胤走后，周世宗觉得非常疲倦，但因为还有些文书尚未批阅，只得强打精神，到了书案之前。周世宗拿起上面的文书，却从里面掉出一块木简来，仔细一看，上面有五个大字：点检做天子。

周世宗拿起竹简，翻来覆去看了几遍，一种不祥之兆涌上心头。"点检做天子"，难道张永德要做天子不成？要知道，在这诸侯纷争的年代，皇位随时都可能被人夺去。想当年，石敬瑭为后唐明宗之婿，后来竟篡帝位。张永德娶了尚长公主，与我有郎舅情谊，虽然他忠心耿耿，但他掌握着禁军最高统帅的权力，谁又能保证他没有反心呢？难道历史还会重演吗？

想到这里，周世宗出了一身冷汗，不禁惶惶不安起来。他将木简端详良久，心中越发掠过一丝阴影。此时，周世宗的心完全乱了，再也没有心思批阅文书了。

第二天，赵匡胤率大军出征。周世宗本想亲送赵匡胤出征，怎奈身体不爽，只得作罢。赵匡胤不费一兵一卒，就取了固安。正要乘胜进军之时，却传来周世宗病重的消息。赵匡胤立即令副将领军按兵不动，自己带着赵普等人即刻返回瓦桥关。

　　周世宗本来身体不错，但因终日与二美人欢娱，变得虚弱起来。这次从汴都一路行军到此，本来就十分疲劳，加上看到"点检做天子"的木简，急火攻心，竟一病不起。军医虽尽了全力，周世宗的病却不见起色。

　　赵匡胤赶回营中，营中众将议论纷纷，认为周世宗病体一时难以康复，欲奏请返驾还都，又恐周世宗动怒。赵匡胤与赵普商量后，决定自己前去奏请周世宗退兵。

　　赵匡胤见了周世宗，先问安，继而婉转谈到战事。周世宗叹息道："朕本想此次出征，一帆风顺，扫平辽邦，谁知身体不适，延误时日，照此下去不知要耽误多久！"

　　赵匡胤接言道："陛下龙体欠安，众将都为陛下忧虑。臣看幽州一时也难以攻下，看来天意尚未绝辽，臣意不如暂且回师，天必降福，待龙体康泰后再次伐辽不迟。"

　　周世宗听后，长叹一声道："卿言极是，也只得如此，否则只怕朕就要亡于此处了。"

　　次日，周世宗传旨退兵，并乘舆先行，赵匡胤、韩通等人率水陆大军随驾南归。及至京都，周世宗强撑病体，降旨免去张永德都点检之职，改任检校太尉；授赵匡胤为殿前都点检，加检校太傅兼忠武节度使。

　　圣旨颁后，一时间赵府宾客如云，川流不息。赵匡胤的结拜兄弟为遮人耳目，并不到赵府走动，一切都是赵普从中穿针引线。

　　周世宗病情时好时坏，一时清醒，一时糊涂，两位美人日夜守候在身旁。这日，赵匡胤听从赵普建议，进宫探视周世宗病情，正好周世宗服完药后，略有精神。周世宗让赵匡胤坐在身边，拉住他的手，说出一番话来。

第九回 匡胤北征挂帅印
赵普私下传民谣

　　且说周世宗已经连着数日没有上朝，见了赵匡胤，他气喘吁吁地问道："赵爱卿，这些日子来有什么军情吗？北汉有没有趁机侵犯我边境？"

　　赵匡胤见周世宗病成这样，还念着国家大事，不禁鼻子一酸，差点儿掉下泪来，说道："我们攻打辽邦，大获全胜，也打击了北汉的士气。北汉再也不敢轻易骚扰我边境了。"

　　"这就好，这就好，朕放心了。朕委任你为都点检一职，望你莫要辜负了朕的信任。另外，副都点检一职尚在空缺，此职非同小可，任务重大，卿以为何人可担当此任？"

　　赵匡胤早已与赵普商量过此事，故而成竹在胸道："臣以为慕容延钊将军可胜任此职。"

　　"嗯，朕也有此意。"周世宗点了点头。说罢，周世宗竟流下泪来，赵匡胤不知周世宗因何流泪，忙问道："陛下，难道臣说错话了吗？"

　　两位美人在旁为周世宗擦去眼泪，周世宗这才说道："朕自觉将不久于人世，想到朕的幼子、皇后以及两位美人今后将无人照顾，不觉流泪。"

赵匡胤这才恍然大悟，知道周世宗是为他身后之事担忧。

周世宗接着说道："我儿尚且年幼，不懂国事，今后你要多加辅佐他。符皇后更是可怜，她姐姐宣懿皇后死后，我立她为新后，还没有享受朕的恩泽，便要守寡，朕真是于心不忍呀！两位美人，我有意让她们重返南唐，与父母享受天伦之乐。"说到这，周世宗怜爱地望着二位美人。

二位美人早已哭得泣不成声，道："臣妾受浩荡龙恩，至死不忘，恨不得以贱妾之躯换得陛下龙体康复。陛下在，臣妾在，陛下要走，就带着臣妾一起去吧。"

周世宗见二位美人有情有义，感叹道："既如此，待我死后，就与两位美人同穴吧。"

赵匡胤安慰道："陛下洪福齐天，定会长命百岁。只要陛下静养，定会痊愈。到时臣又可随陛下亲征，一统江山。"

周世宗摇了摇头："人各有命，一切都是天注定的。"说完，闭上双目。

赵匡胤在旁等了一会儿，见周世宗已经入睡，便悄悄退下。回到府中，赵普正在等候他。赵普见了赵匡胤，急步上前，问道："龙体如何？"

赵匡胤叹了一口气："恐怕熬不过这几天了。"

赵普不以为然道："人各有命，富贵在天，世宗驾崩，对我们来说未必不是好事。幼主登基，我们才可以大展宏图。"

赵匡胤道："我何尝不知道。但陛下待我恩重如山，见他大业未立便不久于人世，不免有些伤感。"

"如此仁善，我深为佩服。不过，我看现在咱们应加紧行动了。你以为如何？"

赵匡胤拱了拱手："一切都仰仗则平兄了。"

这日傍晚，赵普来到慕容延钊府上。慕容延钊迎出客厅外，拉着赵普的手道："赵兄，是什么风把你吹来了？"说着吩咐家人道："去，叫三奶奶来。"

不多时，凤春款款走来，见了赵普，先是一惊，然后深深道了个万福："赵大人一向可好？"

赵普仔细端详凤春，见她出落得比以前更加漂亮，也丰满了许多，言谈举止颇有大家风范，心中才略感宽慰。这些日子以来，当他一个人独处时，常常想起凤春，唯恐她在慕容府上受委屈。

凤春回到后院，赵普笑道："看来，慕容兄与凤春相处不错！"

慕容延钊忙站起身道："赵兄慷慨赠美，我心里十分过意不去。凤春不但长得美丽绝伦，而且非常贤惠懂事，与我的其他妻妾相处得也很好。我在这里再谢谢赵兄了。"

"慕容兄你太客气了，这次我又是来向你道喜的。"赵普上来便点明来意。

"赵兄你可真是我的福星，总给我带来喜事。这次喜从何来？"

赵普手捻胡须道："匡胤新授殿前都点检，这副都点检一职，自然非你莫属。匡胤今天在圣上面前保奏你，圣上准了。这不，故此我才先来道喜。"

慕容延钊听了，不禁喜形于色。执掌禁军是何等重要的大权，匡胤竟然愿与他分享，可见对自己的器重和信任。想到这里，慕容延钊说道："请赵兄转告匡胤，他如此重用我，我愿肝脑涂地报答于他，任他驱使。只要有用得着我的地方，只要你和匡胤说句话，我在所不辞！"

"好！慕容兄快人快语，令人敬仰。当今乱世，凭匡胤之才，定能谋图大事。机会很快就会到来，望你及早做好准备。"赵普道出此行的重要目的。慕容延钊心领神会。

按下赵普在义社众弟兄府中穿梭布置不提，单表周世宗感到身体一天不如一天，便着手安排后事。他封次子宗让为燕国公，命范质、王溥两位丞相参知枢密院事。

病危之际，周世宗急召范质、赵匡胤等人入宫。他环视一下众位爱卿，眼中掉下泪来，说道："朕本想在众位爱卿的辅佐下，图谋大业，一统江山，怎奈老天要收我而去。我儿还小，以后由皇后垂帘听政，众位爱卿一定要视他们母子如朕，尽心加以辅佐。如若如此，朕在九泉之下也安息了。"说罢，便撒手归西，年仅三十九岁。时为显德六年（959）六月十九日（7月27日）。

周世宗在位虽然只有六年，但其雄才大略颇为时人称赞。他取秦陇（今陕西、甘肃一带），平淮右（今淮西），复三关，威武之声，震慑夷夏。周世宗驾崩以后，皇后哭成个泪人。秦弱兰、杜文姬两位美人知道众臣一定饶不了她们，果然吞金为周世宗殉情。

梁王宗训继承帝位后，依照父亲遗嘱，尊符皇后为皇太后，改赵匡胤为归德军节度使，仍充殿前都检点兼检校太尉，慕容延钊如愿以偿，当上殿前副都点检，禁军的指挥大权完全落在赵匡胤及义社兄弟手中。

赵匡胤权力的膨胀，引起朝中一些大臣的恐慌。与赵匡胤同征北汉的都虞候韩通，此次也被提升为宋州（今河南商丘市）节度使加检校太尉。他看出赵匡胤野心勃勃，不甘心于殿前都点检之职，不由提高了警惕。后周政坛此时显得格外寂静，却不知一股政变的乌云正在迫近。

且说显德七年（960）大年初一，后周正在举国欢度佳节，北方边关使者快马加鞭将一纸告急文书送进朝廷。幼帝宗训还只是一个八岁顽童，哪能处理国家大事，使者只得将告急文书呈给符太后。符太后深居后宫，毫无主见，看到边关使者奏报北汉主刘钧再次勾结辽邦入侵，早已吓得魂不附体，急忙请范质、王溥、赵匡胤、韩通等文武大臣上殿商议。

范质先禀道："辽人十分勇猛，依臣之见须派能征善战之人，才能抵挡。我看殿前都点检赵将军堪当此任。"

韩通立即阻止："太后，臣以为不妥。赵将军父亲过世，还在居丧守制期间。而辽人经过上次教训，定已今非昔比，我看还是另选他人为佳。"

王溥脸色一变道："韩将军，你是何意？大家都知道辽人凶悍，非常人能制服得住。满朝武将中，赵将军英勇无敌，我看除了他，他人难以获胜。"

韩通还要再说，被符太后止住了。周世宗在世之时，向符太后交代得清清楚楚：范质、王溥两位宰相德高望重，凡事都为朝廷着想，有事要听取他们的意见。既然两位大臣都认为应派赵匡胤，看来理应如此。见赵匡胤在旁不语，符太后问："赵爱卿，你为何不说话呢？"

赵匡胤忙道："因为事关于我，臣不便言语。当初先帝派我与韩将军共同征辽，也是在臣守丧期间。国事大于家事，请太后放心，如果派我率兵前去御敌，臣万死不辞，定当竭尽全力，报效朝廷。"

符太后点头道："赵将军一片忠心可嘉。我看就劳烦赵将军一趟吧。"赵匡胤领旨谢恩。临下殿前，他看到韩通恨恨地盯着自己，不由心中暗想：莫非消息走漏，他知道了什么？不可能！此事赵普安排得十分严密，就连众义社弟兄的妻子都不知道，他又能从何得知！想到这里，赵匡胤的心变得坦然了。

赵匡胤回到府中，派人把赵普请来。赵普得知此事，一反往日的沉稳，拍案道："机会来了，切莫放过这千载难逢的良机！"

赵匡胤也有些激动，望着赵普焦急、期待的目光，不由问道："则平兄，你看还有哪些事未办？要考虑得越周全越好。今日在朝堂之上，韩通百般阻止我挂帅，我看他对我有些疑心。难道他听到了风声不成？"

赵普摇头道："不可能。此事做得滴水不漏，只有咱们义社弟兄知道，就是我派赵忠干些事情，他也并不知情。不过为免韩通之辈蛊惑朝中重臣，我们应尽快发兵。主公还要去拜见一下范质大人，将他稳住，便可解除后顾之忧。"

赵匡胤见赵普安排得如此周密，便完全放下心来。事不宜迟，赵匡胤马上动身去宰相府拜见范质。

二人见面寒暄后，赵匡胤道："范大人举荐匡胤挂帅北征，可见对在下的器重与信任。军情紧急，出征就在这几日。大人还有什么要吩咐的吗？"

范质见赵匡胤如此谦恭有礼，心中十分受用。他一面让家人献上香茶，一面叮嘱道："先帝一贯待我们不薄，如今新主年幼，我们更应倾力辅佐，以不辜负先帝的遗愿。待将军得胜还朝，太后和圣上要亲自为将军接风。"

"匡胤受先帝圣恩，得范大人垂爱，定当粉身碎骨，扶我幼主，保我江山。"赵匡胤信誓旦旦地说。

范质听后感动不已，立刻提笔挥毫，写下"扶我幼主，保我江山"的条幅赠予赵匡胤。

赵匡胤辞别范质，回到府中，见赵普早已将众位义社弟兄召集在一起，正在饮茶密谈。赵匡胤一一招呼过后，说道："这次朝廷派我挂帅出征，烦劳众位兄弟相随。大家辛苦了。"

高怀德抢先说道："过去出征，大家奋勇争先，先帝都看在眼里，论功行赏；现如今，我们出生入死，皇上却在宫内玩耍，我们岂不是白流血汗了吗？"

赵普说："我们当初盟誓，有福同享，有难同当，匡胤绝不会亏待任何一位兄弟。"

此话说得十分含蓄，但在座人之中谁不明白赵普此话的意思？！赵匡胤将范质手赠条幅拿出，大家一齐过来观赏。赵普赞叹道："范大人书法笔酣墨饱，遒劲有力，功底十分老到，我们真是自愧不如呀！"

慕容延钊却说道："可惜范质只是个迂腐的书生。你们看，这'保我江山'乃一语双关之句，他却毫无察觉，哪里比得上则平兄呢？我看当今的宰相应让位于则平兄啦！"众人都起哄道："以后就让赵普兄当宰相。"

赵普忙将手指放在嘴前："嘘——小点声，这是什么时候！大家莫要拿我取笑。当务之急是要把此次事情安排得密而无缝。趁大家都在，我们再一起商议一下。"说罢，大家又低声耳语一番。

最后，赵匡胤说道："咱们就这样决定吧。如有变化，再派人通知大家。守信、审琦留下来保卫京都，要多加小心。"

石守信、王审琦答道："请大哥放心，有我们二人在，谅也无人敢出来兴风作浪。"

赵匡胤这才点头。天色已晚，大家各自回府。

第二天，京城里的乞丐在大街小巷中唱起了一首民谣："无知幼主登龙位，大周江山气数尽，气数尽；点检方能做天子，万民归顺乐陶陶，乐陶陶。"说也怪，这些乞丐专走平民百姓居住的地方，见着官府的高墙大院就远远躲开。

这首民谣像长了翅膀一样，在百姓中不胫而走，百姓惊骇不安，互相传播："你听说了吗，要改朝换代了，赵匡胤要当皇帝了。"

且说韩通的儿子中午去拜会好友，听说了此歌谣，立即策马回家告诉父亲。韩通早就对赵匡胤不满，闻此消息，立即让家人备马，急忙赶往宰相府。

范质正在睡午觉，听说韩通来访，忙将他请到客厅中叙话。韩通还未坐定，便说道："刚才犬子从街上回来，听到乞丐正在唱一首民谣，说'点检方能做天子'，下官觉得有些可疑。当今赵匡胤兵权在握，又与高怀德、慕容延钊等将领来往甚密。依我之见，这次出征途中恐怕有变，大人是否需采取些应急措施加以防范？"

"韩大人说哪里的话，赵将军对朝廷一向忠心耿耿，昨天还亲来我府，表示为保大周江山愿粉身碎骨。我还将他所说的'扶我幼主，保我江山'写成条幅，亲送与他。其忠心日月可鉴，将军不要胡乱猜疑。"范质对韩通所说的话不以为然。

韩通不改初衷，仍坚持道："赵匡胤此人惯用甜言蜜语笼络人心，范大人不要上了他的当。为了朝廷，为了大周江山，请范大人与我一同上殿，让幼主降旨解除赵匡胤的职务。"

韩通话未说完，范质沉下脸来道："韩将军，你不让老夫听信赵将军，难道让老夫听信那帮穷叫花子不成？大敌当前，要一致对外。我知你素与匡胤不和，不要因一时个人意气，酿成内讧。凡事要着眼大局才是。你回去吧。"说完，甩袖而去。

韩通坐在那里，脸一阵红、一阵白，恨恨道："大周江山早晚要毁在你们这些人手中！"他知道自己单独进宫也无济于事，便怏怏回府，自己去追查乞丐一事。

你道这民谣从何处传出？原来赵普深恐赵匡胤夺位，百姓毫无思想准备，国家会产生动乱，故此先要打个"预防针"。赵忠有一好友，与丐帮帮主很有交情。赵普派赵忠借其好友之手，给帮主送上重金，然后又将赵忠之友送出京城。因此，韩通就是抓住几个乞丐，也找不到赵普的头上。

第十回　陈桥兵变废幼主
　　　　　黄袍加身立新君

　　且说一切准备停当，赵匡胤令慕容延钊为前部先锋，率军先行。慕容延钊得了将令，带领精锐之师即刻起程。随后，赵匡胤自率大军，浩浩荡荡离开汴京。

　　由于民谣的传播，京城里一片寂静。胆小的百姓恐有变故，足不出户，店铺也都关了门。只有一些胆大的百姓在街头巷尾张望，看到赵匡胤的部队军容整齐，纪律严明，不由挑起了大拇指；又见赵匡胤骑在马上，神态自如，一副若无其事的样子，不禁将提到嗓子眼儿的心又放了下来。

　　大军浩浩荡荡向北行进，一路之上秋毫无犯，当天傍晚停在离汴京四十里的陈桥驿（今河南开封市东北）安营扎寨，准备歇宿一夜，明日再往前行。赵匡胤治军甚为森严，只见陈桥驿四周营寨密布，旌旗招展，兵士们各守哨位和帐篷，没人敢乱走乱窜、大呼小叫，晚风中听到的只有战马的嘶鸣。

　　夕阳西下之时，殿前散员右第一直散指挥使苗训与赵匡胤的幕僚吕余庆从赵普的大帐中走了出来。二人面色凝重，出帐便各自走开。

　　苗训一人在营中转悠，时不时仰头望望太阳，若有所思。

起先，并无人注意他的举动。大家都知苗训素习天文，平时观望云气，竟能把风云雷电的变化，说个八九不离十。故此大家尊称他为苗先生，并给他起了个绰号叫"活神仙"。

突然，苗训大叫一声："哎呀，不好！"附近的将士都围了过去，吕余庆也在其中。

有人问道："苗先生，您又在观天象吗？是不是有什么异常？给我们说说，也好有个准备。"

苗训压低声音，神秘地指指西方将要坠落的日头："你们仔细观瞧，太阳下面不是还有一个太阳吗？"

众人顺苗训手指方向望去，端详良久，也看不出个所以然。倒是吕余庆喊道："我看到了，看到了。果真不假，日下复有一日，互相磨荡，一会儿一日沉没，一片黑光；一会儿另一日独放光明，耀眼夺目，日旁有紫云缭绕，甚是奇特。唉，你们这些人都是肉眼凡胎，怎么能看得见呢！"

"我们也看见了。"围观的人争着说道，既然苗先生都说有，怎么可能是假的呢。自己能看见，也不亚于活神仙了。

吕余庆问道："苗先生，这天象可有讲头？"

苗训一本正经地说："从来天无二日、民无二主。这二日相克，必有一亡，此乃天命也。这前一个日头，应验在幼帝身上，是凶兆，系沉没的象征；这后一个日头，应验在点检身上，是吉兆，系天子的象征。"

"原来如此！怪不得队伍出发之前，满城百姓都在议论'点检做天子'，看来这是天意呀！天意不可违，苗先生，你说是吧？"吕余庆将话挑明。

苗训应道："上天垂象已显，应验就在眼前了。"

不大一会儿，满营将士一传十，十传百，全军都在议论着一个话题：点检做天子，是天命所归。

　　侍卫马军都指挥使、江宁军节度使高怀德见军心已向着赵匡胤，便不失时机地召集诸将议事。高怀德见诸将到齐，正扎成一堆，悄声议论"点检做天子"一事，便振臂一举，慷慨激昂地说："主上新立，年幼无知，大敌当前，我等虽拼死力征战，幼帝又何能知晓？不如上应天意，下顺民心，先立赵点检为天子，随后北征不迟，不知在座各位将军意下如何？"

　　当下众将齐声响应："高将军所言极是，我等愿拥立点检为天子，速速行进为好！"

　　你道这众将事先没人串通，为何能如此异口同声？这是因为高怀德的话说到他们心里去了。别妻离子，南征北战，谁不为图个功名利禄？赵匡胤坐了皇位，自己就是开国功臣，封妻荫子，何乐而不为？谁还愿意为那不懂事的幼帝卖命？

　　正在众人议论纷纷之时，都押衙李处耘站出来说："诸公所议拥立天子一事，非同小可，须得先禀明点检，不可贸然行动。"

　　前部都指挥使王彦升道："要是检点不允，又当如何？"

　　李处耘早已想好对策："现有点检亲弟赵匡义在军中，可先与他说明，请其入告点检，方可成功。"众将齐称有理，王彦升自告奋勇去把赵匡义请来。高怀德便把众将所议告诉赵匡义，请他出面入告赵匡胤。

　　赵匡义听后，面露难色："我兄素以忠义为本，若直言相告，恐未必答应，只有想出万全之策，才能行事。我兄与掌书记赵普交情深厚，我看此事还是与赵普商量后，再行定夺。"

　　说曹操，曹操就到。赵匡义话音方落，赵普便正好赶到。赵匡义见了，喜出望外，赶紧对赵普说："这里正有要事与你相商，请你快快帮助拿个主意。"然后便把众将之意告诉了赵普。

赵普环顾一下众将，故意先试探一下："点检忠于圣上，矢志不移，倘若知道你们谋逆，必不轻饶！"

高怀德接言道："点检若不从，我辈甘愿退而受罚！"

罗彦瑰高声道："点检为天子，是众人心愿，如悖我等之意，六军也休想再驱马向前一步！"

张令铎、韩重赟等大将也都出来呼应："现在各营军士均齐集营门，如殿前都点检不肯即尊位，众人就会各自散去，到那时谁还前去御敌？"

赵普看看火候已到，便与高怀德等义社弟兄迅速交换了一下眼色，强压心头的喜悦，正言道："既然众将议决，看来立点检为帝，是天意民心所归。此事不可迟疑，今夜分头准备，明晨便可行事。众将听高将军号令，其余事项由我和匡义安排。"

诸将听了赵普的话，齐声应诺。高怀德与诸将出去，齐集各营将士，宣布行动计划，军中欢声雷动。当下，全军将士不解甲胄，枕戈待旦，盼望天明后拥戴点检为天子，返回汴京。

赵普先是派心腹家人赵忠飞骑入京，密约殿前都指挥使、加领义成军节度使石守信和殿前都虞候王审琦谋划里应外合，把守好城门、宫门；然后，将做好的黄袍交给高怀德保管。

夜色将尽，曙色苍茫。从远处不时传来一阵阵公鸡的啼叫声，近处，战马的喷鼻声此起彼落。残星开始闭上疲倦欲睡的眼睛，悄悄消失了，黑夜蜷缩着，却不情愿退去。白昼的光芒渐渐逼近，东方的天际燃起了一抹红光。就在太阳将要升起的时候，一起中国历史上改朝换代的重大事变，终于在陈桥驿发生了。

　　高怀德率领众将校握弓持剑，来到赵匡胤寝帐门口，高声呼叫"万岁！"守门士卒见状，忙摇手制止道："点检尚未起身，诸位将军请勿惊扰！"众将齐道："今日立点检做天子，难道你还不知道吗？"说罢，便推赵匡义进帐，请点检起身受贺。

　　赵匡义进帐后，发现赵匡胤已被惊醒，正欠身徐起。赵匡胤故作满脸惊异的样子，问赵匡义外面发生何事，赵匡义便把诸将议决之事通报兄长。赵匡胤假意说道："此等大事，岂当儿戏？诸将陷我于不义，你为我亲弟，怎能听信众人之言？"

　　赵匡义进言道："不然！古有明训：'天予不取，反受其殃。'兄长不必疑虑，现今两日重光，天命所归，民心所向。如兄长不从，众将心灰意冷，果真散尽，到那时，兄长岂不是真的要获罪于天吗？"

　　赵匡胤听后，迟疑片刻道："待我出去晓谕诸将，再作计较。"这时帐外呼叫"万岁"之声更是高昂，赵匡胤来不及穿戴，索性披衣与赵匡义走出帐外。

　　将校们见赵匡胤出帐，个个手握刀剑，环立于庭，齐声高呼："三军无主，愿奉点检为天子！"赵匡胤还未来得及答言，高怀德早把绣龙黄袍披在赵匡胤身上。众将校齐刷刷跪拜在地，三呼"万岁"，各营寨军士顿时响应，霎时间，陈桥驿四周，"万岁"之声惊天动地！

　　这时，朝阳已腾空而起，绮丽的彩霞映得赵匡胤的方面大耳红光灼灼，披在身上的绣龙黄袍更是金光灿灿。赵普看到赵匡胤终于黄袍加身，天遂人愿，热泪不由得滚出眼眶。一夜的疲倦早已无影无踪，亢奋的情绪使得他此刻也精神百倍。

　　兵变的帷幕已经拉开，赵匡胤被推上前台。眼前发生的一切是他多年的梦想，赵匡胤简直不相信会这样顺利、这样迅捷地成为现实。为了表白自己是被动的，赵匡胤不得不婉转地说道："匡胤世受国恩，忠于朝廷，诸将强立我为天子，我岂能擅行不义？"

赵普见状，忙进言道："天命攸归，人心所向，明公若再推让，则是上违天命、下失人心了。若为报世宗之恩，只要礼遇幼主，优待故后，亦可算始终无负了。"

赵匡胤还要说话，众将不由分说，拥他上马，向汴京进发。赵匡胤忙揽辔高声对诸将道："你们欲求富贵，强立我为天子，可真心听我号令？如若不然，我宁死也不回汴京！"

诸将齐呼："我等唯命是从！"

赵匡胤这才放下心来，按照赵普的预先叮嘱，在马上郑重其事地与诸将约法三章："我有言在先，太后、少帝，都是先帝的亲人，你等不得冒犯；朝中大臣，都是我昔日同僚，你等不得欺凌；朝廷府库及士庶人家，你等不得侵扰。听命者，重赏；违命者，立斩不赦！"

诸将闻听，都再拜受命。赵匡胤这才下令整军，并派遣吕余庆偕同客省使潘美先回汴京。吕余庆去安慰赵匡胤家人，潘美去授意宰辅大臣。二人得令，快马加鞭向汴京疾驰。一切安排妥当，赵匡胤才带领大军，向汴京进发。

且说吕余庆、潘美纵马飞奔回到汴京，石守信、王审琦得到信息，早把城门、宫门封锁起来。这时，正值早朝，伴随雅乐之声，满朝文武突闻兵变，吓得惊慌失色，不知如何是好。符太后埋怨范质道："卿力主保举赵匡胤挂帅征辽，如何生出这种变故来？"说到此处，竟泣不成声。

范质悔之已晚，只得嗫嚅道："待赵匡胤进城，臣对他晓以大义，劝其谨守臣节便了。"符太后再也无话可说，只得含泪回宫。满朝文武人心惶惶，巴不得早点退朝，纷纷往家中奔走。

范质与王溥见众人散尽，这才退出朝门。范质内心是说不出的自责，他紧握住王溥的手，道："仓促命将，竟致此变。这都是我们的过失。赵匡胤出征之前，我还为他题写'扶我幼主，保我江山'条幅，谁知生出这样变故，我们如何是好？"范质见王溥没有回答，正觉奇怪，待王溥口中发出呻吟声来，范质才发现自己的指甲已掐入王溥掌中。

恰在这时，侍卫亲军副都指挥使韩通骑马赶到。他看到范质、王溥站在朝门外交谈，急促地问："叛军就要进城，二公还有闲暇叙谈？"

范质看到韩通，脸羞得通红，忙遮掩道："我们正在寻求良策，韩将军有什么高见？"

事到如今，韩通也顾不得范质还在咬文嚼字，忙说道："'水来土掩，兵来将挡'。城中尚有禁军，请二公赶快请旨调集，阻挡叛军进城；并速传檄各镇帅进京勤王，里应外合，方可打败叛军。"

范质见韩通说得振振有词，但远水如何能解近渴？他迟迟疑疑还未答言，韩通又风风火火道："二公快去请旨，我去召集禁军，事不宜迟。"说罢，挥鞭策马而去。

范质、王溥二人惊魂未定，见韩通走远，竟不知该往哪里去。这时家人急匆匆顺着街巷跑来，边跑边喊："相爷快走，大军已进城了。"范质、王溥一听大军已经进城，顿时脚下好像生风似的，一溜烟跑回家中。

兵贵神速。且说赵匡胤亲率大军，一路上马不停蹄，兵不血刃，顺利来到汴京。石守信、王审琦早已派兵在城门迎接，前部都指挥使王彦升一马当先，带领铁骑驰入城中，毫无阻挡。说来也巧，王彦升一眼看见韩通正策马过来，便大声唤道："韩侍卫，快去接驾！新天子到了！"

韩通不听则已，一听便火冒三丈，大怒道："接什么鸟驾？哪里来的什么鸟天子！你们一班逆贼贪图荣华富贵，背叛朝廷，难道不怕天诛地灭吗？待我召集禁军来收拾你们，你死到临头啦！"韩通说完，便拐入小巷直奔家中。

王彦升本是个暴烈性子，哪里受得了韩通的一阵辱骂，不禁暴跳如雷，早把赵匡胤不准杀戮大臣的将令抛到九霄云外，当下策马紧追韩通。

韩通驰到府门，早有家人开门迎接，韩通正待返身关门，怎料王彦升已驱马赶到，手起一剑，便将韩通劈死在门内。家人惊叫起来，王彦升杀得性起，一剑结果了家人，闯入院内，将韩通一门老幼尽数屠戮，韩通的儿子韩橐驼也没能逃脱。

韩通是位能征善战的将领，为何不堪一击，命丧九泉？一来韩通丝毫没有防备王彦升会下此毒手；二来也是王彦升剑法精湛，出手如电，人们送他个绰号"王剑儿"。此人生性残忍，韩通满门才遭此不测。

汴京城内，石守信、王审琦出来安抚百姓，秋毫无犯，城内才平静如初。赵匡胤率领大军，从明德门鱼贯入城，命兵将一律归营，不得擅自行动，自己退居公署。过了片刻，早有散指挥都虞候罗彦瑰将范质、王溥拥入署内。

赵匡胤见到他们后，眼泪竟不由自主地落下来，呜呜咽咽道："我受世宗厚恩，刻骨铭心，今为六军逼迫至此，实不得已，愧对天地。"

范质见赵匡胤自责，以为他是真心悔过，便指责道："将军为先帝亲信大臣，屡受恩典，今谋逆自立，欺凌孤儿寡妇，异日何颜见先帝于地下？"

王溥见范质责备赵匡胤，刚要说话，赵普朝罗彦瑰咳嗽一声，罗彦瑰马上横眉立目上前，厉声喝道："我辈无主，今已立点检为天子，再敢有异言、不肯听命者，莫怪我的宝剑不留情面！"说话间，他剑已出鞘，明晃晃的剑刃逼向二人。

王溥吓得面无人色，见势不妙，赶忙降阶下拜，口称"万岁"；范质见事已至此，无可奈何，也只得随后下拜。赵匡胤见两位宰辅均已降服，忙下阶扶起二人，分左右赐座，商议即位事宜。

范质见赵匡胤对自己以礼相待，悬着的心才放下一半，小心问道："明公现为天子，如何处置幼君？"

赵普在旁插言道："即请幼主法尧禅舜，他日待之如贵宾，如此也算不负周主。"

赵匡胤接言道："太后、幼主，我当北面事之，以礼相待，并下令军中，誓不相犯。"

范质见太后、幼主都有了安排，心才踏实下来，说道："既如此，应召集文武百官，准备受禅。"

赵匡胤正等着这一句话，赶紧接道："请二公替我出面召集，我决不会薄待先朝旧臣。"范质、王溥当即告退，入朝宣召百僚，商议受禅的礼节。

当日午后申时，一切准备就绪，百官齐集朝门，肃静无声，范质等拜请赵匡胤到崇元殿举行禅代礼。朝门内外，禁军将领戒备森严，石守信、王审琦顶盔贯甲，腰间佩剑，威风凛凛，左右拥立着赵匡胤缓步登上崇元殿。此时的赵匡胤精神抖擞，容光焕发。

文武百官听见大乐奏起，赶忙屏住呼吸。大乐奏完，就要举行禅代礼，范质这时才想到慌乱中竟忘了找人准备周恭帝禅位诏书，顿时吓出一身冷汗。没有禅位诏书，就无法举行禅代礼，落个欺君之罪，满门都得抄斩……

正当范质因无禅位制书惊魂不定之时，只见翰林学士陶穀
不慌不忙从袖中取出一道禅位诏书，递给兵部侍郎窦仪。窦仪
双手捧定诏书，朗声宣读道：

> 天生蒸民，树之司牧①，二帝推公而禅位，三王乘时
> 以革命，其极一也。予末小子，遭家不造，人心已去，国
> 命有归。咨尔归德军节度使、殿前都点检赵匡胤，禀上圣
> 之姿，有神武之略，佐我高祖，格②于皇天，逮事世宗，
> 功存纳麓③，东征西怨，厥绩懋焉。天地鬼神享于有德，
> 讴谣狱讼附于至仁，应天顺民，法尧禅舜，如释重负，予
> 其作宾，呜呼钦哉！祗畏天命！

窦仪读毕诏书，宣徽使引赵匡胤退至北面拜受制书，然后

---

① 司牧：君王；官吏。
② 格：感通。
③ 纳麓：总揽大政的意思。

入室更换天子服装，再由内侍簇拥出来登崇元殿，至此赵匡胤才正式即皇帝位。这时，净鞭三响，文武百官向上朝贺，高呼"万岁"。

此时的赵匡胤犹如做梦一般，见众臣匍匐于地，这才真切地感到自己是真命天子。朝贺完毕，早有太师符彦卿及范质夹侍着周幼主恭帝宗训来到丹阶，行礼叩贺。

赵匡胤见幼主来到，想到世宗过去对自己的恩德，宗训虽年幼，也曾是自己主上，今被废掉，不免起了怜悯之心，便欲起立答拜。赵普马上小声提醒道："陛下，周主现为主上之臣，君无拜臣之礼，陛下不必过谦。"听到赵普的叮嘱，赵匡胤这才坐定，遂宣敕命：封宗训为郑王；符太后为周太后，迁居西宫。符彦卿、范质又着宗训俯伏谢恩。年轻寡居的太后及无知的幼主，满眼含泪，哭哭啼啼，前往西宫而去。

且说既已取消周主尊号，赵匡胤便令改定国号，因其前领归德军在宋州，遂建国号为宋；以火德王，色尚赤；建元建隆，大赦天下。遣使遍告邻国藩镇，后周的所有疆土，均归宋朝辖制。因赵匡胤为宋朝开国皇帝，史称其为"启运立极英武睿文神德圣功至明大孝太祖皇帝"。

随即太祖降诏，封臣册后。后周旧臣个个留用，且都晋爵加禄。相比之下，义社弟兄虽也得到高官厚禄，但比他们想象中的相差很远，不免心里窝了一口气。

这天，义社众弟兄齐聚在赵普府中。石守信说道："则平兄，这次我们大家都为你鸣不平。若没有你鞍前马后，从中筹划，我看匡胤不能这么快就能当上皇帝。范质、王溥算什么东西，还接着当宰相，你才是个枢密直学士，岂不是太委屈你了吗？"

赵普心里明镜似的，这些有功之臣都对后周降臣受封深怀不满，于是先打趣道："石将军可是为自己官职太小而生气？"

石守信脸一红，强辩道："则平兄，你莫要不识好人心。"

高怀德等人起哄道："他就是因为没当上侍卫马步军都指挥使生怨气。"

石守信嘟囔道："就是嘛，怎么只给我一个副职？"

赵普哈哈大笑道："果不出我所料。你们的官职都已不小，慕容将军是殿前都点检，高将军是殿前副都点检兼义成军节度使，其他人也都得了高官，比你们以前强百倍。我知你们对范质等人仍袭旧职耿耿于怀，殊不知这正是我为圣上出的主意。"

"什么，是你的主意？你是不是糊涂了？"石守信毫无顾忌地大叫。其余众人也都是迷惑不解，睁大了眼睛。

赵普手捻须髯道："圣上新得江山，如果立即将老臣逐出，就会使朝纲不稳，人心惶惶，全国就可能发生动乱。只有将他们先稳住，使他们忠于圣上，圣上的根基才能稳固。这点道理想必诸位将军定能明白。"

石守信将大腿一拍，站起道："你早说，大伙儿不就都明白了吗？"

赵普知石守信是个直肠子，于是劝道："石将军，我刚才所说，你千万不能传将出去，且与旧朝老臣要和睦相处，不要使圣上为难。各位将军也要牢记在心。"

石守信、高怀德等人连连答应着告辞而去。来时是满腹的牢骚，走时却是满心的畅快。

再说赵普待众人走后，又独坐在客厅思索。诸弟兄已心服口服，唯有王彦升一人虽陈桥有功，但未获嘉封。原来，当太祖得知王彦升进城杀死韩通及其全家一事后，勃然大怒。他倒不是觉得韩通可怜，而是恼恨王彦升不听从他的将令，故此不给王彦升封官。

天已傍晚，赵普乘轿赶往后宫，参见完圣上，毕恭毕敬站立一旁。太祖摆手道："在此处你我君臣不必拘礼。来人，看座。"赵普这才坐在椅边上。

太祖问道："此次封官，众弟兄是否心存不满？"

赵普将刚才发生之事原原本本告诉了太祖，太祖点头道："多亏爱卿从中解释。你觉得我还漏封了何人？"

赵普这才说道："臣以为王彦升陈桥有功，理应受封。"

一提及王彦升，太祖脸色顿变，高声道："我在陈桥驿约法三章，违令者斩，他不听号令，按律当斩。若不是爱卿提醒，朕差点忘记了。"

赵普见太祖动怒，忙劝慰道："陛下息怒，彦升违令，理应处罚。但念他在陈桥驿对主公一片赤胆忠心，开国之初，如杀戮于他，恐弟兄们心寒。"

太祖余怒未息，道："如不处置，今后如何号令三军？还有何法度可言？"

赵普知道王彦升要想升官，已是不可能，便婉转地进言道："陛下应追封、厚葬韩通，王彦升也不任要职，这样，一则可显出圣上的仁德，二来众臣也就无话可说了。"

太祖这才点头道："韩通虽与我不合，但对大周一片忠义，追封、厚葬自不必说。王彦升虽然陈桥有功，但因擅杀韩通，从此终身不委要职，以给后人借鉴。"

赵普心想："好玄，差点让王彦升丢了一条命。"他知太祖的主意已定，便告辞回府。

王彦升虽免去罪罚，但却不予要职，仅拜①恩州团练使、领铁骑左厢都指挥使。前朝旧臣见太祖追赠韩通为中书令，并厚礼收葬，皆从内心感佩太祖是仁德之君、忠厚皇帝。

自此，人心归顺，众臣皆服。北汉王及辽邦，得知赵匡胤登基，畏其威德，不敢轻举妄动，边境也暂时出现太平景象。

这天晚上，赵普深感疲惫，早早躺下安歇，并于恍恍惚惚之中回到了琅琊山。还是那个小沙弥在寺外迎接，说道："施主你真回来了！住持说你今天会到，我还不信，以为你做了高官，把我们全忘了呢。"

赵普揪了揪小沙弥的鼻子，道："想我了是不是？我这不是看你们来了吗！慧觉禅师是否康健如初？"

小沙弥高兴地说道："我家住持身体可好了，比你见他时还硬朗，只不过常常惦记你。我来带你去见住持。"说着，拉起赵普的手就走。

转眼之间，赵普到了一个大殿，小沙弥却不见了。大殿内空无一人，十分阴森。赵普高声喊道："慧觉禅师，慧觉禅师，你在哪里？我来看你了。"他的声音在殿内回响。

忽然殿内起了大火，将赵普团团围住。赵普猛推殿门，却被人锁住了，不由大声喊道："救火呀！救命呀！"

"相公快醒醒，快醒醒，你怎么了？"赵普"哎呀"一声睁开了眼，见妻子正在关切地问，"相公，你梦见什么了？"

赵普方知道刚才是在梦中，不由出了一身冷汗。他安慰受惊的妻子："没什么，做了个噩梦。快睡觉吧。"妻子哼了一

① 拜：授予官职；任命。

声，转身睡了。赵普却再也睡不下去，睁着双眼呆望着屋顶。是慧觉禅师出了变故？还是自己将有大难？他苦苦思索着。

次日下早朝后，太祖将赵普留下，说道："昨晚朕做了个梦，爱卿帮我解解。"

"陛下请讲。"

"我梦见自己骑马到了琅琊山，一个仙风道骨的长老笑吟吟地对我施礼道：'当年赵施主来本寺时曾问过老衲：何人才能平定天下？老衲答道：方面大耳者可夺天下。今陛下登基，平定天下之人定也。'我刚想问他是何人，忽然四周燃起熊熊大火，朕一下子就醒了。爱卿，你看这是个凶梦，还是个吉兆？"

赵普在旁仔细听着，又惊又喜道："这是慧觉长老托梦给我们君臣二人。"说罢，也将自己的梦详细说了，然后说道："陛下，慧觉禅师曾助我们大破清流关，当时他曾讲'本寺也有劫难'，莫非应验了不成？"

太祖沉默不语。昨夜梦醒之后，他心里惴惴不安。他意识到长老可能就是慧觉禅师。滁州是他的发迹之地，他早就想重回旧地，拜谢慧觉禅师，并问问今后的吉凶祸福，只因初登帝位，国事繁忙，才耽搁了下来。

见赵普也梦见宝应寺着火，太祖更是深信不疑：慧觉禅师和宝应寺可能遭了难！于是说道："爱卿所言正是朕之所虑。朕意已决，微服亲去滁州琅琊山，还得爱卿与朕同行。"

赵普见太祖已经决定，便赞同道："臣愿随陛下前往。"

一切准备停当，太祖对外秘而不宣，只带赵普、高怀德及十几名禁军士兵，轻装简从，踏上前往滁州的路程。一路上晓行夜宿，因着便装，未惊动沿途官府，竟无人察觉皇帝微服出行。

这日，太祖一行来到琅琊山，太祖将马缰绳交给禁军士兵，便要步行上山。赵普见状，忙道："陛下，山高路长，还是骑马而行吧！"

太祖精神爽快地道："朕长年戎马倥偬，难得有此空闲，何不乘兴游山。慧觉禅师知道我们徒步上山，才可看出此行的诚意。"赵普、高怀德赶快下马，跟随太祖缓步上山，其余禁军士兵都牵马远远随行。

此时正值初春时节，新绿才上枝头，远远望去，林林总总的树干，犹如无数黑色的精灵，孕育着绿的生命。琅琊古道，曲折崎岖，茂林掩映，修篁舒绿。太祖一行走走停停，陶醉在幽静的大自然的美景之中。太祖连年征战，哪有闲暇游山玩水，此刻置身于幽林秀水之中，心情无比舒畅。太祖问赵普道："滁州乃兵家必争之地，战火不断，怎还有如此佳境？"

赵普道："陛下，这琅琊山虽离滁州仅十里，但自古就是圣境。当年汉高祖刘邦在垓下大败项羽后，曾驻兵在此，恰逢滁州大旱，民无水灌稼，兵无水饮马，高祖跪在山顶为兵民祈雨，结果大雨降下，霸王灭，滁田丰，现在山上还有汉高祖的饮马池和求雨祠呢。"

"噢？原来汉高祖也到过此处！"太祖听赵普讲汉高祖曾到过琅琊山，顿时来了兴趣。

"汉高祖驻兵时，这里还叫摩陀岭。东晋琅琊王司马睿为避八王之乱，曾渡江驻兵在此，司马睿称元帝后，才将摩陀岭改名为琅琊山，以纪念这潜龙之地。"赵普见太祖高兴，便又滔滔不绝讲起历史。

高怀德也听得入了神，不由赞道："则平博学多才，不愧为枢密直学士。既然汉高祖、东晋元帝在此发迹，陛下也曾来此，看来这里是腾龙发端圣地。"

太祖听到此，心头一动。此行目的，他并没有全部说与赵普。拜谢慧觉禅师是顺理成章之事，其实太祖是想亲自察看山川风水，以便将来好在这里为自己建一座端庙。他对滁州、对琅琊山、对宝应寺，有一种说不出的特殊感情。他还没有见过慧觉禅师的面，但听赵普绘声绘色的描述，就认定慧觉禅师是一位能够未卜先知的神人。他放下千头万绪的政务，不仅仅是来致谢的，还想从慧觉禅师嘴里知道自己一统天下还需要多长时间，以及他的皇位能够再坐多久！

赵普见太祖面带沉思之状，知道他正在思考问题，示意高怀德不要再讲话。几个人跟在太祖身后，默默无语。

这时，古木参天的密林中，四处都听得见鸟儿的啁啾声，抬头望去，红若榴火的绶带鸟，闪着蓝光、恰似流星的蓝翡翠，遍身金黄、绿爪红嘴的黄眉鸡，在绿树红花中翩翩起舞，竞相媲美；金翅雀、银喉长尾山雀、黑枕黄鹂、柳莺都舒展歌喉，时而低吟委婉的心曲，时而高唱欢乐的赞歌。在鸟儿们的欢快的诗韵里，太祖一行人仿佛进入了美妙的世界，这里没有战火，没有硝烟，没有国与国之间的厮杀争斗，没有人与人之间的尔虞我诈……

走出崎岖的山林小路，眼前豁然开朗。赵普刚刚说出："陛下，宝应寺到了……"话还未说完，不由得大吃一惊，眼前哪里还有宝应寺巍峨的庙宇，整个寺院早已成为废墟，到处都是断壁残垣、碎瓦破砖，烧焦了的椽子还依稀可见。

太祖紧走几步，望着这被战火毁坏了的残破寺庙，默默自语道："看来我们大破清流关后，南唐派兵烧毁了寺院，真是罪孽。不知慧觉禅师生死如何？"

赵普见太祖动了感情，便解劝道："陛下不必过忧，慧觉禅师当年既有先见之明，想必早有安排，谅也不会出什么问题。"

太祖、赵普、高怀德正在宝应寺废墟徘徊之时，一鹤发童颜的隐士骑着一匹白骡，口吟歌谣而来："莫道当今无天子，都将天子上担挑。"

高怀德见状大喝道："哪里来的乡野村夫，竟敢口出狂言？"

隐士骑在白骡上纹丝不动，答道："高将军何必动怒？"

高怀德先是一怔，继而厉声道："你是何人？"

太祖见隐士面目清癯，脸色红润，颜发如霜，二目似电，知其来历不凡，忙喝住高怀德："不得无礼！"于是上前恭恭敬敬地说道："适才多有得罪，还望隐士宽容。"

隐士忙从白骡上下来，飘然来到太祖面前，施礼道："陛下赔礼，折杀老朽。"太祖愈加奇怪，自己便服出京，无人知晓，在这深山老林之中何以有人认得自己？

正在太祖诧异之时，隐士却道："老朽认得陛下，陛下何以忘了老朽呢？陛下幼时，曾于篮中避乱，与老朽有一面之缘呀……"

第十二回　华山陈抟说偈语
寡居公主动春心

　　话说太祖遇到的隐士不是旁人，乃华山道士陈抟。此人系谯郡（治所在今安徽亳州）真源（今河南鹿邑县）人，与老聃同乡里，屡次考进士不中，便云游四方，后归隐武当山，辟谷炼气，又入华山为道士，修葺唐云台观，隐居在此。

　　陈抟闲时常骑白骡下山，出入民间。一日，遇到躲避兵祸的百姓，在人群中发现一气度不凡的夫人肩挑两个篮筐，篮中的两个男孩均是方面大耳，面露帝王之相，向夫人询问孩子的姓名，方知两个男孩乃赵匡胤、赵匡义兄弟，夫人乃是杜氏。陈抟当即在白骡上笑吟："莫道当今无天子，都将天子上担挑。"如今，赵匡胤果然当了天子，赵匡义后来也称帝，这是后话。

　　太祖过去常听母亲说起这段奇遇，开始只当笑话听，现在自己果真当了皇帝，又遇到了骑白骡之人，并说与自己有一面之缘，莫非他就是当年母亲所遇之人？想到这里，太祖恭恭敬敬道："过去常听母后谈起隐士，今有幸目睹隐士仙风道骨，真是三生有幸。请问隐士尊姓大名？"

　　隐士答道："我乃华山乡野村夫陈抟。"

赵普听到"陈抟"二字，便对太祖说："常听人说陈抟老祖，前知五百年，后知五百载，陛下何不问他天下大事如何始终？"

太祖没有见到慧觉禅师，心中甚感遗憾，听赵普进言，便问道："隐士虽居深山，但知晓天下大事，还望对未来之事给以明示。"

陈抟笑道："我乃乡野之人，生性愚笨，哪知天下大事。"

太祖恳请道："隐士不必过谦。"

"一汴二杭三闽四广。"陈抟见太祖急欲知晓后事，便脱口而出这八个字来。

太祖不解其意，又追问道："请隐士再从详析之。"

陈抟牵过白骡，飘身跨上，回答道："非老朽所知也。"

赵普见陈抟骑白骡欲走，便越过太祖，急步走上前道："难得能见隐士一面，请留尊步。"

陈抟斜视赵普良久，怒道："紫微帝垣一小星，辄据帝前，不可！"赵普顿时脸色煞白，忙退至太祖身后。高怀德还要上前拦阻，太祖示意不要造次。

陈抟将这一切都看在眼里，漠然处之，白骡不等吆喝，便踏动四蹄，离开宝应寺废墟。只听陈抟在白骡上朗朗道："我谓浮荣真是幻，醉来拾笞谒高公。因聆元论冥冥理，转觉尘寰一梦空。"

高怀德望着陈抟远去的身影，对太祖道："陛下，这种隐士自视清高，神神秘秘，何必对他恭恭敬敬。"

太祖不理会高怀德的议论，问赵普道："爱卿才思过人，这'一汴二杭三闽四广'，其意何在？"

赵普摇头道："这可能是预示未来的偈语，其意玄奥，非今人能解。"

太祖见赵普也没法弄懂偈语，知道一时难以破解。望着残破的宝应寺，太祖下决心要修复，便对赵普道："朕当前大事是一统天下，但请爱卿记住，一旦天下太平，便要提醒朕重修宝应寺，让子孙后代不要忘了这琅琊山、宝应寺乃是我赵家的发端之地。"

赵普忙道："臣牢记心中，请陛下放心。"

初春，正午的阳光照射的地方暖洋洋的，山野的微风吹到脸上，也透着一股暖意。太祖一行没有得到慧觉禅师的下落，来时的希望落空了，心里不免有些懊丧，但明媚的天气使他们在归去的路上兴致不减，唯有高怀德总是默默无语，好像有一肚子心事。

赵普见状感到纳闷：高怀德平日忠厚热情，直言快语，不拘小节，很少有忧愁的时候，今天满脸愁云，很是反常。赵普催马与高怀德并辔而行，试探地问道："高将军为何闷闷不乐，说出来也许我能为你分忧。"

高怀德开口道："赵学士古道热肠，谁人不知，但此事你没法帮忙。"

赵普感兴趣地进一步问道："噢，倒要看有何为难事。我帮不上忙，难道陛下也解决不了吗？"

"区区个人家中小事，怎敢惊动陛下？"高怀德听赵普说到太祖，赶忙解释。

赵普是何等精明之人，听高怀德讲出是个人家中事，马上想到他的夫人前些时候刚去世，作为一个戎马将军，没有家庭的温暖和女人的爱抚，生活中就好像缺少了点什么东西。想到这里，赵普将马往高怀德身旁靠近一点，低声道："高将军有无中意之人，我可前去作伐^①。"

赵普的话使高怀德不禁心头一怔，随即平静下来，爽直地说道："赵学士不要取笑。夫人去世不久，我怎能现在续弦？"

赵普抚须笑道："高将军是敢做敢为之人，何日学得这般遵守古礼。"

太祖听到赵普的笑声，勒住马问道："爱卿有何喜事？让朕也高兴高兴！"

赵普赶忙说道："陛下，高将军夫人已经故去，我想为他作伐，高将军不肯。男人还要为女人守节，请陛下帮助裁决可否？"

一路上君臣拘礼，没有什么可谈的话题。赵普提到高怀德续弦一事，太祖来了兴趣。高怀德是自己的义社兄弟，情同手足，陈桥驿立自己当天子，又立了首功。作为原先的弟兄和现在的爱将，关心关心高怀德的续弦一事，可以增进君臣之间的感情。太祖道："高爱卿是征战疆场的勇将，续弦天经地义，何必畏缩不前。赵爱卿，此事由你负责，如果办不好，朕拿你是问。"

赵普见太祖过问，更加高兴起来，笑吟吟道："陛下的旨意，臣岂敢不遵？我这个月老是当定了，高将军到时可不要忘了给我喜酒喝啊！"

高怀德嘴上说不急于续弦，可心里却着急得很。现在太祖命赵普给自己作伐，但意中人上哪里去找？太祖的关切，赵普的热心，使他感到心头暖融融的，一路上话语又多了起来。

---

① 作伐：做媒。

赵普刚回到府中，赵忠便来报告：慕容延钊派人告知，凤春因病去世，后日发丧。赵普顿时愣在那里，半天才说出一句话来："她得的什么病？怎么会死了呢？"

赵忠嗫嚅着答道："这个小的不知。"

"你真的不知道吗？"赵普紧紧盯着赵忠。赵忠只觉得老爷的目光是如此的锐利、严厉，头皮一阵阵发麻，他从来没见过老爷这般模样。赵忠狠了狠心，心想说出来算了，反正瞒也瞒不住，于是答道："我与慕容府中的一个家丁较熟，听说是慕容大人新娶了个小妾，这个小妾十分专横跋扈，常与凤春争吵。慕容大人宠着新人，总责骂凤春。凤春气不过，吞金死了。"

赵普一言不发地听着，两行热泪滚落下来，赵忠见状忙退了下去。赵普捶胸顿足道："凤春，是我害死了你，不仅辜负了你的一番情意，还把你往火坑里推。我对不起你呀！"凤春待他情深意长，而他却把凤春当作政治上的交易工具，他心里怎能不内疚呢！

连着两天，赵普茶不思，饭不想。夫人不知赵普因为何事而如此悲伤，急得四下打听究竟。赵忠倒也知趣，只说是老爷的一位朋友死了，老爷十分伤心，夫人也就信以为真。

第三天，赵普强打精神，在赵忠的陪同下来到慕容延钊府中。慕容延钊哭成个泪人，紧紧拉住赵普的手说："则平兄，我没照顾好凤春，真是愧对你和陛下呀！"

赵普假意宽慰道："自古红颜多薄命，这是天意。大人也不要过于伤心。在下不知，凤春得了什么急病？"

慕容延钊抹了抹眼泪："她是抑郁成疾，请医生看病，也无济于事。都怪我啊，都怪我！"

赵普心里好笑，面上却不显出来，只是说："慕容大人不要过于自责。人各有命，看来凤春注定享不了慕容家的福。"

慕容延钊问道："赵大人是不是看看凤春？我还没让他们装殓。"

赵普自感没脸面对凤春的尸体，便摆了摆手道："慕容大人自己安排吧。我身体不爽，就先走了。"

回府的路上，赵忠说道："慕容大人演起戏来可真像呀。"

"胡说。"赵普瞪了赵忠一眼。次日，赵普便恢复正常，只是想到凤春，心中仍不免隐隐作痛。

再说太祖回宫以后，忙着处理朝政。这天，稍有闲暇，太祖便漫步去后苑的赏花览胜楼。这赏花览胜楼还是周世宗为秦弱兰、杜文姬两位美人所建，可惜他自己却没福受用。这座楼台曲栏映日，画栋飞云，富丽堂皇，金碧灿烂。楼中央设御案，上设八宝盘龙御座，左右各置绣墩，楼左设丝竹，楼右列歌姬。复壁里面，焚着龙涎真香，外面不见一点烟气，但觉香风馥馥，吸入鼻孔之中，令人心醉神怡。

太祖在嫔妃陪伴下饮酒品肴。酒至半酣，便命奏乐作歌。只听楼的左边，筝筝琵琶同响，笙箫玉笛合奏；楼的右边，悠扬歌声齐起，抑扬顿挫悦耳。太祖闭目单手击拍，很是愉悦舒心。待睁开眼，目视左右的嫔妃，没有一个赏心悦目的美人，不禁有些扫兴，便离座在曲栏边独自赏花，只见内苑里奇花异卉，绿树成荫。

忽然，在楼下不远处的垂柳后面踱出一个人来，只见她面似桃花，腰如弱柳，站立在万绿丛中，愈显得朱唇一点，红香欲滴，只是双眉紧蹙，目光发呆，一脸愁容。太祖发现原来是自己的妹妹燕国长公主。太祖正要唤她，只见燕国长公主轻移莲步，长吁短叹，竟回宫去了。

太祖现在只有这一个妹妹，自然十分疼爱。自从她年纪轻轻丧夫后，匡胤便奉母亲之命，接她回来一同居住。太祖称帝后，封她为燕国长公主，又将仁寿宫静香轩赐给她，以便早晚陪侍母后。

作为哥哥，他愿倾其所有给燕国长公主，只要她能高兴。今见她长吁短叹，面带忧容，不知受何委屈。太祖拿定主意，要问个究竟，便屏退侍从，独自一人徒步往静香轩而去。

燕国长公主自从夫君不幸病逝后，便孀居回家，虽有母后和皇兄的疼爱，宫女、内监也尽心侍候，但青春年少，空闺独守，寂寞难耐。于是走出仁寿宫到后苑赏花散心，满园春色更勾起她芳心伤春，便又回宫斜靠在沉香床上歇息。

此时，天值正午，宫内静寂无声，宫女都退回到自己房内。燕国长公主面对四垂的罗帐，更加感到形单影只，不觉沉沉睡去。睡梦中竟梦见与故去的夫君米德福新婚燕尔的情景，二人男欢女爱，是那样的甜蜜……

太祖远远跟随燕国长公主来到静香轩，本想进去问妹妹个究竟，但隔窗窥见她睡倒在床上，刚要抽身离开，但忽然听到一种细微之声，一会儿叹息，一会儿娇笑，这才恍然大悟：像妹妹这种才貌双全的人，如何能长期过寡鹄孤鸾的生活？看来，解除妹妹忧愁的最好办法，是为她安排好终身大事。太祖知道此时进去讲话不妥，遂轻轻退将出来。

事不宜迟，太祖宣赵普进宫议事。赵普以为又有朝政大事，急急忙忙赶进宫来，听完太祖的话后，一时犯了难。赵普道："陛下，燕国长公主乃金枝玉叶，满朝文武之中，才貌、年龄与公主相当，能配得上公主的屈指可数，而这些人又都有了家室，公主如何能去做偏房？"

太祖不等赵普说完，便截住道："堂堂御妹岂能去做人家偏房，难道就没别的办法吗？"

太祖疼爱妹妹，急于让赵普想别的办法。这话竟使赵普猛然想起：高怀德夫人故去，公主丈夫病逝，将他们二人撮合到一起，不就是现成的好姻缘吗？何况，圣上还曾嘱咐自己为高怀德做媒呢……

"陛下，臣想到一个人，与公主般配，不知该讲不该讲。"赵普小心翼翼地先试探太祖。

"噢，爱卿尽管讲来，朕不会怪罪于你。"

赵普这才缓缓说道："殿前副都点检高怀德，相貌出众，年龄又与公主不相上下，如果二人结为百年之好，岂不是现成的美满良缘？"

太祖听后，沉吟多时，不悦道："说来说去，还是将御妹作为继室嫁人，这不太委屈御妹了吗？"

"不然。陛下，高怀德乃将门之后，根基不浅，其父高行周曾任周天平节度使，况且高怀德也是陛下义社的故交、陈桥驿的功臣，对陛下忠心不贰。如果陛下将公主许配给他，高怀德会更加死心塌地地为朝廷出力。再者，高怀德虽是续娶，但公主也是再醮①，二人倒也相宜。只要公主点头愿意，二人准会情投意合。"

赵普的话很有说服力。这场婚姻，既是政治上的联姻，又促成一件人间美事。太祖的面容转为喜色。他深知开国之初，

---

① 再醮（jiào）：古时指妇人再嫁。

稳固政权，就得拉拢将士，网罗心腹，作为帝王者，也常常需要靠婚嫁联姻壮大势力。高怀德与自己关系密切，将妹妹许配给他，于公于私，都有好处。但不知此事合不合礼法，于是又不放心地问赵普："历代礼法都要求女人严守贞操节烈，朕作为皇帝，应为天下师表。如朕让御妹再嫁，会不会有损尊严，被臣僚议论？"

"陛下身为天子，至高无上，何人敢说三道四。何况，陛下玉成两美，可成为一段人间佳话流传，众人也会颂赞陛下爱臣僚、重亲情。"赵普的话，彻底打消了太祖的顾虑，但要促成此事，首先要过太后这一关。太后素来对赵普十分信任，有事爱听他的意见，因此太祖特地将赵普留下，陪自己一同去见太后。

太祖带赵普先去仁寿宫内参拜了杜太后，问了安好。太后见了赵普，心下甚喜，先亲热叙谈；而后母子又说了一番闲话，太祖才慢慢地向太后陈说："母后，我妹华年丧夫，怎忍令她长守空闱，终身抱恨？儿意欲将妹子下嫁给高怀德，不知母后意下如何？"太后毫无思想准备，听了这一席话，不觉迟疑了片刻才说出一番话来。

第十三回

赵普作伐成美事
怀德续娶得金枝

　　太祖说出欲将妹子下嫁给高怀德，太后思虑良久才道："男可重婚，女无再嫁，自古如此。这事恐怕未便做得。"

　　太祖争辩道："虽是这样，但也不是不能变动。妹子年纪还轻，叫她就此守到白头，岂不是葬送了她一生幸福。儿现为万民之主，就是寻常百姓，家有忧难，尚且要设法替他们解除，使之同归欢乐，何况是自己的妹子呢？儿细想此事，定须这般办理，才得情天补恨、缺月重圆。"

　　太祖说得很动感情，太后听了心头也为之一动。其实，太后何尝不关心女儿，女儿丧夫守寡，整天愁云满面，没有个笑模样，为娘的看着也心疼。只是碍着礼教，不好叫女儿再嫁。太祖的话入情入理，太后只得说："长公主韶年稚齿，即令守节，我心也觉不忍，况且又无儿女，将来如何了结。倘行遣嫁，使之有个归宿，未尝不妙。但你为天下之主，不比臣庶之家，公主再嫁，是否有碍国家体面，臣僚们又会如何看待？"

　　赵普开始只是坐在一旁，静静地听太后与太祖母子二人说话，因为这纯属皇室私事，自己不好多言。就在太后说完之后，太祖向他使了个眼色，赵普忙出面讲道："太后不必忧虑。陛下将公主下嫁，亲自做出示范，万民只会齐颂天子是仁德之君。"

太后对赵普极有好感，这不仅因为赵普忠心耿耿辅佐太祖，为太祖登基出谋划策、尽心竭力，而且使太后念念不忘的是，两家为邻时，幼时的赵普十分懂事，很会讨自己的喜欢，加上赵普在滁州时像对亲生父亲一样侍奉弘殷，因此，在太后眼里，赵普好似自家人一样。所以，赵普的话，太后听了自然入耳，便不再固执己见，道："赵书记言之有理，我见识不广，还是以你们所论办吧。"赵普作为太祖僚下的掌书记，太后一直这样称呼他。

太祖高兴地说道："只要母后同意，此事办得越快越好。"

太后拦道："且慢高兴，这事先要问明你妹，若是她也愿意，方可进行。"太祖明白此事会遂妹妹心愿，便辞别太后，告退而出。赵普也随太祖离去。

太后即刻宣召公主。燕国长公主听到宣召，匆匆从静香轩赶来。公主参拜母后，问了安好，太后便屏退宫女，悄悄将太祖欲令她再醮高怀德的意思，细细说了一遍。

听到皇兄不拘礼教，许己再嫁，公主自然高兴，何况又能配着高怀德这样的好夫婿。原来，高怀德出入赵家，入值殿廷，公主曾几次窥视过他，觉得他仪表堂堂，豹头燕颔，虎背猿躯，有一股勇将的气度，比起前夫米德福来，强似百倍，内心好生爱慕。现在皇兄欲将自己下嫁于他，正中下怀，哪有不愿之理，只是不便直接答应。

太后见女儿俯首无语，便说道："非是娘不欲你守节，只因你皇兄见你郁郁寡欢，甚感可怜，不忍心让你这样度过一生，才想出这个法子来。你又何必含羞不语呢？愿意还是不愿意，要你自己做主才行。"

公主听了，只得支支吾吾地答应道："我兄贵为天子，无论宫廷内外，都得遵从他的旨意，女儿怎敢不遵。"说到"怎敢不遵"时，公主脸上的愁容早已荡然无存，红得像绽开的桃花，羞赧得不敢看母后的眼睛。

太后看到女儿的神态，知道她已是愿意，便立即命人奏知太祖。太祖随即谕知赵普、窦仪，令他二人作伐。二人欣然领命，赶往高府。

高怀德正在家独自喝着闷酒，排解心中的愁绪，听到赵普、窦仪说太祖要把燕国长公主下嫁给他，自然大喜过望，满口应允。他也曾见过公主，公主虽不是国色天香，但也姿色可人，极有风韵。况且娶天子胞妹为妻，自己就是皇亲国戚，何乐而不为！

赵普、窦仪见高怀德欣然允诺，心中高兴，便起身告辞。高怀德亲自将他俩送到大门之外，赵普拉住高怀德的手道："高将军，从琅琊山返回的路上，我就当着陛下的面说过，我这个月老当定了，后面的话你还记得吗？"

高怀德忙说道："记得，记得，我给你准备了上等好酒，到时请赵学士一醉方休。"赵普、窦仪不敢多停留，急速入朝复旨。

太祖得了回复，亲自到仁寿宫奏知杜太后，然后便诏司天监挑选吉日，选定三月三日为燕国长公主与高怀德的婚礼日期。太祖又将兴宁坊一座宏广壮丽的大宅第赐予公主，作为起居府第，并谕百官届时均往致贺。这道旨意一下，满朝文武，谁个不前来助兴？大家纷纷送来贺礼，忙得高府上下不亦乐乎。

到了吉期这一天，高府备了全副仪仗，簇拥着沉香飞凤辇，高怀德骑着大宛名马，入宫迎亲。只见那高怀德，头带乌纱，身穿红袍，腰围玉带，脚踏朝靴，真是个：银盆白面生光彩，五绺长须飘瑞霭，好不威风！

到了宫门，高怀德下马，由司礼官导入甥馆。当下，太祖颁诏书，拜高怀德为驸马都尉，高怀德北面接旨谢恩。杜太后又来懿旨，恩赐公主全副銮驾和御前鼓乐。这一来，笙簧叠韵，琴瑟谐声，气氛格外热烈。

公主在宫娥彩女的簇拥下，乘凤辇来到兴宁坊，高怀德忙引新人升阶登堂。赵普作为媒人，当仁不让地前后张罗，显得异常高兴。在赵光义的主婚下，高怀德夫妇行完交拜礼后，进入洞房。一会儿高怀德退出，招待客人。

大厅里，文武百官纷纷向高怀德贺喜、进祝词，高怀德满面春风，答谢百僚，致谢辞。一应仪礼已毕，大开筵宴。酒筵丰盛，觥筹交错，雅乐铿锵，说不尽的排场，描不完的热闹。

酒过三巡，菜过五味，高怀德这才满满斟上三杯酒，来谢媒人。赵普连饮三杯，面色也红润起来，看那高怀德的神态，简直跟换了个人似的，便有意打趣道："高将军今晚少喝两盅，洞房花烛夜，不要醉对公主，误了好事。"

高怀德在武将中素以酒量过人著称，他笑吟吟道："赵学士，今晚我的好酒管够哟，请放开量饮，醉倒在这里，我一定找人送你回府去。"二人哈哈大笑，众人也都过来凑热闹。

高怀德看看时候不早，便传令歌舞侍候。只见东西两廊，低垂的凝雾留香帘同时高卷，显出两座玲珑精雅的小舞台。台上铺着猩红的地毯，罩着蓝地锦帐，上面悬着大大小小无数明珠，闪闪烁烁，好像众多星星缀在天上一般。舞台的后方，设着碧纱帷幔，隐约地透出里面列着的诸般乐器。

随着帷幔徐启，每座台上走出二十个身着新妆的歌姬舞女，大都不过十五六岁的样子，梅花体态，杨柳腰肢，个个儿堆着俏，一团儿全是娇。忽地帷幔内乐声陡起，奏的是霓裳羽衣之曲，那些歌姬舞女按着乐声，有的唱歌，有的起舞，一时乐声悠扬，歌喉婉转，舞姿翩跹，而且脂香馥郁，流布席间，更增添无限春意。满座嘉宾，一个个听得心欢意畅，看得目眩神摇，真可谓恍如梦境。

一时乐声已歇，歌舞亦止，酒阑席散。众宾纷纷告退，高怀德亲送宾客，真的派人送赵普回府。送走同僚，高怀德方回到洞房。

公主早已卸去礼服，淡妆素抹，含笑相迎。高怀德亦趋步执手，相让落座。公主含羞不语，偷偷在灯下窥视，见那高怀德广颐方额，丰仪出众，浑身充溢着成熟男子的阳刚之气，心中好生爱慕；高怀德见公主坐在那里缄口不语，只是偷觑自己，便也大着胆子注视公主。但见那公主姿容艳丽，美若天人，虽少了少女的娇羞，却多了少妇的妩媚，心头不禁欣喜若狂。

二人谁也不想先开口，还是高怀德鼓起勇气，唤来宫女去温酒。等酒温好，高怀德拿过鸳鸯蔓草纹金壶，将酒满满斟在蔓草花鸟纹八瓣银杯里，双手捧杯对公主道："我先敬公主一杯，愿我们白头偕老。"

公主嫣然一笑，露出两个甜甜的酒窝，将嘴往前伸，高怀德乘机将杯送至公主樱唇边。公主一饮而尽，脸颊顿时绯红，像盛开的牡丹。

　　高怀德又满满斟了一杯，说道："这鸳鸯蔓草纹金壶和蔓草花鸟纹八瓣银杯乃唐朝珍稀之物，赵普特送与我，让我在洞房花烛之夜连饮三杯，以不忘他这个媒人的一番苦心。"说完，仰脖一饮而光。公主眉儿一挑，纤手接过鸳鸯蔓草纹金壶，为夫君斟酒，高怀德又连饮两杯。

　　酒入欢肠，高怀德遂有些心猿意马，便趋至公主面前，深深一揖道："时候不早了，请公主安寝了吧！"

　　公主原以为高怀德作为一员武将，言词一定粗鲁，没想到竟是如此温存有礼，又体贴人心。她自己巴不得早点听到请她安歇的话，于是赶忙伸手让高怀德牵着同入罗帏共寝。

　　再说赵普本来酒量很大，但看到高怀德志得意满的样子，心中不由妒忌起来，并勾起了他对凤春的怀念之情。酒入愁肠，五杯下肚便已头重脚轻，而他仍一杯杯地喝下去。当高怀德派人送他回去时，他头脑还算清醒，等上床躺下后，便什么都不知道了。

　　梦中赵普见到了凤春。凤春先是如痴如怨地望着他，继而扑了上来，抱着他连啃带咬，嘴里骂道："都是你害了我，让我下了地狱，我要咬死你，咬死你！"赵普一动不动，任凭凤春撕扯。凤春终于累了，呜呜咽咽哭诉道："阎王爷说我是自杀而死，判我永远不得超生。我再三哀求，他才答应，只要有人肯替我做七七四十九天法事，方放我去别处投生。老爷，你肯替我做吗？"

　　赵普也哭成个泪人，连连点头。突然一阵大风刮来，凤春不见了，只听见她还在喊："不要抓我回去，不要抓我回去！"赵普刚要追去，天一下子黑得什么也看不到了，急得他大喊大叫。

怀德续娶得金枝

"老爷，老爷，快开门呀！"接着赵普模模糊糊听见有人在高声说话，他一翻身醒了。屋里早已点上了蜡烛，赵忠在门口与一家丁在说着什么。赵普只觉头痛欲裂，软弱无力地叫道："赵忠，我这是在哪儿？你们有什么事吗？"

听到叫声，赵忠忙跑过来道："老爷，您醒了。您回来时，天色已晚，见您醉得厉害，我便把您安排在书房里，小的一直在身边伺候。刚才赵仁来说，宫里派人来请您，说有急事。我……"

赵忠还未说完，赵普立时坐了起来，吩咐："赵忠，快去给我备轿，立即进宫。"

赵忠说道："宫里派来了轿，我马上给您更衣。"

赵普走出房门，一阵冷风袭来，他不由打了个寒战。

此时已是四更天，太祖正在偏殿等候。太祖面色凝重，看起来十分烦躁。赵普小心翼翼见过圣驾，赵匡胤皱了一下眉道："爱卿，你喝了多少酒？"

赵普忙跪下道："臣该死，只因是公主与高将军的喜酒，不免贪了几杯。"

"噢，我倒忘记了！这飞贼搅得朕思绪烦乱，倒错怪爱卿了。"太祖的面色转暖。

"什么，有飞贼？"赵普的酒意一下子全没了，还吓出一身冷汗。

"不错，朕半夜叫你来就是为了这件事。昨晚，朕因处理完公文时已是一更天，便在御书房里安歇。因为十分疲倦，不多时就睡着了。大约二更天，朕被一阵窸窸窣窣的声音惊醒，睁眼一看，见一个黑影在桌前四处摸索，像是在寻找什么。朕高声喝道'哪里来的飞贼'，就冲了过去。他毫无准备，手上拿的公文掉了下来，与朕对打起来，见不能敌，推开窗户跑了。待朕出去时，飞贼已踪迹全无。朕命随后赶来的侍卫到处搜寻，也未找到。朕只从他身上抓下这两颗念珠。"说罢，太祖将念珠递给赵普。

赵普神情变得严肃起来，将念珠放在手上，来回地看，脑子也在飞速地旋转。这个飞贼竟敢潜入御书房偷盗，可见不是一般的小偷。

他身戴念珠，难道是和尚不成？想到这里，赵普问道："陛下可看清楚，他长有头发吗？"

太祖摇了摇头道："他戴着面纱。莫非你认为他是和尚不成？"

赵普点点头道："有这种可能。否则他平白无故戴什么念珠？"

太祖说道："也许他信佛吧。不管怎样，国家初立，此人如此胆大妄为，定有来头。朕给你五天时间，让你与开封府共同破案。卿以为如何？"

赵普心想：偌大的京城何处去寻此人？如果他已离开京城，更是无从寻觅，但既然皇上已有此意，自己又怎敢违抗？于是便说道："臣一定竭尽全力，五天之内将飞贼交给陛下发落。"

太祖非常满意。君臣对此案又做了仔细分析，赵普还详细问了飞贼的身高和强壮程度。

赵普回到府中，躺在床上，翻来覆去睡不着觉。他苦苦思索着，今天是第一天，该从什么地方着手呢？"念珠、念珠。"他喃喃地念着，突然眼睛一亮，自言自语道，"看来只有如此了，这总比瞎子摸灯强！"说完，一翻身下了床。

　　且说赵普主意打定，不慌不忙。他叫来赵忠，做过一番安排后，携带宫廷画师所画的飞贼画像来到开封府。开封府尹张大人早已迎将出来。他知赵普是太祖身边的红人，不敢怠慢。

　　二人在客厅里落座，赵普将画像拿了出来，道："张大人，这是飞贼的画像。因他头戴面纱，故此五官画得可能并不准确。"

　　张大人接过画像，仔细端详后，道："赵大人，我立即叫人把飞贼画像四处悬挂通缉。另外，派人在城门处严加盘查，并挨家挨户搜索，一旦发现可疑人就先抓起来。"

　　赵普忙摆摆手道："张大人，千万不要轻举妄动。依我之见，飞贼来头不小，他没有拿到所需东西，决不会善罢甘休，离开京城。严加搜索，只会打草惊蛇。我拿来画像，只是让大人把手下捕快招来，让他们乔装打扮，不露声色地四处访查。如有蛛丝马迹，赶快禀报。"

　　张大人点了点头，按照赵普的要求吩咐下去。

　　赵普刚回到府里，赵忠便过来说道："我到汴京城里的寺院都问过了，只有最大的报恩寺最近收了几个挂单和尚，其他各寺都没有。"

赵普吃罢午饭，独自一人信步来到报恩寺门外。他抬头望去，只见上面高悬着"报恩寺"的大匾，这乃是当今圣上亲笔所写。

小和尚前面领路，赵普来到住持方丈的禅房。蒲团上坐着一个五十岁开外的和尚，身高足有九尺挂零，膀大腰圆，看起来活动并不灵便。赵普到了方丈的面前，深施一礼道："方丈，在下赵普打扰你的清修啦。"

方丈抬起眼皮，打量了一下赵普，然后又闭上眼睛，说道："施主从何处而来，到本寺有何贵干？"

看到方丈爱答不理的样子，赵普并不生气，仍是毕恭毕敬地说道："我是枢密直学士赵普赵则平，因为要超度亡灵，特地来到贵寺求助。"

方丈的眼睛立刻睁开了，急忙站起身来道："原来是赵施主，失敬失敬，快快请坐。来人！把上等的龙井茶拿出来，给赵施主沏上。"

赵普坐了下来，小和尚捧上香茶。方丈的眼睛眯成一道缝道："因为师兄出外云游，此处暂由在下主持。在下法号是慧能。"

"慧能师父，我有一位朋友最近去世。昨晚我做了一个梦，她求我做七七四十九天法事，一定要贵寺的所有师父都到场，挂单的也不例外，如此她才能脱生。救人一命，胜造七级浮屠，望方丈大发慈悲才是。"赵普说得十分恳切。

慧能赶忙答应道："既然赵施主看得上敝寺，那是我们的荣幸。敝寺一定按赵施主所说的办，但不知从何时开始？"

赵普起身谢道："那在下就先谢过方丈了。就从后天开始，头三天在我府上，一切开销全由我负责。后面的则要在贵寺打扰了。大师父如有什么需要准备的，尽管开口。"

慧能也站起身来道："阿弥陀佛！赵施主你太客气了。后天一早，我就带寺内所有僧人一齐到贵府。"

赵普说道："到时我派人到贵寺迎接大师父。那么在下就先告辞，回去准备了。"

赵普回府后，将所有家丁召集在一起，吩咐后天要做法事，闲杂人等一律不许进府，并要加强戒备。家丁都丈二和尚摸不着头脑，不知老爷何意。

赵普又特别叮嘱赵忠道："后天你去报恩寺，务必让所有的和尚都到场，不能有任何例外。就是病了，也要给我抬来。"

赵忠点头答应，然后退下。

赵普一人坐在书房里，将方案又重新加以考虑，确认没有什么疏漏后，这才长出了一口气。

第二天，赵普又来到了开封府。客厅落座后，张大人先开口道："我将所有捕快都散了出去，他们并未发现可疑之人。莫非飞贼已经出城了吗？"

赵普道："这不太可能。此次我来，是向大人借二十名捕快，明天我要在府内为人做法事，需要他们帮忙。"

张大人惊得目瞪口呆，圣上限期五天破案，这已经是第二天了，飞贼连个踪迹也找不到，赵普还有心思做法事？他转念一想，赵普素有智多星之称，虽然此案与他并无直接关系，但当今圣上却点名要他破案，可见对他的器重。莫非赵普另有打算不成？想到这里，张大人试探地问道："赵大人一定是胸有成竹，可否透露一二？"

赵普哈哈大笑道："张大人，你可真会说笑话。连飞贼的影子都见不到，我哪里来的计谋。只因为前些日子我在佛爷前许了愿，明天要做一场法事。如改期，佛爷必降罪下来，我可吃罪不起呀！"

赵普回府后躲在书房里看兵书。家仆们则忙着搭经棚，买贡品。夫人来到书房，问赵普："老爷，不知明天要给谁做法事，如此兴师动众？"

"夫人，只因一位朋友托梦，让我为她超生，故此才作此安排。事先未与你商量，我这里赔罪了。"

"敢问老爷是为哪一个朋友，莫不是凤春吧？"

赵普愣了一下，夫人怎会知道此事？但现在他哪里还来得及想这些，连忙解释道："夫人，虽是为了凤春，但我另有打算。只是此时不便说清楚，事后你自然明白。"

"什么事情？你还是当面讲清楚吧。"夫人面色稍有缓和。

"夫人，你一向通情达理。我与凤春之间毫无瓜葛，你不会吃一个死人的醋吧？"赵普话刚说完，夫人便哭着说："还说没有什么关系，你好几次做梦都喊她的名字。"

赵普这才明白，不由脸一红道："夫人，你放心，我绝没有做对不起你和孩子的事情！"

夫人的脸色已经多云转晴，道："我知你是个稳重之人，绝不会骗我的。这次我就相信你，要是你骗我，我就告到皇帝那里去。"说完，就离开了书房。

赵普擦了擦额头上的汗，夫人本是十分通情达理的，但妒忌起来也真是了不得，以后更要小心才是。

这天晚上，赵普来到夫人屋中百般安慰，二人才和好如初。

第二天，赵普早早起来，派赵忠去报恩寺。赵忠来到报恩寺，方丈早已准备妥当。赵忠问道："可是所有人都到齐了吗？"

方丈答道："只是有一个挂单和尚，因为发高烧，没能起床。"

赵忠皱皱眉道："老爷吩咐了，所有的和尚都必须到府。就是病了，抬也要抬去。"

方丈叫过小和尚耳语了几句。过了半天，小和尚才引着一个三十出头的和尚来到。只见那个和尚长得瘦小枯干，脸色发黄，目光呆滞，满脸的病态，胸前挂着佛珠。

慧能说道："这就是新近来我寺挂单的悟净师父。"

赵忠过去躬身施礼道："这位师父请了。只因我家老爷的朋友托梦于他，要求贵寺所有的师父都必须亲自到场，否则阎王爷不许她脱生。故此即使师父病了，也要烦劳师父到府中。我家老爷自会请医生为你看病的。"

那个和尚无奈，只得跟着众人来到赵府。赵普早已将一切都准备停当，此时先将所有和尚迎进府里。赵普和慧能在客厅落座后，赵普先说道："真是有劳方丈了。我已搭起经棚，所用之物已准备齐全。用完早膳后，我与师父们一同前去。"

慧能忙摆手道："施主不要麻烦了，我们都已用过早斋，就劳施主带我们前去吧。"

赵普与众僧到了经棚，参拜完主坛后，便抽身出来。众和尚点鼓敲磬，打了三通，便烧香开赞，念经作法。

再说赵普到了密室之中，赵忠早已在那里等候。赵忠道："我到了报恩寺，有一个挂单的和尚称病不来，我说了大人的意思后，方丈派人将他叫出。我看他虽然是满脸的病态，目光发呆，但仔细观瞧，脸上好像打了蜡一般。我趁他不注意，偷眼观瞧他时，见他眼露凶光，不像善良之辈。我看此人非常可疑。"

赵普问道："可是一个瘦小枯干的和尚？我也注意到了此人。他进了府后，眼睛滴溜溜乱转，像是在找什么，不像旁人低头垂眼，所以很是扎眼。"

"大人也发现他了？我看先把他抓起来再说。"赵忠建议道。

"不！"赵普十分镇定，"一着不慎，满盘皆输。据圣上讲，此人武功高强，尤其擅于飞檐走壁，要谨防他走脱。你快调众家丁及捕快拿着弓弩、棍棒及绳索，埋伏在各个房上。一旦院里有变，贼人飞上房屋，他们便应立即围捕，但记住，一定要抓活的。"

赵忠点头答应，出去安排。赵普摇着扇子，晃悠悠来到经棚。只见众僧都在闭目念经，那个瘦小枯干的和尚却已不见。赵普一惊，问起方丈，方丈摇头不知。赵普心想，莫非他发现了可疑之处，已经逃走了吗？不会，自己做得十分隐秘，只有赵忠一人知道自己的意图。这个和尚究竟跑到什么地方去了？

赵普走出经棚，迎面正碰上瘦和尚。瘦和尚见到赵普，吓了一跳，嘿嘿笑道："施主，我刚才去净手了。"说罢，就进了经棚。

赵普心存疑虑，赶到书房中一看，东西完好无缺，不像有人翻过的。桌子上放着一杯茶，赵普觉得口渴，刚要拿起来喝，小儿子承宗跑了过来："爹爹，爹爹，我要去经棚，看念经的。"

赵普脸色一沉道："进爹爹的书房，怎么不敲门呀！小孩子从小就要养成好习惯。"

承宗撅着小嘴说："我看刚才那个和尚进来时，也没有敲门。"

"什么？"赵普立即警惕起来，"是个什么样的和尚？你看清楚了吗？"

"那个和尚个子可矮了，比我胖不了多少。"承宗比着自己的小胳膊说。

赵普此时哪里有时间欣赏儿子的天真可爱，他的心揪了起来，拉过承宗问道："好孩子，你看到他手里拿了什么东西没有？"

承宗摇摇头："没有。他空着手呢。"

赵普叫来仆人，让承宗赶快回到母亲身边，并派人将母子二人保护起来，然后一个人苦苦思索着。这个和尚看来远比自己想象的要胆大妄为得多，他来我的书房，想找什么东西呢？屋里的文件并没有被翻过的痕迹，突然，赵普的目光落到了那杯茶上！

赵普赶快叫来赵忠："去，把府中养的大黄狗牵来。"赵忠不明白大人何意，但还是照着吩咐去了。

大黄狗被牵到书房，赵普让人把那杯茶灌进狗的嘴中。工夫不大，大黄狗就瘫在地上了。赵忠惊叫道："大人，何处来的蒙汗药？"

赵普将事情经过一说，赵忠转身就要走。赵普一把拉住他问："你到哪里去？"

赵忠喊道："我去把那个秃驴抓起来。"

赵普微微笑道："我管叫他自投罗网！"接着，又说出了自己的想法，赵忠当即伸起大拇指说："还是大人想得周到，当场将他擒住，看他还敢狡辩不成！"说罢，便按赵普所说布置去了。

过了一会儿，门"吱扭"一声响了。那个和尚推门走了进来，见赵普趴在桌上，并无动静，便冷笑了几声："嘿嘿嘿，你还想和开封府一起抓我，先让你做我的阶下囚吧。到时把你交给我大哥，也是享不尽的荣华富贵。"说罢，拿出绳子，将赵普五花大绑起来，又从身上取出一个麻袋，就要把赵普往里塞。

正在这时，只听有人高声喝道："贼秃，哪里走？"门一下被踢开，进来个彪形大汉，正是赵忠。瘦和尚毫无准备，立刻虚晃几招，从窗子里蹿了出去。只听外面"哎哟"一声惨叫，赵忠哈哈大笑着将赵普身上的绑绳解开，然后与赵普出去一同观看。此时，瘦和尚正躺在铁板之上，铁板上的铁钉已经扎进了肉里，鲜血直流。他龇牙咧嘴大叫："疼死我了，疼死我了！"

赵忠又踢了他几脚道："怎么样，这滋味挺好受吧？"

瘦和尚大骂道："快把我拉起来，否则我骂你八辈祖宗！"

赵普让赵忠叫出捕快，众人一拥而上，将瘦和尚拉起来捆了个结实。瘦和尚已经痛晕了过去，喷了几口凉水，才重新苏醒过来。

赵普一面叫人给皇上送信，一面亲自将案犯押到开封府。张大人早已得到消息，迎了出来，埋怨道："赵大人，你瞒得我好苦呀！"

赵普并不在意，连连致歉，说因为事先并无把握，所以只得如此。

二人刚在客厅坐下，赵普的家丁跑了进来，原来圣上知道飞贼抓到，要来开封府亲自审问。

　　且说赵普与张大人将太祖迎进开封府。太祖以嘉许的目光望着赵普说："爱卿可谓劳苦功高，朕要好好嘉奖你。飞贼的来历弄清楚了吗？"

　　赵普答道："听说陛下要来，故此还未审问。陛下看何时开堂审问才好？"

　　太祖迫不及待道："我看现在就升堂吧。由两位爱卿主审，我在帘后听审。"

　　张大人立即传令升堂。赵普与张大人居中而坐。张大人将惊堂木一拍："将人犯带上堂来！"

　　工夫不大，人犯带到，立而不跪。两边衙役高声喊堂，张大人问道："大胆飞贼，因何不跪？"

　　瘦和尚立目拧眉，昂头不语。赵普看后大怒，喝道："看来不杀杀你的气焰不成，来人，给我拖下去重打二十大板！"

　　衙役立即上来，将瘦和尚拖了下去。瘦和尚本来已经受伤，铁钉又将他的身上扎烂。开始他还咬牙坚持，很快就爹呀娘呀地叫了起来。二十大板下去，屁股上已经血肉模糊。施刑完毕，衙役又将瘦和尚带到堂上。一上堂，瘦和尚"扑通"一下就瘫倒在地。

张大人将惊堂木一拍道："大胆飞贼，姓甚名谁，家住何处？因何夜闯皇宫，又要绑架赵大人？"

瘦和尚狡辩道："大人，冤枉啊，小的乃出家之人，并不曾到过皇宫，也没想绑架赵大人。"

"人证、物证俱在，你还敢抵赖？传赵忠上堂。"张大人说道。

赵忠上堂后，跪倒在地，口称道："赵忠见过各位大人。"

张大人问道："赵忠，我来问你，你可认识此人吗？"说完，指着瘦和尚。

赵忠抬眼看到瘦和尚，恨得牙关紧咬道："大人，此人到老爷书房，在茶中撒下蒙汗药。我家老爷发现后，将计就计，假装晕倒。他果然中计，将老爷绑起来，要装进麻袋。他哪知老爷已做好布置，将他当场擒获。"

太祖在帘后听得仔细，暗暗佩服赵普足智多谋。若不是当场将飞贼擒拿，恐怕未必找得着罪证。

张大人厉声喝道："贼秃，你还有何话说？"

瘦和尚低下了头。张大人问道："快将你因何绑架赵大人如实招来。"

瘦和尚支吾道："我只是因为身无分文，想绑架赵大人，跟他家里换点钱花。"

"一派胡言！你绑我时，口口声声说要将我交给你大哥，以谋取荣华富贵。你大哥是何人？快快招来，免得再受皮肉之苦！"赵普声色俱厉。

一提及大哥，瘦和尚哆嗦了一下，但并不答言。赵普也不再问，喊道："来人，大刑伺候！"不一会儿，刑具摆上，瘦和尚的头上冒出了汗。他现在体无完肤，身上鲜血淋漓，再上大刑，岂能活命！反正都是一死，何不来个痛快，说不定，全都招了之后，还能留下一条命来。瘦和尚心中说道：大哥，对不住了。

看着赵普就要将签扔下来，瘦和尚忙说道："大人，我招，我全招。"

赵普厉声道："讲！"

瘦和尚说道："大人，我本姓钱，叫钱魁，在五台山出家，因不守寺规，被赶了出来。因我曾练就一身武艺，就沿路卖艺为生。后来到了潞州（治所在今山西长治市），因偶感风寒，一病不起。多亏我大哥将我收留，将我的病医好。"

"你大哥到底是谁？"赵普追问道。

"我大哥乃是潞州节度使李筠的幕僚，姓李，叫李世明。"瘦和尚答道。

众人听了一惊，面面相觑。难道此人是李筠派来的不成？太祖更是面色凝重。

钱魁接着说道："我病好之后，大哥将我找来，让我进皇宫偷玉玺，如能将皇上也带回潞州当然更好。结果在皇宫我失了手。因为没有拿到东西，所以我就先在报恩寺住了下来。后来赵大人说要做法事，我恐有诈，称病不去。后来一想，一不做，二不休，如能将赵大人带回潞州，也是一功。我把知道的全说出来了，请大人们开恩，免我一死。"说罢，"咚咚"叩头。

赵普复问道："这次你是一个人来潞州，还是另有同伙？"

"据李世明讲，还有一人给我暗中策应，但我至今却未见到他，也不知他住在何处。"

众人知道钱魁所说句句是实，不敢捏造，便先将他押了下去，关在死囚牢中，严加看管。

按下太祖、赵普几人不提，先将李筠的来历交代清楚。这李筠作战骁勇，尤善骑射，曾经在后唐、后晋、后汉三朝为官，累积战功。周朝时被升为检校太尉、昭义军节度使，驻守在潞州。

太祖登基，采纳赵普之言，颁诏各路藩镇边帅，加以高爵厚禄，也曾遣使到潞州加授李筠为中书令。当时李筠便想抗命拒使，后经左右幕僚苦苦相劝，才勉强拜受诏书。在招待来使的宴席上，他命人取来周世宗的画像，高悬堂中，瞻望良久，垂下泪来。幕僚们忙向来使解释道："主公饮酒过量，失其常性，请不要见怪。"来使默记在心，回来便向太祖如实奏明李筠的反常表现。太祖因要笼络各藩镇边帅之心，便将此事搁置不提。

再说太祖、赵普、张大人三人坐在客厅之中，都沉默不语，各自想着心事。太祖想起了特使在潞州所见之事。赵普的脑袋在飞速旋转，钱魁受李世明托付，偷盗玉玺，李筠不会不知道，十有八九就是李筠在背后指使的。那李筠要玉玺何用，难道他要反叛不成？想到这里，赵普打了个寒战。宋朝初建，周朝旧臣人心各异。虽然太祖极力安抚他们，但有的武将仍心中不服。若他们再与北汉、辽邦联合起来，那么大宋江山岂不是岌岌可危了吗？

太祖、赵普、张大人三人几乎异口同声地说出："要反叛！"太祖皱着眉头说道："我朝初立，人们都渴望安定。如果我们立即讨伐李筠，虽有钱魁一事可证明他有反心，但因非他亲派，恐怕周朝旧臣会有不服。可若不即刻出兵，待李筠一切安排妥当，挑起战火，我们岂不是贻误战机了吗？"

赵普不假思索地答道："陛下不用担心，依我之见，钱魁的同伙见钱魁事败，定会立即回去报信。李筠见计划失败，一定会提前造反。我们现在马上调兵遣将，做好战前准备。等消息一传来，立即发兵讨伐，那时就名正言顺了。"

太祖不无担心地说道："爱卿可有把握？"

赵普自信地点点头，太祖这才放下心来。

果然不出赵普所料，钱魁的同伙得知事情败露，连夜赶回潞州，禀报李世明，李世明立即带他来见李筠。原来，这一切都是李筠一手策划的。他对赵匡胤登基十分不满，一心想恢复周朝。他本想偷得玉玺之后公开发兵，这样可以号召许多人，但事情败露，李筠便决定立即发兵。

他的儿子李守节得知父亲的打算，忙来劝阻道："潞州只是一个小地方，很难抗拒宋朝，还望父亲大人要多加谨慎，不要轻易举事。"

李筠见儿子反对他举兵，大怒道："你懂得什么！赵匡胤身为周主旧臣，乘着周世宗驾崩，手握重兵，诈称辽、汉犯边，出兵陈桥驿，买通将士拥戴自己，逼宫篡位，废除少主，囚禁太后，欺弄孤寡，实属大逆不道、忘恩负义之辈，我怎能做他的臣子！今日为周讨逆，如若不成，就是死也甘心！"

李守节见无法阻止父亲，便哭着回到自己宅中。他自知父亲与宋朝抗衡，如以卵击石，将死无葬身之地。

宋建隆元年（960）四月，李筠发布宣战檄文，历数赵匡胤篡周的罪行。同时派人到北汉，请求出兵，共讨宋朝。

那北汉主刘钧果然亲自带兵来援。李筠听说，以臣下之礼亲自率众迎接北汉主。北汉主封李筠为西平王，赐良马三百匹，以示慰劳。

李筠见了北汉主后，口口声声称自己受周厚恩，今日起兵愿以死相报。北汉与后周原是世代仇敌，李筠却念念不忘报答周室，北汉主听了自然不悦。于是，刘钧只留下少量兵士，算是帮助李筠，并且派亲信卢赞监督李筠的军队，自己则起驾回归北汉。

李筠心中闷闷不乐。那北汉主毫无帝王气象，又心胸狭窄，让人来监视自己的行动，分明是不放心自己。李筠十分懊悔，于是留儿子居守潞州，自己率领众将出兵。

太祖见李筠果然如赵普所料，仓促出兵，心中已有把握平叛。众臣建议太祖只需派一能征善战的勇将，率精兵进剿，就可踏平潞州，捉住李筠。太祖执意不肯："朕待李筠不薄，他竟敢谋逆，朕当御驾亲征。大宋对叛乱之臣决不姑息，谅潞州弹丸之地，即日便可平定。"

赵普出班奏道："平叛李筠，乃开国首仗，至关重要，臣受陛下厚恩，愿随驾出征。"

太祖应允。有赵普在身边，他觉得放心了许多。太祖遂下令留弟赵光义居守汴京，暂代大内点检一职；命石守信为前军统帅，高怀德为副帅，赵普为参赞军事，择吉日兴兵出征。

四月十七这天，太祖召集文武百官上殿。他将令箭交给石守信、高怀德道："二卿率兵先行，务必速速进军，扼住要隘，不要让李筠西下太行。朕亲统大军，随后接应。"石守信、高怀德叩头领旨，退朝点齐兵马，当即出兵。

石守信、高怀德率兵走后，赵普对太祖说道："臣以为还应再派一路人马，自东路西向攻打潞州，与石、高二将军形成夹击之势。同时，为防北汉增援，应遣军攻打北汉，以牵制他们的兵力。"

"爱卿所言很有道理，不愧是朕的军师。依卿之见，这两路人马应派何人统帅？"

赵普建议道："东路人马可命慕容延钊率领，北汉方面可派王全斌。"太祖——答应。

五月初五，石守信、高怀德率军到了长平，正与李筠兵马相遇。两军排下阵势，李筠跃马横刀，大喝道："我道是谁？原来是石、高两位将军。你们贪图荣华富贵，背叛周室，还不快快投降，随我杀入汴京，活捉赵匡胤，将功补过！"

石守信听罢双眉倒立，大怒道："李筠老匹夫听着！你乃后唐、后晋旧臣，为何又改事周室？后唐、后晋亡国，你为何坐视不救？而今大宋受禅，上应天意，下顺民心，你却叛逆朝廷，是何道理？知趣的快快下马受缚，尚可免你一死！"

李筠嘿嘿冷笑道："要我下马受绑倒也不难，须先胜了我手中这口月牙电光刀。"

高怀德不待李筠说完，便跃马提枪直刺。二人打马盘桓，刀枪并举，战在一处，杀得难解难分。石守信见高怀德一时无法取胜，也挥兵器助战。

李筠渐渐力不能敌，露出败态，石守信趁机挥旗令军队前进。见主帅英勇，宋军士气高昂，以排山倒海之势打得叛军四处逃窜。李筠不敢恋战，虚晃一招，带领残兵败将向大会寨方向逃去。

太祖在进军途中，闻报前军在长平获得大捷，大喜道："有此一仗，贼人锐气大挫，见了官兵，心惊胆战，攻取大会寨只在顷刻之间。"

赵普在旁提醒道："陛下，大会寨十分险峻，易守不易攻。我看还是派人速命慕容延钊向大会寨方面集中，以助石、高两位将军一臂之力。另外，臣请命先行，见机行事。"

太祖沉吟片刻，他不愿放赵普先行，一则为赵普的安全担心，二则赵普是他的左膀右臂，遇事他总愿先与赵普商量，如果赵普走了，该如何是好？再一想，石守信等人勇猛有余而智谋不足，赵普前去，可以为他们出谋划策，从速攻下大会寨。太祖于是准奏，并派人护送赵普前去。

再说石守信、高怀德马不停蹄，乘胜追击，大军直逼大会寨。那大会寨地形险要，大有一夫当关、万夫莫开之势。

李筠聚集败兵，紧守寨门，不敢出寨与宋兵交战。石守信亲自督战，宋兵个个奋勇争先，但都被寨内发出的弓箭矢石打退。石守信、高怀德见李筠据险死守，不能一味蛮攻，只得收兵。

到了次日，石守信、高怀德带兵再去攻打。寨内依然箭如飞蝗，滚木礌石又砸死了不少兵士。接连数日，宋军都是无功而返。石守信、高怀德整日愁眉苦脸，无计可施。这日，兵士来报："参赞军事赵大人来到。"

石守信、高怀德立即从椅子上跳了起来。赵普笑呵呵地走了进来，石守信拉住赵普的手道："我的军师啊，你可来了。我们有望了！"

　　且说石守信、高怀德二人将战情一讲，赵普手捻胡须笑道：“我到之前，先去看了大会寨的地形。果然不出我所料，此地易守不易攻，如果强攻，只会损兵折将。”

　　石守信急得直跳，问：“我的军师，这时候你还有心思笑？你快说说我们该怎么办，难道就让这个大会寨把咱们阻住不成！”

　　“石将军，你不要着急，听我慢慢讲嘛。”赵普仍然不慌不忙，“你们说说李筠这人性情如何？”

　　高怀德脱口而出道：“我知道李筠的脾气，他一向性情暴烈，骄横无谋。”

　　“高将军所言极是。对付此人的最好办法该是什么？石将军你说说看。”赵普一步步地加以引导。

　　石守信这会儿已经平静下来，他知道赵普一定是胸有成竹，才故意如此。“性情暴烈，性情暴烈，”石守信嘴里念叨着，然后笑道，“军师，莫非要用激将法？”

　　“两位将军不仅作战勇猛，而且还善于思考，果然是不一般呀！”赵普先夸了二人几句，然后说道，“我们可以派人诱李筠出寨，一旦他离开巢穴，便可将他生擒活拿，攻下大会寨不在话下。"

石守信、高怀德连声叫道："妙，真妙！还是军师高明。"

石守信忽然想到现在营中只有他与高怀德两员大将，如果兵分几路，恐怕会缺少统兵之人。他刚要说出心中疑虑，只见兵士来报："慕容延钊将军率东路军来到，离此不到二里。"石守信的心放了下来。顷刻间，慕容延钊的大队人马来到。

大家将慕容延钊接进大营。慕容延钊说道："我原拟率军袭取泽州（今山西晋城市泽州县），因山路崎岖，行军缓慢，正碰上圣上派来的特使，叫我前来助打大会寨，我立刻领兵星夜赶来。现在情况如何？"

石守信将军情简单介绍了一番，众人都十分佩服赵普。赵普见人已到齐，便将次日的排兵之事和盘托出。众人纷纷点头，这晚早早安歇。

第二天，高怀德披挂整齐，来到寨前，大声叫骂道："李筠你这逆贼，像个缩头乌龟，躲在寨内，哪里称得上什么英雄好汉！有本事的出来与高爷大战三百回合，不敢出来，就证明你祖宗三代都是乌龟变的！"

李筠哪受过这等辱骂，直气得七窍生烟，嗷嗷大叫，当即令兵士打开寨门，纵马出寨。卢赞本想劝阻李筠，以免中计，但李筠不管不顾，根本听不进去。李筠来到阵前，举刀便劈向高怀德，恨不得一刀将高怀德砍下马来。

高怀德见李筠急红了眼，不敢轻敌，一支五钩神飞亮银枪上下翻飞。那李筠刀法娴熟，一刀紧似一刀，都砍向高怀德的要害之处；高怀德亦枪法神奇，枪枪都不离李筠的面门。二人大战五十回合，高怀德佯装力不从心，枪法渐乱，且战且退。

李筠大喜，催马紧逼。石守信见状，赶忙抡起大槊接战李筠。

李筠杀得性起，大叫道："尔等一起来，也没甚可怕！"卢赞怕李筠有闪失，便从斜刺里冲出，挡住石守信。李筠见来了帮手，更加勇猛异常。

石守信、高怀德节节后退，宋兵见主将败退，一齐向后溃逃。李筠以为宋军怯战，大刀一挥，指挥士卒追击。石守信、高怀德在前催马奔逃，李筠在后穷追不舍。约莫追了五六里地，忽听一声炮响，宋军伏兵从左右杀出，顿时将李筠军队截成两段。卢赞情知中计，掉转马头就往回溃逃，剩下李筠孤军作战。

石守信、高怀德将李筠围在中间。高怀德喊道："李筠逆贼，还不快快下马受绑，高爷的枪可不是吃素的！"说罢，将手中银枪使得如狂蛇吐信、怪蟒出洞；而石守信的大槊则更是力大槊沉。李筠眼花缭乱，左右忙于招架。他知道上当，哪敢恋战，便抖擞精神，大吼一声，大刀舞得虎虎有声，杀开了一条血路，向大会寨方向逃去。

赶至寨前，抬头一望，只见寨上已竖起宋朝的旗帜，李筠正在莫名其妙之时，寨门大开，慕容延钊催马迎战李筠，后面石守信、高怀德又已杀到。李筠再看左右，卢赞早已不知去向，手下兵卒损失大半，不由得长叹一声，带残兵突出重围，向西北方向逃去。

原来，李筠出去迎战，寨内只剩下老弱残兵把守，十分空虚。赵普和慕容延钊不费吹灰之力，便拔取了大会寨。此时，众将喜形于色，慕容延钊建议道："我们何不摆宴庆贺一番？"

石守信、高怀德纷纷赞同，赵普忙阻拦道："各位将军，暂且稍事休息，等圣上来后一道庆贺。"话音刚落，忽有殿前侍卫到来，报说御驾只在五里外了，即刻将至。石守信等听了，无不惊叹赵普料事如神，忙率队出寨前去恭迎圣驾。

众将见了太祖，参拜已毕，簇拥太祖入寨。石守信奏明一路军情，慕容延钊讲述夺寨经过，太祖听了甚喜。见赵普站立一旁微笑不语，便特意上前执手道："爱卿足智多谋，真不愧是朕的军师！"

赵普受宠若惊道："臣不才，全靠陛下的洪福和各位将军的努力，平定李筠叛逆为时不远了。"

翌日，太祖下令进军泽州，大队人马一齐拔寨前行。只见山路险峻，乱石塞道，人马难行，队伍无法前进。太祖见状，亲自下马，弯腰负石，赵普、石守信、高怀德、慕容延钊等人哪敢怠慢，也都纷纷下马搬石。

宋军将士见太祖、赵普等人身体力行，亲自搬石，便争先恐后将路上大石搬开。顷刻之间，便露出了一条平坦大道！

太祖人马将近泽州，发现敌寨据住要隘，阻着进路。原来，李筠自大会寨失守，领了数十骑逃奔泽州时，半路上遇到卢赞。李筠说："大会寨已失，宋兵必然奔袭泽州，倘若泽州再失，不堪设想。现在别无良策，只能据险扼守，不让宋军逼近泽州。"

卢赞早就没了主张，只得听李筠安排。李筠立即从泽州调取精兵，在各险要处扎下数座大营，互为呼应。

宋军被阻，太祖便命先扎住营寨，然后带领众将前去察看附近的地形。只见左、中、右三座大营寨阻住去路，其余小营寨分布四周。太祖笑道："李筠竖子，想以此营寨保住泽州不失，真是螳臂当车，不自量力。"说完，转向赵普，"爱卿，你以为如何？"

赵普抚须道："陛下所言极是。只要我军派三员大将，同时攻击他三座大寨，便可使其自顾不暇，无法呼应。破了营寨，泽州唾手可得。"

太祖当即传令："慕容延钊、高怀德、石守信，各领三千精兵，前去破寨。"高怀德攻右路大寨，慕容延钊取中路大寨，石守信攻左路大寨。

李筠见宋军分三路来攻，亦分兵迎战。卢赞居右迎战高怀德；李筠居中迎住慕容延钊；河阳节度使范守图居左抵挡石守信。两军阵上六支兵马杀在三处，直杀得尘土飞扬，鲜血遍地。

单说那高怀德一支五钩神飞亮银枪上下舞动，与卢赞打马盘旋，杀得难解难分。正斗之间，高怀德突然变招，大吼一声，一枪扎向卢赞的心窝处，当即将其挑落马下。高怀德取胜，驱马直奔左寨，助石守信双战范守图。

范守图本来招架石守信一人就很吃力，见高怀德赶来，不禁狂怒道："高怀德休逞猖狂，不要狗命就自管来战！"

高怀德也大骂道："河阳叛贼，你帮着李筠反抗朝廷，死到临头，还口出狂言，看我活擒你这逆贼！"说着，一枪接一枪向范守图要害处刺去。石守信见状，也催马向前，枪、槊变着招数照范守图贯顶刺去，把范守图弄得左右没了遮拦，手忙脚乱，东躲西闪，刚露出破绽，便被高怀德伸出猿臂，擒住甲绦，掷于马下。宋军一拥而上，将他捆绑起来。

李筠见左、右大寨被攻破，不敢再与慕容延钊交战，拨马就逃奔泽州。宋军大队人马赶到，将泽州团团围住。

次日，宋军开始攻城，高怀德、慕容延钊、石守信攻打东、西、北三门，太祖则亲自在南门外，准备截杀突围之敌。无奈城上滚木礌石如雨点般打将下来，宋军的云梯无法靠近城墙。

太祖见接连十余日久攻不下，便与赵普商议："明日组织敢死队与其决战，卿以为如何？"

赵普赞同太祖意见："陛下所谋，自是上策，不能给李筠喘息之机。"当即各将领旨，组织敢死队，准备明日强行登城。

翌日清晨，东方的天空渐渐地由黑变白，由白变蓝，然后又由蓝变成了绯红。泽州灰色的城墙，像被一条静卧的火龙围绕着。宋军敢死队每人头上裹着一块红头巾，远远看去，仿佛是一簇簇火炬。

高怀德主动请缨，要求亲率东门的敢死队。太祖见妹夫如此英勇，点头应允。他带领的数十名敢死队员身手矫捷，如飞一般扑到东门外，全然不惧砸下的滚木礌石，冒死扒着城墙垛口，向上攀登。高怀德身先士卒，头一个登上城墙。他举起所带佩剑，向守城兵士砍去。那些人见宋军这么勇猛，早已吓得没了魂，纷纷奔逃。

高怀德乘势打开城门，城外宋军一拥而进，迅速占领了泽州。李筠知兵败城破，自己被擒难逃一死，遂举火自焚。此前，部下将领曾劝他乘夜色从南门突围，但李筠执意不肯，说道："南门看似攻得不紧，却由赵匡胤坐镇指挥，我万不能被他捉到受辱。万一城破，我就尽我臣节，全我忠义。"他果然这样做了。

且说太祖御驾入城，传令诸将不要妄杀无辜，并出榜安民。泽州城很快便恢复了正常的秩序。太祖下令众将士在泽州驻军一日，然后乘胜进取潞州。

到了黄昏时分，内监王继恩看到太祖双眉紧锁，长吁短叹，便悄悄找到赵普，小声道："陛下今晚闷闷不乐，想必因为没有消遣之事。现有兵士在北城马房内，捉到李筠的爱妾刘氏，不知能否献给万岁？"

赵普立即接言道："我也曾听人说刘氏颇有姿色，但她乃罪人之妻，岂能献给陛下，应交予陛下处置才是。"

王继恩连连点头称是，忙叫人带刘氏来见太祖。这王继恩本名张德钧，在周显德年间便为内班高品，太祖赐名王继恩。此人跟随太祖左右，善于察言观色，颇受太祖赏识。因太祖平日凡事都愿征询赵普的意见，故王继恩与赵普也交往甚厚。

太祖正在寂寞之时，王继恩从外面进来，小心翼翼趋至御前，声音低低地说道："兵士在搜城时，搜到李筠妾刘氏，赵学士让送来交予万岁爷处置。"

太祖此时无聊之极，听到此言，即命将刘氏带上，并请赵普来见。不多一会儿，兵士将刘氏带到，赵普亦前来见驾。那刘氏见了太祖，忙跪伏地上，不敢抬头。

太祖问道："你即李筠之妾刘氏吗？"

刘氏叩头道："罪妾正是刘氏。"

太祖道："你且抬起头来。"刘氏不敢违旨，只得微抬起头。太祖看那刘氏，虽然鬓发蓬乱，衣裳破碎，杏脸凝怨，桃腮带泪，但长得眉分两道春山，眼注一泓秋水，鼻直口方，骨肉停匀，从其轻盈婀娜之态，也可以想象出她平日的丽质丰姿。太祖心中不由一动，暗暗赞叹，在这危难之时，仍有如此风韵，倘若装束起来，处在金屋银屏之下，岂不更加楚楚动人。正是：

美色牵人情易感，几人遇色不为谜？
纵是坐怀终不乱，怎如闭户鲁男儿！

想到这里，太祖微微一笑，口气也变得和缓平易："你的夫主李筠胆敢谋叛，深负朕恩，照例应该灭族。你乃他的姬妾，亦难逃法网。朕有怜香惜玉之心，看你是一弱女子，娇美可怜，实在不忍煮鹤焚琴。若顺从朕意，不但可免去叛逆之罪，还能深受隆恩。你愿从否？"

太祖原以为刘氏会感恩戴德，全心侍奉自己，没想到刘氏反而正色道："罪妾夫主，世食周禄，身受厚恩，理应图报。事既失败，灭族亦无所恨。至于妾身，生为李家之人，死为李家之鬼，安敢贪生怕死，胸怀二心！况且女子以节为重，陛下初登大宝，正宜振兴礼教，维持风节，使天下之人，知所适从。且陛下曾与李筠比肩事周，同在一殿称臣，今乘其危亡，逼其媵妾，不知天下万世将谓陛下为何如主耶？罪妾自夫主举兵以后，即知潞州一隅之地，难当大宋之兵，久已拼却一死，只因夫主临殁之时，曾嘱咐道：'你身有孕，速速逃生，倘生一男，或可延我宗嗣。'妾奉此命，不得不暂且苟活。今既为陛下所获，望速赐一死，罪妾死而无怨。"刘氏虽一妇道人家，在太祖面前却毫无惧意，讲得义正词严，令人肃然起敬。

那刘氏确不是贪生怕死之辈。城陷之时，李筠举火自焚，刘氏欲与夫主一同赴难。李筠劝其逃命，以便留下后代接续香火，刘氏才苟活至今。

且说太祖听了刘氏这一番话，才发现刘氏腹部已微微凸起，不禁脸红起来。他看了看立在身旁的赵普，感叹道："不意这个妇人，在危难之中，还有如此忠义之心！朕非但不逼迫于你，还要免去你的灭族之罪！"

刘氏似乎不信太祖所说的话，以为自己耳朵听错了，还愣在那里。

赵普提醒道："陛下免你灭族之罪，还不快快谢恩！"

刘氏这才相信眼前不是梦境，而是事实，忙叩头谢恩。黑漆漆的双目，不再充满仇恨，添了些许温柔。虽然刘氏看上去比刚才驯顺了些，但太祖已经心如止水，毫无他念，只是吩咐左右内侍，将刘氏带下去，另拨一间房屋给她居住，并要好好看待，不得怠慢。

次日，宋军拔寨起行，进取潞州。李守节已探听到泽州失守，父亲自焚，北汉主刘钧早吓得引兵逃回，自知没有退路，只好束手待擒。

太祖到了潞州城下，派赵普前去传谕守节速降，可免一死。李守节闻谕，忙在城头竖起白旗，打开城门，步行至太祖马前，匍匐乞死。

太祖见李守节确是诚心顺服，便道："汝父谋逆，你却知理，朕岂能不分善恶，任意杀戮呢？今特赦你，且授你为团练使，毋负朕恩。"李守节连连叩头谢恩。

进得潞州城中，太祖大宴群臣，赐李守节袭衣锦带、银鞍勒马。李守节感激涕零，叩谢不已。太祖将安置刘氏一事交给守节。守节当天遣人去泽州接来刘氏，后来刘氏生下一男。李守节历任单州（治所在今山东单县）、济州（治所在今山东菏泽巨野县）及和州（治所在今安徽和县）团练使，三十三岁便故去，因无后，便以刘氏所生之弟为嗣，才使李家没断了香火。

太祖班师回朝后，南唐派使臣赍表前来祝贺平定泽、潞二州，并送来一封密书，进呈御览，上面写着：

> 周淮南节度使李重进，奉书南唐主麾下：
>
> 重进，周室之懿亲，藩镇之旧臣，世受先帝深恩，不忍背负，今将举兵入汴，乞大王援助一旅之师，联镳[1]齐进，声罪致讨。若幸得成功，重进当拱手听命，还爵朝廷，少效臣节于万一，宁敢穷兵黩武哉，唯大王垂谅焉！

这封密信将李重进的谋反阴谋，暴露得一清二楚。太祖览信，大动肝火，但还是慰谕南唐使臣道："你主竭诚事朕，朕心甚慰。你可回去转告你主，添兵守住要隘，勿令叛兵侵入，朕即日便发兵讨平叛贼。"南唐使臣领命而去。

太祖先行赏赐平定泽、潞州的功臣：赵普任兵部侍郎、枢密副使，赐宅第一座；石守信以功加[2]同平章事；高怀德功迁忠武军节度使、检校太尉；慕容延钊加兼侍中。其余出征将士，均论功行赏。太祖又命石守信为扬州行营都部署，兼知[3]扬州行府事，王审琦副之，率禁军发兵出征讨李重进；命李处耘为都监，宋偓为都排练使，以安友规为滁州刺史兼前军，先行进讨。太祖御驾率领禁兵，随后进发。仍命赵光义代理政事，都署六宫。此时赵光义已官至大内都部署，加同平章事，任开封府尹。赵普协助赵光义，留在汴京。

花开两朵，各表一枝。按下太祖御驾亲征不提，且说赵普

---

① 联镳（biāo）：联鞭的意思，指两军联合。
② 加：加封。
③ 兼知：兼任。

每日除了处理一些政事，很是闲暇，在府中常与夫人林氏一起弈棋。林氏出身于书香门第，棋艺较精。赵普常让子与夫人对弈，共享家庭之乐。这时赵普的棋艺在汴京城内已小有名气，棋友们无不赞他思维敏捷、计算准确。

这日，赵光义处理完朝中之事，特意留下赵普说："则平兄，听说你近日常在家中与嫂嫂对弈，我欲前往府上手谈几局，不知你意如何？"

赵普赶紧躬身施礼道："普求之不得。御弟大驾光临，将使我蓬荜增辉。"

你道赵光义为何想与赵普对弈？只因他自幼酷爱围棋，几近痴迷，十几岁时曾与邻里高手弈棋一天一夜，遭到杜氏的斥责。后来又遍访名师，棋艺更是突飞猛进。近两年因忙于军务政事，棋下得少了些。这次他主动提出到赵府弈棋，为的是增进与赵普之间的感情。太后对赵普倍加赏识，十分宠信，虽然赵普只是个兵部侍郎、枢密副使，但其实际地位远在众臣之上。保住赵家天下，离不开赵普；就是赵光义，想在朝中掌握重权，也需要赵普助一臂之力。

赵普回到府中，令家人打扫门庭，收拾院落，净水喷洒，府第显得格外整洁。赵光义到时，赵普早在门外恭候。赵光义见外门皆是柴荆，不禁赞叹道："则平兄，官至枢密副使，府第竟是如此简朴，令人起敬。"

赵普边请赵光义进门，边说道："大宋初立，国家百废待兴，普怎敢奢侈。"赵光义听后，更是赞叹不已。

及至客厅，赵光义举目四望，只见十把式样古朴的椅子排列有序，墙角两个柜子里摆着文物古玩。赵光义知道赵普平时爱搜集文物，此时正好一观，于是信步走到柜前，看看有何稀罕之物。

赵光义指着一块普普通通的墨问道:"则平兄,这块墨有何稀奇,却被你珍藏在此?"

赵普微微一笑:"此乃于京兆府(今西安市)从一老者手中所购的唐太宗所用之墨。太宗书法绝伦,其墨自然也就价值连城。"

赵光义在一件件文物间流连忘返,忽然眼睛一亮,紧紧盯在一副棋具上。他将棋具拿在手中,仔细观瞧,赞不绝口。赵光义是弈棋高手,对棋盘、棋子自然过目不少,但还从未见过这么珍贵的棋具,因而反复把玩,爱不释手。

原来,这副棋具还真有个奇特来历。那还是唐宣宗在位的大中年间,一位棋艺卓越的日本王子前来唐朝交流棋艺时,弈棋输给了唐朝当时的围棋国手顾师言,便将这副棋具赠予了宣宗。后来,此棋具因战乱流落民间,赵普数月前从一商人手中高价购得。这棋盘是用一种状如楸木的玉石琢成的,光洁如镜。那棋子也十分稀罕,日本之东三万里有一集真岛,岛上有凝霞台,手谈池即位于台上。池中出的玉子,天生只具黑白二色,冬温夏凉,人称"冷暖玉",最适宜做棋子。

听得赵普介绍之后,赵光义啧啧称赞道:"则平兄,今番可否用此棋具手谈几局?"

赵普显得十分大度:"当然可以。御弟光临舍下,我是倾所有奉陪。"

赵光义虽年方二十出头,却生得眉宇轩昂,目光炯炯,唇红齿白,面如冠玉,龙颜日角,两耳垂肩,长身玉立,虎步龙行。那龙凤之姿,俨然是太平天子。太祖虽然对赵普很是器重,但赵光义毕竟年轻,将来自己的有生之年,说不定要寄托在他的身上。想到这些，赵普自然除了身家性命，什么也舍得。

　　赵普、赵光义相对而坐，日本楸玉棋盘放在二人中间。赵光义主动提出猜先[1]，结果被他猜得黑棋。他拿起冷暖玉棋子，毫不犹豫，一枚黑子拍在了天元上。"好！不愧是王者风范。"赵普不由自主脱口而出，赵光义听了，内心十分受用。

　　赵普见赵光义先占中央，便小心应付，占据星位。几十手过后，布局基本结束，开始进入中盘搏杀。以赵普之性格，爱抢占实地，棋盘上白棋竭力捞空，而赵光义的黑棋则以取外势为主。双方针锋相对，落子如飞。这时，黑棋扭住几个白棋的孤子不放，紧紧追杀；而白棋则轻灵飘逸，闪转腾挪，先手活棋，进入谨慎收官阶段。从二人行棋来看，颇合各自性格。赵光义年轻气盛，霸气十足，不甘人后；赵普老练成熟，随机应变，软中带硬。最后，白棋仅以四分之一子险胜。

　　赵光义输了第一盘，并不服气，提出再弈。赵普心里暗自盘算，此局要输给赵光义，但要顺其自然，输得让他看不出来，这样赵光义才会觉得他是凭自己的能耐赢棋。

　　第二盘棋开始，赵普执黑先行，依棋理先角后边，仍是占实地。赵光义初衷不改，还是占据外势。双方你来我往，下得异常精彩，竟很难看出胜败。收官时，赵普走出一着缓手，赵光义抓住机会，吃掉一子，终以四分之三子获胜，脸上不由露出得胜的笑容。

　　赵普奉承道："御弟棋艺高超，我不能敌啊！"

　　赵光义则来了劲头，兴致勃勃道："则平兄着数老道，令

———————

[1]　猜先：围棋比赛中用来决定双方谁先行子的方法。

人佩服。时候尚早，咱们再弈一局如何？"按赵光义的性格，他是不愿与人平分秋色，而非要论个高低的。他这细微心理变化，赵普从其表情即可看出，所以只得从命。

第三盘棋，赵光义执黑先行。这次与前两盘不同，一上来黑白子就绞杀在一起。二十几手过后，赵光义陷入长考①，之后下了一手漂亮的"镇神头"，博得赵普连声喝彩。

提起"镇神头"，还有段来历。唐宣宗时，那位日本王子前来，名义是互通友好，实则为比试棋艺。宣宗敕命待诏顾师言出阵。顾师言乃国内第一围棋高手，对弈中，至三十三手，还未能显出己方的优势。顾师言的手脚出汗，殚精竭虑，每落一子都经苦苦凝思。后在双方绞杀的棋前，他迎头拍上棋子，以阻止对方气势。这就是后来称为的"镇神头"。日本王子一时瞠目结舌，手忙脚乱，被顾师言吃掉了这片棋，最后只得投子告负。

今日赵光义使出"镇神头"，赵普亦是一惊，白棋一条长龙几经挣扎，未能逃脱灭顶之灾，只得中盘认负。

读者可能会问：赵普与赵光义两人下棋水平在伯仲之间，第三盘为何输得如此之惨？这里有个缘故。赵普为人机敏聪慧，知道此次赵光义志在必得，尤擅长力战，便在开局故意挑起战端。对方下出绝招时，赵普则表现出力不从心，考虑不周，走出了两步缓棋，因而使赵光义轻松获胜。当然，棋要让得巧妙，不露痕迹，才会使胜者显出自信来。

果然，赵光义掩饰不住内心的喜悦，说道："今日与君手谈三局，好久没这么过瘾了！"

———————

① 长考：经长时间思索才下一着棋。

赵普则称赞道："御弟棋风锐利，势不可当，非我能敌。"说得赵光义心里甜丝丝、美滋滋的。

赵光义在起身告辞时，不经意地说道："母后对则平兄如待家人一般，很多事愿听听你的意见，今后还望在母后面前适时为我美言几句。"

赵普是何等聪明之人，他明白赵光义言外之意就是让他在杜太后面前为他多讲好话，自己又何乐而不为呢？与太祖访琅琊山时，那陈抟所吟"莫道当今无天子，都将天子上担挑"，就被赵普牢牢记住。太祖当了皇帝，应了陈抟之言，赵光义比太祖年轻十二岁，且帝王风范早被陈抟看出，看来赵光义称帝也可能是前世注定。

就在赵普大脑这样转动着的时候，赵光义无意瞥了一下桌案上的日本棋具。几乎同时，赵普的眼神也落在了这棋具上，他当即毫不犹豫地拿起棋子、棋盘，双手捧给赵光义。

由于没有思想准备，赵光义竟愣在那里，没有伸手去接。赵普忙道："御弟是棋坛高手，这稀世棋具理应由你收藏，万勿推辞！"

赵光义哪里好意思去接，便推让道："则平兄千辛万苦才得到这珍奇之物，我怎能夺人之所爱？！"

"既然我们亲如兄弟，那就不该论什么你我。此棋来之不易，更不应流落民间，放在王府才真是万无一失。"赵普决心将棋具送与赵光义，说出话来自然要符合情理。

赵光义见赵普出自真心，便双手捧过棋具道："则平兄既然这样说，我就却之不恭啦！闲时还望来府中手谈几局。"二人有说有笑，高兴而别。自此之后，赵普与赵光义的关系又进了一层。

光阴似箭，日月如梭。转眼之间，已是宋建隆元年（960）十一月。距李重进起兵仅有四个月的时间，宋朝大军就已取得全面胜利。扬州被攻陷，李重进举家纵火自焚，其兄李重兴在深州（今河北衡水市下辖深州市）刺史任上，闻弟反叛，遂自杀；其弟解州（今山西运城市解县）刺史李重赞、其子尚食使李延福均被杀戮于市。

那李重进发动叛乱为何如此快地就被平定了？这里略做交代。李重进是周太祖郭威之甥，福庆长公主之子，生于太原府，历事后晋、后汉、后周三朝。因其脸色黝黑，作战勇猛，号称"黑大王"。周世宗时，李重进曾与赵匡胤分掌内外兵权，周世宗屡赐其袭衣、金带、玉鞍、名马。周恭帝嗣位，加检校太尉，改淮南节度使。太祖即位，以韩令坤接替他侍卫都指挥使，加封李重进为中书令，移镇青州（今山东益都），他对此极为不满，心怀异志，拒绝调动。

李筠举兵反宋，消息传到扬州，李重进大喜，以为时机成熟，特遣亲信翟守珣前往潞州与李筠结盟，议定南北夹攻宋朝。

那翟守珣与太祖相熟，不往潞州，反潜往汴京，求见太祖，陈说李重进谋逆事实。太祖十分感激，说道："朕与卿相识多年，今特来以秘密报朕，可谓不负故交了！但朕欲亲征潞州，恐李重进乘机掩袭，多一掣肘，烦卿相劝李重进养威持重，未可轻发，免得二难同作，分我兵势。"太祖厚赐翟守珣，令其返回扬州。

翟守珣回到扬州，见了李重进，编了一通谎话，教他坐观成败，不可轻举。李重进被蒙在鼓里，果然按兵不动。太祖采纳赵普的建议，又遣六宅使陈思诲往扬州赐李重进铁券，好言安抚，将其稳住。没想到李重进竟将陈思诲扣下，只说等太祖还汴时，一同入朝。

待太祖平定泽、潞后，李重进看到宋军声势浩大，自是惧怕，便拟与陈思诲一同入朝拜见太祖。谁知他手下的部将向美、湛敬等人却阻拦道："令公乃周室懿亲，终不免要遭宋主之忌，此番入朝，如鸟入樊笼，只恐性命难保。不如拘住宋使，乞求南唐相助，即行举义。"

李重进听后，内心矛盾重重：自己当年曾随周世宗征讨南唐，如今番前去求援，实在脸面全无；可自己兵力单薄，如无外援，又难以抗衡宋朝。看到手下几员部将勇气十足，他只好孤注一掷，当下修书南唐，修城缮甲，准备起事。哪知南唐慑于大宋威力，竟将李重进的密信呈给太祖。南唐回信未到，宋军已大兵压境，李重进在内无资储、外无救援的情况下，仓促起兵。

交兵第一仗，石守信、王审琦、李处耘、宋偓四员大将就把李重进一万精兵杀得大败，向美被石守信腰斩，湛敬逃回城内。随后宋军包围扬州，太祖亲临督阵。李重进见大势已去，即令部下各自逃生，然后令家人聚薪举火，全家自焚而死。湛敬见李重进已亡，便将陈思诲杀死。城中无主，登时大乱。

宋军进城之后，制止骚乱，收抚残兵，扑灭烈火。待拿住湛敬等叛将，才得知陈思诲已被杀死在狱中，太祖甚是叹息，命厚礼安葬。湛敬等逆党尽在市曹枭首。待扬州城内秩序恢复后，太祖猛然想起唯独没有看到瞿守珣，不知他是生是死，心中十分焦虑，即命人四处打探。

第十八回 闹灯会君民同乐
刺圣驾谋臣心忧

太祖正为瞿守珣的下落担忧，兵士却从瞿守珣家中将其找到。原来，从汴京回到扬州复命后，他深恐李重进起疑，便潜到乡下躲避，见太祖收复扬州，才又回到城里家中。

见到瞿守珣，太祖十分高兴，加以慰谕，叫他随驾还朝。瞿守珣奏道："臣与李重进相处有年，不忍见他死后暴骨扬灰，还乞陛下特别开恩，许臣收拾其余烬，葬于野外，臣虽死亦无憾了。"

太祖知瞿守珣很重情义，乃准奏道："掩骨埋骼，理应如此。依卿所奏，朕不罪汝！"瞿守珣谢恩出来，自去收拾李重进余骨，买棺埋葬，然后随太祖还朝。

回到汴京，太祖便优赏出征将士，瞿守珣初授补官殿直，不久便被命为供奉官，不时伴驾饮宴出行。

太祖自从平了李筠、李重进之后，藩镇畏威怀德，无人再敢重蹈二李覆辙。成德节度使郭崇，为大周倒台而涕泣，太祖遣使侦察后，郭崇赶忙表示效忠太祖；保义节度使袁彦，日夜缮甲治兵，图谋反宋，太祖派潘美去做监军，袁彦乖乖地单骑入朝，听候差遣；建雄军节度使杨庭璋与大周皇室是近亲，太祖怕他怀有异志，派人伺察，他未敢反抗，被调任为静难节度使。自此，大宋四方平静，初现太平气象。

转眼到了建隆二年（961）正月初一。宫中照例举行岁首朝贺，一切仪仗从简，百官齐聚正殿，向太祖贺岁。朝贺完毕，赵普出班奏道："陛下，当今藩镇归顺，民心欢愉。臣以为正月十五可办灯会，君民同庆，以昭示天下承平。"

平息内乱之后，太祖心情畅快，听完赵普奏本，环顾群臣道："众卿以为如何？"

百官知道赵普受宠，皇上又面露喜色，便齐声道："陛下洪福，国泰民安，我等都赞同兵部侍郎所奏！"

太祖见群臣异口同声赞同，即准赵普所奏，并命他总领筹办。

赵普领旨以后，立即组织工匠搭置灯楼，结扎彩灯。

提到元宵赏灯，还得讲讲赏灯的来历。它初始于汉祀太乙。西汉朝廷在正月望日（十五日）祀太乙神时，从当日天黑到第二日天明，灯火燃一整夜。此后便形成正月望日夜游观灯的习俗。

到南朝时，张灯庆元宵之风渐盛。隋时，民间正月十五日夜，欢闹通宵，燎炬照地，人带兽面，男为女服。

唐朝元宵观灯最蔚为壮观。因是太平盛世，京城正月十五日前后三夜解除夜行之禁，寺观街巷，灯明若昼，灯棚高达百余尺。

唐玄宗时，巧匠毛顺连做缯彩灯楼三十间，高一百五十尺，周围悬挂珠玉金银，微风一至，锵然成韵。其灯呈龙凤虎豹腾跃之状，时人惊叹巧夺天工。正月十五、十六、十七三夜，京城安福门外设置高二十丈的灯轮，披挂锦绮，饰以金银，错杂五万盏灯，如万花开放的巨树。宫女上千人，衣罗绮，曳锦绣，耀珠翠，施香粉，又从长安、万年两地少女、少妇中挑选千余人，在灯轮下踏歌。为装点这盛大的场面，朝廷耗资甚巨。

比起盛唐，大宋初立，财力不足。赵普主张灯会热闹且不铺张，民间不必到处搭灯棚，只在重要官府衙门及繁华街巷集中搞几个灯市，让百姓方便观灯。

说话之间，正月十五来到。宫门前设三大牌坊，彩结为饰，牌坊前是搭好的彩山。山的左右是传神的文殊跨狮子和普贤骑白象塑像。灯山的高处有一水箱，用辘轳绞水上去，贮于箱内，水从上喷下，如同瀑布，构成一景。用草编成的巨龙卧于左右门上，用青幕遮笼，草上密置灯烛数万盏，远远望之，蜿蜒如双龙飞走。

自灯山至宣德门楼前面的大街，百余丈的地方，有一个用棘刺围起来的演出场所，内设两长竿，高数十丈，以缯彩结扎，各种纸糊的百戏人物悬于竿上，随风摆动，宛若飞仙，煞是好看。一旁的乐棚内，由官府乐人作乐、演杂戏。围看的百姓里三层、外三层，人头攒动，围得水泄不通。

宣德楼上，黄缘帘后，太祖坐在御座上观赏盛景。帘外有黄罗搭成的彩棚，侍卫官执黄盖掌扇。两旁的朵楼上各挂灯球一枚，直径接近一丈，内燃橡烛。帘内，乐声与宫嫔的嬉笑声此起彼伏。楼下用枋木垒成露台一座。台上演戏时，两边站列身着锦袍的禁卫，个个头簪上插着皇帝赏赐的珠花。露台下面是争睹盛会的百姓，乐人们不时引导百姓山呼"万岁"，太祖看了，喜不自禁。

这一幕完全是赵普亲手导演的。看到太祖高兴，赵普内心无比欣慰。他悄然退下，换上便装，随着老老少少、男男女女，在灯市里穿来插去，四处查看，不知不觉来到了开封府衙。前来这里观灯的人涌动如潮，煞是热闹。

此处的灯楼高大恢宏，居中挂着一盏麒麟灯。麒麟灯上挂着四个金字，写着"万兽齐朝"。牌楼上高悬一对灯联，左首一句：周祚呈祥，贤圣降凡邦有道；右首一句：宋朝献瑞，仁君治世寿无疆。

麒麟灯下，围绕着各式各样的兽灯，但见那：獬豸灯，张牙舞爪；狮子灯，睁眼团毛；白狐灯，光辉灿烂；青熊灯，形相蹊跷；猛虎灯，虚张声势；老鼠灯，偷瓜抱蔓；山猴灯，上树摘桃；骆驼灯，不堪载辇；白象灯，稳如泰山；麋鹿灯，衔花朵朵；狡兔灯，带草飘飘；走马灯，随势低高。

在各种兽灯中，有两个古人，骑两盏兽灯：左首是梓潼帝君骑白骡，下临凡尘；右首是玉清老子跨青牛，西出函谷关。有诗四句：

> 兽灯无数彩光摇，整整齐齐低复昂。
> 麒麟乃是毛虫长，引得千兽朝君王。

众人看过麒麟灯，无不齐声喝彩。赵普在旁手捻胡须，面带微笑。其实这些灯，在旧时就曾有过，这次他叫工匠们略做改进，特意安排在开封府衙门，以招徕满城百姓。赵光义觉得脸上增辉不少，对赵普的苦心安排感激万分。

赵普刚要挪动脚步去驸马府前看看，忽然见人群一阵骚动，观灯的人流惊恐地往两边散去，让开了一条通道。只见十来个将校模样的人大摇大摆地闯到近前，一边走一边呵斥两旁的百姓："让开，让开，天下是爷爷们打下的，观灯自然要站在前面！"

赵普站在暗处，发现为首的几个人，他都认识，有石守信属下都虞候石磊、王审琦属下副指挥使陶然、高怀德属下副都头白有亮和张令铎属下郎将金威风。赵普本想上前喝住他们，但因四周围着的百姓很多，不便出面。

只听白有亮边走边道："爷爷们在陈桥驿保赵家坐天下，这会儿观灯还要受这鸟气。"金威风趾高气扬道："叫这些人全都走开，留下我们几个人在这儿，一面观灯，一面痛痛快快地再喝几杯！"石磊、陶然也是跌跌撞撞，说话舌头发直。

赵普闻到一股浓烈的酒味儿从他们几个人身上散发出来，周围的人都捂上了鼻子。赵普心想：这帮人喝醉了，说不定会闹出乱子，今天的灯节可不能因为他们而搞砸了。于是，便再也顾不上黑压压观灯的百姓，往前一站，伸出双手，挡住这伙人的去路："各位要喝酒吗？开封府就在眼前，我一定叫众位喝得痛痛快快。"

石磊走在最前面，见有人拦路，破口大骂道："你算什么东西，敢不让爷爷们过？弟兄们，给我打！"

陶然拉了拉他的衣袖道："大哥，是兵部侍郎赵普赵大人。"

石磊舌头发直道："什么赵普赵大人？如果没有我们石大帅、高将军诸位将领，没有我们这些弟兄的浴血奋战，他一个文人哪里做得了兵部侍郎，说不定还沿路讨饭呢！"说完，又哈哈大笑起来。

金威风也附和道："没错，这天下还不是咱们武将打出来的！"

赵普的脸色由白转红，由红变青，这些人仗着他们主帅有功，竟然如此无法无天，公开攻击朝廷命官。自己给太祖出谋划策之时，他们还不知在哪里呢！

赵普火往上撞，刚要开口，只听后面有人喝道："大胆奴才，你们怎敢对赵大人如此无理，还不给我跪下！"

赵普回头望去，见赵光义就站在他的身后。石磊等人虽醉眼蒙眬，却也都认了出来。此时吓出一身冷汗，酒也醒了，不由"扑通、扑通"跪倒在地，猛地叩头："不知御弟在此，请恕小人无礼。"

赵光义面色铁青，威严地说道："你们快给赵大人赔礼，否则我绝不轻饶！赵大人为宋朝建立立下了汗马功劳，你们这些人怎能和他相比？！"

石磊等人一边打自己的耳光，一边说道："大人不记小人过，请原谅小的们无知。小的们一时喝醉了酒，胡说八道，大人千万不要放在心上，就当我们放了一通臭屁。"

人群中爆发出一阵哄笑之声。赵光义问赵普："赵大人，你看如何处置他们？"

"把他们放了吧。"赵普厌恶地摆了摆手。赵光义说道："你们滚吧。"这帮人听了，连滚带爬地钻出了人群。

赵光义拉着赵普的手道："则平兄，请到开封府一叙。"赵普点了点头。

热闹的灯节从正月十五开始，至十七日夜才收灯。每到夜间，街上人山人海，气氛热烈，博得百姓同声赞颂。这正是：

月正圆时灯正新，满城灯月白如银。

天上焰火落人间，喜煞汴京官与民。

　　且说灯节过后，太祖经常微服出行。赵普恐出变故，便进谏道："陛下为万民之主，一身系天下安危。而今天下初定，人心未安，陛下车驾轻出，倘有不测，为之奈何？"

　　太祖笑道："卿不必过虑！自来帝王创业，都属天命。如果天降祸患，就是有心防范，也是躲避不了的。当年周世宗在世时，见着方面大耳的人，就疑心此人将来要做天子，便起杀机。朕终日陪侍于侧，却倒平安无事。可见天命所归，绝非他人所能暗中谋害的。"

　　赵普见太祖不以为然，便又奏道："虽如陛下所说，一切系于天命，究竟身为天下之尊，肩负天下之任，还须多存戒心，以防万一才是。"

　　太祖感激赵普对自己安全的关心，不好再驳，顺口说道："朕此后自当谨慎，不忘卿之所言便是。"

　　一日，太祖又轻车便装出门，只带了几个便衣卫士。街市繁华，人流不息。太祖所乘之车在经过人群密集的地方时，将速度放慢了下来。忽地一道白光，从人丛中射出，说时迟，那时快，一个铁弹儿正打在太祖御车的轮子上，接着又是"噗、噗、噗"几道白光飞扑过来，太祖在车内"啊呀"叫了一声，往后翻身便倒。几个便衣卫士顿时蜂拥而上，团团围住太祖。这时再找刺客，已是踪迹全无。

　　再看太祖，翻身坐起，安然无恙。几个便衣卫士早吓得魂飞胆丧，张口结舌，竟一时说不出话来。你道暗器为何没能伤着太祖？原来，太祖从小习武，久经沙场，车子受阻时，他在车上一直注视着两边人群，已发觉有些异样，随即听到"噗噗"声，知是有人暗算，便佯装倒下，发出叫声。暗器走空，刺客却以为打中，立刻逃离。

太祖见几个卫士神色紧张，便笑道："朕有命在天，那些暗器怎能伤着朕呢？你们不必惊慌。"见太祖没有责备的意思，几个卫士才松了口气，忙奏请关闭城门，追缉刺皇犯驾之人。太祖道："不可！我已说过，朕乃生有天命的，如果更有人应得天命，朕当任他所为，不加禁止。你们万不可违反朕旨，抗逆天命！"

众卫士同声道："谨遵圣旨！"

车不能行，那些卫士便前后簇拥着太祖以步代车。行至不远，便是赵普府第，太祖命卫士退去，独自一人进入赵普院中。赵普家人见了，慌忙一溜小跑，赶去向主人通报。赵普正在家中饮茶，听说太祖驾到，来不及更衣，随手拿一顶朝帽戴上，匆匆地出来迎接。

待将太祖迎入厅中，让到上首坐了，赵普先行参拜，然后才奏道："臣不胜惶恐，有失远迎，还望恕罪！臣屡谏圣驾不可轻出，以避不虞，奈何陛下今日又独自出宫呢？"

太祖笑道："卿不知呢！今日在途中，竟有人用暗器想伤害朕呢！"便将刚才飞弹击中车轮一事细说一遍，把对卫士所讲之话也一一说与赵普。

赵普未听完，早吓得跪倒在地，叩头不迭，口称："陛下受惊了！臣不及护卫车驾，万死，万死！"

太祖忙离座，把赵普扶了起来："卿有何罪呢？且朕并未受伤。朕之所以每次外出，不怕有人暗算，原就有着听天由命的心意，纵是泰山崩于前，朕自是面不改色，何况是这区区几个铁弹儿呢？"太祖说得十分轻松，好像压根儿什么事也没有发生似的。

赵普却十分看重这次突发事件。自元宵灯节石磊等人醉闯开封府灯楼之后，他就在思索着一个历代王朝都感到棘手的难题：这就是夺江山易，保江山难。尤其是五代十国以来，权臣篡位，父子反目，兄弟相杀，军校拥立，闹得天下没有宁日。做皇帝的命长者不过一二十年，命短的仅有四年。大宋的建立，实属天赐良机，他处心积虑，周密策划，才辅佐太祖登基。自己虽然受太祖宠信，但至今还只是个兵部侍郎、枢密副使。可一旦大宋江山难保，自己岂不前功尽弃？所以，在他的脑海里，一直酝酿着一个事关存亡的重大行动，而现在正是劝谏太祖的最佳时机。

第十九回 赵普幕后推波澜
         太祖杯酒释兵权

且说太祖遇刺有惊无险，赵普却认为这是劝谏太祖收揽大权的绝好机会，便进谏道："陛下，虽说生有天命，但是人心叵测，说天下无一人敢逆天而行，臣实不敢确信。就观今典兵诸将来说，亦岂个个可恃？万一有人在您身边乘机叛变，到那时措手不及，后悔难追。臣一片肺腑之言，全是为陛下万全计，愿陛下自加珍重为是。"

太祖不以为然，觉得赵普有点小题大做，便笑问道："似石守信、慕容延钊、王审琦、高怀德等，都是朕的故人，与朕患难已久，难道他们还能叛朕不成？卿亦太多虑了。"

赵普觉得不能放过这次机会，无论如何也要说服太祖，于是又奏道："臣亦不敢怀疑诸将不忠，但据臣长期观察，他们皆非统御之才，恐不能制服部下。倘或军伍中有人胁迫他们生变，那时他们欲罢不成，便不得不唯众是从了。陛下明察，当鉴及此！"

这最后两句话触动了太祖，他不由得想到，五代以来，兵骄则逐帅，帅强则叛上，已成为无法遏制的恶习。自己不也是如此吗？如果诸将部下，也有此种举动，又哪里制服得住呢？

其实，太祖何尝想不到这一层。他是行伍出身，久掌禁军，靠兵变夺取政权，自然也要防止别人故技重演。如何确保政权稳固，集中军事权力，抑制功臣自傲，这些难题一直使他坐卧不宁。赵普直截了当地点出了症结所在，太祖不禁连连点头。

为了掩饰此时的心情，太祖不得不婉转说道："朕正因国家初立，人心是否归向尚未可料，所以私行访察，未敢少息呀！"

赵普见太祖实际上已同意自己的看法，便又进一步奏道："但教权归天子，他人不敢觊觎，自然太平无事了。"

太祖领首同意，赵普便不再多言。太祖随即回宫。正是这一次君臣的重要对话，导致了历史上"杯酒释兵权"事件的发生。

时光如梭，日复一日，太祖依然如故，没有采取措施。赵普私下十分焦急，又不便时时进言。他哪里知道，太祖真要对禁军将领动真格的时候，还是左右为难，陷入了权力和友谊的矛盾之中。禁军的高级将领石守信、慕容延钊、王审琦、韩令坤等人，或是他幼时的好友，或是他义社的结义兄弟，个个都是自己的心腹，如果没有他们在陈桥驿发动兵变，自己怎能当上天子？此时剥夺他们的兵权，定会招致世人议论，说自己不仁不义；可不对他们采取切实有效的制约措施，这些人中有的自恃有功，已经出现了"偃蹇①难制"的迹象，不由让人心中戒惧。

想起赵普所讲元宵灯节，石守信、王审琦、高怀德等将领

①　偃蹇（yǎn jiǎn）：骄横，傲慢。

的手下口出狂言，醉闯灯会之事，更是给自己敲起了警钟。为了杜绝节镇禁军拥立闹剧的发生，必须分散禁军统帅的权力，并收节镇精兵于中央。然而，凡事欲速则不达，几经思考后，太祖决定先选择合适的时机，进行一次试探性的预演，以观事态的发展。

宋建隆二年（961）闰三月的一天，太祖乘殿前都点检慕容延钊入朝、侍卫禁军都指挥使韩令坤返京之机，召集早先的义社兄弟进宫。

这些把兄弟与太祖都是生死之交，宋朝建立后，或执掌节镇方面的大权，或典掌禁军兼节度使，个个权势烜赫。朝廷内外，都知道他们与太祖的特殊关系，所以遇事均要退让三分。

太祖见这些义社兄弟到齐，寒暄几句后，便发给众兄弟每人一弓、一剑、一匹御马，撇开侍从，独自率领众将帅驰出固子门（今开封外城西门之一，又称金辉门），来到城郊的树林里。

这是一片十分古老而又阔大的森林，悠久的年代和苗壮的树木互相结合，透出一种庄严肃穆的气氛。这一片林子差不多全是松树，抬头就是卷曲的树梢和茂密的针叶，偶尔有一些白杨树拔地而起，仿佛一根根暗银色的柱子，又像是警觉的哨兵在尽职地守卫。唯一能透出春天气息的是那些无名的嫩草。它们顽强地从地底下钻出来，伸出了小小的尖芽，即使是太祖一行骑的战马，也无法将它们踏平。

太祖选中了树林中间一块平坦的地方，吩咐众将帅就在这里席地而坐，开怀畅饮。石守信等人将马缰绳拴在树上，遵照太祖安排，围坐一圈。

太祖先举杯道："我们众弟兄难得有此一聚，今日不分皇上、臣下，大家一醉方休。"

众将帅听太祖如此说，便恢复了往日的神态，无拘无束，行令猜拳，好不痛快，似乎又找回了当年义社相聚时的感觉。在座的人中，张令铎最为年长，其性仁恕，历仕三朝，从军三十载，大小四十余战，摧坚陷敌，攻城拔寨，未曾妄杀一人。宋初，张令铎任马步军都虞候，领^①陈州（今河南淮阳）节制^②。今日众兄弟得以相聚，作为大哥，张令铎最为稳重，不多贪杯。王审琦还是滴酒不沾。石守信、高怀德、慕容延钊、韩令坤、韩重赟、罗彦瑰却开怀痛饮。太祖与众弟兄谈笑风生，众人十分快活。

眼看大家酒饮方酣，太祖突然起身，严肃地问道："此处别无外人，你们之中谁想为官家（皇帝）的，方便得很，动手将我干掉便成了。"

此时，林子里寂静空荡，连风吹树叶的瑟瑟声都听不到了，周围的一切仿佛都凝固了。

见太祖讲话的神情绝不是开玩笑的意思，畅饮的诸将立刻收住了笑容，不寒而栗，醉意顿时消散。张令铎首先跪在地上，其他兄弟也都伏地求饶。

太祖看了看跪在地上的众兄弟，语气缓和地追问："你们当真都要朕当皇帝？"

一听太祖语气有所缓和，众兄弟心中一块石头落地，长舒了口气，赶快拜呼："万岁！万岁！万万岁！"

太祖见众弟兄伏地叩首，才招呼他们起来，然后道："卿

---

① 领：兼任。

② 节制：指节度使。

等既然真心拥护朕为天下主，从今后，必须尽臣子忠君之节，不得无礼犯上。"

石守信、张令铎等弟兄连连称是。直到此时，他们才明白，太祖约他们到这郊外树林中饮酒，原本不是为了叙旧。看来，今日的太祖，已不是当年义社的赵匡胤。这酒再也无人想喝下去了。

经过这次预演，太祖感到自己在禁军中的威望未衰，还能驾驭住全局。事不宜迟，不久他便迈出了改革禁军的第一步：罢去慕容延钊殿前都点检之职，改任山南东道节度使、西南面兵马都部署；罢去韩令坤侍卫马步军都指挥使之职，改任成德军节度使、充北面兵马都部署。慕容延钊与韩令坤均是太祖的好友，相交多年，亲密无间。故而二人在赴任之前，太祖于别殿置酒饯别，多方慰问。这年冬天大寒之际，太祖还特遣中使赐慕容延钊貂裘和百子毡帐。

赵普见太祖罢免慕容延钊和韩令坤的职位，改为节度使，心下多少觉得安然一些。他盼望太祖加快改革禁军的步伐，但两三个月过去了，又没有了动静。

七月初的一天，微雨过后，御院梧桐数株，被雨洗去尘埃，枝青叶秀，分外苍翠可爱，微风起处，叶底生凉。太祖心意悠然，召赵普入偏殿，开阁乘凉，从容坐谈。此时旁无别人，在闲谈之中，太祖喟然叹息道："天下自唐末以来，数十年间，八姓十二君，僭窃相踵，变乱不止，生灵涂炭，百姓遭殃，岂能国富民强？朕欲平息天下兵祸，以求长治久安，卿以为应该怎么办？"

赵普不假思索，答道："陛下所言，正是民心所盼。依微臣愚见，唐末之所以大乱，五季之所以纷争，都是由于节镇

太祖杯酒释兵权

的权柄太重，以致君弱臣强。若将他们的兵权撤销，稍示裁制，何患天下不安？臣曾在岁初就启奏过，还望陛下及早动手为好。"

赵普言犹未尽，还欲再说下去，太祖摆手道："卿不要多说了，朕自有处置。"赵普见时候不早，便叩头告退。

其实，自元宵灯会后遇险，赵普宅中劝谏时起，太祖就反复思考如何削弱节镇的兵权，巩固自己的地位。削去慕容延钊、韩令坤重权，不过是投石问路。此举在禁军将领中并没有引起什么波澜，这就更加坚定了太祖的信心。今日召赵普进宫，听了他说的话，太祖便决定立即行动。

宋建隆二年（961）七月初九晚朝后，太祖命设宴内宫，召石守信、王审琦、高怀德、张令铎、赵彦徽等人进宫赴宴。

众人乘兴痛饮，唯王审琦不举杯。太祖知其平日不善饮，从不勉强，今日酒酣时，却劝王审琦道："酒，天之美禄，卿与朕乃故交，合该共享富贵，卿何不饮此美酒呢？"见王审琦仍未举杯，太祖复道："天必赐卿酒量，试饮之，不要畏惧。"王审琦受诏，连饮十杯无事。

太祖见众人酒兴正浓，便止酒停杯，屏退左右，面对功臣宿将、义社兄弟，充满深情道："朕若不是卿等扶助，也不会有今日，朕心里时时念及卿等功劳。"在座之人闻听太祖此言，顿时感到全身热血沸腾，齐声表示愿为太祖效忠到底。谁知太祖口气一转，又感慨万端地道："但身为天子，实在太难了，反不如为节度使时，尚得逍遥自在。朕自受禅以来，总是食不甘味，寝不安席，忧虑重重。"

石守信等人不解地问道："现在藩镇畏服，天下归心，陛下还有什么隐忧呢？"

太祖又笑道："朕与卿等，统是旧交，何妨直告。这皇帝宝座，谁不想坐呢？！"

石守信等人听了，知道太祖话中有话，惶恐万分，赶忙离开席位，伏地叩头，表白道："陛下何出此言，如今天下已定，谁敢复有异心，自取灭族之祸？"

"朕对卿等放心，怎奈难保卿等麾下欲求富贵者。倘若他们一旦把黄袍加到卿等身上，卿等即使不想做皇帝，但势成骑虎，也就不得不从了。"

太祖这一席话，听起来言真意切，且软中带硬，在座之人知道自己都难逃猜忌，弄不好就惹来杀身之祸，不由吓得都哭泣起来，一个个顿首乞求："臣等愚不可及，望陛下哀怜，指给臣等一条可生之途。"

太祖见众臣俯首，遂言道："卿等且起，朕却有个主张，要与卿等商议。"

石守信等谢恩起立，太祖命各归座位，这才徐徐说道："人生在世，如白驹过隙，少而壮，壮而老，老而死，百年寿数不过瞬间的事，不如多积金银，为子孙留些资财，使他们将来不致贫困。朕为卿等打算，不如释去兵权，出守大藩，多置良田美宅，为后代立个长久的基业。自己多养些歌童舞女，日夕欢饮娱乐，以终天年，不枉一生。朕同卿等，结为婚姻，君臣之间，两小无猜，上下相安，世世相睦，岂不是很好吗？！"

太祖的话，虽然说得很长，但在座之人个个竖起耳朵，听得清清楚楚、明明白白，知道没有任何回旋的余地，只有俯首听命。石守信等人忙又离座拜谢道："陛下怜念臣等，一至于此，真乃生死骨肉了，臣等谨遵圣谕。"太祖见目的达到，遂命洗盏更酌，君臣大乐，尽欢而散。

次日，石守信、王审琦、高怀德、张令铎、赵彦徽等人就像约好了似的，一个个上表称病告假，乞罢兵权。太祖欣然同意，照准所请，并对他们大大赏赐了一番。紧接着，便诏命：罢去石守信侍卫亲军马步军都指挥使之职，改任天平军节度使；罢去高怀德殿前副都点检兼忠武节度使之职，改任归德军节度使；罢去王审琦殿前都指挥使兼义成军节度使之职，改任忠正军节度使；罢去张令铎侍卫都虞候兼镇安军节度使之职，改任镇宁军节度使。

诸将领了旨意，即上表谢恩，先后辞行。太祖又特诏留石守信、高怀德在朝伴驾，但典兵的实权已不在他们手中。

太祖信守诺言，真的同诸将结成姻亲。同年，太祖为皇弟赵光美娶张令铎的三女；开宝三年（970），太祖将大女昭庆公主嫁给王审琦长子、右卫将军王承衍；开宝四年（971），太祖将二女延庆公主嫁予石守信的二子、左卫将军石保吉。君臣之间，皆大欢喜。

太祖"杯酒释兵权"，未费吹灰之力便取得成功，心中十分高兴，自然没有忘记赵普幕后的功劳。一日，太祖又召赵普入殿，亲加慰谕。

太祖说道："这次能够解除石守信、慕容延钊等将领的兵权，爱卿在幕后可谓出了不小的力。有卿这样的军师在我身边，朕甚感放心。"

赵普忙叩头道："臣有愧陛下的夸奖。陛下待臣恩重如山，宠爱有加，若没有陛下，也就没有臣的今天。臣只有尽忠报效陛下，方才心安。"

"爱卿言重了。若没有爱卿辅佐于我，朕今日还不知……"太祖没有说完，但赵普早已明白了皇上的意思。皇上越是这样说，自己越要表现出谦恭，否则会被认为居功自傲，于是又谦逊了一番。太祖说道："爱卿，改革禁军已走出了第一步，下一步你以为应该怎么做？"

赵普在家中早已考虑成熟，便道："陛下，依臣之见，殿前都点检、副点检、侍卫与步军正副都指挥使这些禁军中的最高职务，可以不再设置了。"

"哦？"太祖望着赵普，"那禁军应如何管理呢？"

赵普接着说道："臣有一个想法，不知可不可用。将禁军两司之一的侍卫司一分为二，即分为侍卫马军司和侍卫步军司，再与殿前司一起管理禁军。"

"那就把它们合称为'三衙'吧。'三衙'使该委任何人呢？"太祖问道。

"臣以为应任命资历浅、威望不高、容易控制的将领，他们之间鼎足而立，互不干涉，直接听命陛下一人。"

"爱卿与朕所想真是不谋而合。"太祖甚是赞同。二人又仔细筹划了一番，赵普才告辞还府。

太祖整日与赵普宵衣旰食，忙着筹策国事，满想可以国家安定，高枕而卧。谁知天有不测风云，人有旦夕祸福。这一日，君臣二人正在偏殿议事，王继恩匆匆赶来，报知杜太后病危，要见太祖，并召赵普入内，同受遗命。

第二十回　立遗嘱金匮藏秘
　　　　　　定方略雪夜访普

　　听说太后病势沉重，太祖、赵普急忙赶往仁寿宫。太后痰喘已有月余，虽经御医精心调治，但还是一日甚于一日，竟成不起之症。她自知将不久于人世，才命召太祖及赵普前来。

　　太祖同赵普同至太后病榻前，赵普叩头请安，起来恭谨站立一旁。太后气喘吁吁地先问太祖道："你身登皇位，已一年有余，可知得国的缘由吗？"

　　太祖未细思索，便答道："皆仗祖考及太后的余荫，所以得此洪福。"

　　太后在病榻上摇了摇头，轻声道："非也！正因周世宗以幼儿主天下，你才能有今天。如果有长君主政，你哪能得到皇位！你百年后，帝位当先传于光义，光义传光美，光美传德昭。国有长君，乃社稷之福。你须牢记在心。"

　　太祖涕泣顿首道："儿记下了。"

　　太后又招呼赵普近前道："你随主有年，亲如骨肉，我的遗言，须如实记着，不得有违。"

　　赵普受命，就于太后榻前写立约书，先记载太后遗嘱，末了署上自己名字：臣赵普谨记。太后命人将遗嘱收藏于金匮，由谨密宫人掌管，永为成规，世世勿替。

原来太祖兄弟五人，长兄匡济早亡，太祖居次，三弟匡义、四弟匡美俱在，五弟匡赞幼亡。太祖即位后，为了避讳的缘故，统改匡为光，所以太后遗嘱中，也就称光义、光美。德昭是太祖的次子，乃原配贺夫人所生。

单说太后自金匮立誓后，不到两日，即崩于滋德殿，年六十。太祖遭此大丧，五内俱焚。赵普也悲痛万分，如失亲人一般。

厚葬太后不久，太祖便依赵普所言，将藩镇、禁军的兵权，都收归中央。五代外重内轻、尾大不掉的痼疾，被彻底根除。太祖又着手选派一批得力将领，分三路把守边陲重镇，以防御西夏、辽邦及北汉。

赵普为太祖出主意道："陛下，这些将领在边镇都拥有重兵，为防有变，我看应把他们的家属接入京师，加以厚待。"

太祖应允，并许给诸将可在边镇处理一切军政事务的权力。每逢诸将入朝，太祖必召入偏殿，赐宴赏金，恩宠有加。因此，诸将感恩戴德，多尽死力，自此西北得以多年没有祸患。

这日，赵普身体不舒服，一人躺在床上休息。想到太后遗嘱一事，赵普暗忖：如果真能照此做去，倒还相安无事；否则说不定会演出一幕骨肉相残的悲剧，皇帝谁不想做呢？想着想着，赵普只觉两只眼睛打架，不由闭上双眼，昏昏睡去。

这时，赵忠跑进来说："老爷，外面来了一个老和尚，自称慧觉禅师，说要见老爷。"

赵普一听，立刻起身下床问："禅师在哪里？快带我去见他老人家。"

"不要接我了，我来了。"慧觉禅师飘然入屋，声音还是那么洪亮。

"大师，"赵普哭拜于地，"我还以为此生此世再也听不到您的教诲了。"

慧觉禅师捶捶自己的胸脯道："贫僧身体好着呢！再活个二三十年没有问题。你已经是兵部侍郎了，哭哭啼啼像什么话。来，快起来。"说罢，将赵普搀了起来。

赵普擦了擦眼泪道："大师，您到哪里去了？找得我好苦！我和皇上一起去宝应寺，见寺已成一片废墟，真为您担心呀！"

慧觉禅师说道："我听说清流关已破，自知本寺难逃劫难，便收拾东西，带了几个弟子下山。没走多远，回头一望，见宝应寺已成一片火海，想必是叛军将它烧了。我去灵须山找你老师，一来叙叙旧，二来可以一起修行。谁知你的老师已经过世，你的家人也被你接走了。"

"大师，你为什么不到汴京来找我呢？你这一向在何处安身？皇上也十分想念您。"

"灵须山寻友未成，我便将弟子全都遣散了，一人四海为家，化缘为生。你问我为何不来找你，只因老衲泄露了天机，老天爷惩罚我不能再过清闲生活，注定要飘流至死。"

"大师，全是我害了你。你以后就在我这里住下吧，或者我奏请圣上，为您重修寺庙。"赵普眼泪汪汪地说。

慧觉禅师摆了摆手道："你知我今日为何来找你吗？我四处飘荡，发现百姓人人渴望天下统一，而你却在做什么呢？大白天在睡觉。你既然辅佐了明主，就应竭尽全力，怎能如此偷懒。这对得起你老师的教诲吗？"

赵普听了身上出汗，轻声说道："只因国家刚刚建立，忙着整顿内部，还未来得及想到其他。"

慧觉禅师的脸色稍微缓和了些，说道："机不可失，时不再来。现在不抓住时机，被别人抢了先，后患无穷。"

赵普答道："大师讲的极是。我记下了。"

慧觉禅师点点头，起身就走。赵普忙伸出手去抓慧觉禅师的衣袖，却听一人叫了起来："唉哟！"

赵普睁开了眼，原来是南柯一梦，自己正紧紧攥着赵忠的胳膊。赵忠说："老爷，圣上派人来请老爷。"

赵普进宫面驾，见太祖形容消瘦，惊异道："陛下龙体欠安吗？"

太祖摇头道："朕这些日来寝食不安，爱卿素有智多星之称，能猜得朕意否？"

赵普见龙书案上摆着一张地图，上面御笔亲写"秦始皇"三字，立即联想到刚才的梦境。大宋虽然立国，但处于腹背受敌之势。南有南唐、吴越、南平、南汉、后蜀、漳泉等割据政权；北有虎视眈眈的北汉及辽邦。太祖乃雄才大略之君，必不甘于受钳制，定要灭了他国，统一天下。想到这儿，赵普不禁一笑。

太祖知赵普明白了自己的意图，又说道："国家四分五裂，百业衰退，百姓流离失所，天下一统才是人心所向，大势所趋。朕久有此意，怎奈我朝深受五代战乱之害，元气尚未恢复，而辽邦等却以逸待劳，时时窥视我大宋领土。朕为此常辗转反侧，忧虑重重。"

赵普见太祖已立统一之大志，只是尚有些疑虑，于是道："古代以弱胜强战例颇多。辽邦有军五十万，且擅长骑射；我朝虽只有禁军十九万，且多以步兵为主，但如果审时度势，周密设计，选好战略突破口，有陛下这样的英明睿智之君，定能完成统一大业。”见太祖陷入了沉思之中，赵普悄然告退。

太祖听得赵普选突破口一言，心中一动。早在宋建国之前，他跟随周世宗征战时，就很佩服枢密使王朴在《平边策》中提出的先南后北的方针：逐步消灭南方割据势力，再收复燕云十六州，最后平定北汉。可惜，此谋略周世宗未完全采纳，取得南唐国的江北之地后，便挥军北上，直指幽蓟，后因中途患病才罢兵。太祖即位后，王朴已逝去。其主张虽好，但太祖头脑里总打消不了先攻北汉的念头，“一榻之外，皆他人家”，心里实在不太舒服。究竟是“先北后南”还是“先南后北”，太祖委实决定不下。

一日，太祖召集文武百官议政。文臣由范质、王溥、魏仁浦三位宰相领班列队在前。自唐及五代以来，宰相见天子议大政时，都是坐在椅子上面议，然后从容赐茶而退。太祖登基后，为防止“肘腋之虞”，对旧臣格外笼络，初时也遵旧例，范质等三位宰相都坐在椅子上，进言议事俱进呈奏折。赵普却很看不惯，向太祖进言道：“君臣应有上下尊卑。宰相坐议政事不妥，宜革除之。”

太祖也有此意，只是限于旧礼，不知如何废之。赵普建议道：“陛下议事，可令宰相送呈奏折，这样就可撤除座椅。”

太祖点头称是。在一次上朝议事时如此施办，宰相坐论国事之礼才从此废除。

太祖见文臣武将排班站好，便先问宰相魏仁浦：“朕欲亲征太原，卿以为如何？”

“欲速不达，请陛下慎之。”魏仁浦不假思索地答道。

平时魏仁浦为人宽厚有礼，喜欢直言，不少文臣都赞同他的观点。

太祖转而又问武胜军节度使张永德："卿有何取下汾（指北汉）之策？"

张永德出班答道："太原（北汉）兵少却悍，又与辽邦相邻。如攻打北汉，辽邦自会尽力支援，不易取之。臣以为宜每年多设游兵，扰其农事，并设法离间其与辽邦的关系，断其后援，然后再相机进兵。"太祖频频点头。

且说当年周世宗北征，赵普用智，于三尺木简上书写"点检做天子"，使张永德失去周世宗的信任，并被撤掉殿前都点检一职，此时他又为何得以侍奉太祖？只因张永德为人忠孝，从无恶心。当初寓居睢阳，曾有书生邻居重病卧床，张永德精心治疗使其痊愈。周显德五年（958），太祖任殿前都点检时，聘彰德军节度使王饶第三女，张永德出缗钱金帛数千助之，故太祖与其交往深厚。且张永德能征善战，尤善骑射，曾让人左右分挂十的①，他手握十矢，骑马往来疾驰互发，每发必中。太祖即位后，授张永德武胜军节度使，加侍中，让其经常入觐，还将他召到后苑，饮酒叙旧。故而张永德拥戴太祖，并无二心，太祖也时常听取他在军事方面的见解。

太祖几次让众臣商议，"先南后北"的意见逐渐占据上风，太祖先攻北汉的想法开始动摇。但要定下决策，还得与智囊人物赵普商议。

这年隆冬的一天，自黎明起，雪花就铺天盖地地飘着。将近黄昏，雪渐渐小了，风却大了起来。大风怒吼着，使开了

---

① 的（dì）：箭靶的中心目标。

性子，横冲直撞，卷起的雪花漫天飞舞，雪在风里飞旋着，风在雪里搅和着。在这风雪的世界里，天地浑然一体，路上行人稀少。

平日赵普吃过晚饭，一般并不更换冠服。这是因为，太祖或是因日间有政事未能决断，或因临时生出疑问，常会在夜间亲至赵普府中，与他商议要政。这日风雪交加，直到夜间还未停住。赵普想，不要说贵为天子，不肯出来冒这风雪、受这寒冷，就是寻常百姓，此时也得躲在屋里，紧闭着门儿，死守着火炉。于是，他便放心地换了冠服，披上皮衣，和赵忠围炉取暖。

这时怒号的朔风更加狂暴，突然吹开了结满霜雪的房门，冰冷的寒气伴着尖叫钻了进来，赵普不禁打了个寒噤。赵忠赶忙起身关紧房门，转身对赵普说："老爷，今夜风雪如此之大，圣上万不会来，还是放心安歇吧。"

赵普听了，正合己意，便退入内室，准备安歇。

"啪！啪！啪！"忽然院外传来清脆的拍门声。

赵忠急匆匆进来禀报："圣驾已在门外了！"慌得赵普跌跌撞撞来到府门，只见太祖伫立在风雪之中，满身皆白，未带一人，忙叩拜道："臣普接驾来迟，且衣冠未整，死罪！死罪！"

太祖笑道："今夜这般大雪，怪不得卿更易冠服，何足言罪？"说着伸手扶起赵普，又说道，"朕已约光义同来，他还未到吗？"

赵普正待回答，只听不远处传来赵光义的声音："臣来迟了，请皇上恕罪。"

太祖回头一看，赵光义正一脚一个雪坑地匆匆踏雪而来，待到近前，也要下拜。太祖拦道："今夜不比往常，不必如此。"说话间，三人来到赵府堂屋内。

太祖笑着问赵普："羊羔美酒，可以御寒，你家准备了吗？"

赵普连忙说："臣已准备了！"

太祖十分高兴，说道："好极了！今晚且破除规矩，大家就地铺垫，君臣围炉共饮，消消寒气，共商国是。"

赵普就在中堂铺下垫子，燃起炉火，炽炭烧肉，唤出夫人林氏张罗酒宴。林氏叩拜太祖，并拜见赵光义，然后去准备酒宴。太祖对林氏说："贤嫂，今宵有劳你了。"赵普忙替她表示感谢。不一会儿，肉熟酒热，由林氏奉摆上来。于是，太祖、赵光义、赵普君臣兄弟，便围坐对饮起来。

酒过数巡，颊红耳热，赵普问太祖："夜深且寒，陛下何以出行？"

太祖诙谐地答道："朕睡不着呀，一榻之外，皆他人地盘，故来见卿！"

赵普轻松地说道："陛下小天下耶？南征北伐，今其时也，不知陛下有何考虑？"

"朕前日说过，因诸国未平，时生边患，寝不安枕。卿亦言要选好突破口。朕熟思良久，以为他处尚可缓征，唯太原一路，连接辽邦，时来侵扰。朕意先取太原，然后再平他国。卿意如何？"太祖将今晚来访的意图和盘托出。

赵普抚须笑道："太原地当西北两面，虽是强悍，尚可借它作为屏障，以御辽邦，若先取太原，我疆土便与辽邦接壤，边患就归我朝自当了。辽邦比起太原，更是凶悍，此时他国未平，便直接当此劲敌，似非万全之策。不如先征他国，待他国悉平，以得胜之师，取此弹丸之地，当易如反掌。唯陛下明察。”

太祖听后微笑道：“卿言正中朕意，前言不过试卿耳。”

你道赵普为何胸有成竹，讲得头头是道？原来，近日他在家中熟读王朴的《平边策》，将各地版图绘制，又分析各国形势，故而将“先南后北”的方略补充得愈加完善。

太祖见谈得投机，又连饮三杯，试探道：“今欲平他国，当先从何处入手？”

赵光义插话奏道：“臣以为莫如先取蜀。”

赵普随奏道：“取蜀未尝不可，但不如先出兵两湖，一举平掉南平（即荆南）、武平（即湖南）两个小国，使我朝在战略上处于东胁南唐、西制后蜀、南临南汉的有利形势，然后大军入蜀。蜀地国殷民富，取之可增我财力。虽说蜀道难，难于上青天，但后主孟昶荒淫无度，君骄臣惰，百姓离心，王师所至，不难一鼓荡平。”

太祖连连点头道：“卿言有理！”君臣三人又足足商议了两个时辰的具体方略，太祖方与赵光义离去。后人有诗一首，咏太祖雪夜访赵普：

漫天风雪帝驾来，君臣共把龙门摆。

不避风寒筹妙策，定国安邦王气概。

第二十一回　假途灭虢取荆南
一箭双雕攻武平

话说太祖雪夜访赵普，议定"先南后北"的方略后，便开始整顿禁军。先是下令殿前、侍卫两司，挑选骁勇的军士组成"上军"，个个都是琵琶腿（大腿粗壮）、车轴身（肩宽腰细）、身高适中、体魄强健，太祖亲自到讲武殿检阅他们操练；同时，遣使分赴各地挑选精兵，把地方藩镇中才能、技艺过人者，统统选入京城来，交军头司复验后分隶诸军。这样一来，宋军的素质有了很大提高。

与此同时，建隆三年（962）十月，太祖又将赵普从枢密副使擢升为枢密使、检校太保。枢密院成了宋朝最高军事行政机构，直接归皇帝管辖。赵普作为枢密院的最高首领，随时可与太祖商讨发兵之事。

一日，太祖召赵普进殿，君臣二人冥思苦想，找何借口出兵武平、南平。无巧不成书，正在这时，武平求援使者匆匆来到汴京，请求宋朝出兵救援。太祖闻报大喜，拍案而起："真是天赐良机，卿以为如何？"说罢，在纸上写下四个字。

赵普也是兴奋异常，忙在手掌上写下四个字。太祖举起纸来，赵普抬起手掌，几乎是同时互相念道："假途灭虢。"英雄所见略同，君臣二人不由开怀大笑。

你道为何太祖、赵普同时想到"假途灭虢"之计？这里需将南平、武平两国的情况稍加交代。

南平，在后梁时由高季兴所建，都府设在江陵（今湖北江陵），辖荆（治所在今湖北江陵）、归（治所在今湖北秭归）、峡（治所在今湖北宜昌）三州之地。地狭力弱，四面称臣，靠赐予与商税生存。宋朝建立时，南平王高保融"一岁之间三入贡"，以求自保。不久高保融病死，其弟高保勖即位，太祖封其为荆南节度使。

武平，后周时，为楚将周行逢等人起兵击败南唐后所建，割据湖南，辖十四个州。周行逢被周世宗封为郎州（今湖南常德）大都督兼武平节度使。太祖受禅后，加封他为中书令，任职如故。周行逢在位七年，颇得人心。唯境内一切处置，还是五代时方镇旧例，并未改革，所以朝命难制。

南平、武平乃两个小国，本来平平稳稳，为何突然请宋朝出兵救援？这里有个缘由。只因近日武平王周行逢病死，幼子周保权嗣位，才惹起祸端。那周行逢病重将死之时，召集所属将校嘱咐道："我子保权，年才十一岁，全仗诸公扶持。所有境内各官属，大都恭顺，当无异心。唯衡州（治所在今湖南衡阳）刺史张文表凶悍，我死之后，他必作乱。望诸公善佐我儿，保住疆土，万不得已，可举族奉土归宋，勿令陷入虎口，那还不失为中策。"说罢，周行逢拉着儿子的手，连哭几声，气绝身亡。周行逢颇有心计，为保儿子顺利即位，将部下有反心的一一杀死，只有张文表因为与他是同创江山的密友，所以不忍杀戮，才留下了祸根。

诸将校遵先王遗嘱，扶周保权嗣位，然后发丧。讣书传到衡州，张文表果然大怒，骂道："我与行逢，俱起家微贱，同立功名，如今行逢既殁，却不把节镇属我，反教我北面而事小儿，未免欺人太甚！"骂罢，便整军缮甲，厉兵秣马，准备作乱。

适逢周保权派兵到永州（今湖南零陵）替换守戍军队，路过衡阳。张文表立刻发兵吞并了这支队伍，并随即发动兵变，一举攻破潭州（治所在今湖南长沙），矛头直逼武平首府郎州（今湖南常德），声言要灭周氏而代之。

周保权等闻报大震，一面遣杨师璠领兵征讨，一面遣使向宋朝及南平乞援。谁知荆南节度使高保勖于十一月病死，其侄高继冲即位，内部倾轧，自顾不暇，无力救援武平。由于二地毗邻，高继冲恐张文表乘机侵入，也上表奏闻太祖。

太祖岂能放过这大好时机，就打算立刻发兵。赵普劝道："陛下不如先派一人前往南平，刺探其人心所向、山川地形等情况，知己知彼，才能百战不殆。盲目进兵，只会劳师费时。"

太祖点头道："爱卿所言极是。卿以为何人为最佳人选？"

赵普禀道："臣以为酒坊副使卢怀忠可担当此任。陛下以前曾派他出使过荆南，且他为人谨慎认真，必不辱使命。"

太祖遂遣卢怀忠前往南平，行前叮嘱道："卿此番前去，务须查访明白回来。"

卢怀忠到了南平，果然刻意寻查，尽知详情，飞马回报道："荆南高继冲甲兵虽整，然人马不足三万；年谷虽登，而民众却困于暴敛。加之南通潭州，东拒建康，西迫巴蜀，北奉朝廷，观其形势，攻之易耳。"太祖闻听大喜，立即召赵普进宫商议。

赵普见了太祖，叩拜过后，立在一旁。太祖将卢怀忠所言告诉赵普，然后问道："朕打算立即发兵，卿以为该遣何将，领兵多少？"

赵普见皇上已迫不及待，连忙禀道："此次时机，非比寻常，乃陛下之洪福。上次臣与陛下同想到'假途灭虢'之计，乘南平、武平混乱之机，一箭双雕，先以借道为名于南平观望犹豫之时，突然兵临城下，迫降高继冲。再以援救为名，乘武平战降不定之时，水陆并进，一举将其夺占。此计古已用之，今陛下借用，定会速胜。遣将方面，臣以为只派慕容延钊、李处耘二将，率十州精兵，即可平定。"

太祖听后，有些犹豫，问："只派两员大将，岂不太少？卿有把握否？"

赵普复奏道："臣还有一事，恳求圣上恩准。"

"爱卿请讲。"太祖目不转睛地盯着赵普，心想这位智多星不知又有何妙计。

赵普跪在地上，奏道："臣欲随军出征，在旁伺机行事，以助两位将军一臂之力。"

太祖哈哈大笑，离座搀起赵普："朕亦有此意，只是不忍爱卿受那鞍马之苦。"

赵普回道："臣愿为陛下赴汤蹈火，在所不辞。区区鞍马之苦与陛下待臣之厚恩，怎能相比！"太祖听后，心里颇为舒服，更加看重赵普。

乾德元年（963）正月，太祖一面答应出兵援助武平，一面采纳赵普之计，降诏高继冲，告与借道之事，并命其发水军三千，进发潭州，以稳住其心。正月初七，太祖命慕容延钊为湖南道行营都部署；枢密副使李处耘为都监；枢密使赵普奉旨督军，全权处理军中大小事务。三人率安（州治在今湖北安陆）、复（州治在今湖北天门）等十州兵，浩浩荡荡向南平进发。

再说南平朝中接到太祖诏书，众官立即出现两种截然不同的态度。兵马副使李景威极力劝谏高继冲，认为此乃春秋时晋国攻打虢国，向虞国借道，虞答应其要求，结果晋灭虢后，回师途中复灭虞的计策。此计诸葛亮亦曾用过。宋朝提此请求，乃故技重演，不可不防。李景威请命率军三千在荆门（今湖北荆门）据险设伏，攻其不意，杀其不备。

节度判官孙光宪却极力反对。他认为宋军势大，攻打张文表如以山压卵，平定武平，必危及南平。而以南平之弹丸之地怎能抵抗宋军，不如早降，还可免除战祸。两位大臣在朝上力陈己见，争得面红耳赤。

高继冲摆摆手道："众卿不必多言，孤王自有主意。借道就是借道，堂堂的大宋王朝怎能做出不义之事？况且我物力丰厚，兵甲精锐，岂能说降就降？你们退下！"

李景威出得朝来，长叹一声道："南平江山，就要断送在此等无知小子身上！"回到家中，他写下遗书，自刎身亡，企图以之死换取高继冲的警醒。岂知高继冲只是叹息了几声，命人将他的遗体厚葬了事，丝毫不做抵抗准备。

宋军饥餐渴饮，晓行夜宿，二月初进屯襄州（今湖北襄阳）。赵普即遣阁门使丁德裕前往江陵，一来禀明借道，二来令其为宋军准备给养。

此时，高继冲才有些慌张，这边款留来使，那边便召集僚属商议。

孙光宪又进言道："中原自周世宗起，已有统一天下之志。如今宋主比周世宗还要神明英武，江陵区区一隅，地狭民贫，万难抗拒宋师。不如以疆土归之，既可免祸，百姓亦不受战乱之苦。就是主公，您也还能永享富贵。不然，兵临城下，就会玉石俱焚，请主公三思。"

高继冲踌躇未决，退朝后又与叔父高保寅密商。高保寅道："且准备佳酿，借犒师为名，看其强弱，再作计议。"

高继冲问道："派何人前往？"高保寅表示自己愿前去一探。高继冲甚喜道："有叔父前往，孤王就放心了。"于是，高保寅采选肥牛数十头、美酒百瓮，前往荆门宋军营中犒师。

宋军士卒向慕容延钊报说南平高保寅前来，慕容延钊忙与赵普商量。赵普沉吟片刻，将慕容延钊、李处耘两位将军召至近旁，耳语一番。二将拍手道："此计甚妙，我们不伤一兵一卒，即可拿下南平。"说罢，李处耘即出去款待高保寅，礼貌甚周。当晚，慕容延钊又在帐中设宴殷勤劝酒，彼此欢洽。高保寅以为宋军并无他图，便暗遣心腹之人，驰报高继冲，哪知此时南平已归属大宋朝了。

原来，慕容延钊这边稳住来使时，赵普已暗中派李处耘领精兵数千，乘夜向江陵疾进。

高继冲正静等使者回归，忽闻宋军将至，急得手足无措。孙光宪道："此时只能出城相迎，别无他法。"

高继冲闻听，无奈之下，匆匆出迎，北行十五里，正与李处耘相遇。李处耘请高继冲入寨，在那里等候慕容延钊将军，自己径自率兵进入江陵城。及高继冲归城，宋军已尽行占据紧要所在。高继冲见大势已去，后悔当初不听李景威之言，不得已缴出版籍，将全境三州十七县尽献宋朝。

太祖闻得宋军兵不血刃，即平定荆南，龙心大悦，遂派王仁赡为荆南都巡检使，并重赏高继冲，授其为马步都指挥使，仍领荆南节度使。高继冲亲属僚佐尽行拜官。孙光宪因劝高继冲归降，被授为黄州刺史。高继冲后改任武宁节度使，至开宝六年（973）病殁，总算富贵终身，应了孙光宪之言。

宋军取得南平后，征调南平军万余人，合兵一处，直向武平疾进。此时，武平军队在杨师璠的率领下，已破叛军于平津亭，擒住张文表，脔割而食，并遣使飞马告知宋朝不必派兵来援。

宋军得报，仍乘势掩入，兵不血刃占据了空虚的潭州，并昼夜兼程直趋郎州。周保权乃一稚童，闻报宋军将至，吓得面无人色，立召群臣谋议。观察判官李观象出班禀奏："目下张文表已死，宋军仍然疾进。臣以为其目的在于我武平全土。高继冲已俯首听命，郎州势难抵敌，不如似南平所为，举城归降。"

周保权还未答言，早有一人高叫："主公万万不可听信小人之言！"只见牙将张从富跪倒在地，磕头不止道，"主公，目下我军新胜，气势正盛。宋军远来，人困马乏，正可与他决一胜负！且郎州城池坚固，即使不能取胜，也尚可固守。宋军粮草不足时，自会退兵，何足远虑。"

张从富言罢，诸将纷纷请战。周保权并无见识，任凭将佐们安排。

慕容延钊率军未抵郎州之前，依赵普之言，先派丁德裕前去宣抚周保权，企图劝其纳土降宋。

丁德裕率从骑数百人，直抵郎州城外。张从富却紧闭城门，大肆辱骂，并搭箭上弦，直射丁德裕面门。丁德裕忙带兵返回，将消息报知赵普及慕容延钊。

　　慕容延钊主张即日征伐，赵普却让先奏闻太祖。太祖赞同赵普意见，复遣使去见周保权，欲晓以大义。张从富仍拒而不纳。

　　使臣回来禀道："张从富顽固不化，非但不让我们进城，还派兵凿沉船只，拆去桥梁，伐树塞路，严守各个关隘。"

　　慕容延钊拍案道："张从富太不识抬举，难道我们怕他不成？军师，快出兵吧。"

　　赵普道："将军不要太急躁，凡事欲速则不达。我看咱们不能单走陆路，应水陆并进才是。"

　　"在下向来佩服兄长。你说怎么办咱们就怎么办，你指东我绝不走西。"慕容延钊说话十分痛快。

　　"将军说笑了，"赵普接着说，"水师可从江陵沿长江而下，东袭岳州（今湖南岳阳）。陆路嘛，我与李处耘李将军率部先行，你统大军做后援如何？"

　　"不行，还是我率队在前，你和李将军在后。"慕容延钊争辩道。

　　"慕容将军，哪有主帅当先锋的？你做后应，任务也很重要，别愁没仗打。"赵普又劝了一番，慕容延钊才勉强答应。

　　第二天，宋军水陆齐进。慕容延钊拉住赵普的手道："则平兄要多多保重。"

　　旁边的李处耘说道："大帅放心，有我在身边，万无一失。"

　　陆军在赵普与李处耘率领下，一路之上进展十分顺利。这日，蓝旗官来报："水军在三江口遭遇武平水师，我军锐不可当，战无数合，便击破敌军，歼灭四千多人。"

　　赵普大喜道："武平不日可取。"又回顾李处耘道，"李将军，我等急速进军，打他个措手不及。"

三月底，赵普及李处耘所率宋军在澧州（今湖南澧县）南与张从富率领的武平军隔岸相对。只见对岸武平军旌旗飘扬，队列整齐，防守甚是严密。若要强行渡江，势必损失惨重。赵普观察敌阵一会儿，不由眉头一皱，计上心来。

第二十二回　平荆湖将士庆功
　　　　　　　告御状草民申冤

　　话说赵普领军来到澧江，见江水汹涌，又无船只，难以飞渡，遂下令安营扎寨，埋锅造饭，暂时休整。这晚，赵普布下重哨后，召李处耘至帐中商议。

　　李处耘眉头紧锁，忧虑万分，说道："我军不善水战，敌人防守又如此严密，这可如何是好？"

　　赵普笑道："将军何足多虑，本官心中已有一计。"

　　李处耘眉头一展，凑上前来道："处耘愿听大人赐教。"

　　赵普铺开一纸，却是澧江地形图。他在上面指指点点，画了几条路线，李处耘恍然大悟，拍案道："大人胸怀锦囊妙计，着实令末将佩服。在下这就去调拨军队，依计而行。"说完告辞而去。

　　次日清晨，旭日初升，江面上还浮动着朝雾，李处耘就亲自督战，宋军兵卒呐喊着开始抢渡澧江。江水湍急，对面岸上又乱箭齐发，几次渡河都失败了。

　　张从富在对岸大声狂笑，扬言道："除非宋军长了翅膀，否则休想渡过澧江！"谁知正在他洋洋得意之时，一支宋军从斜刺里杀出，冲入阵内，慌得他连忙回身指挥军兵迎战。此时对岸的宋军乘机渡江，两面夹攻，张从富抵挡不住，只得收拾残兵逃回郎州。此役宋军大获全胜，俘获武平军甚众。

你道那支宋军从何而来？原来，赵普经过勘察水文，发现上游水缓河浅，遂派一彪人马绕到上游，夜间潜行南渡。这里则佯装急攻，吸引对方注意力。张从富果然中计。

李处耘平日临机决事，谋无不中，为父母官，深受百姓爱戴，太祖经常当面嘉奖。可是今日俘获武平兵士，他竟违反常理，挑选数十名肥壮的俘虏，割肉作糜，强迫左右兵士分食。待赵普得知，前来拦阻，为时已晚，只得将错就错，挑几个少壮俘虏，在脸上刻上字，放他们回去，以扰乱郎州军民之心。

那几个黥黑兵士回到郎州城中，果然四处相传宋军好吃人肉，顿时全城惊骇，纷纷逃避，有的竟纵火焚城。待宋朝大军兵临城南，城内已大火熊熊，乱作一团。张从富自料难以坚守，遁往西山。别将汪瑞保着周保权及其家人，躲藏到江南岸的僧寺里。

赵普领军进了郎州，即出榜安民，严令不许滥杀无辜，违令者斩。于是，城中人心乃安，纷乱始息。随后慕容延钊大队人马也赶到。赵普立即派众将至各处搜捕周保权及张从富等人。

张从富在西山收整散兵，想逃往他处，重整旗鼓，不料正遇搜山宋军，被斩于马下。周保权也被宋将从僧寺中捉到。汪瑞走脱后，率部分军民逃入山泽，四出抢掠，至九月底，被宋军擒住斩首。至此，武平十四州、一监、六十六县悉归宋朝。太祖诏命户部侍郎吕余庆权知潭州。

宋军班师还朝，周保权也被解往京城。周保权乃是一个十一二岁的孩童，骤睹天威，跪在地上，吓得浑身乱抖，连

"万岁"二字都叫不出来。太祖甚是怜惜，便降旨特赦，授为右千牛卫上将军；又修葺京城旧邸院，赐他与家人同住。后周保权累迁右羽林统军，并出知并州，得以善终。

宋朝占领荆湖，在战略上处于十分有利的地位。从这里可以西逼后蜀，东胁南唐，南取南汉。太祖心中大喜，召集有功之臣大摆宴席。席上，太祖亲自把盏为赵普庆功。赵普先历数慕容延钊、李处耘作战功绩，然后才诚惶诚恐地跪在地上道："轻取荆、襄，非普之能，此乃圣上洪福所至。"

太祖听了，心下自是高兴。李处耘却因与慕容延钊合作不力，又令将士啖食俘房，被太祖谪为淄州刺史，三年后卒去。他死后，太祖念他在陈桥兵变中有功，平叛出力，追赠宣德军节度使、检校太傅。开宝中，又为赵光义纳其女为妃，即后来的明德皇后。这也算对得住李处耘在天之灵，此是后话。

太祖赐酒庆功，赵普本不胜酒力，连饮几杯，便有些微醉了。酒宴散罢，坐在轿里，觉得轻飘飘的。行进途中，轿子忽然停住。赵普正欲问为何停轿，赵忠报称有人拦轿，状告节度使李汉超大人。赵普听了，陡然一惊，酒意顿消。此事关系重大，不可小看，忙令家丁将告状之人带回府中。

赵普回得家来，立即命家人把那告状之人带入书房。原来是一个四五十岁的小老汉，他面容憔悴，衣衫破旧，神情极为悲愤。见了赵普，他紧走几步，跪倒在地，口称："小民见过大人。"

赵普一摆手，令他起来，并让他坐下，这才缓缓问道："你乃何方人氏，姓甚名谁，为何拦住官轿？"

小老汉挨椅边坐下，答道："小民名叫王老六，乃关南人氏，世代务农。我只有一女，今年十八岁。虽是乡野村姑，却生得如花似玉，美若天仙。我和老伴从小就把她视为掌上明珠，待她长成，意欲招个上门女婿，我们老两口也好有个依靠。怎奈一年拖过一年，至今尚未有合适之人。"

赵普见他说得没边没沿，便催促道："那你状告李大人何事？"

王老六这才赶快转入正题："悔不该上月虮蜡庙里唱戏，小老儿为凑热闹，也带女儿前去。此一去就惹下了大祸。那节度使李汉超将军也去看戏。他的手下看见小女长得美貌，不由分说，就要拉去给李汉超做小妾。小老儿一再哀求说女儿命薄，无福消受，谁知那些人不管三七二十一，就要硬抢。小老儿高声叫喊：'清平世界，朗朗乾坤，难道就没了王法？'他们见状，竟将我打倒在地，把我那哭喊不止的女儿硬拉而去。小老儿我叫天天不应，叫地地不答，四处告状，无人受理，只得进京来告御状。路遇大人，冒死相拦，请大人为民做主。"说着"扑通"一声跪倒在地，连连磕头。

别看王老六是个乡民，却伶牙俐齿。赵普让赵忠将王老六扶起，看其神色，知此事不假，心中不由埋怨李汉超不该纵容部下如此行事。于是又问道："李大人到关南后，百姓有何议论？"

王老六答道："李将军管束部下不严，还常常向百姓借钱，说是为我们保护农田。不少不能出钱的人家，被逮入营中，遭到痛打！"

赵普听了，皱起眉来。他让赵忠将王老六带下，安排好食宿，一人秉烛苦苦思索，然后奋笔疾书，写下奏折。

次日上朝，待太祖将要退朝之时，赵普忙呈上奏折。太祖阅后眉头紧锁，独留下赵普，问道："此人现在何处？"

"已安排在我府中。臣知此案不应由我办理，但因事关重大，怕知情者过多，更加不好处置，故而将他带回府中。"赵普俯首答道。

太祖点点头道："爱卿此事办得十分妥当。李汉超是开国功臣，作战勇猛，但向来不拘小节，朕曾数次提醒于他。卿以为此事该如何处置呢？"

赵普看了看太祖的脸色，见他脸色有所缓和，又知李汉超颇得太祖赏识，遂答道："臣以为李大人有功于朝廷，且能征善战，边关正在用人之际，此事不宜公开审理。但如果置之不理，也会使人心不安。"赵普将话说得模棱两可，十分圆滑。他知太祖乃是明君，话不点透意自明。

太祖沉吟片刻道："着人把王老六带上偏殿。"

赵普忙去叫人。不多一会儿，王老六带到。见了圣驾，他哆哆嗦嗦，连忙跪倒在地，连称："草民王老六叩见吾皇万岁万万岁！"

太祖看了看底下跪着的王老六，道："你将事情一一道来。"

王老六战战兢兢说完，太祖问道："你乃一农夫，你女可匹配何人？"

王老六答道："不过是一户农家。"

太祖又问："汉超未到关南时，辽人曾来侵扰否？"

"年年入侵，苦不堪言。小民之父即死于辽人之手。"王老六涕泣道。

太祖道："如今还有辽人敢来侵扰否？"

王老六答："李将军镇守边关后，辽人不敢犯境。"

太祖脸色一沉，怫然道："汉超系朕之大臣，你女嫁之为妾，岂不比嫁与农家好得多吗？倘使关南没有汉超，你之子女及家室，早为辽人所掳劫，还能保全至今吗？这等区区小事，还要来京告状，姑念你是初次，饶你无罪，下次再来告刁状，决不宽贷！"说罢，喝令左右，将王老六赶了出去。

太祖又将赵普召至近前，让他拟一道圣谕，遣一密使赶到关南。李汉超接到密谕，只见上面写道："朕念你是有功之臣，暂从宽典，此后慎勿再做这种事情。如果财用匮乏，尽可告知朕躬，何用向民借贷呢？"李汉超见太祖没有怪罪于他，感激涕零，立即将民女退还，偿清民贷，并上表谢罪。从此他体察民情，严格管束部下，吏民因而大悦。

再说王老六含冤而去，虽经赵普再三安慰，资助盘缠，仍是满腹委屈，一腔怒火，大哭还乡。没料想回到关南老家，女儿已完璧归赵，安然无恙。王老六又惊又喜，跪在地上，向汴京方向连叩三头。

另一边，赵普这日觉得腰酸腿疼，赵忠一边帮他按摩，一边说道："老爷，我有一句话不知当讲不当讲。"

"说吧。虽然名义上你是我的家仆，但我从没把你当外人看待。"赵普闭着眼睛说。

赵忠感动地说道："老爷对我的恩情，我一辈子都忘不了。"

"你就想讲这些吗？"赵普问。

"不，不是。我和家仆们暗地里都为老爷叫屈。"赵忠回道。

"叫屈？"赵普十分纳闷。

"对！老爷为大宋朝的建立可谓立下了头功，他们哪个能比得上？！可老爷现在却还只是个检校太保，我们都看不过眼。”

"胡说！"赵普睁开双眼，怒声道，吓得赵忠垂手侍立一旁。

赵普一想，赵忠也是一番好意，便口气缓和了许多道："赵忠呀，你说我为什么要辅佐太祖，是为贪图功名富贵吗？不是。眼见百姓流离失所，卖儿卖女，我心里不安呀！圣上是个有道的明君，一心要统一天下。如果我能帮他，那人人不都能过上太平日子吗？另外，圣上也有自己的打算，做臣子的要处处为他考虑。"赵普说得很是恳切。

赵忠低下了头道："老爷，我明白了。"

再说太祖，果然有自己的一番想法。登基之初，他为站稳脚跟，着意笼络旧臣，大都原职录用。这些旧臣原以为会"一朝天子一朝臣"，没想到太祖对他们特殊优待，竟位居建国功臣之上，因而都死心塌地拥戴太祖。而今，大宋立国已达四年，政权稳固，民心顺服，太祖便决定进行重要人事更迭，将大权转予自己的心腹之人。

十二月，开封府尹赵光义、兴元府尹赵光美各增食邑，赐功臣号；枢密使赵普加光禄大夫，赐功臣号。乾德二年（964）正月，原宰相范质、王溥、魏仁浦同日皆罢政事，范质被罢为太子太傅，王溥为太子太保，魏仁浦为尚书左仆射。赵普则被授为门下侍郎、同中书门下平章事。同平章事一职，在唐时已有，是宰相的代名。

赵普为辅佐太祖创立大宋江山，呕心沥血，殚精竭虑，成为太祖须臾不离的左右手。作为开国功臣，大宋初立，赵普只授枢密直学士。太祖不急于为其酬功，赵普也不急于得政，君臣二人从未隔心。如今赵普当上宰相，主持朝政，顺理成章，文武百官心服口服。太祖又以李崇矩代赵普为枢密使。李崇矩与赵普私交颇深，后将女儿许给赵普的儿子赵承宗。因此，赵普位居宰相，亲家主持枢密院，可谓权倾朝野。

赵普督军扫平荆湖以后，便与太祖商议攻蜀一事。太祖任命张晖为凤州（今陕西凤县）团练使兼西面行营巡检壕寨使，让其前往蜀国详细勘察地形，了解山川险易，以便陆路攻蜀之用。同时，为了配合陆路攻势，在汴京城南朱明门外凿池引蔡水，造楼船百艘，加紧训练水军。又命镇国节度使宋延渥训练由禁军子弟组建的水军"水虎捷"军，以备水路溯江入蜀。此外，让诸军练骑射，造轻车，以供山地输送。

一切准备停当，太祖才发现师出无名，无法征蜀。赵普苦思之后，也无良策，只好将征蜀之事暂时搁置下来。

正在太祖昼夜为伐蜀找不到出兵的理由时，乾德二年（964）十月的一天，赵普晚朝后刚回到府上，家人便报后蜀来了一位客人。赵普心中纳闷，自己与后蜀素无瓜葛，来人能是谁呢？他忙叫家人将其带到内厅。

赵普见到客人，仔细打量，只觉好像在哪里见过，却一时想不起来。来人却深施一礼道："多年不见，恩公已不记得我了吧？"

赵普还未作答，来人又道："十年前，我病困洛阳，幸遇恩公搭救，至今不忘。"

赵普猛地想起，十年前，此人在洛阳卖艺，病倒在街头，自己偶然下山遇上，曾慷慨解囊，才得以治愈其重病。赵普拍了拍头，拱手一揖道："原来是赵彦韬，十年不见，一时竟未想起，请勿见怪！"

赵彦韬忙答道："恩公这是哪里话，你身为一国宰相，重任在肩，我这样的小人物何足挂齿，怎能怪罪于恩公。不过当初恩公搭救我时曾说'一笔写不出两个赵字'，我却铭记在心。"

"人生在世，命运多舛，相识便是缘分，更何况是同姓，说不定五百年前还是一家呢！不知你现在后蜀以何谋生？"赵普急欲得知赵彦韬的来历。

"说来惭愧，我曾到处流浪，以卖艺为生，后到成都府，经人举荐，去后蜀营中当了一名军校。"赵彦韬说完，赵普便是一怔，不由满腹狐疑。

第二十三回 得蜡书宋主兴兵
授锦囊宰相多谋

赵普正为赵彦韬的来意不明而感到疑惑之际，赵彦韬却如实和盘托出此行目的："恩公，我受蜀主孟昶委派，与大程官孙遇作为特使，带着'蜡丸帛书'偷越宋境，出使北汉，约其南下攻宋，并约定蜀军出黄花（今陕西凤县东北）、子午谷（今陕西西安南），与北汉军南北配合，夹击宋军，夺取关中。途经汴京，我看到大宋政通人和，国泰民安，大觉蜀国不如大宋，又听说恩公当了宰相，这才决定叛蜀投宋，将'蜡丸帛书'从孙遇身边偷出，想献给大宋天子。"说罢便把"蜡丸帛书"交给赵普。

接过"蜡丸帛书"，赵普赞道："难得你有如此忠心，我定在圣上面前为你请功讨赏。"

赵彦韬再次拜谢赵普，又呈上后蜀的山川形势、戍守处所、道路远近和兵力分配图，赵普更是喜出望外，这千金难买之物，真是'踏破铁鞋无觅处，得来全不费工夫'。赵普命家人摆上酒宴，为赵彦韬接风。在对饮欢宴中，赵彦韬一五一十将蜀国的情况原原本本告诉了赵普。

原来，这后蜀是后唐末期西川节度使孟知祥所建。长兴四年（933），后唐明宗封他为蜀王，建都成都府，辖西川、汉中，共四十五个州，幅员辽阔，物产丰富，素称"天府之国"。应顺元年（934）孟知祥称帝，国号蜀，史称后蜀。

孟知祥未曾入蜀时，娶后唐太祖之弟李克让之女为妻。夫妻相亲相爱，如胶似漆。孟知祥为蜀王时，李氏一病不起，不久撒手人寰，孟知祥心中十分悲伤，少不得从厚殡殓，择地安葬。

孟知祥因李氏病殁，便整日沉迷于女色。唐庄宗见状，又将一李姓宫嫔赐给孟知祥。不久孟知祥得一子，取名孟仁赞。

孟知祥不理朝政，耽于酒色，究竟是上了年纪之人，哪里禁得住如此折腾，不久便体虚力衰，称帝当年即亡。孟仁赞嗣位，改名昶，是为后蜀后主。

后主初立，年始十六，由赵季良、张知业、李仁罕把持朝纲，仍袭其父年号，尊孟知祥为高祖皇帝，生母李氏为皇太后。至明德四年（938），始改元为广政元年。

孟昶初掌政事，即抑制权臣，以事诛张知业、李仁罕，并劝农敦耕。孟昶精研词翰，崇尚六经，诏书极富文采。

后晋末季，秦州节度使何建、凤州防御使石奉頵，俱以城来降。孟昶自恃地势险阻，实力充足，便慢慢地放纵起来，朝歌暮弦，早欢夜乐，赌酒吟诗，荒于政事。他还十分宠爱眉目如画、才色双全的妃子张太华，行同步，坐同席，出同辇，寝同衾，真是后宫佳丽三千人，三千宠爱在一身。

但天有不测风云，张太华乐极生悲，不幸故去。孟昶悲痛欲绝，忧伤过度，竟生起病来。一班佞臣奸人便四出猎取美姝丽姬，以解主忧。没有多久，便采选到青城女费慧。

这费慧比张太华有过之而无不及，不仅生得娇小玲珑，风姿秀逸，有沉鱼落雁之容、闭月羞花之貌，而且雅好诗文，精于音律，骑射俱佳，尤善烹调。

费慧入得宫来，后主一见，即转忧为喜，拜为贵妃，因她名慧，便赐号"慧妃"，又因她藻思清逸，恰似前蜀王建小徐妃花蕊夫人，便也赐她号为"花蕊夫人"。宫中争着称她这一别号，竟将她的本名及慧妃的赐号忘了。

这孟昶每日奉着花蕊夫人，朝歌暮舞，花天酒地，把朝廷之事交给王昭远、伊审征、韩保正等人。他们分掌机要，把持内外兵柄。

后主之母李氏见其滥任臣僚，便劝他："我见庄宗及你父均善用人才。统兵将帅，必须量功授职，才能使士卒畏威，所向必克。今王昭远本是个太监，韩保正等又皆纨绔子弟，素不知兵，一旦有变，如何御敌？高彦俦是你父旧臣，忠诚可靠，勇猛顽强，你可委加重任，必定胜过王昭远万倍。"

虽说李氏曾是唐庄宗宫嫔，却很有见地。孟昶哪里听得进母亲良言相劝，反而因王昭远等善于阿谀奉承，对他们更加器重。蜀国由一群无能之辈主政，朝野怨声载道，百姓离心离德。

赵普听完赵彦韬的详细介绍，对后蜀情况已烂熟于胸。他又对照山川地势图，一一问清险要之处，连崎岖小路都要反复问个明白。

第二天，赵普将赵彦韬来朝之事奏明太祖。太祖闻听大喜，立即令赵普召赵彦韬入宫。

赵彦韬进入宫中，拜见太祖后，便双手呈上"蜡丸帛书"，太祖接过展开，但见上面写道：

　　早岁曾奉尺书，远达睿听，丹素备陈于翰墨，欢盟已保于金兰。洎①传吊伐之嘉音，实动辅车之喜色。寻于褒、汉，添驻师徒，只待灵旗②之济河，便遣前锋而出境。

　　太祖览书至此，真是喜形于色，不禁微笑道："朕正拟发兵伐蜀，恐怕师出无名，偏他先来寻衅，联合北汉攻我大宋，这回朕师出有名了。"太祖放下"蜡丸帛书"，又转向赵普道："卿是朕的福星，真是及时雨啊！"

　　赵普见太祖高兴，便提醒道："陛下洪福齐天，吉星高照，赵彦韬深明大义，忠心可嘉。他在蜀国多年，熟知宫内宫外之事，陛下可问其详细。"

　　太祖这才赶忙令赵彦韬免礼平身，问道："后蜀宫廷内外有何动静，为何孟昶想到联合北汉攻打朕？"

　　赵彦韬赶忙答道："大宋攻取荆湖，后蜀百官人心惶惶，宰相李昊规劝孟昶向大宋奉表纳贡，以求偏安自保。掌握朝府大权的知枢密院事王昭远，自以为读过几本兵书，觉得很了不起，力主联合北汉，夹攻大宋。昏庸淫逸的孟昶，听从王昭远之言，扼守要隘，增兵水陆，派军东屯三峡，并在长江沿岸的涪（今重庆涪陵）、泸（今四川泸州）、戎（今四川宜宾市东）等州扩充水军，以为后援。"

　　太祖见赵彦韬答得条理清楚，很是满意，遂又问道："蜀国百姓民心向背如何？"

---

①　洎（jì）：及，到。

②　灵旗：战旗，代指军队。

赵普料事如神，太祖所问，在府中早就让赵彦韬做好准备，故而此刻赵彦韬对答如流："孟昶荒淫无道，沉迷女色，服用奢侈，连便壶都装饰着七宝。现今后蜀军心动摇，民心离散，成都街头百姓到处传诵着朱长山的诗句。"

未等赵彦韬说完，太祖就兴趣盎然地打断道："是何诗句？"

赵彦韬答道："烦暑郁蒸无处避，凉风清冷几时来。"

赵普在旁紧接着道："陛下，蜀国百姓正等着大宋的'凉风'赶快吹过去呢，看来天意民心都在陛下这一边哪。"

太祖无比兴奋，不禁高声道："看来，朕此时出兵伐蜀，可谓得民心之举！"作为明君，太祖十分重视民意。他知道国家是可以用武力征服的，而民心却是不能用武力征服的。他迟迟按兵不动，除了师出无名之外，更多的是对蜀国百姓的态度摸不清楚。虽说张晖不辱使命，带回一部分川陕地形图，也说了一些民间动向，但终归不如赵彦韬知晓得那样详尽而准确。

还有一事太祖不明：那孟昶也是有才气之人，主政以来，曾采取过有效措施，一度将蜀国治理得井井有条，为何如今变得这般荒淫无道？早就听说有个花蕊夫人，才貌无双，将孟昶迷得神魂颠倒，到底是何尤物，有此本领让孟昶不爱江山爱美人？太祖不便直言相问，只好旁敲侧击道："听说孟昶不理朝政，乃儿女情长所致，可有此事？"

赵彦韬见太祖口气平缓，态度温和，以为对他很赏识，一时高兴，竟忘记了赵普的嘱咐，张口说道："孟昶自遇张太华贵妃，就如同换了个人似的，整日淫乐，不再上朝。张太华去世后，孟昶娶了民间美女花蕊夫人。花蕊夫人比张贵妃更是迷人。孟昶把她视为掌上明珠，捧在手上怕摔了，含在嘴里怕化了，每时每刻厮守在一起，比那唐明皇和杨贵妃更胜过十分。"赵彦韬还要滔滔不绝讲下去，见旁边的赵普暗递眼色，才知自己说走了嘴。

太祖正听得津津有味，赵彦韬却戛然止住。有赵普在旁，太祖不便深问，遂命赵普下去为赵彦韬安排好食宿，赏赐金银珠宝。

太祖立即召集文武百官上朝。他环顾了一下群臣，然后说道："朕决定近日出兵伐蜀，哪位爱卿愿担当此任？"

"末将不才，愿领此令。"一人出班朗朗说道。

众人一看，原来是忠武军节度使王全斌。太祖点了点头道："此重任非卿莫属。还有哪位爱卿愿意前去？"

崔彦进、王仁赡、刘光义、曹彬一起出班奏道："我们愿与王将军一起征蜀。"

太祖见都是最佳的人选，十分高兴，当下准奏。这时赵普说道："陛下，臣也愿去。"

太祖摆了摆手："赵爱卿，蜀道险阻，有了王将军及诸位将领，朕看你就不用去了。朕身边也离不开你。"赵普只得退下。

赵普回到府里，赵忠不解地问道："老爷，今日在朝堂之上，圣上为什么不让您随诸位将军一同征蜀？没有您，我看此次伐蜀不会很顺利。"

赵普大声笑道："赵忠，你要记住。天底下没有谁，日月星辰都会照样转。当然，皇上除外。此次皇上不让我去，是有他的考虑。一来蜀路难走，皇上怕我的身体吃不消；二来我乃当朝宰相，一人之下，万人之上，怎能轻易离开呢？"

赵忠嘟囔道："我看没有您就不行。"

　　赵普不再理会赵忠，径直走入书房，摊开后蜀地形图，仔细地观察着，连一些山里的小路也不放过。赵普用红笔标出了几个地点，然后铺开纸张，刷刷地写了起来，最后将它们一一装入信封。

　　乾德二年（964）十一月初二，太祖令忠武军节度使王全斌为西川行营前军兵马都部署，侍卫步军都指挥使、领武信军节度使崔彦进为副都部署，枢密副使、左卫大将军王仁赡为都监，组成北路军，率禁军步骑二万、诸州兵万人，出凤州沿嘉陵江南下；令都指挥使、领宁江（夔州，时为后蜀辖区）节度使刘光义为西川行营前军兵马副都部署，枢密承旨曹彬为都监，组成东路军，率步骑三万出归州（今湖北秭归），溯长江西上。两路宋军分进合击，直捣成都。

　　出兵之前，太祖在崇德殿设宴，又命百官临朝，为出征将士壮行。太祖见王全斌等将帅顶盔贯甲，披挂整齐，便先命侍监赐王全斌御酒三杯。王全斌领了御酒，叩拜谢恩。太祖面谕道："卿等此行，有取西川的把握吗？"

　　王全斌气冲霄汉，大声说道："臣等仰仗天威，誓必平蜀！"

　　太祖喜道："卿气贯长虹，此去定奏全功！众将以为如何？"

　　右厢都校史延德抢先奏道："西川一方，倘在天上，人不能到，则无法可取。若在地上，难道如许兵力，尚不能平此一隅之地吗？"众将亦纷纷发誓：不平后蜀，誓不回兵。

　　太祖见众将士气高涨，又继续鼓劲道："卿等有如此决心，朕还有什么可担忧的呢？但若攻克城寨，所得财帛可尽数分赏将士。朕只想得他土地，此外并无他求了。"王全斌等叩首受训。太祖又对众将嘱咐道："卿等此去，务要善待蜀主及其家眷，无论大小男妇，不准侵犯一人，必须一齐送入汴京，来见朕躬。沿途之上，亦要好好看承。朕已在汴河之滨，为蜀主置邸五百余间，供张什物，一切具备，朕当令他安居新第呢！"王全斌等众将表示：一定牢记圣谕，绝不敢违。

出征之际，太祖为何说出这样一番话来？既如此体恤蜀主，何必又兴师动众？原来，太祖闻听花蕊夫人天姿国色，怦然心动，心下渴望一睹芳容。他唯恐大军攻取成都，花蕊夫人为兵将所蹂躏，故再三叮嘱，不准侵犯蜀主家属，一个不落解送到汴京。所说为蜀主置邸，却也是一片真言。

王全斌等出征将领叩头领旨，准备出发，太祖又命赵普亲自送至十里长亭。宋军大队人马浩浩荡荡离开汴京，但见军容威严，士气旺盛，盔甲齐整，步履矫健。在十里长亭，王全斌等众将纷纷下马，赵普举杯执酒迎出，为王全斌斟上满满一杯酒，递到他的手中说道："王将军此去，定是势如破竹，节节得胜，请满饮三杯。"

王全斌接过酒杯，一饮而尽，谦谢道："全斌不才，有劳宰相壮行，实不敢当。此去路途遥远，蜀道险峻，还望宰相指点迷津。"

赵普又连斟两杯酒，见王全斌都仰脖喝净，才开口道："蜀地易守难攻，本官授你三个锦囊，在攻打罗川（今四川广元东北）、夔州（今重庆奉节）、剑门（今四川剑阁东北）时，若遇到困难，可顺次打开，依计而行。"

王全斌接过锦囊，拜谢道："宰相智谋过人，料事如神，有宰相锦囊妙计在身，末将平蜀指日可待。"说罢，便与赵普话别。

　　单说后蜀国主孟昶闻听宋军向蜀境进军的边报，便也调集人马，命王昭远为都统，赵崇韬为都监，韩保正、李进为正、副招讨使，率兵拒敌。临行之时，孟昶又命左仆射李昊在郊外为诸将饯行。李昊奉了圣命，来到郊外，为王昭远等诸将一一斟酒，并祝诸将此去旗开得胜，马到成功。

　　那王昭远本就自命不凡，此时乘着酒兴，大夸海口道："此行岂止克敌，直取中原也是易如反掌。"

　　李昊见他如此狂妄，心中暗暗发笑，脸上却没表现出来，只是随口敷衍几句，随即告别。王昭远手执铁如意，自诩诸葛复生，洋洋得意，催动人马，直奔罗川。

第二十四回　修栈道攻城拔寨
破江防夺州克县

话说北路宋军出了凤州，十二月中旬便攻入后蜀境内，一路上攻无不克，战无不胜，连拔数座城池。尤其是兴州一战，击败后蜀军七千人，使得后蜀将领闻风丧胆，放弃山南，退守控扼入蜀栈道的门户——西县。

宋军右厢都校史延德率先锋军直趋西县，两军在三泉寨相遇。蜀将韩保正、李进忙摆好阵势，让弓箭手压住阵脚。他们抬眼向对面观瞧，但见宋军旌旗飘摆，号带飞扬，大旗下，枣红马上端坐一人：盔明甲亮，鸟翅环得胜钩上挂着一杆亮银枪，火红的灯笼穗突突直颤；肩上斜挎鹿皮囊，囊中不知放有何物。此人正是史延德。

后蜀将领招讨副使李进舞戟拍马，来到两军阵的中央，高声叫道："我乃后蜀招讨副使李进，谁敢与我大战三百回合？"

只见史延德摧马向前，喝道："来将休要逞狂，史延德来也。"

二人马打对面，话不投机，各举兵器斗在一起。史延德一招"乌龙搅海"迎面刺向李进的胸口，李进忙举戟相还。史延德知道李进力大戟沉，不正面迎招，而是虚晃一枪，直刺李进的咽喉。李进也十分勇猛，二人战在一处，十几个回合未分胜负。

史延德心想：李进不同凡响，要是照此下去，恐怕占不到什么便宜。他眼珠一转，计上心来，喊道："李进果然厉害，我不敌也。"说罢拨马就走。李进哪能放过，催马急追。

史延德一边偷视追来的李进，一边从鹿皮囊中拽出了百炼而就的钢爪。史延德的马颇通人性，当两马马尾碰马头之时，它立刻前蹄跪地卧倒，李进大喜，挺戟欲刺，哪知此时史延德的钢爪飞来，正抓住他的头颅。李进还未喊出声来，已被抓裂脑袋，尸体栽落马下。

蜀将招讨使韩保正眼见同伴死得如此之惨，不由暴跳如雷，举起大刀，催马赶来，哇呀呀大叫道："史延德莫走，留下命来！"

史延德也不答话，冷笑一声，拨马迎向韩保正。那韩保正素来目中无人，虽习兵书，却是个纨绔子弟，战了十个回合，便累得上气不接下气，只想逃走。史延德看在眼里，一支枪使得上下翻飞，将其紧紧缠住。

韩保正脱身不得，只好勉强招架，史延德着力一枪刺向他的面门，韩保正忙举刀架开。这边史延德突地变招，第二枪又刺向他的咽喉，韩保正仍用力去架，谁知史延德这次却是虚点，枪早撤回，韩保正举刀架空，身子不由得往前一扑。史延德身子往前一探，猛喊一声："给我过来吧！"

韩保正要挣扎，却被史延德硬拽了过去。史延德将他摔在马下，喊道："绑了！"宋军士兵一拥而上，将韩保正绑了个结实。韩保正就像泄了气的皮球一样，瘫作一团。

主将被捉，蜀兵哪里还有斗志，便一窝蜂地落荒而逃。史延德将大旗一挥，驱兵直追。可怜五千蜀兵，被宋军杀得片甲无存。

蜀国督军王昭远闻得败信，忙下令烧毁栈道以阻宋军，同时在罗川严阵以待。史延德不敢孤军深入，便屯驻三泉寨，等待后队人马。过不两日，副都部署崔彦进领兵到来。两部会师，一同前进，来到了离罗川不远的朝天驿。

探马来报："前面的栈道已被烧毁，无路可走。"两员大将无计可施，只得原地静候主帅。

王全斌率大军来到朝天驿，崔彦进、史延德陪同他实地勘察。只见朝天驿南北的明月峡和清风峡均是悬崖峭壁，没有栈道，想要通过比登天还难！偏偏这时头上掠过一只孤雁，"嘎嘎"直叫，好不烦人。

王全斌伸手去摸箭囊，准备搭弓射箭，这时猛然想起，临行之前宰相赵普曾授他三个锦囊，并叮嘱到罗川附近时才能打开第一个。想到此，他忙从怀中掏出写有"罗川"字样的锦囊，展开后只见上书：

罗川一地，群山环绕，地势险峻，向为入蜀的咽喉要道。蜀兵若断绝栈道，王将军可率一部分人马由罗川东南的小路迂回前进，崔将军率余部赶修栈道。两军可在深渡会合，共同攻打利州（今四川广元市）。

王全斌看罢，喜形于色道："绝路逢生，还得靠宰相锦囊妙计。"说罢，便兵分两路。

单说这入蜀栈道的开凿始于先秦，那时便有"栈道千里通于蜀汉"的记载。蜀军想通过烧毁栈道来阻止宋军前进，赵普早有预见，在与赵彦韬交谈中，曾详细问询修复栈道的方法，故而在锦囊里写得十分周详。

　　崔彦进依赵普所写，将兵士分成三队：一队分上、中、下三层修补岩壁上的洞孔；一队伐树，制作插进洞孔的木桩；一队加工铺设栈道的木板。

　　宋军齐心协力，几天工夫，栈道便已修复，远远望去，宛若凌空廊阁，十分壮观。王昭远做梦也想不到，中原士兵竟能修复栈道。

　　栈道既已修成，崔彦进一面率军前进，一面派特使给太祖送信，并向赵普问好。太祖和赵普都是欣喜若狂，太祖更是连声称赞赵普料事如神。赵普又向来使详细问了宋军的战况及粮草情况，并细细叮嘱了一番。

　　单说崔彦进轻易拿下金山寨及小漫天寨后，与领军从罗川小路迂回来到的王全斌会合于深渡。隔江而望，遥见蜀军已在江边扎下无数营寨。

　　崔彦进指着江上的浮桥说道："大帅，蜀军倚江扎寨，为的是背水一战，将靠渡船过江的我军击退在水中。可为何这浮桥并未拆掉，只设重兵把守，难道其中有诈吗？"

　　王全斌摇了摇头道："我看未必。王昭远十分自负，想学孔明空城之计，只恐他没有诸葛的智慧。"

　　旁边的史延德早已等得不耐烦，主动请战道："大帅，管他有没有诈，我愿带兵夺取浮桥！"

　　王全斌说道："只好如此！史将军，我给你一千精兵，如若有变，不要强求，退回来再作计议。"

　　史延德得了将令，振臂高呼道："众位兄弟，随我抢过浮桥，此时不立战功，史待何时？"说完便一马当先，冲上浮桥。蜀兵见了，忙堵住去路，只见史延德举起手中大枪，连挑数人，竟杀开了一条血路。后面的宋兵如疾雨暴风，紧随其后，一拥而上。蜀兵哪里阻挡得住，纷纷后退，前面的被砍死在桥上，两旁的则被杀落在河中。须臾间，宋军已抢得浮桥，王全斌立刻率军过桥。

王昭远见宋军个个舍生忘死，从桥上蜂拥而至，大惊失色，哪里还敢迎战，急忙传令弃营，退入大漫天寨。宋军一鼓作气，乘胜追击，直抵寨下。

王昭远吩咐众兵坚守险要，不许出战，一面飞调各处精锐，速来共守此寨。

王全斌与崔彦进率军在离大漫天寨五里处扎营，然后又带了十数轻骑观看地势。只见这大漫天寨居高临下，地势甚是险峻。

王全斌道："此寨明攻不易，我听说镇压李筠的反叛时，大会寨地势与此相同，宰相当时用了诱敌出战之计，不知可行否？"

崔彦进赞同道："王昭远素来狂傲，大帅不妨使使此计，引他出战，用奇兵攻取，定能成功。"

次日午时，崔彦进从宋营中挑出数十个嗓音洪亮的兵士聚集在阵前，指名道姓，讨敌骂阵。王昭远因害怕宋军，只是紧闭寨门，并不出战。

崔彦进着急地说道："难道王昭远识破我们的计谋了吗？"

史延德道："不可能。王昭远素来无胆无识，他是不是让我们吓破了胆，不敢出来了？"

王全斌皱着眉道："延德说得有理。怎么才能使王昭远这家伙出战呢？"

三个人在帐里冥思苦想，却无良策。这时崔彦进派到京城去的特使正好归来，他将汴京的情况向众人讲述后，王全斌问道："赵宰相可有什么嘱咐你的吗？"

特使说道："赵宰相讲，凡事应记住一点：'逢强智取，遇弱活擒。'"

特使说完，王全斌让他回去休息。三个人在帐里走来走去，崔彦进的眉头展开了，高兴地说道："大帅，我们这样做可不可以？"

待他说完，王全斌和史延德便连连点头道："崔将军果然智谋过人。"

崔彦进笑道："我全是受了宰相的启发。"

第二天一早，士卒前来报告王昭远："报总监军，宋军夜间已经全部撤走。"王昭远并不相信，待他登上寨墙，见宋军的帐篷杂乱地倒在地上，造饭的锅和兵器扔得到处都是时，不禁狂笑道："宋军也有今天！他们一定逃得不远，来人，给我追！"

旁边的副将劝道："监军大人，敌人诡诈多谋，莫非是诱我们出寨不成？"

王昭远不以为然道："你太多虑了。你看宋军退兵仓促，并不像事先有所预谋。想必他们是粮草不继，或是京城有变。不管那么多了，眼前的机会实在难得，古人云'机不可失，时不再来'，如果让宋军轻易退走，就太便宜他们了！再说，我们也该打个胜仗让我主看看。"

王昭远率全寨士兵，倾巢而出。一路之上，只见宋军丢弃的锅和锣鼓帐篷到处都是，王昭远心中暗喜。追了十几里远，已见宋军后队的影子，王昭远喊道："加快速度，敌人就在前面！"

宋军跑得更快了，越发使王昭远认为自己的想法没有错误。眼看就要追上了，宋军的后队只得停了下来，亮开阵势，史延德挺枪立在队前，怒声道："蜀人何苦穷追不舍？若非我朝出了变故，定能将你们打得落花流水，将孟昶生擒活拿！"

王昭远气得七窍生烟，哇哇直叫，挺起自己手中枪便来迎战史延德。两支枪搅在了一起，战到十几回合，史延德佯装不敌，喊道："王昭远实在厉害，我不能敌！"说罢，带头拨马而走。

王昭远洋洋得意，继续率领蜀军追打宋兵。宋军且战且退，又跑了十几里地，王昭远突然发现宋军虽是撤退，却不慌不忙，队形不乱，也无一个宋兵落入蜀军之手，不由得有些狐疑，忙令军队停住。王昭远仔细看看周围地形，只见眼前山路崎岖，史延德已经不见踪影，心中叫道：不好，恐怕会有埋伏！

王昭远还未来得及下令退兵，只听山谷两边一声炮响，左右杀出两支人马。左面王全斌，右面崔彦进。此时，史延德又不知从哪里钻了出来，三面夹击，把个王昭远吓得魂不附体。蜀兵见宋军从天而降，早已吓得魂飞魄散，溃不成军。王昭远见势不好，便下马混入军中，在几个士兵的保护下，从一条小径逃跑而去。宋军顺势扩大战果，轻松夺取了大漫天寨。

王昭远虽兵败，心中却是不服。他收拾残众，又与前来救援的蜀军合兵来阻宋军。怎奈蜀军连战连败，眼看利州（今陕西汉中市东）不保，王昭远遂弃城渡江，焚毁桥梁，退守剑门。宋军未动干戈便取了利州，又获得无数军粮，解了燃眉之急。因宋军长途跋涉，连续作战，兵士均感疲惫，王全斌便传令在利州休整几日，再攻剑门。

　　这时正值隆冬，太祖遣使为王全斌送来御寒的紫貂、裘帽。特使道："京城下了大雪，圣上在讲武殿对左右大臣说道：'朕穿得这样厚，还觉体冷，想想西征将领冒着霜雪，攻打蜀地，怎么能够忍受呢？！'于是解开裘帽，遣下官飞驰赐予将军，同时犒劳众将士。"王全斌感动得泪如雨下。士卒们得知皇上如此关心部下，也都发誓愿为太祖效命！

　　北路宋军连战连捷，东路宋军在刘光义、曹彬的率领下，沿长江一路西上，亦是无坚不摧，这日已进至夔州。

　　夔州地扼三峡，为西蜀江防第一重门户。后蜀宁江制置高彦俦与监军武守谦在此处把守。见宋军将至，蜀军锁江，并在江面上架起浮桥，上设敌栅三重，又夹江布列强弩，专防宋船前来袭击。

第二十五回 忘情后主失蜀地
痴心天子恋花蕊

且说刘光义见蜀军防备周密，不由得皱紧了眉头。曹彬微笑道："临行之时，宰相曾赠给大帅三个锦囊，其中给水路一个，嘱到夔州打开，将军此时何不拿出？"

刘光义这才如梦初醒，忙打开锦囊，只见上面写道：

溯流到了夔州以东，蜀军如果锁住江面，切记不要用舟师争胜！可在三十里处用步骑从陆上袭击。等他军势稍微退却，用兵船夹攻，定可取胜。

刘光义喜出望外，遂按赵普所言，在离锁江三十里处，令曹彬率部分军队弃舟登陆，奇袭蜀军。蜀军只顾守御江防，陆上却没设守护，宋军乘夜色由陆路杀出，毫不戒备的蜀军登时大乱，溃散入城。刘光义率水师夺取了浮桥，直逼城下。

后蜀将领武守谦见宋军蜂拥而至，便要出城迎战。高彦俦劝阻道："宋兵涉险远来，利在速战。我们不如坚壁固守，以避其锋芒，挫其锐气。待宋军粮草用光，斗志衰竭，那时开城出战，定会大获全胜。"

武守谦执意不听，要乘宋军立足未稳，主动出击。他独领千余骑，大开城门，跃马出战。刘光义正待亲自接战，早有属下骑将张廷翰冲出，直取武守谦。

二人打马盘旋，双枪并举，相斗多时，张廷翰越战越勇，武守谦不免力怯，竟抵挡不住，虚晃一枪，拨马便往回跑。张廷翰哪里肯放，纵马急追，与武守谦并马入城。蜀军守卒忙上前拦截，被张廷翰枪挑数人，城门未及关上。这时刘光义、曹彬即指挥宋军一拥而入，冲杀进城。

恰巧这时高彦俦一骑飞到。他让过武守谦，独战刘光义、曹彬、张廷翰三员大将。战了有半个时辰，高彦俦已身负重伤十多处，自知万不能胜，便怒吼一声，撇下了三人，奔归府第，整肃衣冠，望西拜了几拜，高喊三声"主公"，举火自焚而死。

刘光义等夺取夔州后，稍作休整，又乘势向北进兵。一路上浩浩荡荡，旌旗蔽空，战无不胜；后蜀军则是闻风丧胆，惶惶不可终日，纷纷开城门投降。每到一处，曹彬都贴出安民告示，并且严格管束部下，因此各个郡县人心安稳。

再说王全斌听说东路大捷，心中大喜，率军迅速攻占了益光。这里虽离剑门不远，但四面崇山峻岭，峰峦起伏，峭壁连绵，宛如一道铜墙铁壁，竟不知从何路进兵。

王全斌并不惊慌，而是打开了赵普的最后一个锦囊。只见锦囊上写道：

益光江东，跨过几重大山，有一条叫来苏的小路。王将军可令一员偏将率轻骑走小路，与大军形成夹攻之势。至清强店渡江之后，剑门则不足惧也。

王全斌对赵普之计佩服之极，立即令史延德率一部分骑兵经来苏小道绕至剑门之南，从背后袭击蜀军，自己则领兵从正面进攻剑门。

剑门之险，自古闻名。这里隘路如门，沟壑纵横，乱石林立。站在关口，举目眺望，群峰矗立，有如刺天之剑；进入关内，抬头仰视，无限青天，只成一线之窄，任你有千军万马，也难攻入。因此，王昭远闻知宋军来取剑门，竟据险自傲，不以为然，只令偏将领小部兵力据守，自己却带大队兵马前往汉源（今四川汉源县）阻击宋军。

清强店离剑门很近，蜀军在江西置寨。他们做梦也没有想到，史延德竟率兵突然出现在他们的对面。趁后蜀军慌乱之际，宋军赶造浮桥，强行渡江。清强店守兵早无斗志，弃寨而逃。史延德又急速领兵偷袭剑门。后蜀军眼睛只顾盯着前面的隘口，见宋军突然从背后杀来，顿时慌了手脚，不战自降。

王昭远刚到汉源，便听说剑门已被宋军夺取，吓得魂不附体，肝胆俱裂，顿时病倒在床。正在这时，王全斌、崔彦进率宋军从正面杀来。连战连败的后蜀军，见宋军声势浩大，早成惊弓之鸟，一哄而散。

且说在乱军之中，宋军竟找不到王昭远的踪迹。还是几个败兵说他已只身逃往东川。你道王昭远病卧床上，怎能只身逃脱？原来，他求生的欲望十分强烈，见势不妙，早找到一匹快马，扬鞭催马而逃。到了东川，他躲藏在百姓的仓舍里，哭得双目红肿，口中不住地念叨罗隐诗句："远去英雄不自由。"没多久，宋军追骑来到，挨家入舍搜寻，终于发现王昭远在角落里缩做一团，当即将铁索套在他颈上，活捉了去。

那蜀主孟昶接连收到败报，这时才看清王昭远原来是个无用之人。他怕王昭远扼守不住剑门，便令太子玄喆为统帅，李廷珪、张惠安为副将，带领蜀军赴剑门救援。

太子玄喆素不习武，但好笙歌，自成都出发时，军中还携带几个美女、几十个伶人，一路上日夜嬉游，笙箫管笛，沿途吹唱。李廷珪、张惠安又是一对蠢材，巴不得慢慢行军，不受那战争之苦。这样拖拖拉拉，方行到半途，便听说剑门已失，玄喆惶骇，仓皇逃回成都。

孟昶闻报，心急如焚，慌忙召集朝臣，问左右道："如今宋军势如破竹，锐不可当，众卿有何拒敌之策？"

老将石斌奏道："宋师远来，势难持久，只有挖好深沟，加固城墙，聚兵固守，方可退敌。"

后主叹息道："朕父子以丰衣美食养兵四十年，大敌当前，谁能为朕杀一敌将？如今欲固垒拒敌，谁又肯出力效命呢？！"说完，泪如雨下。

忽见宰相李昊满头大汗来报："宋军已入魏城，不日便要到成都了。"

孟昶失声道："这可如何是好？"

李昊道："宋师勇猛，所向无敌，现在我内无守将、外无援兵，看来成都难守，不如见机纳土，尚可自全。"

孟昶沉吟半晌，实无良策，咬了咬牙道："罢罢罢！朕已到了绝地，如今也顾不得什么了，卿为朕草表便是。"

李昊奉命，立刻修表。宋乾德三年（965）正月十三，孟昶遣使赴宋营呈递降表，王全斌受了降表，欣然允诺孟昶的请求，并率大队人马进入成都。过了几天，刘光义、曹彬亦引兵来到，与王全斌会合。因有皇上嘱托，孟昶及其家属得到了善待。孟昶又遣其弟孟仁贽给太祖送去降表。

太祖见宋军出征不过六十六日，便大获全胜，不由欣喜若狂。与赵普商议后，他下诏让参知政事吕余庆出知成都府，并再三叮嘱一定让后蜀主孟昶速率家属进京。

　　且说那孟昶接旨后，不敢怠慢，立刻带着家属从成都启程。临行之时，王全斌千叮咛、万嘱咐，令押解的宋军保护好孟昶及其家属，不论军民将士，有敢侵扰后蜀主及其家属的，一概军法从事，决不宽贷！他们一路顺江而下，虽然千里迢迢，但却平安无事。这一行人哪里知道，他们受此优待，完全是沾了花蕊夫人的光！

　　这年六月，孟昶一行来到汴京。太祖早已等得不耐烦了，立即在崇元殿宣孟昶入见。孟昶怀着忐忑不安的心情，诚惶诚恐叩拜太祖。太祖赐座赐宴，厚礼相待，抚慰有加，并封他为检校太师兼中书令，授爵秦国公，还赐袭衣、冠带等物。所有孟昶之母李氏以下，凡子弟妻妾及官属，均有不同赏赐。就连王昭远等一班俘虏，也都尽行释放。这时汴河之滨新造的宅第早已落成，太祖即赐予孟昶及其家属居住，并呼李氏为国母。

　　身为亡国之君，受到如此礼遇，孟昶内心对太祖感恩戴德。一路的担心早已烟消云散，他梦想着在汴京与花蕊夫人继续过那种花天酒地、乐不思蜀的日子。唯有其母李氏忧心忡忡，虽然一时弄不清太祖的用意，但凭直觉，她预感到一场大祸就要临头。

　　你道太祖为何这样不惜钱财，对孟昶一家遍行赏赐？原来，他是想借机一睹花蕊夫人的容颜。想当初太祖派兵征蜀，责令王全斌务要善待蜀主及其家属，无论大小男妇，不准侵犯一人，不就为的是保护好一个花蕊夫人吗？待虏得孟昶后，又要把其家属一个不漏地解送到汴京，这一个不漏，还不是怕漏了花蕊夫人吗？如今，若单独召花蕊夫人入宫，又恐朝臣议论、孟昶多疑。虽说赵普足智多谋，此事却不能与他商议，左思右想，这才想出一个主意，让太监捧着无数金帛遍行赏赐，只不过赐给孟昶之母及花蕊夫人的礼比别人要重一些。太祖心想：朕颁旨赏赐，不怕你降君之妃不进宫谢恩！

这一步棋果然奏效。次日，孟昶之母李氏便带着儿子的妻妾入宫拜谢。太祖在安和殿召见她们，唯恐错过花蕊夫人，当每一人叩拜谢恩时，他便说道："抬起头来，朕不怪你。"轮到花蕊夫人拜谒，才至座前，便有一种奇异香泽扑入鼻内，沁人肺腑，令人心醉神迷，引起太祖格外留意。接着一句娇嫩的燕语莺声轻飘飘地传入太祖耳中："臣妾费氏见驾，愿吾皇万寿无疆。"

太祖听了，心中好不舒畅。他照例说道："抬起头来，朕不怪你。"花蕊夫人刚把头抬起，太祖两道如电的目光便射了过去。但见那花蕊夫人目如秋水，黛比春山，肤如凝脂，体态轻盈，真是天姿国色，美貌绝伦，恰似天女下凡。太祖把花蕊夫人看得脸色微红了，才发觉自己有些失态，忙传旨平身，且谕与李氏一同旁坐。

太祖见李氏满面愁容，以为她思念蜀地，便安慰道："国母保重要紧，不必挂念乡土。过些时候，朕当好好地送国母回归故土。"

李氏回奏道："妾身原本是太原人氏，倘能归老并州，这便是妾身的福分了。"

太祖又许诺道："待朕取得太原，定当送国母归去。"

你道太祖哪来兴趣与李氏扯起家常？他久慕花蕊夫人芳名，今有幸得见这倾城倾国的美人，怎能轻易放回，便有一句没一句地与李氏闲扯，眼睛却盯在了花蕊夫人身上。

花蕊夫人坐在李氏夫人旁边，面朝太祖，使太祖从上到下看得更清。但见那花蕊夫人面如满月，目若辰星；翠黛初舒杨柳，朱唇半吐樱桃；举止端庄，丰神飘逸，若非天上织女转世，定是月里嫦娥降凡。太祖是越看越爱，越爱越看，恨不得一口将花蕊夫人吞下。

李氏原以为太祖与己谈话，是高抬自己，待看到太祖眼睛始终不离花蕊夫人，才知道他这里面另有文章，便故意咳嗽一声。这一声咳嗽，方使太祖赶紧将目光从花蕊夫人身上移开。

太祖亲热地对李氏说道："国母闲暇无事，感到寂寞时，可随时由人伴着入宫，不要拘泥形迹。"

李氏点头告退。待花蕊夫人从太祖身边走过时，那奇异的香泽又扑鼻而入，太祖乘机深深吸了几下，顿觉通体舒畅，如醉如痴，不由得将那双眸子牢牢盯在花蕊夫人面上，暗送了无限情意。

花蕊夫人是何等聪慧之人，岂不晓得这位大宋天子是在垂青于她，不禁粉面娇红，有意无意间，羞怯地回眸瞧了太祖一眼，便低头敛眉而退。这临去时的秋波一转，简直是勾魂摄魄，竟使这位英明仁武的宋朝天子心猿意马，魂难守舍，竟愣坐在那里反复品味。

自从见着花蕊夫人，太祖行止坐卧，无一刻不想着花蕊夫人，竟一连几日不上朝，连国家大事都不再放在心上。几天之后，太祖竟害起病来。宫廷上下，见圣上病卧龙床，甚是着慌。开封府尹赵光义忙请御医为太祖诊治。御医看得百病，却如何能看这相思病？连诊几次，都找不到病因，便说是忧勤过度，只需将息几日，自可痊愈。

太祖心里明白，他这病靠这些御医乱撞木钟自是无用，但自己又无法张口说出原委。那花蕊夫人与孟昶恩恩爱爱，世人皆知，身为天子，怎能占人之妻、夺人之宠呢？可对这绝代佳人，他心中又着实割舍不下。

你道太祖为何如此暗恋花蕊夫人？原来王氏从建隆元年八月册立为皇后，仅四年时间便于乾德元年（963）十二月去世，年方二十二岁。王皇后逝去一年有余，六宫中虽佳丽如云，可太祖择后时却没有一个中意的人选。花蕊夫人一来，她的美貌更使六宫粉黛黯然失色。太祖决心立这生平罕见的尤物为后，无奈罗敷有夫，辍耕叹羡尚可，强抢硬夺未便。太祖为此心中好不烦恼，竟一病不起。

这日赵普前来探视太祖。太祖略微欠起身道："朕这一病，朝中之事有劳爱卿了。"

赵普忙屈身跪倒道："代陛下分忧，乃臣应尽之责，还望陛下多加保重龙体。"

太祖摇摇头，将手一摆道："朕的病怕是不好治了。"

赵普故作深沉道："臣虽医术不精，却也略晓一二，可治好陛下之病。"

　　太祖听说赵普能治自己的病，眼睛一亮，忙问："卿用何药能治朕病？"

　　赵普抚须微笑道："陛下得的乃是心病——焦虑过度所致。心病还得用'心药'来治，方能见效。"

　　"不知卿有何种'心药'？"太祖经赵普一点，已经明白赵普知晓自己的心事，但还是卖个关子，不去点明。

　　赵普不慌不忙，取过文房四宝，令内监全部退出，然后润笔写了"花蕊"两个蝇头小楷，递给太祖。太祖阅毕，忽然一跃而起，叹道："知朕者赵普也！"

　　赵普谦虚道："承蒙陛下夸奖，臣以为遇事都应以国家社稷为重。陛下龙体复原，乃国家大幸。区区一个美人，得之何难。"

　　"卿之言正合朕意，还是请卿想个万全之策才好。"这时的太祖，精神全然不像是个病人。

　　赵普献策道："一妇不奉二主，二者必择其一从之。"只这一点拨，太祖已然心领神会，心里想道：看来，只能有我无他了。

　　赵普献出此策，也是迫不得已。天下未平，壮志未酬，还有多少大事在等着太祖去做，为一个花蕊夫人，太祖若真的相思成疾，误了国事，岂不损失太大？作为宰相，有责任千方百计让太祖精神振奋，继续完成一统天下的宏图大业，只要能达到这个目的，不要说是一个花蕊夫人，就是十个，也要让太祖得到。赵普的"二者必择其一"的策略未免狠毒了些，但不如此，太祖的假病说不定会酿成真病。

次日，太祖精神爽快，照常临朝，百官见太祖病愈，心都踏实了下来。晚朝退罢，太祖在大明殿设宴，召孟昶入宫赴宴，并令赵普作陪。席间，太祖言道："朕连日身体不爽，慢待秦国公，今日放量豪饮，君臣同乐。"

孟昶在蜀虽是国主，但现已被封为秦国公，只得俯首称臣。他举杯道："陛下龙体初愈，就先宴请降臣，臣心中感动万分。这杯酒先敬陛下，祝大宋国运昌盛。"说完将酒一饮而尽。内侍行首王继恩今晚负责斟酒，忙举起雕龙镂金八宝转心壶给孟昶空杯倒满酒。

赵普指着满桌佳肴说道："久闻秦国公十分讲究饮食，据说竟有食典一百册，不知今日的御膳如何？"

孟昶不愧为美食家，对"肉咸豉""乳酿鱼""葱醋鸡""小天酥""筋头春"等不仅叫得上名字，还能说出如何烹制，唯独对一种味道极佳的羹，不知为何物。

赵普道："这道羹名唤'换舌羹'。是用玉板笋与白兔的胎做成。平日只供圣上一人进用。"

孟昶见太祖如此厚待自己，竟忘了自己亡国之君的身份，萌生出与太祖相见恨晚的感觉。

王继恩谨守职责，连连为孟昶斟酒，赵普问道："秦国公觉得此酒味道怎样？"

孟昶答道："香气馥郁，柔和醇美，不知是何珍奇名酒？"

太祖只是在旁微笑劝酒，还是赵普说道："这是鹿胎酒，专供圣上在内廷饮用。常饮此酒，可延年益寿。"孟昶听说此酒能益寿，想到和花蕊夫人百年之好，于是又开怀畅饮，直到夜半，才谢恩而归。

太祖赐宴，孟昶大觥豪饮，心中很是畅快。谁知乐极生悲，第二天他竟患起病来，胸间似有食物塞住，不能下咽。太祖听说，便令赵普前去探视，并派御医为孟昶诊治。赵普见孟昶卧床不起，痛苦不堪，便安慰道："圣上对秦国公病情很是关切，特命御医前来，嘱咐无论何种名贵药物，但用勿惜，想来不日就会'药到病除'，秦国公康复如初。"

孟昶躺在病榻之上，只是连连点头。趁御医号脉间隙，赵普发现守候在旁的花蕊夫人眼皮红肿，想必是哭过，便劝慰道："昨夜秦国公听说鹿胎酒能大补益寿，不免多贪了几杯，回府时可能受夜寒侵袭，请夫人不要着急。"

花蕊夫人答道："宰相公务繁忙，日理万机，还亲来敝舍，多谢大人照应。"赵普还未答言，一股异香已沁入鼻内，顿觉心神清爽，赶忙屏住呼吸，告辞而归。

过了两日，孟昶病势沉重，不治而亡，年四十七岁，此时距其从蜀中来汴京仅有一个多月。直到孟昶命丧九泉，御医也不知孟昶得的是什么病。原来，问题就出在雕龙镂金八宝转心壶上：壶内壁两边贮酒，一边为药酒，一边为正常的酒，每次王继恩倒酒，转动机关，给孟昶斟的都是药酒。如果喝得少，并无大的妨害，但豪饮过量，就会得一种诊治不出的酒病。人患此病，没有解药，不过几日，便会身亡。太祖、赵普喝的虽是同一壶酒，却都是正常酒。只是这些蹊跷，孟昶如何晓得？

孟昶死后，太祖不胜哀悼，罢朝五日，素服发丧，并赠

饮御酒孟昶殒命

布帛千匹，赐御葬，葬费尽由官给，追封孟昶为楚王。孟昶的母亲李氏十分平静，并不号哭，但以酒酬地道："你不能死殉社稷，贪生至此，我亦因你尚存，而不忍遽死，今你既亡，我生何为？！"说完便水米不进，绝食数日而亡。太祖闻李氏亦殁，益加哀悼，命将李氏与孟昶俱葬于西京洛阳。丧事既毕，孟昶的家属仍回汴京。

这时，赵普前往汴河之滨蜀人居住的府第。这里自孟昶与其母李氏殁后，已无人主事，花蕊夫人只好亲自出面打理府中事务。赵普看到花蕊夫人神情悲戚，花容不整，便劝道："人死不能复生，请夫人节哀，现今大宋天子乃一代明君，来日入宫谢恩，圣上当会厚待夫人。"

赵普的话一语双关，说得极其含蓄。花蕊夫人到底是女流之辈，只懂得花前月下、房中帏内之事，对于赵普的暗示并未理会，还感谢他的通情达理。

单说花蕊夫人入宫谢恩时，满身缟素，愈显得风韵楚楚，太祖见了愈加怜爱，当下便留花蕊夫人在福宁宫侍宴。此时花蕊夫人身不由己，圣命难违，只得强抑愁怀，勉为欢笑，陪着太祖饮酒。饮至数杯，红云开始上脸，太祖越发觉得她绰约迷人，乃叹道："为朕豪饮，害得秦国公早逝，让你空守闺房，这是朕的罪过呀！"说罢，脸上竟露出歉意。

花蕊夫人哪里知道太祖还有下文，以为太祖真的为孟昶之死伤怀，不由娇声道："陛下不要过分伤感，臣妾已感恩不尽了。"

太祖知道花蕊夫人能诗，在蜀中时，曾作宫词百首，便要她即席吟诗，以显才华。花蕊夫人奉了旨意，略一沉思，便开口吟道：

君王城上树降旗，妾在深宫哪得知？

十四万人齐解甲，更无一个是男儿。

太祖听了，击节叹赏，极口赞美道："你不仅天生丽质，还锦心绣口，堂堂大宋，万千粉黛，竟无人能与你相匹敌。"

花蕊夫人本是个天生尤物，听了太祖夸赞的话，心里好不舒服，又连饮了几杯酒，不禁粉面更加绯红，与那素缟服饰一衬，显得越发娇柔妩媚，楚楚动人。

太祖前次召见她时，隔得较远，纵有千般万重怜爱之心，一则碍于天子威严，二则孟昶尚还健在，实不能尽情表达心意。此时孟昶已死，两人相挨又近，太祖便先用脚下的乌皮履勾住花蕊夫人的纤足，见没有动静，继而又将花蕊夫人的玉手攥在手掌之中。花蕊夫人脸颊红晕升起，却并不反抗。太祖见时机成熟，立命撤去御筵，把花蕊夫人拥入寝宫。

太祖恋花蕊夫人已不是一日，终于达到目的，虽似渴龙见水，却也懂得怜香惜玉，百般温存，花蕊夫人也服侍得太祖心醉意畅，其乐无穷。到了次日，太祖即册立花蕊夫人为贵妃，仍赐原称号。

太祖自从得了花蕊夫人，对她非常宠爱。每日退朝回宫，便不往别处，专找花蕊夫人调笑作乐，饮酒听曲。这日太祖闲暇，为讨花蕊夫人的欢心，想要去看花蕊夫人理妆。太祖悄无声息地来到花蕊夫人的住处，只见屋内宫女排成两行，分侍左右，有的持芙蓉镜，有的捧香粉盒，有的执胭脂缸，有的扶凤尾扇。花蕊夫人的万缕青丝，齐刷刷垂到脚下，根根光可鉴人。一个宫女为花蕊夫人细心梳拢青丝，顷刻之间，这如瀑秀发便盘成太祖喜爱的朝天髻。

　　这朝天髻是在后蜀兴起、宋宫中流行的一种女性发式，与唐朝盛行的双环望仙髻的梳法不同。双环望仙髻是打两股环状髻耸于头上，如望仙人来临；而朝天髻与望仙髻的不同处是前高后低、前圆后锥的两个实髻。

　　太祖见花蕊夫人发髻梳好，便亲自挑选了两支凤凰冠玉簪插在她的髻上，并拿过一面铜镜准备让花蕊夫人照妆。谁知这铜镜背面镌的五个篆字竟使太祖惊疑道："咦！怎么会有这样五个字呢？"花蕊夫人停止理妆，掉过头来，见太祖指着铜镜上的"乾德四年铸"五个字，便说道："这不过是铸镜的年号罢了，陛下有何奇怪的？"

　　太祖言道："你有所不知，朕此前改元，曾谕令年号不得袭旧。为何这镜子上面，也有'乾德'二字？难道孟昶在蜀也曾建号'乾德'吗？"

　　花蕊夫人道："孟昶初嗣位时，仍袭前主知祥年号，称为'明德元年'。后来改元'广政'，并未听说有改元'乾德'的事。"

　　太祖端详铜镜，自言自语道："如此说来，一定是前朝的年号了，这倒要考究个明白。"说罢就走。临出门时，太祖又嘱花蕊夫人不要忘了夜间入福宁宫伴驾。

　　太祖召集群臣，朝堂之上一片肃静，问询铜镜上所载的"乾德"年号之事，竟无人能答对。太祖知道赵普极爱收藏古物，指望他出班奏对，可赵普一时失记，不敢妄对。这时翰林学士窦仪出班启奏道："臣记得前蜀王衍曾有此号。而今陛下说是镜出蜀宫，蜀物记蜀年，当会不错。"

　　太祖闻奏大喜道："不错！不错！卿真不愧是个读书人。宰相须用读书人，像卿的才学可谓具有宰相之才了！"满朝文武皆向窦仪投去羡慕的眼光，窦仪也沾沾自喜，心想自己的满腹才华终于被圣上发现，这回可有用武之地了。

虽然前文言说太祖登基时，曾提到过窦仪，这里还要略做交代。窦仪是蓟州渔阳人，其父窦禹钧以词学出名。窦仪受父影响，十五岁便能写出一手好文章，后周广顺时任翰林学士。太祖称帝后，窦仪改任工部尚书兼判大理寺事，后改任礼部尚书。窦仪学问渊博，风仪秀整，为人正直狷介。其弟窦俨、窦侃、窦偁、窦僖，皆相继登科，时人称为"窦氏五龙"，足见窦氏家族的才学非同一般。

再说赵普下朝回府后，心中隐隐不快。原来赵普只喜读兵书，见了其他书，头都要胀大了。可太祖认为宰相必须用读书之人，并提醒赵普多读书，赵普这才勉为其难，习读《论语》。太祖对窦仪的赞赏，无疑是给了赵普当头一棒。宋朝的宰相一职并不定员，当初范质、王溥、魏仁浦就曾三人同为宰相，轮流掌印。然而赵普忠心为国，做事认真，却独断专行，不喜他人插手。如果窦仪同时为相，赵普就会受到制约，他心中怎能高兴呢？

赵普虽与窦仪交往不多，但有一件事却牢牢记住了。那还是赵匡胤随周世宗出征南唐、攻克滁州后，赵普与窦仪一同前往处理军务时发生的事。赵普为赵匡胤出主意，从南唐府库中取些绢匹分给部下，一来予以奖励，鼓舞斗志，二来也是为了拉拢人心。谁知窦仪坚决反对，认为这些乃是战利品，既已登记在册，便归周朝所有，不能擅取，只有周世宗下诏，方可支付。赵匡胤并未恼怒，反而起身谢道："你所说果然不差，我知错了。"弄得赵普站在一边十分不自在，恨不得地裂个缝，一头钻进去。过了这么多年，赵普始终不能忘怀这件事。

赵普正一人独坐书房沉思，家人赵忠敲门进来了，手里端着茶道："大人，请喝些茶吧。"

赵普摆了摆手，示意将茶放在桌上。赵忠垂手侍立一旁，见大人脸色阴沉，想劝慰几句，张了几回嘴，却始终没说出话来。倒是赵普先开口问道："赵忠，你今年有三十五岁了吧？"

赵忠没想到大人日理万机，却还记得自己的年龄，感动地说："大人，您竟然连我的岁数都装在心中。"

"唉，"赵普叹了口气，"我只是在想太委屈你了。想当初，如果你参军作战，照你这样，早就得个一官半职了，总比在我身边做个家仆强多了！"

赵忠"扑通"一声跪倒在地道："大人待我如同亲人，大人的恩情我今生今世都报答不完，只有来世做牛做马。"

赵普忙将赵忠拉起来道："赵忠，你千万不要这样说。你就好比我的左膀右臂，没有你，好多事情我都无法完成。"

赵忠感动得流下泪来，哽咽得说不出话。赵普突然话题一转，说道："赵忠，你看我这个人是不是气量太小了，有时太跋扈了？"

赵忠急忙回道："不，不！大人您待人最宽宏大量，心地善良。就是您有时过于严厉，也是由于我们做得不好。"

赵普摇了摇头，心想跟赵忠说这些有什么用？他哪里知道自己说的是朝廷上的事？人不为己，天诛地灭。心地太过善良，只会招来祸患。太祖现在对自己恩宠有加，但说不定一句话、一件事惹怒了龙颜，自己不但会丢掉官职，也许连命都保不住。宦海沉浮，谁又能说得准这种情况不会发生呢？但既然太祖对自己还十分信任，他就要利用它来捍卫自己的地位，以便独揽大权。想到这里，赵普心中便拿定了主意。

　　太祖欲命窦仪入相，便把赵普召进宫来商议。谁知赵普早已找好不让窦仪入相的借口："陛下，窦学士文学知识丰富，经济学识却是不足。陛下用他备文史上的咨询，可谓恰称其职；若是用他处理政事，未免不甚适宜。"

　　太祖视赵普为左右手，凡国事、家事无不与他咨商，并尊重他的意见。赵普的言语明明是反对窦仪入相，太祖听后默然无语，遂将召窦仪入相一事暂且搁下。窦仪后来闻知此事，晓得是赵普忌才，只要他在朝一日，自己万无出头的希望，便觉胸中气闷，终日怏怏不快，竟至染病不起，未几郁郁而亡。太祖闻得窦仪病殁，后悔没有及时委他重任，悲痛地对左右道："天何夺我窦仪之速耶？"遂传令厚赠他的家属。这乃是后话。

　　议窦仪入相，赵普不从。太祖心想，此时提立花蕊夫人为后，赵普定会赞同。因为得花蕊、除孟昶，他都积极出谋划策，助己一臂之力。

　　但出乎意料，赵普起初闭口不言，待太祖催问，赵普才吐出两个字来："不妥！"太祖知其有所顾虑，要其吐露真意，便应先为他解除疑虑，于是说道："卿可直言，朕不怪罪。"

赵普这才说出自己的真实想法："花蕊夫人乃亡国之妃，陛下立后，须另择淑女，方可母仪天下。"

太祖闻听，沉吟半晌。你道太祖为何不语？只因他觉得赵普的话有一定道理。自己宠爱花蕊夫人，众臣无可争辩，但是立花蕊夫人为后，让她作为一国之母，肯定会招来国人非议。尽管孟昶之死的真相无人知晓，但立花蕊夫人为后，便会旧话重提，这样反而于己不利。花蕊夫人不立为后，自己依旧能与她经常厮守。

太祖思来想去，只得将立花蕊夫人为后的想法放弃。但中宫不能久虚，太祖反复比较，又提出一个人选："左卫上将军、忠武军节度使宋偓的长女，容德兼全，卿以为可立后否？"

赵普毫不犹豫地答道："陛下圣鉴，谅必不谬！"赵普为何答应得如此痛快，只因宋偓出身显赫，乃是后唐庄宗的外孙，其父娶庄宗之女义宁公主，宋偓又是后汉高祖刘知远之婿，娶高祖之女永宁公主为妻。两代皇亲，贵盛无比，其女立后，可谓门当户对。

见宰相支持，太祖便决意立宋女为后。这宋女正在豆蔻年华，芙蓉笑靥，模样端淑，性情温存，可算是个容德兼全的女子。乾德元年，她曾随母进宫贺长春节，太祖心情十分好，见宋女娇小如花，着实可爱，特地详问她的情况。过了四年，太祖又召宋女，面赐冠帔①。这时宋女年已十六岁，温文尔雅，仪表大方，很有大家淑女风度，给太祖留下很深的印象。只因

---

① 冠帔（pèi）：古代妇女的服饰。冠：帽子。帔：披肩。

太祖整日里恋着花蕊夫人，才把宋女之事搁置一边。如今赵普说立花蕊夫人为后不足母仪天下，太祖才想到久萦心头的宋女，当即便命赵普往谕宋偓，拟召他长女入宫待册。

赵普遵旨，即刻往见宋偓，传谕太祖意旨。宋偓见圣上垂爱自己的女儿，满心欢喜，当下便将女儿送入宫中。这时已是乾德五年（967）岁末。太祖因为乾德年号同了前蜀王衍的年号，决意更改，便于次年元旦降诏改元开宝，是为开宝元年（968）。

宋女既进宫中，太祖便想早日册立皇后。这日太祖召见司天监，命他占选册后佳期。司天监领旨，不敢怠慢，当下择定开宝元年（968）二月吉日为册后良辰，奏复太祖。

太祖闻报，即传赵普入宫商议。赵普进得宫来，先行参拜礼，太祖赐他平身，然后说道："爱卿，册立皇后乃举国大事，谁人主持筹备方可万全？"

赵普不慌不忙答道："册后大典本应由礼官筹办，怎奈此事非同小可，况时间紧促，臣愿请旨筹划。"

太祖没想到赵普主动请旨，心中欣喜，面露喜色道："朕也有此意。有卿筹备，朕还有何放心不下的呢？！"

赵普谢恩领旨，下得殿来，便亲自指导礼官布置，将册后礼仪、程序一一安排妥当，然后加紧督促舞者排练歌舞，筹备典礼。弹指之间，吉辰已到，太祖降诏册立宋氏为皇后。一套烦琐礼仪行过之后，太祖服道天冠、绛纱袍御乾元殿，赵普领文武百官称贺。贺毕，赵普传人告知舞者作文舞及武舞庆贺。赵普在旁为太祖解释，这文舞名叫"玄德升闻"之舞，一百二十八人，分作八行，每行十六人，舞者着履执拂，服裤褶，戴进贤冠，引舞之人则执五色彩旗。武舞名叫"天下大定"之舞，舞者都披金甲，持画戟，引舞二人亦各执五色彩旗。

太祖见舞者文有文容，武有武相，甚是壮观，心下颇为欢喜，满面春风地对赵普道："爱卿不愧是朕的贤相，短短时间将宫舞操练得如此有素，实为不易。皇后亦御坤元殿，受六宫嫔嫱庆贺，爱卿可随朕前去观看。那里排演了一套新宫舞。"

赵普早就听说花蕊夫人为庆贺新后正位，亲自出面排演了新宫舞，舞状、舞曲、乐章都甚别致，心想倒要去开开眼界，当即随太祖一起来到坤元殿。

原来，花蕊夫人见自己册后无望，心想要继续得到圣上的欢心，必须讨好新后，使她释去忌妒之心，于是显出一副襟度豁达的样子，主动向太祖奏明欲编一种新宫舞，用作后宫庆贺的典仪。太祖见花蕊夫人毫无妒意，自然应允。

花蕊夫人自挑宫女六十四人，半数改着男装，配成三十二对男女，都穿新样舞衣，教以新的舞蹈，按乐声的高低疾徐，一对对搭手搂腰，翩翩起舞。宫里众人见了，真是见所未见、闻所未闻，齐声称赞花蕊夫人多才多艺。太祖爱悦花蕊夫人的心思，比前未减，这也是花蕊夫人用心之所在。赵普也不得不暗自佩服花蕊夫人的大度，心想这个女人真不简单，如果皇上立她为后，还不知要闹出多少新鲜事来呢！

是夕，太祖与宋后成就了百年大礼。这时，太祖已四十有二，宋后年方十七。老夫得了少妻，倍加恩爱。那宋后也十分恭顺有礼，每值太祖退朝，必整衣候接，所有御馔，亦必亲自检视，旁坐侍食。太祖见了，更是喜出望外，从此格外宠爱宋后，渐渐地就把花蕊夫人冷落了。

这年七月，北汉主刘钧病殁，其养子刘继恩嗣位。太祖闻报，大喜过望。他久有征讨北汉之雄心，怎奈"先南后北"统一天下的方略是自己亲手制订的，赵普及众臣也都赞同。先攻北汉，众臣会有异议。再则刘钧生前，太祖曾遣使者往见，传去口谕："君家与周朝是世仇，断然不会服他；而今朕与你素来没有芥蒂，何必要困此一方百姓呢？若有志中原，便当领兵下太行，以决胜负。"

刘钧涕泣道："河东的土地甲兵，漫说不足以当中原，并且我的家世本来不是叛逆。所以守此区区土地，乃是怕汉氏祖宗成若敖之鬼①啊！"太祖得奏，甚是哀悯，答应给刘钧一条生路。故此刘钧在世之日，太祖未曾用兵。而今刘钧身亡，有隙可乘，太祖便于开宝元年（968）八月，命昭义军节度使、同平章事李继勋为行营前军都部署，率领禁军前去讨伐。

赵普对太祖攻打北汉的决策大惑不解："先南后北，先易后难"的策略，行之有效，六十六天平定后蜀便是成功的范例。此时虽北汉王位易主，有机可乘，但辽国岂容在他眼皮底下用兵，定会驰援北汉。即使此役侥幸取胜，与辽接壤，大兵守边，怎能分兵南下？赵普在朝上朝下，再三表明自己的态度，无奈太祖根本听不进去。

刘继恩正在居丧，闻报宋军已经入境，遂急遣大将刘继业（即以后的杨业）、马峰等领军扼守北谷。马峰率兵至铜锅河，恰遇势头正盛的宋军。李继勋一马当先，勇不可当，宋兵如潮水般涌来，势如破竹，北汉军见宋兵掩杀而来，声势甚是浩大，不由得先自气馁。李继勋率军轻而易举地击败马峰军

---

① 若敖之鬼：若敖，春秋时楚国的若敖氏。若敖氏的鬼因灭宗而无人祭祀。比喻没有后代，无人祭祀。

队，斩首三千余级，乘势夺取了汾河桥，直逼太原城下，举火焚烧延夏门。

北汉主刘继恩慌了手脚，忙遣使向辽邦乞援。正在此时，北汉内部又生祸端：司空郭无为素与刘继恩有怨，乘宋军兵临城下之机，密嘱供奉官侯霸荣刺死刘继恩，又派人从屋顶进房杀死侯霸荣以灭口，并另立刘继恩之弟刘继元嗣位。

太祖听说北汉内乱，一面催促李继勋猛力进攻，一面遣使至北汉下诏，谕令速降，拟封刘继元为平卢节度使、郭无为为邢州节度使。郭无为见诏，颇为心动，便力劝刘继元降宋。但刘继元不愿屈从他人檐下，执意不降。恰在这时，辽主兀律派兵南下驰援。李继勋闻报，深恐孤军寡不敌众，便果断收兵南归。北汉见宋军退兵，便联合辽兵入寇晋州（今河北石家庄市辖晋州市）、绛州（今山西运城市新绛县），大掠而还。

太祖见李继勋出师无功，心有不甘，便想御驾亲征，于是召群臣上殿议事。太祖环顾诸臣，缓缓言道："朕欲亲征太原，众卿以为如何？"

兵部郎中、史馆修撰卢多逊出班跪奏："臣以为可。北汉乃我大宋心腹之患，陛下如能亲征，定会鼓舞我军士气，克敌制胜。"

赵普素与卢多逊不和，见他迎合太祖，甚是鄙夷，高声禀奏："陛下万万不可！'先南后北'乃既定方针，北汉与辽国狼狈为奸，不可小觑。凡事欲速则不达，望陛下三思！"

卢多逊轻轻冷笑一声，复奏道："陛下，一成不变乃下策，臣以为应见机行事、守经达权，万不能按图索骥，食古不化。"

赵普立刻反唇相讥道："打仗非是儿戏。纸上谈兵有何用处？天时、地利、人和，缺一不可。"

卢多逊毫不相让："此时天时、地利、人和，大宋均占上风。仅一年时间，就有北汉石盆寨招收指挥使阎章、鸿唐寨招收指挥使樊晖、偏城寨招收指挥使任恩、乌王寨主胡遇等纷纷来降。陛下亲征，北汉将士定会望风而逃。"

赵普还要奏对，太祖摆摆手道："朕不发兵荡平北汉，必为天下所笑矣。朕意已决，众卿毋要再言。"

太祖退朝，赵普在宫门外不肯离去。太祖闻听，把他召入宫中，不解地问道："爱卿为何伫立宫门外，难道还有话说？"

赵普进言道："臣以为荡平北汉，时机还不成熟，请陛下圣鉴。"

太祖见赵普如此固执，面有愠色道："朕一诺千金，岂能自食其言，难道朕意还能更改吗？"

赵普知道圣命难违，万无更改可能，于是改口道："陛下意决，臣只能听命。但陛下御驾亲征，须先派得力将领切断北汉与辽国的必经之路，以防辽兵出援。"

太祖听后，面色才有改观，口气也和缓起来："卿所言极是。"

赵普还是忧心忡忡，恐有不测，遂道："臣欲请旨随圣驾出征。"太祖没有料到赵普的态度转变得这么快，心中又是一阵感动，便再无话说，当下口谕准请。

开宝二年（969）二月，太祖命李继勋为河东（代指山西）行营前军都部署、侍卫步军指挥使党进副之，以宣徽南院使曹彬为都监、棣州（今山东滨州市）防御使何继筠为石岭关部署、建雄军节度使赵赞为汾州（治所在今山西隰县）路部署，共伐北汉，命彰德军节度使韩重赟为北面都部署、义武军节度使郭延义副之，以防辽国，以开封府尹赵光义为东京留守，枢密副使沈义伦为大内部署、判留司三司事。一切安排停当，宋军大队人马浩浩荡荡向北汉进发。

太祖御驾亲征，宋军一路顺利，逢山开路，遇水搭桥，三月便兵临太原城下。太祖携赵普等人视察四处地形，问道："太原乃一孤城，如何从速取之？"

赵普奏道："太原虽是孤城，却不易速取。城内粮草充裕，民心不乱，且刘继业等大将善战善守，不可力破。臣以为筑长连城围之，立寨于城的四面，可将太原困死。"

太祖乃命李继勋军于南面，赵赞军于西面，曹彬军于北面，党进军于东面，昼夜攻城。怎奈太原固若金汤，宋军损兵折将，却无法攻破城池。

太祖一筹莫展，赵普出主意道："我们可引汾水和晋水淹灌城池，不怕他不降！"

太祖沉吟半晌才说道："朕实在于心不忍，恐怕城里百姓会因此遭殃。"

赵普颇不以为然道："陛下，臣出此下策，也是迫不得已。眼看粮草殆尽，士气减弱，如果不尽快破城，后果很难预料。刘继元要是真为黎民百姓着想，就应早早将城池献上。"

太祖见别无良策，只得答应，派人挖河堤引水灌城。城内百姓恐慌万分，纷纷往地势高的地方躲避。刘继元却不为所动，坚守城池，死不投降。太祖见状只得停止灌城。

就在此时，辽主发兵救援北汉。探马飞报太祖，赵普道："辽兵来势凶猛，可能会两路进军，我们应早做准备。"

太祖问道："依宰相所见，辽人可能从哪两处进兵？"

赵普将地图展开，在上面指点道："臣以为辽人一路会从定州出兵，救援太原；一路则会从石岭关入兵，绕路而行。"

太祖及众将领纷纷点头赞同。太祖遂派韩重赟率军连夜疾驰，以阻定州辽兵；派何继筠领兵向石岭关方向前进。临行之前，赵普将二人召在一起，授以方略。

不久消息传来：何继筠在阳曲（今山西阳曲县）打败辽军，斩首数千级，俘武州（治所在今山西繁峙县雁门川）刺史王彦符。韩重赟亦先行布阵于嘉山，败辽军于定州（今河北定州市）北。太祖遂将所获辽兵首级、铠甲示于城下。此时虽有北汉宪州（治所在山西娄烦县）判官史昭文、岚州（治所在今山西岚县）刺史赵文度以城来献，但太原仍无法攻下。刘继元杀死蛊惑军心、欲降大宋的郭无为，守城将士更加同仇敌忾，誓死不降。

宋军围困太原三月有余，损兵折将不少，横州团练使王廷义、殿前都虞候石汉卿都战死疆场。这时，宋营粮草殆尽，辽主又出兵来救北汉，太祖登时陷入进退维谷的境地。

第二十八回　荐宋琪举贤不休
陷冯瓒量小妒能

且说太祖闻听辽主又出重兵前来救援北汉，心中颇是犹疑。宋军是进是退，一时难以选择，于是太祖召赵普入帐商量。

赵普观察太祖的表情，知道圣上此时的心情十分矛盾，便直截了当地说出了自己的想法："陛下，太原久攻不下，我军兵困马乏，士气低落，短时间取胜的希望不大，我看不如先退回汴京，再作打算。"

太祖沉吟不语，此时班师实在心有不甘：这次出兵以来，一路之上都十分顺利，只剩下一个太原孤城。就这样回去，岂不是前功尽弃了吗？

见太祖不说话，赵普又进言道："陛下，'先南后北'的方针万万不可动摇。平蜀易，伐北汉却难，成功与受挫全在战略的选择上。请陛下三思。"

为何赵普一再强调"先南后北"的方针？他本是智多星，怎么会想不出几条有效的对策来攻打小小的太原城呢？原来，此次出征，赵普曾经极力反对，他认为时机不合适，只因太祖固执己见，才不得已随驾同行。到战场后，他静观战局变化，认为此时夺取北汉实在于宋朝不利，故此装作黔驴技穷，毫无办法。只是他的这些想法太祖并不知道罢了！

再说太祖听了赵普的话后，心头怦然一动。是呀，六十六天便平定蜀地，是依照"先南后北"的战略而行的结果，围困太原一百余天，竟攻不下一座孤城，难道真是因与既定方针背道而行所致？太祖思索了整整一夜，第二天便宣布班师回京。

赵普回到汴京，十分高兴。他心想：此次出征，证明自己当初的想法是正确的，并重新奠定了自己在太祖心中的地位。卢多逊算是什么东西，只是一个无用的书生，竟然也敢在皇上面前邀宠？我出世时，他还不知道在哪里呢？

这天，枢密使李崇矩来到赵普府中。前文已经说过，李崇矩的女儿许配给赵普的长子赵承宗，这时两家已经结亲。李崇矩以探女儿为名，常来府中与赵普议事。看官也许奇怪了，按照旧规，宰相、枢密使在朝见皇帝时经常见面，何必还要在府中商量事情呢？原来，兵部侍郎卢多逊密奏太祖，赵普与李崇矩均是朝中重臣，两人结为亲家，同在一处候朝，极易专权。太祖闻奏，深感问题的严重性，便命赵普和李崇矩在候朝时分开等候。这样一来，二人在朝中就没有单独见面交谈的机会了。

话说李崇矩这次到了赵府，慌慌张张，直奔赵普的书房，然后把门关紧，一个人都不让进来。赵普很是奇怪："亲家，究竟发生了什么事情？"

李崇矩坐下，喘息了片刻，然后连声说道："大事不好！"

赵普更是丈二和尚摸不着头脑，愣愣地望着李崇矩。李崇矩接着说道："刚才太监王继恩来颁旨，圣上让我出任镇国军节度使。"

"哦，有这种事情？这旨意为何下得这么快，事先一点风声都没有听到！"赵普非常纳闷。

李崇矩急急地说道："只因我府中有一个食客，名叫郑伸，我养了他十年，待他可谓不薄。谁知他阴险异常，非但不念收留之恩，反而密告，说我在府中常议论朝政，言词中多有不满。圣上也不调查，竟然赐郑伸进士出身，并给了他大量金银财宝，同时还让我出京，你说气不气人！"

赵普听后，沉思不语。太祖是一代明主，怎么会听信小人谗言，排斥身边重臣，做出这种事情来？他有心立刻进宫去见太祖，让他收回成命，但转念一想：此事不要冒失，不能因小失大。

原来，李崇矩为人纯厚寡言，不善逢迎。太祖曾看中李崇矩之子李继昌，欲让女儿下嫁给他。谁知在别人看来是千载难逢的机遇，李崇矩却执意不敢高攀，极力推托。李继昌也自言不愿结这门皇亲。趁太祖还未降旨，李崇矩便从速为儿子另订了一门亲事。太祖金口玉言，竟然碰了个软钉子，怎能咽得下这口气？久而久之，他便冷淡了李崇矩，一些重要的事情也交予他人办理。

赵普心中琢磨：李崇矩早已失去圣上的宠爱，有些事做得让太祖着实心中不快，就是没有郑伸密告，太祖也会另找借口将他排除；此外，太祖每逢大臣任职有何变动，都要与自己商量，这次不找他，就是为了让他避嫌；自己再去求情，实在是自找无趣，说不定还会对自己不利。

想到这里，赵普只得说道："亲家，圣上已经下旨，我也不能再说什么。你最好先去上任，等我找机会再与圣上说明一切。家中的一切事情，你只管放心，我自会照应。"

李崇矩满以为自己与赵普是儿女亲家，赵普会为自己出头。凭他与太祖的关系，也许圣上会收回旨意。谁想赵普却是如此答复，李崇矩也不再说什么，拂袖而去。赵普望着李崇矩远去的背影，只有苦笑。

李崇矩走后，前来拜访赵普的是开封府推官宋琪。宋琪是何许人物？这里略做交代。他是幽州蓟人，与赵普是同乡，自小就勤奋好学，颇有才华。周世宗时，他曾经任过庐州的观察判官，审理冤案，明察秋毫，救过数人性命，显露出不凡的才干。但此后他却苦于无人推荐，始终不得提升，只当个从事。

宋琪来到汴京后，因与赵普是同乡，便投在了赵普的门下。赵普慧眼识人才，将他推荐到了开封府。赵光义是开封府尹，起初对宋琪很是礼遇，不久便因与赵普关系恶化，开始为难宋琪。

赵光义与赵普本来是莫逆之交，赵光义还曾托付赵普在杜太后面前多多美言，才有了"金匮之盟"。可自从花蕊夫人来到汴京，赵光义与赵普的关系便产生了裂痕。那赵光义比太祖小十二岁，正值而立之年，血气方刚，精力旺盛，偶见花蕊夫人一面，便难以忘怀。虽说自己的夫人是周世宗的皇姨，长得端庄秀丽，美如仙姬，二人也甚是恩爱，可比起花蕊夫人来，自己的夫人却缺少那种迷人的魅力。这也难怪，凡是见过花蕊夫人的男子，无不有一种心猿意马的感觉。她那奇异的香气简直令人神魂颠倒，要不，太祖为何费尽心机，要把她据为己有？

赵光义年轻貌俊，认为自己与花蕊夫人是天上一对、地上一双。无奈花蕊夫人是孟昶的尤物，深居府中，无法接近。孟昶一死，赵光义欣喜若狂，立刻找来赵普，让他想办法把花蕊夫人弄到自己府中。

赵普闻听，左右为难，最后只得将事情真相明白地告诉赵光义，让他为朝廷社稷存亡着想，不要卷入争夺花蕊夫人的旋涡之中。赵普本是一片好心，太祖、赵光义同恋一个女人，如果兄弟火并，说不定会两败俱伤。谁知赵光义少壮气盛，为得到花蕊夫人怎能听进赵普的良言规劝？后来又听说太祖能得到花蕊夫人，全是赵普从中撮合，于是一肚子气全撒在赵普身上。宋琪系赵普推荐，赵光义自然不会重用。

再说宋琪来见赵普，赵普见他愁眉苦脸，就知道赵光义又给他苦头吃了。于是安慰道："贤侄，再忍耐一些时候。我已经写好举荐你的奏章，明天就递给圣上。"

第二天早朝，赵普将奏章呈上。太祖略加浏览，便扔在一旁。原来赵光义早已料到赵普这着，便在太祖面前说了宋琪不少坏话。此时太祖见赵普奏本与宋琪有关，当然不予理会。

退朝回府，赵普锲而不舍，研墨铺纸，重写了一份奏章，仍是举荐宋琪。次日上朝，赵普出班奏道："陛下，臣有本启奏。"

太祖看了奏章，脸色突变，心想赵普你好大胆子，昨日不准奏，今日又重写一份，难道故意要与朕作对？今日朕非要当着文武百官的面杀杀你的锐气。想到这里，太祖怒气攻心，拿起赵普的奏章，"嚓、嚓、嚓"几下撕得粉碎，然后扔在地上。

满朝文武大臣从没见皇上发过这么大的火，而且是对他宠信的宰相发火，个个神色紧张，你看看我，我看看你，又不约而同地瞧着赵普，看他如何收拾。

太祖震怒，脸色极其难看。赵普并未与太祖辩理，而是显得镇定自如。他双膝跪在地上，不慌不忙地把扔在地上的奏章碎片，一片片地捡拾起来。文武群臣瞪大眼睛，屏住呼吸，他们简直不敢相信，面对怒气冲冲的皇上，赵普竟不怕丢官摘帽。看到赵普一言不语地捡拾碎片，太祖也愕然了。为了举荐一个普通的官员，赵普竟如此忍辱负重！太祖知自己做得不妥，便连忙退朝回宫。

散朝以后，赵普回到家中，将自己关在书房里，找到一张旧纸作衬，把撕碎的奏章一片片对好，又一片片粘贴在一起。待粘好奏章，赵普自言自语："圣上一日不准，我就一日举贤不休。"

次日上朝，赵普与百官参拜完毕，又将奏章呈给太祖。太祖看到被自己撕碎又被赵普复原的奏章，大吃一惊，想不到赵普举贤竟是如此执着！于是，他向赵普道："爱卿几次举荐宋琪，朕也做过访察，此人确有才华，朕准奏就是。"文武百官表情为之释然，就连平时对赵普专权有怨言的大臣，也无不被赵普忠诚、刚毅的性格所触动。不久，宋琪便当上了护国军节度判官，并于太平兴国八年（983）十月当上宰相，这是后话。

就在赵普举荐宋琪不久，判三司赵玭密奏太祖，状告赵普挟私陷害左监门卫将军及枢密直学士冯瓒、监军绫锦副使李美和通判殿中侍御史李楫。奏章中的三人，已于乾德四年（966）八月被处置：冯瓒流放至登州沙门岛；李美发配至通州海门岛，而且下令逢恩不还；李楫削职。赵玭详查这三人均为赵普所陷，甚为冤枉，请太祖追究赵普责任。

赵普身为宰相，却利用他和太祖的特殊关系，独揽朝政，颇为专横。众臣虽有怨言，但无人敢出面抵制。赵玭告发赵普，并不完全是捕风捉影，赵普确是私心在作怪。

　　这里还得从头表来。冯瓒性格耿直，为人狷介，能言善辩，颇具吏才，太祖十分宠幸他，擢拜其为左谏议大夫，出知舒州。境内有菰蒲鱼鳖之饶，百姓采以自给，防御使司超却以这些东西是朝廷之物为名，尽数征收。冯瓒对此愤愤不平，便向太祖奏报司超抢夺民利，请予蠲除。太祖准奏，并夸奖冯瓒为民做主，是国家栋梁。乾德三年（965），太祖颁旨批准冯瓒以本官充任枢密直学士。

　　太祖赏识冯瓒的才能，便常在赵普面前夸赞冯瓒有奇才，想委以重任。赵普见太祖宠爱冯瓒，心中好不嫉妒。再加上冯瓒从不到他的府第中走动，而他又与赵光义门下相近，赵普便认为冯瓒是有意疏远自己。所以，尽管太祖一提再提，赵普总不附言。待平定蜀地，蜀兵中的亡命者散匿为盗、秩序不稳时，赵普便以考察冯瓒的才干为名，建议太祖派冯瓒去任梓州知府。冯瓒自知蜀地初平，境内难治，无奈只能硬着头皮走马上任。

　　且说冯瓒刚到梓州，蜀军校上官进便率三千亡命之徒掠民数万，夜攻州城。冯瓒与李美、李槭登上城楼，只见乱糟糟的人群在向城下游动，瞧不清贼人的面目和衣服，但从人流移动的轮廓来看，毫无队形，那依稀传来的不整齐的呐喊声，足以证明这是一群乌合之众。冯瓒向左右微笑道："贼人胆虚，乘暗夜围城，乃一群乌合之众，只要予以痛击，贼人必自行溃散。"众人见冯瓒胸有成竹，毫无惧色，一个个如释重负。

　　此时，梓州城内只有骑兵三百人，仅是贼兵的十分之一。冯瓒令他们分守城门，并鼓励他们对贼作战。兵士因此士气高涨，跃跃欲试。一切安排妥当，冯瓒坐于城楼之上，密令擂鼓，顿时鼓声大作，贼人不知城内有多少兵力，但闻如雷鼓声便先胆寒，竟纷纷抱头鼠窜。冯瓒即令四门大开，让骑兵追击。冯瓒略施小计，便活擒贼首上官进，并斩之于市。同时将其余党千余人全都释放，境内顿时安定如初。

消息传到汴京，太祖大喜，又当着赵普之面，夸赞冯瓒不但有吏才，而且在军事方面也具雄才大略，赵普更加妒忌。此次冯瓒前去梓州，赵普便派其亲信李平一路暗中跟随，密查其过。但冯瓒为政爱民，审案公正，并无疏失。谁知这日恰逢冯瓒生日，李平将此消息传出府外。城里豪绅为感激冯瓒平定贼人，纷纷送礼庆贺，且贺礼甚重。冯瓒命人收下贺礼，并与李美、李楫商议：赵普排斥异己，不如依附开封尹赵光义。冯瓒与赵光义门下幕僚刘鏊有旧，便决定用礼物贿赂刘鏊。但隔窗有耳，此事让李平探得，即回宰相府向赵普告密。赵普当即令他击登闻鼓，告冯瓒三人受贿。

太祖得报，急召冯瓒、李美、李楫入京，并亲自讯问。冯瓒等理屈词穷，不能自圆其说。太祖因平日甚喜冯瓒，并不想治罪于他。赵普又遣李平中途到潼关，于冯瓒囊中查得封题给刘鏊的金带珍玩之物。

赵普索得物证，太祖只得再讯冯瓒。冯瓒无法反驳，只好一一承认。赵普认为大臣受贿，依法当死，太祖却欲从宽发落冯瓒，见赵普固执己见，遂取折中之策，免掉死罪，削去名籍。冯瓒、李美分别流放、发配至登州沙门岛、通州海门岛，刘鏊免官，只有李楫特免流配。

太祖为何对李楫如此宽恕呢？只因李楫与王德裔曾在彰德军节度使王饶幕府中供职。太祖在周显德五年（958）娶王

饶三女时，与李檝相识，见王德裔待人轻率，而李檝为人谨
厚，便薄王德裔而厚李檝。太祖念此旧情，未对李檝治罪，不
久又让他官复原职。冯瓒在沙门岛十年不得召，直到开宝九年
（976）才遇赦放还。赵光义即位，授冯赞为左赞善大夫，此
是后话。

　　事情已过去两年，太祖看到密奏，不禁勾起往事。冯瓒自
身有过，已受责罚，不可更改。但赵普身为朝廷宰相，却如此
量小妒能，同僚如何与之共事？然天下未平，赵普身负重任，
又不可轻动。太祖为此不禁费尽思量。

第二十九回　忧国事病榻进言
　　　　　　　贪私欲宫中宣淫

　　且说太祖正欲派人调查赵普之事，却听说赵普染病卧床不起，请遍汴京城内的名医为他诊治，病情都不见好转。太祖想到赵普为宋朝立下的汗马功劳，不禁感慨万分，立即派御医去为赵普治病，并决定亲自去宰相府探视，顺便也与赵普谈谈赵妣密奏之事。

　　时值初冬，天空灰暗，寒气逼人。太祖只带几个贴身侍卫，乘坐逍遥辇前往丞相府。赵普听说太祖亲来探病，忙令长子承宗、次子承煦代自己迎驾。

　　太祖乘辇到赵普府门外，承宗、承煦一起叩首道："赵承宗、赵承煦恭迎圣驾，愿吾皇万岁，万岁，万万岁！"

　　太祖赐承宗、承煦平身，二人低头垂手分列两旁，同声道："我父病重，行走不得，无法亲迎陛下，望陛下恕罪。"

　　太祖点了点头，对承宗、承煦说："朕正是前来探望赵爱卿之病的，你们前头带路。"

　　赵普见到太祖，忙让两个儿子将他扶起，诚惶诚恐道："臣卧病在床，不能接驾，罪该万死！"

　　太祖回道："爱卿有病，何罪之有？朕听到爱卿卧床不起，忧心如焚，特令御医前来诊治，不知病体如何？"

"臣这病来得蹊跷，周身疼痛。御医给我用药后，虽然有了好转，但四肢仍然刺痛，不能下地。臣这一病，不能上朝，耽误了政事，心中十分焦急。"赵普不愿让太祖为自己的病情分心，想赶快把话题转到国事上去。

"爱卿尽管安心养病，不要多虑，朝中之事朕已令人代理。"太祖想安慰赵普，让他不要为朝中之事忧心。

赵普虽然无法行走，不能上朝，但赵批密告之事，早有人告诉了他。这些天来，赵普的大脑从未停止过思考，他想尽快表明自己的忠心，使太祖不再追究此事。赵普说道："陛下，臣躺在床上，无时不在想着国家大事。现在天下还未统一，国家要想安定，臣以为还有两件事应该去办。"

太祖见赵普病中还考虑政事，感动得坐到赵普的身边，握住他的手道："爱卿不要着急，慢慢道来。"

赵普见太祖待自己如此平易亲近，好像又回到了立国之前的岁月，心中一块石头放下，脸上露出了微笑。他缓缓说道："我朝建立不久，国库空虚，士兵不足。而地方的兵权和财权却过重，臣以为应将它们收归中央。陛下可派遣使者到各地将征集兵丁的名册送到京师，以使兵甲精锐，同时可备出征或急需时随意调用；另外派转运使、通判管理各地钱粮之事，财赋收入除留少量的日常经费外，其余钱帛一律送至京城，地方不得占留，这样朝中府库方可充实。"

赵普一口气说完了，太祖高兴地说："卿与朕想到一块儿去了。朕总怕时机不够成熟，想过些日子再与卿商量。既然卿也这样说，朕即刻就派人办理此事。"

见太祖接受了自己的建议，赵普也激动起来，便接着说

忧国事病榻进言

道："还有一事，臣不知当讲不当讲。"

太祖说："爱卿请讲！"

"我朝立国已有十年，当初为了安抚稳定前朝老臣，臣为陛下出策，不仅没有免他们的官，还委以重任。现在后周的一些大臣仍然担当节度使，他们的权力太重，一旦居功自傲，危害极大，臣总是放心不下，睡不安稳。陛下不如派一些文官取代这些武将的职务，以便免除祸患，使我朝得以长治久安。"

太祖见赵普考虑得如此细致周密，处处为自己着想，不禁动情道："爱卿之言，事关社稷安危。朕牢记在心，回去之后立刻去办。爱卿一定要静心养病，不要再操劳了。过些日子，朕还会再来看望爱卿。"见赵普病重期间还念念不忘国家大事，太祖便没有提起赵玭密奏之事。人生在世，孰能无过？即使事情属实，太祖也不想为了几个无关紧要的人，失去这位定国安邦的好军师。

赵普见自己在太祖心中重新占有了重要位置，获得了太祖的信任，不由得流下了两行热泪。太祖又是一番感动，亲为赵普擦去眼泪。君臣又闲谈了一会儿，太祖才起驾还宫。

太祖走后，赵普在病床上睡不踏实，吃不安稳，不断派儿子承宗去打探消息。这天，承宗回来后，兴高采烈，赵普便知圣上已经采取了行动，问道："宗儿，有什么消息？"

承宗回答："父亲，圣上今天降诏，罢去王彦超、郭从义、武行德、杨廷璋、白重赞等人的节度使职务，改王彦超为右金吾卫上将军，郭从义为左金吾卫上将军，武行德为太子太傅，杨廷璋为右千牛卫上将军，白重赞为左千牛卫上将军，并让他们都在京城居住。"

"都是些闲散官职，谅这帮人再也翻不起浪了。"赵普放心地说道。

承宗不解地问："父亲为何对他们如此放心不下？这些人年纪已大，还能做出什么事情吗？"

"唉，你不懂，这几位节度使资历颇老，多在晋汉两朝时就建功立业，曾经显赫一时。他们拥兵在外，权力不小，万一有了反心，后果不堪设想，但因他们根基深、威望高，圣上一直让他们三分。要不然，圣上何至当时罢去义社众兄弟的兵权，却对他们丝毫未动，反又加封官职呢？"赵普解释道。

"哦，父亲，我明白了。"承宗聪明绝顶，一点即透。

赵普赞许地点了点头，又问道："宗儿，我还没有问你，皇上是怎么罢免这些老臣的？"

承宗说道："父亲，我已经探得清楚。皇上将这些老臣全都召进京中，在后苑摆酒设宴。"

"哦，原来这些武将还朝，圣上都是在玉津园招待他们的。酒席宴上，皇上是怎么说的？"赵普对一切都是那么感兴趣。

承宗拿起桌上的茶杯，说道："众位爱卿，朕敬你们一杯。你们都是朝廷的老臣，屡立战功，如今年事已高，还如此操劳，朕真是于心不忍呀……"承宗还要说下去，却见赵普的脸色沉了下来，厉声道："承宗，你太放肆了！怎敢装皇上说话，还不快给我跪下！"

承宗这才知道自己有点得意忘形，慌忙"扑通"一声跪倒在地，连连叩头道："父亲，我错了，再也不敢了。"

旁边的赵忠劝道："老爷，这是在家里，又没有外人。您就饶过少爷这回吧。"

赵普瞪着眼睛："就是家里也不行。给我掌嘴！"

承宗不待赵忠动手，自己便打起自己来，只打得口角流血，赵普方令住手。这时，赵普的气也消下去了，他又问道："圣上说后，众位大臣有何反应？"

承宗小声说道："圣上刚说完，凤翔节度使王彦超便主动说身体有病，请求告老还乡。"

"嗯，他倒知趣。"赵普会意地说道。

为何太祖话一出口，别人还不理会，王彦超便先要辞去职位？这里还要略做交代。只因赵匡胤年轻之时，离家浪迹四方，曾去投靠当时的复州节度使王彦超。王彦超见他一副落魄相，不想收留，只给了一点钱，便将赵匡胤打发走。赵匡胤登基当了皇帝，王彦超惶惶不可终日，担心太祖与他算旧账。谁知太祖根本不提起这回事，反而以德报怨，不仅留用王彦超为节度使，还加封他为中书令。可王彦超却始终提心吊胆，不知哪日祸从天降。宴席之上，他也是加了十二分的小心。太祖话语一出，他即明白其意，为保身家性命，赶忙顺台阶而下。

赵普又问："其他几位大臣是如何说的？"

承宗回答："其他几位老臣争着述说自己的往昔战功，唯恐失去兵权，希望能重新回到藩镇。最后，太祖说：'众卿所言，多是别的朝代的事，有什么可提的！'他们才不再说话，怏怏而去。"

赵普问："这些事情你都是从太监王继恩那里知道的？"

"是，我按父亲所说的去找他，他待孩儿很是客气。"承宗说道。

"哦，我累了，你下去吧。"赵普闭上了眼睛，承宗悄悄退了出去，身上已经出了一身冷汗。对父亲，他是既尊敬又害怕，和母亲倒觉得更加亲近，有什么事情他都愿与母亲说。

赵普这病前后养了三个多月，才能由人搀扶着他下地行走，但仍无法上朝。这期间，太祖不断派人前来探病，并派了一个御医住在赵普家，日夜为赵普治疗。赵普更加死心塌地地为太祖效劳。在他的床前，摆着南汉、南唐的地形图，他一醒来，便仔细研究图形，一城一池、一山一水，都牢记在脑中。

自从太祖罢免王彦超等人节度使职权，并派人到地方征兵收钱以来，赵普的心情一直比较舒畅。他自知对冯瓒一事自己做得有些过分，唯恐太祖查明事情真相，追究自己责任。虽然太祖对自己依旧那么信任，但仍放心不下。想着想着，赵普不由得进入梦乡。在梦中，他与赵玭对簿公堂，唇枪舌剑，各不相让。太祖突然喝道："爱卿不得无礼！"赵普吓得出了一身冷汗，忙喊："陛下——"这一喊梦倒醒了，但耳边却是太祖在轻轻地唤他："爱卿，爱卿，何事唤朕？"赵普揉揉眼皮，果见太祖坐在屋内讲话，赶忙从床上滚倒在地："不知陛下驾到，有失远迎，死罪！死罪！"

太祖哈哈大笑，伸手扶起赵普，然后说道："爱卿不必拘礼。朕来时见卿熟睡，不忍叫家人唤醒。卿的身体近日可有好转？"

赵普忙道："陛下常赐臣良药，经过调理，日见康复。"

太祖点了点头，一眼瞥见案上的地形图，嘱咐道："爱卿要安心静养，不可过多分心。"

赵普猜测太祖此行一来是探视他的病情，二来可能是为商讨征南方略，便主动转移话题："臣卧病在床数月，不能为陛下分忧，深感愧疚。听说道州（治所在今湖南道县）刺史王继勋上书称：'南汉主刘鋹残暴不仁，屡犯我大宋边境，请速兴王师，讨敌伐罪。'不知陛下何日出兵南汉？"

太祖正色道："王继勋奏章，朕已阅过。众臣意见不一，朕原不想大动干戈，遗书南唐主李煜，令他转告南汉主刘铱，劝他称臣，归还所侵旧地。这刘铱却拘住南唐使者，下书李煜，语多侮慢。李煜已将刘铱原书上奏于朕，看来非逼朕用兵不可了。"

太祖讲出这一番话来，赵普知他决心已下，便接言道："陛下仁德，吊民伐罪，事出有因，闻听刘铱昏庸无能，荒淫无道，此时不伐，更待何时？！"

说到南汉，这里不得不略表一下其来历。那南汉东临南唐，北依后蜀，西至少数民族的大理，南为汪洋涨海（即南海）。始主叫作刘隐，在后梁时据有广州，后梁封他为南海王。刘隐死后，其弟刘陟袭位，僭号称帝，改名为刘龑。刘龑传子刘玢，刘玢又为其弟刘晟所弑，刘晟乃传子刘铱，即现在主政的南汉主。南汉辖岭南东西，虽一隅之地，但刘龑称帝后却骄奢淫逸，大兴土木，弄得民穷财尽，人人嗟怨。那刘晟性尤暴虐，日夜宴乐，荒淫好色。刘晟死后，长子刘铱嗣位。刘铱初名继兴，封卫王，即位之后，易名为铱，改元大宝。

再说太祖听赵普赞成出兵南汉，正合心意，便问道："爱卿以为何人可以挂帅？"

赵普不慌不忙，款款道出一个人来。

第三十回 遣子出征灭南汉
深谋远虑保刘铢

太祖决心征讨南汉，提到挂帅人选。赵普进言道："潭州防御使潘美可当此任，请陛下定夺。"

太祖喜形于色道："朕也有此意。看来挂帅征南汉者非潘美莫属。"

赵普与太祖事先并未通气，何以都认为潘美是最合适的征南主帅人选？只因潘美为人机敏多谋，善于用兵。周世宗时，潘美在高平之战中初露锋芒，以功迁西上阁门副使，出监陕州军，后改任引进使。太祖受禅后，潘美随太祖出征，平定李重进之叛，以功授泰州团练使。在他任潭州防御使时，刘铢数次进犯桂阳、江华，潘美都将其击退。溪峒蛮夷自唐以来，不时侵犯宋境，颇为民患。潘美直捣其巢穴，将领头者斩首，余加慰抚，夷部遂定。太祖对潘美很是赏识。最重要的是，潘美熟悉南汉地势、民情。

赵普见太祖也赞成潘美挂帅，便又奏请道："陛下，犬子承宗素有报国之心，但寸功未立，只徒有虚名。今番出兵南汉，可否让他随军前往，在潘美麾下效力。臣的一些想法承宗全都知晓，可随机采用。"太祖当下准奏，赵普感激不已。

开宝三年（970）九月，太祖任命潘美为加贺州道行营兵马都部署，朗州团练使尹崇珂副之，以道州刺史王继勋为行营马军都监，以赵承宗为从事，领兵攻打南汉。临行之时，赵普将儿子承宗叫到跟前，摊开南汉地图，面授机宜，反复叮嘱。赵承宗频频点头，牢记心中。

潘美奉旨率潭、朗等十州兵马，由潭州出发，兵锋直指贺州。你道宋军为何不麾兵直接南下，而要舍近求远，绕道西南？这原本是赵普的主张。潘美挂帅，知是赵普举荐，便对赵承宗礼遇有加，遇事先听他的意见，看赵普有何嘱咐，然后再结合战事，自己定夺。这舍近求远之策，为的是引南汉分兵出来，然后围点打援，歼灭其有生力量。

再说南汉主刘铱，荒于酒色，不问政事，一切大权均由内侍监李托与宦官龚澄枢掌握。所有南汉的亲王旧将，大都被谗杀殆尽。城壁壕隍，也都装饰为宫馆池沼。楼舰皆毁，兵器俱腐。等到宋军兵临城下，贺州刺史陈守忠频频告急时，刘铱才惊慌起来。这时龚澄枢握有兵权，刘铱便急命他赴贺州宣慰前方将士。

贺州兵士久戍边境，穷苦劳碌，听说龚澄枢前来，都等待着他的赏赐。不料，那龚澄枢两手空空，兵士失望了，再也不愿白白送死。

龚澄枢平日只会溜须拍马，哪里能够迎敌？闻听宋军前锋已抵芳林，距贺州只有三十里地时，吓得面如土色，悄悄弄得一条小船，只身逃回兴王府。宋军势如破竹，兵不血刃即至贺州城下。

刘铱闻报，只得另遣大将伍彦柔率舟师万余，溯郁江、贺水西上，北援贺州。潘美获悉，与尹崇珂、赵承宗等商议。赵承宗道：“我听父亲讲，南汉只有潘崇彻一人能征善战，但刘铢听信谗言，不予重用。这伍彦柔素来不会打仗，却自命不凡，目空一切。他来贺州途中，必在南乡一带夜泊，我们不如退兵二十里，在南乡设下三重伏兵，打他个措手不及。”潘美及众人听罢，连连称妙。

九月二十日，伍彦柔率部到达南乡，见天色已晚，果然便在舟中宿了一夜。次日早晨，伍彦柔舍舟登岸，挟着弹弓，坐着胡床，耀武扬威地指挥三军向贺州前进。岂料行至不远，宋军伏兵四起，杀声震天。南汉士兵猝不及防，顿时大乱。伍彦柔慌忙指挥众军士迎战，怎奈南汉军队早已被宋军分割成数段。潘美、尹崇珂率领兵将，奋勇厮杀，战鼓如雷。伍彦柔见大势不妙，方待逃走，被王继勋的铁槊迎头拍下，一命呜呼。宋军乘势冲杀，南汉士兵被歼十之七八。

贺州刺史陈守忠闻援兵惨败，仍据守不降。潘美让众将献策如何破城。王继勋勇武过人，主张硬攻。尹崇珂则认为将城团团围住，久困之下，让他自溃。潘美听后都摇头。赵承宗则道：“久困不攻，其援兵自至。还宜即刻攻城，但不须用兵。”

众人听后，都觉纳闷，攻城不用兵，闻所未闻，不知赵承宗有何高见。赵承宗道：“我们可让押送粮草、辎重的数千丁夫，换上宋军服装，披挂甲胄，携带铲土工具，挖土填埋濠堑，直抵城门之下，敌人心虚，定会拱手奉城。”

潘美认为这是个好主意，便命赵承宗全权负责此事，并聚集人马，挥舞旗帜，装出大举进攻的样子。赵承宗亲自带领丁夫填埋濠堑。陈守忠误以为宋军欲猛力攻城，自觉孤城难守，只好打开城门投降。宋军未伤一卒，便拿下贺州。

　　潘美攻占贺州后，怕南汉军从其两翼侧击，威胁宋军后路，便采取声东击西的策略：在主力西上的同时，又扬言要沿贺水顺流东下，直取南汉都城兴王府。

　　刘鋹得报，不知是计，慌得束手无策，忙与李托等人商议退兵之计。此时有人保荐被解职多年的宿将潘崇彻统兵迎敌。刘鋹还不想用，怎奈形势紧急，只得宣召潘崇彻，加封其为内太师、马步军都统等官职，领兵三万到贺州江口堵截。

　　潘崇彻是南汉唯一尚存的能征善战的老将，所率之军战斗力极强。不过，因无故被解除兵权，潘崇彻早已对刘鋹极为不满。他率军进驻贺江口后，闻宋军主力已攻至昭州（治所在今广西平乐县），便拥兵自保，观望不前。

　　十月，宋军攻破开建寨，杀南汉兵数千人，生擒南汉守将靳晖。昭州刺史和桂州（治所在今广西桂林市）刺史闻得宋军勇猛，连忙弃城逃走。宋军轻而易举占领昭、桂二州，接着又突然转兵向东，攻占连州（治所在今广东连州市），连州招讨使卢收率兵退保清远（今广东清远市）。

　　刘鋹闻知四州已失，反放下心来，认为这些州本来就是湖南的地盘，宋人得到这些地方就满足了，不会再往南来，因而放松了守备。不料宋军达到诱敌目的后，竟乘虚东进，直逼韶州。

　　韶州位于溱水（今浈江）上游和武溪水（今武江）的汇流处，是兴王府的北大门。韶州告急，刘鋹方才醒悟，急忙遣都统李承渥率十多万大军屯兵于韶州城北三里的莲花峰下，与宋军对垒。

　　那李承渥军中有六十头训练有素的大象，作战时列为一个方阵。每象载精卒十余人，均执兵仗，冲杀起来，居高临下，势如潮涌。大象体高皮厚鼻长，一般人近它不得，往往未战先惧。

潘美见状毫不惊慌，哈哈大笑道："南汉人用大象来壮军威，我看它却是儿戏！"便命军士准备强弓劲弩。

两军交锋时，李承渥果然排出象阵。那六十头大象威风凛凛，四腿如柱，行动起来十分敏捷。潘美将强弓劲弩射手排在阵前，待大象向前移动，一声号令，众箭齐发，密如疾雨，飞向象阵。大象负伤受惊，掉过头来，纵横奔闯，将南汉兵阵冲散。象背上的士兵纷纷坠地，大都被象踩死。宋兵顺势掩杀，攻入韶州，李承渥仅率数人逃走。

你道潘美如何事先预备好那么多强弓劲弩？原来，赵普早已听说南汉军中有个象阵，十分了得，遂想出用强弓劲弩破阵。赵承宗临行时，赵普告诉他，如李承渥排出象阵，便将此法告知潘美。宋军这才得以大获全胜。

刘铢闻听象阵为宋军所破，韶州失守，大为震惊，急令在城外挖掘壕沟，以求固守。在朝堂上，刘铢战栗失色，见诸臣都面面相觑，无人敢去迎敌，只急得大哭回宫。

宫媪梁鸾真见状赶忙安慰，荐她养子郭崇岳前去退敌。刘铢此时急于用人，哪管郭崇岳能否胜任，便召郭崇岳入宫，面加慰抚，授官招讨使，与大将植廷晓率兵六万，驻屯马迳，列栅扎寨，抵御宋军，守卫兴王府。

开宝四年（971）正月，潘美为解除侧后的威胁，连克英州（治所在今广东英德市）、雄州（治所在今广东南雄市）。赵承宗又毛遂自荐，单骑到贺江口，独见潘崇彻，凭着三寸不烂之舌，进行劝降。潘崇彻见大势已去，遂率部降宋。随后，宋军一路所向无敌，很快进抵泷头，逼近兴王府。

郭崇岳一无智，二无勇，专喜迷信鬼神，日夜祈祷天兵天将降临以退宋军。宋军已至泷头，郭崇岳见宋军兵势甚盛，胆裂魂飞，返报刘铱道："宋军已到泷头，看来马迳也难保全，主公应固守城池，再图良策。"

刘铱噤若寒蝉，为保住社稷，慌忙遣使向宋军求和，请求宋军罢兵。潘美出征前，太祖曾交代，只允许南汉战、守、降、死、亡（走）。潘美哪敢违旨，坚决拒绝南汉请和，以南汉使节为人质，率兵疾进，越过泷头天险，屯兵双女山，距兴王府仅十里距离。

宋军兵临城下，刘铱不想被俘。这时只有最后一条出路：浮海逃生。于是刘铱急备十余艘船舶，悉载金银珠宝、妃嫔内宠，准备外逃。不想尚未出发，宦官乐范就先勾结卫兵千余名，盗船遁去。刘铱欲逃不成，只得再度命左仆射萧漼、中书舍人卓惟休诣宋营乞降。潘美将两人扣住，送往汴京，继续进攻。

刘铱见使者迟迟不归，又拟遣弟刘保兴率百官出迎宋军。郭崇岳入阻道："城内兵尚数万，何妨背水一战。战若不胜，再降未迟。"刘铱遂改派刘保兴于二月初一率所部进至马迳，增援督战。此时南汉军虽有十万之众，但将帅无能，屡战屡败，士气低落，不堪一击，

二月初四，宋军进攻马迳。南汉将领植廷晓道："宋军乘席卷之势，其锋不可当也。我兵丁虽众，然皆伤疲之士，如不拼死一战，必将坐受其毙矣。"遂领前锋据水而阵，令郭崇岳殿后，防宋军背后冲击。植廷晓出栅迎敌，力战不胜而死。刘保兴、郭崇岳见势不好，拨转马头，奔回营栅。

郭崇岳不懂兵法，依江岸设置木栅，缩在栅内坚壁不出。

潘美早已想好对策，他瞅了一眼身旁的赵承宗，二人异口同声："火攻。"说罢，相视大笑。

当晚，天刮起了大风，宋军调集数千民夫，每人各持两炬，从小道接近南汉军营，万火齐发。火借风势，风助火威，烟焰蔽天，各栅尽已烧着。南汉军士狼狈逃窜，被烟火迷了出路，都成了焦头烂额之鬼。宋军趁机进攻，杀死南汉军几万人，郭崇岳死于战乱之中，只有刘保兴逃回城中。

刘𫫇这时已无半点主意，便找龚澄枢、李托商议。二人献计道："宋军远来，无非贪我珍宝财物。如我们先将珍宝毁去，留一空城，他们必不能久驻，自然就会退兵。"刘𫫇哪有什么主见，听任龚澄枢、李托派人纵火焚烧府库宫殿。一夜之间，刘𫫇几十年来搜刮到的民脂民膏，全部化为灰烬。城内百姓不知因何起火，登时大乱。第二天，宋军进至白田，刘𫫇衣素出降，潘美代太祖宣布赦他无罪，宋军进入广州兴王府，俘刘𫫇宗室、文武官员九十七人。刘保兴逃入民舍，也被擒住。至此，南汉灭亡。

消息传到汴京，君臣同庆。赵普病已康复，得知儿子也立了功，非常高兴。这日，赵忠进来说道："老爷，夫人请您去她房中说话。"

赵普十分奇怪，夫人何以这样郑重，要自己到她房内说话？究竟要与自己谈什么？带着疑问，赵普走入夫人房中，只见夫人正襟危坐，神情严肃。赵普一躬扫地道："夫人有何吩咐？"

"坐吧，"夫人指了指旁边的椅子，"今天我想与你谈谈两个儿子。"

"谈儿子？"赵普纳闷。

　　夫人说道："承宗已经长大了,可他现在还没有官职,别的官员的儿子早已被封为这个官、那个官了,你就不能为儿子着想,向圣上说明情况,为承宗要个官吗?"

　　"哦,"赵普这才恍然大悟,哭笑不得,"要官?承宗寸功未立,你让皇上怎么给他封官?别人的公子我管不着,但既然是我的儿子,就不能凭借我的功劳去谋取一官半职,而要靠自己的本领。"

　　夫人反问道："那这次征南汉,承宗不是立大功了吗?"

　　"这不也是我求皇上给他的机会吗?有机会,就看他能不能抓住。儿子果然没有令我失望。当今皇上乃是明主,他自然会论功行赏,你尽管放心。"赵普非常自信。

　　夫人这才明白赵普派儿子承宗出征的苦心,她的口气缓和了下来："承宗从来不让我操心,可承煦太不像话了。他现在越来越不认真读书,一门心思要跟赵忠学武。"

　　"真的?"赵普非但没有生气,反而特别兴奋,"一文一武,太完美了。"

　　夫人惊讶地问道："什么,你竟然同意承煦习武?"

　　"那是自然。我和承宗注定只能是个文官了,咱们家出个武将有什么不好?怕只怕承煦现在学武太晚了!"

　　"爹爹,不用担心,赵忠早就教我了。不信你看?"赵承煦不知从哪里跳了出来,还摆了几个架势,连夫人也露出了笑容。赵普满意地点了点头。

　　再说刘铢等人被押至汴京,太祖在崇德门亲见汉俘,当面宣谕,斥责刘铢暴虐百姓、横征赋税之罪。这时,刘铢为保住性命,竭力为自己开脱："臣年十六僭位,龚澄枢、李托等俱先父旧臣,每事统由他们做主,臣不得自专。所以臣在国时,澄枢等是国主，臣实似臣子一般，还乞皇上明察！"奏毕，伏地待罪。太祖立命大理寺卿高继申审讯龚澄枢、李托诸人，尽得奸、贪、谄、谀种种情状，遂将龚澄枢、李托等推出午门外斩首。

太祖召集群臣商议如何处置刘铱。赵普出班跪奏道："刘铱淫暴成性，刁顽不智，临威诈降，旋即又纵兵相抗，焚毁珠宝，这些罪行四海尽知，着实可恶，理当将其枭首示众，告慰天下！留着也是尸位素餐，无补于国。可如今天下未定，敌国尚多，若将刘铱头颅悬于国门，虽能以儆效尤，震慑他敌，亦恐其他敌国心惊胆战之余，不肯再降，使我大宋一统天下的进程受阻。臣以为宽以待之，使其知恩知惧，苟延残生，倒于我大宋有利。请陛下明鉴。"

第三十一回 施巧计智除仁肇
挟私心密告则平

　　赵普奏完，太祖觉得宰相之言卓有远见。不斩刘铱，自己可落仁德美名，也会使其他敌国免去恐惧，一举两得，何乐而不为？于是，太祖便以刘铱在位未掌实权为由，诏赦刘铱，并赐袭衣、冠带、器币、鞍马，月俸外赐钱五万、米麦五十斛，授他为右千牛卫大将军，封恩赦侯。

　　刘铱做梦也没想到，自己不但死罪获免，还能受封，不由高兴得频频叩首谢恩。太祖另赐大宅留他在汴京居住。刘保兴亦受封为右监门左仆射，南汉其他官员也都授了职位。

　　潘美率军凯旋，太祖对众将大加赏赐，分别晋爵。为感赵普举荐之恩，潘美在太祖面前历数赵承宗的功绩。太祖特赐赵承宗为羽林大将军，为潭州知府。潘美回汴京，随行运来四十六瓮美珠、四十六箱金银，皆是刘铱的私财，请太祖处置。

　　太祖瞧着这些金银珠宝，顺手抓出两颗美珠，在手掌上掂了掂，并看了一眼自己案上的珠子，踌躇了好一会儿说："比朕的这颗还大出许多呢！"说时用目光瞥着赵普，似乎在征求他的意见。

赵普捋须微笑道："臣听说南唐主李煜有一颗大珠，更是稀世之宝，只是很少有人见过。陛下有意于此吗？"

太祖若有所思道："只是传闻，怎得一见？"

赵普见太祖领会其意，不由得君臣相视而笑。看来征讨南唐，二人不谋而合，剩下的只是时间早晚的问题。于是，太祖下令将运回的金银珠宝如数还给刘鋹。

且说南汉既平，南唐主李煜惊恐异常，坐卧不安。你道为何？只因南汉被灭后，南唐便失去了长江天险，处于宋朝的三面包围之中，随时都有遭吞并的危险。

那南唐是南方割据势力中比较强大的国家之一，为十国中吴将李昇所建。李昇本是孤儿，在战乱中为吴武帝杨行密所收养，后为吴国丞相徐温养子，改名徐知诰。徐温死后，徐知诰被封为齐王。吴天祚三年（937），徐知诰称帝于金陵，改年号为昇元，国号大齐。昇元三年（939）复姓李，改名昇，国号改为唐，也就是历史上说的南唐。

李昇在位七年而亡，其长子李璟嗣位。李璟原名璟通，即位后改名为璟。不久他开始对外大规模用兵，东灭闽，西吞楚，有地三十六州。由于地处江南繁华之地，故府库充盈，物力丰厚。李璟自恃国富民强，便慢慢变得骄奢淫逸起来。后被周世宗打败，江北之地尽失，从此国力一蹶不振。李璟遂削去帝号，改称国主。

李煜乃李璟第六子，性聪悟，善属文，工诗画，明音律，是位难得的才子，历史上称为李后主，深受李璟喜爱。李煜即位以后，整日吟诗作词，迷恋声色，笃信佛教，所任官员多为文士，国势更衰。宋朝建立，李煜便称臣纳贡，对太祖俯首听命。

为稳住太祖不要发兵南唐，开宝四年（971）四月，李煜派其弟李从善向宋朝进贡，借以探听消息。太祖厚待李从善，除赏赐外，还赠予他白银五万两，作为赆仪①。

你道太祖出手为何如此慷慨？只因江南国主李煜曾派人密赠赵普白银五万两，赵普哪敢收受，据实禀奏太祖。太祖道："卿尽可受之，只复书答谢，少赠来使就是了。"赵普推辞道："我身为宋朝大臣，岂能接受南唐钱财，臣不敢奉旨。"太祖笑道："大国不宜示弱，但当令其不可测度，卿不必辞。"至李从善入朝，太祖乃特地赐银，仍如李煜贿赵普之数。李从善返回南唐告知李煜，君臣都惊疑不安，不知太祖何意。此次李从善进贡之时，李煜并上表乞去国号，改印文为"江南国主印"，且请赐诏呼名。太祖欣然应允李煜所求。

开宝五年（972）二月，李从善又来进贡，太祖欲让李从善返回南唐。赵普拦阻道："陛下，臣以为不如以李从善多才之名，将他留在京师，授予官职，赐他宅第。这样一来可给南唐施加压力，使它有所忌惮；二来可从他身上探得南唐消息，关键之时说不定还能派上用场。"

太祖闻奏甚觉有理，遂授李从善为泰宁军节度使，赐第留住京师。李从善哪敢违旨，只得函报李煜。后主上疏求遣弟归。太祖不许，诏谕后主道："从善多才，朕将用为辅佐，当今南北一家，何分彼此，愿卿毋虑。"李煜摸不透太祖意图，便常遣使私至李从善处，互通声气。

南唐江都留守林仁肇密书李煜，陈述规复江北旧境的计划："淮南戍兵未免太少，宋前已灭蜀，而今又灭岭南，道远

---

① 赆仪：送别时赠给的财务。赆，音 jìn

师疲，有隙可乘，请借臣兵数万，自寿春径渡，规复江北旧境。他纵发兵来援，臣当据淮捍御，与决胜负。要是怕势不能敌，当起兵之日，请把臣作为叛臣奏闻北朝。幸得胜仗，国享其利，否则可戮臣全家，以明陛下实无二心。"可惜林仁肇一片丹心，李煜却因畏惧宋朝，不予准奏。

林仁肇不甘心坐以待毙，又奏请李煜道："吴越是我国仇人，他日必与宋朝联合，协力对付我国。臣假作反叛，陛下便宣言讨臣，臣便往吴越乞兵。等他到来，偷袭于他，便可取得吴越之国了。"怎奈李煜只求苟安，无甚雄心，仍不准林仁肇所奏。

太祖久闻林仁肇智勇兼备，是江南诸将的翘楚，故划江自守，暂不兴兵征讨江南。恰逢谍者又密报林仁肇请李煜规复江北及诈取吴越的计划，太祖十分恼怒，决心除掉林仁肇这个心腹之患，便急召赵普入宫，商量计策。

赵普早已胸中有数，从容不迫地禀道："陛下，臣屡思欲取南唐，必先除去林仁肇。臣有一计，不知可否。"

太祖喜上眉梢，连道："爱卿，但讲无妨。"

赵普接着道："李煜素来多疑，臣以为不妨设下离间计，这样陛下不费吹灰之力，就可让南唐人自相残杀。"

太祖听完赵普详奏后，正中下怀，就请赵普派人施行离间计。

李从善在宋朝，南北通使，不绝于道。赵普即遣一画师同往，伪充使臣，往见林仁肇，将他面目形容窃绘下来。至李从善入觐，即将绘像悬挂别室，由廷臣引导他进此室。廷臣故意问李从善是否认识此人，李从善见了，惊愕道："这是敝国江都留守林仁肇，何故他的画像悬于此处？"

廷臣假意嗫嚅道：“足下已在京供职，同在一殿称臣，不妨直告。只因当今圣上爱林仁肇多智足勇，遣使劝降。他愿遵旨来归，先献此像为信。”说罢，又引李从善至一邸第，内中供张什物，莫不齐备，而且珍宝充盈。廷臣对李从善说道：“这座府第，是圣上特为林仁肇预备的。将来他入朝之后，定有享不尽的荣华富贵。”

李从善将信将疑，回到私邸，忙作书驰告李煜，查访林仁肇究竟有无异志。李煜得书，急宣林仁肇入朝，诘问他可曾接到宋主诏书。林仁肇莫名其妙，自然答称没有。李煜哪能相信，也不访明底细，当下赐林仁肇御酒，暗中置鸩。林仁肇怎能料到李煜要加害于他，于是将酒饮将下去，辞归私邸，当下毒性发作，七窍流血而亡。可怜林仁肇忠心耿耿，却不明不白冤死在自己的主公手中。

太祖闻得林仁肇已被毒杀，江南再无能将，心中欣喜，只待有名，便好派兵遣将征伐江南。李煜却不知中计，反认为林仁肇既除，国内便不再有图谋不轨的人，从今可以高枕无忧了。

太祖欲讨平江南，一时难以找到发兵理由。这日在宫中冥思苦想，仍无好的办法，便决定微服到相府中与赵普商讨对策。谁知刚行至相府，恰值吴越王钱俶差人寄书给赵普，且赠有海物十瓶，放在客厅。骤闻太祖微服前来，赵普仓促出迎，来不及将海物收藏。太祖进得府来，一眼望见十瓶海物，即问瓶中有何宝物。赵普料知难以隐瞒，遂据实奏道：“此乃吴越王钱俶馈臣的海物。”

太祖来了兴趣，便道：“海物必佳，何不取出一尝。”

赵普不敢违旨，便取瓶启封，揭开一看，哪里有什么海物，瓶内满满贮着瓜子金，黄光灿然，耀眼生辉。赵普顿时脸色涨红，局促不安，手足无措。他原以为钱俶送他海物尝鲜，万没想到会是黄金满瓶，这岂不犯下欺君之罪？想到这里，赵普脸色又变得煞白，连忙跪倒在地，顿首奏道："臣尚未打开信，实不知瓶内装有黄金，才据来人所言，以海物奏禀陛下，尚乞恕罪！"

太祖心中犹如打破五味瓶，实在不知是什么滋味。他待那吴越王向来不薄，建国之初，就封钱俶为天下兵马元帅。钱俶为表忠心，也每岁进贡，从不间断。一年中向宋进贡白银万两，犀、牙各十株，香药十五万斤，金银、珍珠、玳瑁等器物不可悉数。钱俶奉太祖命，与妻孙氏、子维濬入朝，太祖遣皇子德昭盛情招待，并特赐礼贤宅，还亲自查看供应之物。钱俶入觐，太祖回回赐座赐宴，并命赵光义与钱俶结拜为兄弟。万万没想到钱俶竟贿赂赵普，看来赵普权重朝野，连别国都以为他是个能呼风唤雨、说一不二的人物，故而主动巴结于他。前次南唐后主李煜密馈赵普白银五万两，太祖心中已然不悦；此番钱俶赠金，太祖更是不快，故而有意对赵普叹道："你也不妨受了此物，他的来意十分明白，以为国家大事都是由你书生做主，所以格外厚赠的。"

听话听音，锣鼓听声，太祖讥讽之意，赵普自然听得明白。他还想辩解几句，但太祖说完也不停留，更不说明此行来意，径自回宫去了。赵普只能匆匆遥拜，心中惶惶不安，十分懊丧。

太祖走后，赵普一人独坐书房，盘算着太祖将如何处置自己。他从太祖的口中分明听出了他对自己的强烈不满，虽然自己并无过错，事先毫不知情，但太祖怎能明了这些？赵普满肚子的委屈，不知向谁倾诉。

门"吱扭"一声开了，赵忠手上端着茶盘，小声说道："老爷，我敲了几下门，见没动静，就自己开门了。老爷，您哪里不舒服？要不要请个医生？我看您脸色不好看。"

赵普苦笑着摇了摇头道："不用了，我没有病。你坐下来，咱们很久没有聊聊了。"

赵忠迟疑着不敢坐下，赵普硬将赵忠按在椅子上，他实在太需要和别人倾诉一番了。

赵普开口问道："赵忠呀，你跟我这么多年了，你说真心话，我这个人怎么样？"

赵忠回答："老爷秉正刚直，一心为公。圣上有了老爷这样的好帮手，真是轻松多了。老爷就是有一个缺点，我不知该不该说。"

赵普客气地说道："请讲！"

赵忠诚恳地说道："老爷一天到晚只知看公文，为圣上出谋划策，对夫人和少爷关心得太少了。另外，老爷也太不注意身体，大病刚好，就又这么劳累，我看着都心疼。"

赵普的心里酸酸的，他真希望太祖就在跟前，亲耳听听赵忠说的话。为了辅佐太祖登基、立国，他真可谓呕心沥血，有时候不得已还要出主意将对手置于死地。虽然他得到了自己早就向往的相位，可其中的酸甜苦辣又有谁能知道。赵普不禁脱口而出道："伴君如伴虎呀！"

赵忠惊讶地望着老爷，心想老爷与圣上的关系非比寻常，怎还会有这种感慨？只是官场上的事可不是他能说清楚的，赵忠只好默不作声。

赵普把赵忠当作自己的心腹之人，说话也就无所顾忌：

"我与圣上自小相识，一直佩服他的深谋远虑，故此甘心辅佐于他。圣上待我也不薄，给我高官厚禄，使我祖上增光。可总有些人在圣上面前说我的坏话。明枪易躲，暗箭难防。这次又让圣上看到吴越送来的黄金，圣上更不知该如何想呢！"说到这里，赵普长长叹了一口气。

赵忠这才知道老爷为着何事烦恼，忙劝道："老爷，圣上可能是一时气话，过后就忘了，您千万不要往心里去。不过，不管发生什么事情，我都要跟在老爷身边。"赵普感动得握住了赵忠的手。

不料此事未平，风波又起。也是赵普该走背运，太祖回到宫中，余怒未消，三司使赵玭又来密奏，说赵普为建造宅第，曾命亲吏往秦、陇购买大木，贩卖牟利，当属不法。当时，太祖曾颁诏禁止私运秦、陇大木，往来倒卖，借博厚利。赵普暗地命人往购，已属违旨，贩卖渔利，尤为可恶。赵普知法犯法，太祖不由心头火起。

前文曾讲过赵玭密奏，状告赵普陷害冯瓒一事，太祖因赵普在病中仍忧国事，便按下不提。为何赵玭又要二次状告赵普？他二人究竟有何过节？这里要略做交代。

赵玭是澶州（治所在今河南濮阳市）人，家中十分富有。后晋天福年间，因捐纳粟以助边境之用，补集贤小史，调濮州司户参军，后为李重进的从事，做过几州观察判官。宋乾德元年（963），赵玭出任泰州刺史，乾德二年（964）改任左监门大将军、三司使。赵玭性格狂躁婞直，与赵普不知为何格格不入。自从状告赵普后，他原以为可以扳倒这个当朝宰相，谁知太祖对赵普不加追查。赵普病愈后，赵玭日日心神不安，惧怕赵普打击报复，便以足疾为由求请解职。太祖不准。待赵普重又主持政务，赵玭三司使一职被罢，只留任左监门卫将军本官。赵玭便以为是赵普从中寻隙，故而怀恨在心，暗中察访赵普所为，务必要拿到证据，以便把赵普彻底扳倒。

太祖看着赵玭献上的密疏，忽然想到：一年多未去相府，此次才发现相府与以前大不一样。原先赵普府邸极其俭朴，现在除外门仍皆柴荆、保持原貌外，府内建筑经修葺改建，已焕然一新，显得富丽堂皇：大小庭院前后套叠，曲径通幽；花墙楼阁高低错落，逶迤相接。各式建筑规模恢宏，装饰精致。前厅朴素简雅，仍摆十只式样古朴的椅子；后厅却雕梁画栋，中间置用银杏木精雕的月宫门，以屏风分割。赵玭密疏上还讲，赵普修葺改建相府，曾以麻捣铜钱一千二百贯涂于壁上，可见其奢侈之极。

想到此处，太祖愈加生气，不禁大怒道："为相者如此贪得无厌，何以表率百僚，治理天下？！"遂召翰林学士承旨入宫，命拟订草诏，即日驱逐赵普。

第三十二回 讨人情力保名相
遵法度升迁良将

闻听太祖欲逐赵普，朝中老臣纷纷出面为赵普讲情。石守信、高怀德、王审琦、韩重赟联名保本，奏称赵普赤胆忠心，辅佐圣上，其智谋过人，堪负重任，今天下未定，不宜罢其相位。

太祖阅过此本，心中不胜感慨。当年义社兄弟韩令坤、慕容延钊、张令铎、罗彦瑰等人都已作古，剩下的这四位兄弟虽然已不在其位，但为了大宋江山，他们仍出面力保赵普。太祖心里明白，当年组织义社，是赵普出谋划策、四处联络才办成的，这些兄弟对赵普感情当然很深，出面说情自在情理之中。

出乎太祖意料的是，一日燕国长公主进宫朝见。自杜太后病殁后，燕国长公主便很少进宫，与高怀德做恩爱夫妻，过着舒适平静的生活。但听说太祖要逐赵普，燕国长公主便念起赵普作伐之功。当初洞房花烛夜，她与高怀德便都感恩于赵普，但事后总找不到报答的机会。如今赵普有难，她焉能坐视不理，便拖着病弱之躯，进宫求见太祖。

太祖得知燕国长公主到来，立即在后宫召见。看到妹妹身体虚弱，太祖很是担忧，忙赐座献茶。还未等到太祖询问，燕国长公主便先奏道："皇兄，赵普为官多年，政绩有口皆碑，对陛下更是矢志不二。为官一朝，难免为廷臣所忌。望陛下不要误听小人谗言，伤了君臣之间多年的感情。"燕国长公主近来身体不爽，说话断断续续，气喘吁吁。

太祖没想到妹妹前来是为赵普求请。太后去世后，他因忙于国事，平日对妹妹关心甚少。太祖自知自己对妹妹疏于关照，又不忍再让病中的妹妹受到刺激，便委婉地说道："妹妹请放宽心，先将身体养好。赵普一事，朕已派人详加调查。朝堂之上还要听取众臣意见，然后视情况处置。"燕国长公主听太祖如此一说，才放心回府。

且说赵普在府中早已知晓一切。他采取静观其变的态度，并不主动找太祖辩说明白。因为此时为己解脱，只会适得其反，越描越黑。他为何不愿出面讲清事情原委，这里有个缘故。只因他修葺相府，欲用大量秦木。身为宰相，他哪敢公然违反朝廷禁伐禁贩之令，于是借朝廷遣供备库使李守信到秦、陇买大木的机会，托他以公挟私，将秦、陇大木用巨筏运至京师修葺府邸，所过关渡，都矫称为公制木。不料李守信却挟带多余大木，冒用赵普之名，尽数售出，牟取暴利。这事如实挑明，岂不将李守信害了？何况此事赵普自身也有过失，故而他宁受其辱，甚至蒙受不白之冤，也不愿把事情的来龙去脉和盘托出。

待事情基本查清，这日太祖升朝，就如何处置赵普一事征求百官意见。只见太子太师王溥出班奏道："陛下，臣闻供备库使李守信私贩秦、陇大木，冒赵普之名从中渔利，又盗用府库之钱无数，东窗事发，自杀于他的府中，实乃罪有应得。赵普精通治理国家之道，资历很深，一片忠心，人人尽知，是朝廷的中流砥柱，宰相之职乃众望所归。赵玭为人狂悖，多忤上旨，诬告大臣，混淆视听，坏我朝纲，实属可恶。望陛下明鉴。"

王溥是三朝元老。宋开国之初留任的三位宰相中，范质、魏仁浦都已先后故去，只有王溥健在。因此，太祖平时格外恩宠王溥，十分尊重他的意见。王溥此番奏本，不仅为赵普洗刷冤屈，还对赵玭诬罔大臣，表示愤慨。太祖也态度骤变，非但不再逐出赵普，反而在殿上怒责赵玭，命武士将其拖出掌嘴。

赵普本也有过，见太祖欲治罪赵玭，心中不安，忙出班奏道："陛下，赵玭之过，臣以为也是他出于对圣上的忠心，且请宽容。"赵普出面求情，太祖方才宽罚赵玭，将他黜为汝州（治所在今河南汝州市）牙校。

这场风波过后，赵普心态反而平静下来。他在内心劝慰自己：生死有命，富贵在天。自己位居宰相，免不了做出错事，也不可能永居其位。太祖待己已大不如前。当初，二人亲如兄弟，太祖一家视他为家人，不分你我。现今，大业已成，君臣有别，这次幸免于难，多亏众位老臣出面解救，以后的仕途只能顺其自然。但只要留得一口气在，他还会同过去一样，忠心耿耿地辅佐大宋王朝，矢志不移。自此，赵普恢复往常样子，该奏就奏，该讲就讲。放下了包袱，他反倒感觉一身轻松。

这日太祖临朝，按照朝廷旧例，为有功绩的官员增加俸禄，给予升迁，开封府尹赵光义、兴元府尹赵光美、贵州防御使赵德昭、宰相赵普都增食邑。宣徽南院使、义成军节度使曹彬在其位任职已有九年，这次却没有加官晋爵。赵普觉得于理不公。虽然他与曹彬并无瓜葛，但一个官员的升迁涉及国家法度，不能以皇上个人好恶来决定。于是赵普出班奏道："陛下，宣徽南院使曹彬战功显赫，仁敬和厚，在职位上日子已久，照制应予晋级。"

"官员晋级，是朕的事，爱卿不要多言。"太祖将赵普驳回。

赵普并不罢休，仍进言道："陛下，刑赏是天下的刑赏，并不是陛下一个人的刑赏，这是古今普遍的常理。因此就不能根据陛下一个人的喜怒来专断决定。"

太祖听罢，心头火起：这赵普也太狂傲，刚免过他的罪，他不知收敛，倒教训起自己来，这不是当众蔑视天子吗？想到这里，他火冒三丈，大怒道："曹彬功过，朕心中自然有数。他何时升迁，不由朕决定，难道还要由你宰相决定吗？"

太祖震怒，众臣惊慌，赵普却处之泰然，还是坚持己见："臣以为刑赏得当，关系到社稷安危。曹彬理应升迁，还望陛下三思。"

太祖见赵普无尽无休，怒气更盛："朕就是不给曹彬晋级！你不要纠缠不清，勿得多言！"说罢站起身，一甩袍袖，怒气冲冲退朝而去。

暂且按下赵普不表，这里先将曹彬身世及太祖为何不给他晋级交代清楚。

曹彬出身显赫，追溯其先祖，可列周文王一支。他周岁时，父母以百玩之具摆在席上，观其所取。曹彬左手拿兵器，右手取豆子，不一会儿又拿一个官印，其他一律不看，人们都十分奇怪，认为他成人后必非常人能比。

曹彬气质淳厚，为人谨严，生活简朴。显德五年（958），他出使吴越，吴越人私赠他东西，他一律拒收，临行时，吴越人驾轻舟追上曹彬，坚持让他收下礼物。曹彬最后没办法，只得道："为人应以名节为重，故此我才一再拒之，如今无奈暂且收下。"回朝以后,曹彬将礼物如数上交。周世宗命他收下,曹彬不留一文,将礼物全部分给亲朋故旧。周世宗嘉其行,升其为晋州兵马都监。

太祖即位,曹彬中立不倚,非公事从不进宫,群臣宴会,也很少参加。太祖十分不解,便召曹彬入宫,试探道:"朕从未轻待你,你为何总是疏远朕?"

曹彬叩头谢罪道:"臣为周室近亲,唯恐获过,怎敢妄有交结!"太祖自此才对曹彬有所了解。此后,曹彬屡立战功,太祖授其左神武将军兼枢密承旨。乾德二年(964),宋军伐后蜀,他从军任都监,为平定后蜀立下汗马功劳。攻打北汉时,他又任前军都监。

且说太祖退朝后,赵普尾随太祖身后来到后宫。太祖进入宫内,赵普就在宫门外徘徊。时间已经过去几个时辰,他仍然耐心地等候太祖息怒后重新做出决定。

太祖回到后宫,先去看望花蕊夫人的病情。这花蕊夫人虽没被立为皇后,太祖却对她痴情不减,依旧宠幸于她。近来,花蕊夫人身体有恙,太祖每日退朝必先来后宫探望她。今日,花蕊夫人精神略好,见太祖怒形于色,娇声说道:"陛下要保重龙体,切勿怒气伤身。"

太祖在这娇美人儿身边坐下,闻着她身上散发出来的异香,听着她那软绵绵、娇滴滴的声音,满腹的怒气被冲掉了,心情一下子舒畅起来,便将赵普在朝上纠缠之事略述一遍。花蕊夫人平日从不介入政事,但对赵普还是颇有好感,于是淡淡地随口道:"赵普对陛下披肝沥胆,勿要怪他。"这时内侍王继恩来报,宰相赵普在宫门外踯躅多时,说是不见圣驾,绝不回府。太祖心中一震:赵普与曹彬并无私交,竟为曹彬晋级如此出力，其情可谅，遂命召赵普入宫。

赵普奉诏入宫，参拜太祖后，重又提起曹彬一事。太祖缓缓道：“王全斌等平蜀时，杀蜀降兵二万七千人，违背朕的旨意。朕念他们有功，虽犯法，不把他们交予刑部处理，只作降职处置。朕听王仁赡讲，曹彬本未参与贪财杀降之事，怎奈他自己一口承认。朕素知曹彬仁厚清廉，所以未予深责，还授他为宣徽南院使、义成军节度使。如今王全斌等受责未恢复原职，再给曹彬晋级，如何服众？”

赵普听罢太祖所言，方才恍然大悟。他心中暗想：曹彬为人耿直，刚正不阿，这件事想起来颇有可疑之处，只因众将甘心认罪，当时并未仔细调查，莫非其中另有蹊跷？赵普接着奏道：“曹彬向来宽厚待人，将士有口皆碑，其中也许有曲折因由。臣恳请陛下给我一些时间，以查明此事真相，免得冤屈无辜。”

赵普说完，只见太祖一言不发，皱着眉头，在屋里踱来踱去。太祖心想：如果同意赵普所奏，曹彬实属冤枉，那就等于自己打自己嘴巴，君无戏言，说出的话岂能收回？但要不同意赵普所奏，一则赵普不会就此停手，说不定会一奏再奏，实在烦人；二则曹彬乃朝廷重臣、军中的帅才，若因此抑郁在心，也于江山社稷不利。太祖思来想去，反复琢磨，缓缓说道：“朕就给你十天时间，令你全权负责此事，一旦查清，尽快告诉朕。”

赵普叩头道：“王全斌等人俱已不在京城，请陛下再宽限些期限。”

“那就二十天吧。”太祖一锤敲定。

赵普回到府中后，立刻让人以自己的口吻写了几封信，派家丁快马分头送往攻打后蜀的将领手中。攻打后蜀乃乾德二年（964）年末之事，此时已到开宝六年（973）初，相隔多年，要想将事情查清楚，实属不易。然而赵普却不辞辛苦，终于辗转得到攻打后蜀的主帅王全斌、副帅刘光义、都监王仁赡的信件，最后又亲与曹彬本人查对，终于将事情始末弄了个水落石出。

原来，当年王全斌攻进成都之后，自以为立了大功，便骄恣起来，昼夜酣饮，不问军务，对部下掠取百姓财帛、奸淫妇女之事亦听之任之，后蜀民众怨声载道。曹彬实在看不惯此等行为，屡次敦请王全斌班师回汴。王全斌等非但不听，反而变本加厉，肆意贪财，嗜杀好淫。曹彬不得已，只得严禁自己部下烧杀抢掠。

此时又值太祖下诏，命王全斌押送后蜀降兵赴汴京，并厚给降兵钱粮。王全斌贪婪心起，不遵谕旨，克扣钱粮，故而蜀兵大愤，行至绵州（治所在今四川绵阳市），竟揭竿为乱，自号"兴国军"，应者云集，计有十余万众，并强推全师雄为帅。两川人民因恨宋兵掳掠奸淫，群起响应，愈聚愈众，势不可遏。

王全斌闻报，甚为惊惧，急遣朱光绪率七百骑兵前去安抚乱众。哪知朱光绪妄逞淫威，非独不抚慰乱众，反倒先拿了全师雄家族，一一杀毙。唯有全师雄的女儿因生得花容月貌，姿色可人，被朱光绪逼为妾媵，得以活命。全师雄本不愿意背叛朝廷，正在设法劝谕众人归顺大宋，闻得急报，气得死去活来，便连夜进兵，攻占了彭州（治所在今四川彭州市），自称"兴蜀大王"。

王全斌急派崔彦进、崔彦晖兄弟及张廷翰率兵征讨，却屡战屡败，崔彦晖阵亡。当时成都城中尚有二万七千名降兵，王全斌深恐他们响应叛贼，想全部杀掉。曹彬闻听，急忙拦阻。王全斌哪里听得进去，还让曹彬在文案上签上其名，表示同意。曹彬不从，后来又想办法拿得文案。王全斌见状也不勉强，仍尽诱降兵进入夹城，团团围住，杀得一个不留。消息传将开去，远近蜀兵齐拒官军，西川十六州同时反叛。王全斌此时才真的茫然失措，连忙飞奏朝廷，请兵救援，一面令刘光义、曹彬相机讨剿乱兵。

刘光义廉谨守法，曹彬宽厚有恩。他们二人在攻打后蜀时，严格管束部下，一路秋毫无犯，故军民畏威怀德，甚是心服。这回奉了将令，从成都出兵，仍守军律，绝不扰民。沿途百姓望见刘、曹二将旌旗，无不拱手相迎，争献酒食，以犒三军。到了新繁，全师雄率众迎战，才一对垒，宋军大呼："降者免死！"乱兵早慕刘、曹二将之名，纷纷弃甲抛戈，争先降顺。全师雄只得率残兵败将退却，在灌口身中数箭，倒地而亡。曹彬又派人分道招抚，乱众乃定。西南诸夷，亦多归附。

太祖已略闻王全斌等行为，降旨促令他班师回汴京，命中书问状，尽得王全斌等人贪财杀降诸罪。百官裁决，王全斌等人罪当斩首，因念前功，特从宽贷，将王全斌贬为崇义军节度观察留后，崔彦进贬为昭化军节度观察留后，王仁赡贬为右卫大将军。

王仁赡为自己百般辩解，唯推重曹彬一人，并且对太祖道："清廉慎畏，不负陛下所托，唯曹都监一人而已！"太祖查得曹彬行囊只有图书、衣服，余无他物，遂授曹彬宣徽南院使、义成军节度使。谁知曹彬见王全斌等人俱获罪降职，唯独自己受赏，心中不安，竟自承认曾参加商量杀降兵一事。此时太祖旨意已颁，无法更改，为惩其错，便内定十年内不予曹彬升迁。

赵普将所查事实一一禀奏太祖。太祖立召曹彬携当年文案觐见。太祖看了，上面果然没有曹彬的签名，不由问道："卿既未参与，何以对朕谎说？"

曹彬叩首道："臣与王全斌同奉陛下旨意征伐后蜀，若王全斌众人俱获罪，独臣清雪，实在不安，遂犯了欺君之罪。"

太祖点了点头道："卿既自欲当罪，又为何留此文案？"

曹彬涕泣曰："臣初谓陛下必行诛戮，留此文案令老母进呈，乞全母一身。"

太祖闻听，起身挽起曹彬道："若不是宰相明察，岂不要冤屈卿一生？！"

第三十三回 送古墨尽弃前嫌
迎皇姨移花接木

查清隐情，太祖对曹彬的人品愈加看重，当下传旨，授曹彬检校太傅，并令他着手调集军队，训练水陆两军，演习攻取南唐的阵法。曹彬领旨，自去准备不提。

转眼之间到了开宝六年（973）四月，这日赵普正在家中阅读孔子《论语》，读至《公冶长篇》，他朗朗念出声来："子张问曰：'令尹子文三仕为令尹，无喜色，三已之，无愠色。旧令尹之政，必以告新令尹。何如？'子曰：'忠矣。'曰：'仁矣乎？'曰：'未知。焉得仁？'"

赵普正念得入神，次子赵承煦敲门进来。赵普有意考考他："煦儿，刚才这一段话你能解释清楚吗？"

赵承煦虽好习武，但平日在家，经常听父亲朗读《论语》，有些篇章已烂熟于胸，见父亲考问自己，便马上答道："父亲，您刚才读的这段《论语》，是说楚国的令尹子文三次做令尹的官，没有高兴的神情；三次被罢免，没有怨恨的颜色。每次交差，一定把自己的一切政令全部告诉接位的人。子张问孔子这个人怎么样？孔子说这人可算尽忠于国家了。子张又问孔子，子文的行为算不算仁呢？孔子答'不晓得。这怎么能算是仁呢？'"

赵承煦说得极其流畅，心想一定会得到父亲的夸奖，没想到父亲并未答话。他还以为自己什么地方说错了，待要请教父亲，却发现父亲脸色凝重，目光呆滞，好像在思考什么问题，便小心翼翼地问道："父亲不舒服吗？还是孩儿讲得不对？"

赵普这才缓过神来，忙道："为父身体无恙，煦儿讲得也很好。"

赵承煦还是不放心地追问："那父亲为何不悦呢？"

赵普没有正面回答赵承煦的问题，而是说："煦儿，你说为父能做到子文那样吗？"

赵承煦很是奇怪不解，便问道："子文只是个令尹，升降自然心静如水。父亲官居相位，一人之下，万人之上，与圣上情深谊厚，怎提这样的问题？"

赵普摇了摇头，不愿再与儿子继续探讨，便挥手道："煦儿，先回书房去吧，让为父一个人静一会儿。"赵承煦遵命悄悄退出。

此时，赵普拿起《论语》，心烦意乱，再也看不下去，这些天来，他心里仿佛压了一块石头，感到十分沉重。他陷入沉思：自己为相十年，日夜操劳，辅佐太祖平定天下，为大宋江山殚精竭虑。现在年过五十，两鬓已白，却接连两次被赵批告状。虽都得以保全，太祖并未给予责罚，但自己平日树敌过多，现在翰林学士卢多逊又总与自己格格不入，派人四处搜集自己的材料，每每当众攻己之短。太祖对卢多逊还颇为重视，对自己却越来越冷淡。一种不祥的预感笼罩在赵普心头，他暗自叹道：相位恐怕是待不久了，需早做准备，像子文那样，任职不用高兴，罢职也不生怨恨。赵普正在沉思遐想之时，家人忽报开封府尹赵光义来府，赵普忙起身出去迎接。

因二人有些芥蒂，赵光义平日已很少到相府来访。这次赵光义事先未打招呼便到来，赵普心中十分纳闷。他将赵光义让进客厅，献上香茶。赵普还未叙礼，赵光义便神色焦急地抢先说道："今日登门，有一事相求，不知则平兄愿否帮忙？"

赵普听了，心里感到一阵热乎，因为赵光义很长时间没有这么称呼自己了。赵普连忙答道："别人之事可以不管，你的事就是我的事，肝脑涂地，也在所不辞。"见赵普如此爽快，赵光义又想起前番赵普赠棋具之事，反倒张不开口。

赵光义只是品茶，不再说事。赵普反倒着急起来，催问道："你有何事，快快道来，免得令人着急。"

赵光义这才吞吞吐吐道："楚国夫人患了蓐间血晕之症，病势沉重，御医诊断需珍稀古墨为药，取一枚投烈火中，然后研成粉末，用酒调服，便可痊愈。我知你这里存有一块唐太宗的墨宝，特来相求。"

赵普听后，二话不说，起身从柜中取出墨宝，递给赵光义："这有何难，快拿去救人要紧。"

赵光义知道赵普得之不易，且嗜古如命，夺人所爱，实在不安，一时反倒踌躇起来，不知是接还是不接，直到赵普将墨宝硬塞到他手中时，这才收下。他站起身道："我暂且收下去用，待今后寻得李氏父子墨宝，定当奉上。"说罢拱手告辞，急匆匆而去。赵普将他直送到大门之外。

你道赵普为何如此慷慨大方？此事还得细细从头道来。先说这楚国夫人，乃是凤翔军节度使符彦卿的第六个女儿，周显德年间，嫁与赵光义。宋建隆初，封为汝南郡夫人，进封楚国夫人。符彦卿是陈州宛丘人，他父亲符存审是后唐宣武军节度使、蕃汉马步军都总管兼中书令。由于出身将门，符彦卿十三岁时便能骑射，历事后唐、后晋、后周、大宋，是四朝元老。符彦卿勇而有谋，善于用兵，屡立战功。因他是符存审的四子，军中称他为"符第四"。他得到过许多赏赐，然而都分给了帐下士卒，故士卒乐于为他效死。他的二女是周世宗的宣懿皇后，六女便是赵光义的继室，现封楚国夫人。

太祖"杯酒释兵权"以后，曾欲召符彦卿入典禁兵，征询赵普意见。赵普明知符彦卿与皇弟赵光义是翁婿关系，但照样表示反对，进谏道："符彦卿位极人臣，岂可再给兵权？"

太祖道："朕待符彦卿素厚，谅他不至于负朕。"

赵普又直言道："天下事未可知，陛下奈何负周世宗。"这句话直戳中太祖要害，太祖默然，便不再提此事。但赵光义听说后，却从此对赵普耿耿于怀。

提起赵光义与符彦卿六女的姻缘，还有一段故事。那是在周世宗显德年间，赵匡义（那时还未改名赵光义）带领从骑数人出城打猎，行至皇城郊外，只见一座花园十分壮观，紧靠围墙的一枝梅树，虬枝横斜，吐出墙外。一只喜鹊栖于枝上，对着赵匡义噪个不停。赵匡义年轻淘气，挽起弹弓，一弹正中喜鹊左翅。喜鹊受伤惊飞，盘旋片刻落在花园之内。赵匡义欲取回喜鹊，便问随从："这是谁家花园？"

随从答道："这是当今国丈符彦卿的花园。"赵匡义知符彦卿与兄赵匡胤同朝为官，见花园门锁住，便越墙而入。

谁知赵匡义刚刚跳下围墙，便被两个游园的侍女瞧见。侍女大声惊呼道："有贼！有贼！"赵匡义听到叫声，立在原地不敢再动。

这时从太湖石后转出一个年方及笄的小姐，向两个侍女叱

问道："青天白日，哪来的贼？"两个侍女也不答话，手指向
围墙下的赵匡义。

小姐把头一抬，蛾眉一耸，两道明亮的目光，向赵匡义直
射过来。赵匡义听到娇滴滴的声音，也偷眼观瞧小姐。四目相
对，像有磁力一般，二人竟呆呆定在那里。这边小姐看那墙下
之人，面似银盆，鼻直口方，龙眉凤目，真是个仪表堂堂的美
少年；那边赵匡义望见太湖石旁站立之人，粉面樱唇，腰肢婀
娜，风情旖旎，真是个姿色绝代的俏佳人。二人不错眼珠儿地
互相观瞧，彼此好生爱慕。两个侍女哪里知道二人心事，大声
喊道："哪来的贼人，好大胆，直瞧我家小姐，是何道理？"
这一声娇喝，方将二人惊醒。小姐面色泛红，赵匡义也好不
自在。

赵匡义稍微镇定后，灵机一动，心想此时不自报家门，更
待何时？于是他向两个侍女拱手道："姐姐们不要惊疑。我非
歹人，乃殿前都点检赵匡胤之弟赵匡义是也。今日放马游猎，
偶打一喜鹊，飞堕小姐园中，一时孟浪，越墙寻找，乞恕冒昧
之罪。"说罢，目不转睛地盯着小姐。

两侍女回望小姐，不知如何回对，只见小姐款款道："令
兄和家父同朝，有通家之好。公子不是外人，如果刚才从正门
入园，侍婢们必不敢言语冒犯，就是他人遇见，也自然无话可
说。如此这般，却碍着礼教了。人言可畏，此处不宜久留，请
公子从速出园。"

赵匡义忙俯身远远施礼道："多蒙小姐海涵，在下告
退！"一个侍女当即去开了园门。

赵匡义出园，也顾不上打猎，骑马掉头赶回府中。遇
到兄长，便将出外打猎，误入符太师花园，偶见皇姨之事，

一五一十告诉了赵匡胤，并露出仰慕之意。

赵匡胤见状，已知兄弟心事，便笑问道："兄弟既然对皇姨有情，为兄明日即托范枢密前去给你作伐，你意下如何？"

赵匡义求之不得，喜上眉梢，一躬扫地道："全凭兄长做主。"

翌日，赵匡胤来到范质府中，托他到符彦卿处为赵匡义说媒。范质说道："符太傅的夫人与拙荆①适有姻谊，少时叫拙荆去为令弟求婚，没有个不妥帖的。"

赵匡胤大喜道："有劳尊夫人前往，倘得如意，定不忘玉成大德！"

范质忙回道："你我同朝为官，理应玉成美事，何用客气。"赵匡胤喜盈盈地告辞范质回府。

范质进内室将此事说与夫人郝氏，叫她前往符府说媒。那郝夫人与符彦卿夫人本是结拜姊妹，时常往来，听了范质之言，不觉含笑道："赵家公子眼力果然不错！六皇姨花容月貌，千娇百媚，世间少有。但不知赵家公子相貌人品如何，能否配得上皇姨？"

范质笑道："我曾见过赵公子，生得一表人才，颜如冠玉，眉分八彩，目若朗星，颇有贵人之相。赵点检凤质龙姿，他的这位弟弟与赵点检相比较是有过之而无不及，与皇姨相配，可谓珠联璧合。"

郝夫人道："既然天地作合，妾身明日前往符府做媒便了。"

到了次日，郝夫人乘轿来到符彦卿府中，符夫人将她接进内室。喝过香茶，话过家常，郝夫人便说出赵匡义求亲一事，

---

① 拙荆：谦词，指自己的妻子。

当下将赵匡义品貌、才情夸得好上加好。符夫人听了十分喜欢，便回言道："小女年已及笄，正该许配。此段姻缘，极是相宜，但须与我家老爷商议，妾身不能擅自做主，只好改日再行答复。"

郝夫人道："儿女婚姻乃是大事，夫人自应与太傅商量，得了准许再行决定。妾身暂且告辞，在舍间恭候佳音。"说罢，起身辞别。

符夫人将郝夫人送至仪门，见她上了轿，急回到内厅，将此事对符彦卿说了。符彦卿道："赵匡胤威震人寰，位居极品。他的弟弟赵匡义，我也曾经见过，品貌才情也不在其兄之下！若是配我们女儿，正是门当户对，美满良缘。但女儿从小娇生惯养，还要与她说知。若女儿应允，你便改日去范府，允诺这门亲事，叫他们回报赵匡胤，择日纳聘就是了。"

符夫人晚上来到女儿闺房，将赵匡义托人求亲一事说与女儿，小姐顿时羞得脸似红霞，连忙低下头去。侍女在旁拍起手来，叫道："老夫人，那个赵匡义确是好品貌，与小姐真是天上一对、地下一双。"

符夫人不知原委，便训斥道："满口胡言，你哪里见得他来？"侍女便将赵匡义误入花园，与小姐远远相见一事都说了出来。这时小姐早已躲到内室去了。符夫人听完，点头道："看来这也是天意，我女儿的姻缘应在他的身上。"

过了两日，符夫人到范府回话。郝夫人欢喜不尽，忙让范质转告赵府。赵匡胤拜谢过范质，便亲自张罗，择日为弟纳聘，迎娶符家小姐。

正在这时，周世宗忽传旨召符彦卿入宫，谕知韩通之子韩淞欲向皇姨求亲。符彦卿暗想：韩通的家世门第固然与己家相当，但韩淞的相貌与才气却无法与赵匡义相比，况且自己已答应将女儿许给赵家，如何再许韩家？符彦卿委婉地将赵匡胤先来为其弟赵匡义求亲的经过说与周世宗，表明一女不能许给两家之意，恳请周世宗做主。

周世宗与赵匡胤关系甚好，但又不能收回刚才之言，便命用彩楼择配之法定夺。不几日，彩楼搭好，皇姨奉圣旨抛彩球。她的芳心早已许给赵匡义，这日见他更是仪表出众，品貌轩昂，雍容华贵，好似鹤立鸡群，便将彩球向他抛去。赵匡义接着彩球，兴高采烈，料定这皇姨定属于他，谁知半途又生出枝节！

原来那韩通得知皇姨彩球不抛正中，故意偏向赵匡义一边，便认定是有意羞辱自己的儿子韩淞。他正要去面奏周世宗，却被门客李智拦住。李智献计：到吉期半路抢亲，将生米做成熟饭，待圣上怪罪下来时再去辩理。

赵匡胤知道韩通气量狭小，生怕出事，便派人探听消息。当他得知此消息时，便要上殿告状。

赵普劝道："主公不可。未抓住把柄，圣上如何肯信？"

赵匡胤起急道："大喜之日，两家动武，惊扰百姓，岂不贻笑大方？！"

赵普手捋胡须笑道："到了吉期，我们可预备两顶花轿。一顶空无一人，排着执事，鸣锣开道，从大路而行；一顶是皇姨的喜轿，由小路抬归。"

赵匡胤拍手道："则平兄，你这移花接木之法，既避开了两家争斗，又羞辱了韩通，真是妙极！"果然，到了迎娶的吉期，韩通派人抢的是顶空花轿。赵匡义顺利地与皇姨喜结良缘，自此夫妻恩爱，不在话下。

　　有这样一段曲折过程，你想过去的皇姨、如今的楚国夫人重病在身，赵普焉能不救？过了几日，赵光义又到相府面谢赵普，并告知楚国夫人服了御医用古墨调服的药，病情大有好转。闻得此信，赵普也十分高兴。二人借此机会，尽释前嫌。

　　此番赵普的心情好了许多，在家之时，为攻取南唐昼夜筹划，呕心沥血，将一张南唐地图圈画得斑斑点点。谁知这日报事的进来，禀告亲家李崇矩在节度使任上病亡。原来李崇矩自被外放到地方后，一直希望赵普为他说情，使他重返京城。但左等右等，也不见圣上下诏，又听说赵普也逐渐失去了圣上的宠信，李崇矩自感回京无望，心情变得十分烦躁，以致借酒消愁，抑郁而终。

　　赵普听说此事，心中一阵酸楚：自己忙于政务，早已将李崇矩之事放在了一边，李崇矩的死自己也难逃责任。他强忍悲痛问道："夫人和公子现在何处？"

　　报事的人说道："李老爷为官清廉，死后身边没有什么钱。夫人和小公子因无力扶灵柩回汴京，便在地方草草掩埋了老爷。现在夫人和公子还在官衙里，不过用不了多长时间，就该搬出来了。"

　　赵普鼻子一酸，眼泪掉了下来，他捶着胸口道："这全是我的错，这全是我的错！"

　　赵普情绪稳定下来后，回到后宅，与夫人商议道："咱们的儿子与媳妇都在地方任上，我看就派赵忠去将李夫人和公子接回京城如何？"夫人点头答应，赵普便将赵忠找来，仔细叮嘱了一番，让他带上足够的银两，与报事人一同前去办理。

　　赵普刚将赵忠打发走，便听说雷有邻击登闻鼓状告自己。赵普心中不由得"咯噔"一下。

第三十四回 雷有邻击鼓告状
卢多逊当众揭短

　　话说开宝六年（973）六月，赵普正在为攻取南唐运筹帷幄之时，雷有邻击登闻鼓，状告赵普。只因这一状告得事实俱在，太祖震怒，立即交御史审理，审理结果认定赵普有罪。

　　太祖览报，没有马上处理赵普，而是下诏授权让参知政事薛居正、吕余庆与赵普一同用印、署签、奏事，以此来分割赵普的权力。

　　太祖平日对赵普恩宠有加，赵普几次被告，都能平安度过，此番为何遭受冷遇呢？赵普究竟身犯何罪，惹怒了太祖？详情还得慢慢道来。

　　雷有邻与赵普素无来往，因何状告于他？这事得从雷有邻之父雷德骧谈起。雷德骧是同州郃阳（今陕西合阳）人，后周时举进士。宋初拜殿中侍御史，改屯田员外郎、判大理寺。此人气量狭小，性情急躁，在大理寺任职期间，其属下与堂吏附会宰相赵普，擅增刑名，雷德骧几次求见太祖，欲当面告发此事，都没获得机会。于是他径直来到讲武殿向太祖奏报，讲话之时，肝火旺盛，言词俱厉。太祖见状十分不满，对雷德骧说："鼎铛尚有耳，你不知赵普是社稷重臣吗？"

说罢，太祖便命左右将雷德骧曳出，诏置极典①。还是赵普出面劝解，太祖才怒气稍解，将雷德骧黜为商州（治所在今陕西商洛市商州区）司户参军。

雷德骧被贬商州后，刺史念他曾为大理寺官，以礼相待，他也就过得心安理得。谁知，不久奚屿出知商州。那奚屿想讨赵普的好，刚刚上任，便唤雷德骧前来参拜。雷德骧知道奚屿有意羞辱于他，哪里肯服，口出怨言，对奚屿颇为不敬。奚屿本就对雷德骧没有什么好感，此番更是怀恨在心，便想寻找机会整他。

也是活该雷德骧倒霉。一日奚屿正在府中与人闲谈，有人密报雷德骧到商州后，曾写文讥讽皇上。奚屿哪肯放过这千载难逢的机会，便一反常态，派人将雷德骧请到府上，恭恭敬敬待他为上宾，又是斟茶，又是寒暄，显得十分亲近。雷德骧反倒不好意思，也就放下架子，与奚屿谈得还算投机。谁知奚屿这边将雷德骧稳在衙内，那边却悄悄派精干堂吏到雷德骧家中，从其书房中轻而易举查得雷德骧讥讽皇上的文章。堂吏将文章送到衙内，奚屿刚刚还雷公长、雷公短地与雷德骧谈笑风生，看过文章后马上脸色一沉，双眉耸立，厉声喝道："大胆雷德骧，还不赶快伏罪！"

雷德骧谈兴正浓，毫无思想准备，见奚屿突然翻脸，感到莫明其妙，大惑不解地问道："知州大人，下官何罪之有？"

奚屿抖了抖手中的文章，冷笑道："讥讽当今圣上，罪证确凿，这是你亲笔写的文章，难道还想抵赖吗？"

此时，雷德骧看到奚屿洋洋得意的样子，方才大梦初醒。

---

① 极典：极刑，指死刑。

原来奚屿请他过府来畅谈，是暗藏杀机。他仰天长叹一声，嘴角露出轻蔑的微笑，事到如今，他反倒摆出一副泰然自若的架势。奚屿也不多言，立刻命人将雷德骧拿下，关进大牢，连夜具状，派人送往京城，面呈太祖，并去相府向赵普禀告。

太祖接到奚屿的奏报，便唤赵普前来商议。赵普深知雷德骧的为人及禀性，主张不要处罚太重。太祖本也不想重责雷德骧，便依从赵普意见，对雷德骧从轻发落，将其削籍流配灵武（今宁夏银川市灵武县）。

雷德骧的长子雷有邻却不知此情，对父亲受罚一事一直耿耿于怀，认定是赵普从中作梗，有意加害其父，立志要讨回公道。但他深知，要扳倒一个当朝宰相，谈何容易？他自觉自己不能接近赵普，便想方设法打进赵普的官场圈子之中，逐步掌握所需证据。秘书丞王洞与雷德骧同年登第，雷有邻称之为世叔，经常出入其府邸。他以说话谨慎、办事牢靠取得了王洞对他的信任，一些重要的事情王洞都委托他去办，议论什么也从不避着他。渐渐地，雷有邻在王洞的朋友之中也混得很熟。

这王洞与赵普的堂后官胡赞、李可度，上蔡主簿刘伟及中正丞赵孚等人十分交好，过往甚密。他们在一起相聚，无所不谈，毫不避讳。这些人都依附赵普，是相府里的常客。胡赞、李可度在职很久，旁人托他们办事，都要进贡钱财，天长日久，两人就更加贪得无厌。

一日，王洞交给雷有邻半锭白金和一封书函，叮嘱道："这白金要给胡赞将军送去，他拆信便知要办之事。切记，此事绝不可让外人得知。"

雷有邻唯唯诺诺地接过白金和书函，对王洞说道："世叔的话，小侄谨记在心，绝不泄露半点风声。"雷有邻嘴上这般说着，心里却记下了一笔账。

雷有邻怀揣白金和书函，直奔胡赞府上。恰巧这日李可度正在胡赞府内豪饮，两人喝得酩酊大醉。看到家人领着雷有邻由外进来，胡赞唤道："小雷子，来得正好，一块喝上两盅。"

雷有邻不敢造次，掏出白金和书函恭恭敬敬递上："这是我家世叔让我呈给将军的，拆信便知内情。"胡赞将信放在一旁，用手掂了掂白金，交给家人收起。

李可度两眼血红，盯着那白金对胡赞道："胡兄，今日进项不小，明日当醉仙楼做东。"

胡赞晃了晃脑袋道："李兄昨日进项比小弟还要丰厚，明日该由你请客才是。"

李可度神秘地眯起双眼说道："兄弟不知？明日自有人做东，我们只要带着嘴去就行。"

"哦，究竟是何人请客？李兄赶快道来！"胡赞急欲知道做东之人是谁。

李可度看了一眼雷有邻，略微迟疑了一下。胡赞摆摆手道："小雷子是自家人，兄弟但说无妨。"

李可度这才道："赵孚兄让我转告胡兄，明日他在凌云楼宴请我们众人，到时非去不可呀！"

李可度说罢，胡赞就接过话茬："赵孚兄授任西川官职后，就在家中养病，未去上任，多亏相爷周旋。明日酒宴，可是饯行？"

李可度回道："此事胡兄怎不知内情？赵孚不愿去西川赴任，才在家小病大养，想让相爷出面给其改任他地。明日之宴，他是想请我们众人在相爷面前为他说情。"

　　这一番话都被站在屋里的雷有邻听了个一字不漏。乘李可度、胡赞谈兴正浓之际，雷有邻悄悄退下，到院子里与胡赞的家人东拉西扯起来。家人见他是主人之友，也十分巴结。雷有邻颇有心机，经常在看似无意的询问之中，获知李可度、胡赞受贿的事实。

　　为了扳倒赵普，雷有邻不惜一切代价。他本与上蔡主簿刘伟交好，二人情同手足。当时太祖有诏，在本职上连续三任且没有失职者，吏部可备案，诏试录用。刘伟虽连续三任，却有一任有失职的地方，他便改造文书，参加了考试，受到选拔。因刘伟常出入相府，雷有邻也就没放过他。

　　待证据掌握确凿，雷有邻便击登闻鼓告状，告发赵普堂后官胡赞、李可度贪赃枉法，刘伟以私改文书得官，王洞曾贿赂胡赞，赵孚授任西川官后称病不去上任。这些事都是赵普从中加以庇护，因而恳求太祖治赵普之罪。

　　赵普做梦也没有想到，他竟会受到这些人的牵连。这些人虽常出入其府，但他并不器重他们，因此他们的许多事他也就毫不知情。他更想不到，自己待雷家可谓有恩，雷有邻却恩将仇报。

　　太祖对这些事却信以为真。赵玭状告赵普时，他就曾想下诏书斥逐赵普，后因有王溥等老臣奏请和燕国长公主说情，才没有追究。此番雷有邻告状，涉及面颇大，又都与赵普有关。赵普权重朝野，门生众多，太祖早就想削其权力。于是下令御史审问诸人，审得事事属实，便下旨将刘伟处死；王洞等处杖刑并除名；胡赞、李可度抄没家产。雷有邻由于状告有功，授秘书省正字，并召其父雷德骧为秘书丞，不久分判御史台三院事，又兼判吏部南曹。

雷有邻告状得官之后，便常上疏密告他人阴私，一时官员见他如见瘟神，对他敬而远之。不久，雷有邻突得怪病，青天白日，他竟看见刘伟进屋，以杖棰其背，因疼痛难忍，大声呼号。家人看时，哪有刘伟踪影。这样反复数日，雷有邻竟一命呜呼。太祖闻讯，赐雷德骧钱十万，为雷有邻办理丧事。

雷家与赵普结怨，终是心虚。太宗时，雷德骧先后被擢升为兵部郎中、户部侍郎。赵普回朝再次入相，宣布之日，雷德骧在朝堂之上不觉将手中的朝笏掉了下来，回府后立即上疏乞归田里。太宗召见，再三安谕，并赐他白金三千两。这是后话。

且说赵普被参知政事分权以后，地位明显下降。朝中有的大臣见太祖不再像过去那样完全信赖赵普，也都纷纷攻击其短。尤其是翰林学士卢多逊，早在赵普任枢密使时，就时常顶撞赵普，二人矛盾越积越深。赵玼状告赵普，卢多逊私下十分高兴，暗地里为赵玼鼓气。这次雷有邻击登闻鼓，将赵普威风一扫而光，卢多逊幸灾乐祸，在朝堂之上，故意当众指责赵普的过失。太祖听之任之，毫不阻拦，使赵普在百官面前十分难堪。

卢多逊是怀州（治所在今河南沁阳市）河内（今河南沁阳市）人，显德初年（954）举进士。乾德二年（964）至六年（978），卢多逊在仕途上一帆风顺，逐年晋升，官至权知①贡举，加兵部郎中，加史馆修撰、判馆事。

卢多逊在官场中春风得意，飞黄腾达，主要靠的是自己的能力。此人博涉经史，学富五车，聪明过人，口齿伶俐，胸

---

① 权知：暂代之意。

中颇多谋略。太祖喜爱读书人，自然对卢多逊十分看重。还有一件令人感到惊奇的事是，太祖阅读经史，每遇书中不解之事发问时，卢多逊总能对答如流，令同朝百官羡慕不已。其实，这里有一个小秘密。卢多逊知太祖好读书，便买通史馆馆吏，当太祖到史馆取书读时，馆吏立即告诉卢多逊太祖所取之书书名。卢多逊必通夕阅览，凭借非凡的记忆力，将书中内容烂熟于胸。太祖哪里知晓这些，在他的眼中，卢多逊是个极有学问的人。因此，开宝二年（969）太祖御驾亲征太原时，让卢多逊知太原行府事；开宝四年（971）冬，又任命卢多逊为翰林学士，为他的贵显铺下了五彩之路。

且说赵普起初并未在意卢多逊，以他多年从政的阅历，深知读书人往往有一股傲气，卢多逊只不过比别人傲气更甚。但卢多逊却全然不把赵普放在眼里，在学识上更是轻视文化不高的赵普，总想有一天取而代之。于是他时时向赵普寻隙，事事与赵普抗衡。

前文曾提到，太祖欲亲征太原，赵普认为时机不成熟，规劝太祖放弃出征，卢多逊却积极赞成太祖亲征。二人在朝堂之上唇枪舌剑争辩起来，结果卢多逊占了上风。赵普长子赵承宗娶了李崇矩之女，卢多逊便密奏太祖：这对亲家都握有兵权，不能同在一间屋中候朝。太祖果然采纳他的意见，升殿时即命赵普、李崇矩分开等候。在朝堂之上，卢多逊多次当众揭发赵普开设旅店盈利，为扩建宅邸将空地私自调换宫廷菜地等等，而且敢于当面与赵普对质。遇到这样一个对头，赵普不由非常恼火，便在心中记下了这笔账，但无奈自己已在太祖面前失宠，无力对卢多逊还击。

恰在此时，赵忠护送李崇矩的夫人和公子回京。赵普将他们接入府中，双方谈起往事，不免又洒出一番热泪来。赵普安顿他们住了下来，好言安慰，并且表示，住多长时间都可以。林夫人负责照顾李家母子的起居，李家母子非常感激。

虽然赵家待亲家如同一家人一般，但毕竟不是自己家，过了一个月，亲家母提出想回原来府邸中居住。李崇矩虽被贬官在外，但在汴京的府邸并未被收回。赵普听后并不勉强，他现在已自身难保，说不定什么时候也会被贬出京去，留下亲家母与公子，也是一同遭殃。赵普派人将李府收拾干净，亲送他们回府，并赠了大量金银及生活用具。赵普现在与从前大不一样，颇有些积蓄。此后，赵普又时常让儿子赵承煦到李府探望亲家母母子二人。

开宝六年（973）八月的一天，赵普退朝回到相府，茶不思，饭不想，将自己一个人关在书房中不出来，家里人谁也不敢前去惊动。平时他退朝回家，两个可爱的幼女兰儿、蕙儿总要扑到他的怀中撒娇，赵普也常放下公务，与她们玩耍，对女儿倾注慈父之爱。今日见赵普气色不顺，林氏便将两个孩子关在屋中，不许她们大声吵闹。平日宾客盈门的相府，现在死气沉沉，压抑得让人透不过气来。

赵普在书房之中，脸色阴沉，情绪激动，不住地走来走去。原来今日在朝堂之上，卢多逊又突发冷箭，指责赵普近日疏于政事。满朝文武，只有吕余庆出班为赵普辩解。这吕余庆是幽州安次（今河北廊坊市安次区）人，本名胤，因犯太祖名讳，才更名。太祖领同州节制时，听说吕余庆有才，将他召为从事。他与赵普同为太祖夺取天下的重要谋士。所不同的是，吕余庆为人忠厚，淡于功名。太祖登基后，赵普、李处耘等皆先进用，吕余庆恬不为意，直到乾德二年（964）才拜参知政事。他和赵普虽都是太祖的心腹之人，但他平日却从不登相府之门。虽然太祖命他和薛居正与赵普同知政事，他并不以此为喜，仍然寡言少语，只勤于政事而已，因此太祖对他很是器重，他的话在太祖心中还是有一定分量的。今日若不是他出面为赵普解围，太祖免不了又要动怒。

待心情平静下来，赵普坐在椅子上，紧闭双目，似睡非睡。这时他的脑海里突然生出一个想法。自雷有邻击鼓告状以来，京城到处传播着太祖要罢赵普相位的流言。进入八月，流言像一股旋风又吹进宫内。就是在文武百官候朝之时，赵普罢相也成了大家议论的中心话题。其实，赵普心中比谁都清楚，罢相的风源就是太祖本人。君臣二人之间那种莫逆的关系，已出现了一道无法弥合的裂痕。与其被罢相，不如先上疏乞求辞去宰相之职。主意已定，赵普奋笔写就奏章，只待明日临朝上奏太祖。

第三十五回 辞相位太祖送行
赴新任赵普私访

八月的汴京，天气依然是那样炎热。中原大地上，大宋王朝正经历着一场朝中重臣更迭的斗争。太祖一面命曹彬、潘美积极组织练兵，做好随时攻打南唐的准备；一面紧锣密鼓酝酿着朝内的人事变动，以使权力更加集中于皇帝一身。罢赵普宰相一职，已是刻不容缓。正在这时，赵普奏请辞去相位。赵普此举恰中太祖下怀，他立即准奏，下诏命赵普为河阳三城节度使、检校太傅、同平章事。吕余庆见赵普被罢免相位，不愿重蹈覆辙，也上表称病，请求去掉参知政事一职。太祖几经挽留后亦准奏，拜吕余庆为尚书左丞。

赵普、吕余庆相继去职，朝中文官空缺了两个重要的位置。太祖见时机已经成熟，便下诏封其弟赵光义为晋王、兼侍中，序班位在宰相之上；次子赵德昭为兴元尹、山南西道节度使、检校太傅、同平章事；参知政事薛居正为门下侍郎、同平章事；户部侍郎、枢密副使沈伦为中书侍郎、同平章事；加石守信兼侍中；卢多逊为中书舍人、参知政事。这些晋升人中的沈伦，也是在太祖领同州节度使时来到他的幕府的，后来与赵普、吕余庆同为太祖的亲信幕僚。可见，太祖这次对自己的家族及亲信委以重任，就是为了巩固自己的地位。

卢多逊进言终于扳倒赵普，自己遂得升为参知政事，这副宰相的职位使他心花怒放。下诏之日，他一回府便大摆酒宴，招待亲朋好友，一同庆贺。卢府上下喜气洋洋，张灯结彩，好不热闹。唯有其父卢亿闷闷不乐，以身体不爽为由，躺在寝室，不到宴席之上露面。席散后，卢多逊前去向父亲问安，只见卢亿眉头紧锁，脸色蜡黄，唉声叹气。卢多逊忙问道："父亲大人为何唉声叹气？孩儿新得参知政事，父亲应高兴才是。"

卢亿看到儿子志得意满的样子，摇了摇头，长叹一声道："赵普乃开国元勋，你如此无知，轻诋先辈，日后恐难免祸，我得早死，免得亲眼看见你的下场！"

卢多逊茫然不解，还以为父亲是杞人忧天。哪知卢亿自此卧床不起，身体一天不如一天，请医生调治，仍每况愈下，不多日竟忧郁而死。

你道卢亿为何如此心重？原来卢亿久在官场，深知赵普为人城府很深。宦海沉浮，你上我下，如流星赶月一般。此番儿子不知天高地厚，得罪了赵普，早晚会遭对方报复。还有一事他不能明言。原来，还在卢多逊幼时，卢亿曾领他去云阳观游览。当时，观内废坛上有古签一桶，一群小儿围着签桶纷纷抽签做游戏。卢多逊觉得好玩，便也上前抽得一签，那时他尚未识字，便将自己抽的签给父亲看。卢亿仔细观瞧，只见上面有四句话："身出政书堂，须因天水白。登仙五十二，终为蓬海客。"卢亿看完签语，心头一沉。儿子聪颖过人，将来出仕当官，并不稀奇，只是这"终为蓬海客"一句，却暗示着儿子最后的命运不妙，所以他心中一直压着块石头。现在赵普被罢去相位，说不定哪一天他又会重居相位，到那时他利用权力发配儿子做个蓬海客，是轻而易举的事。卢亿心病压身，竟送了自己的命。

父亲死后，卢多逊仍不以为然。谁料几年之后，太宗当上皇帝，赵普果然重登相位，卢多逊因遣堂吏赵白密与秦王赵廷美连谋事发。赵普从中使力，太宗下诏将卢多逊发配崖州（今海南三亚市崖城镇），卢亿的担忧不幸被言中。这是后话。

赵普辞相以后，闭门不出，一律谢客。原来相府前车水马龙，川流不息，现在却门可罗雀，冷冷清清。赵普为相十年，每日忙于政务，很少有闲暇的时间。如今他再也不必每日去上朝，再也不必每日被召进宫，再也不必每日操心国事。与院外清冷不同的是，府内上下忙忙碌碌，家人正在打点行装。赵普如今被任命为河阳三城节度使，他准备早些携家人一起去治所怀州（今河南沁阳）上任。

转眼过去了一个多月。这日秋高气爽，晴空朗朗，赵普离开汴京的府邸，一行几辆马车出得城门，踏上了去怀州的路程。回眸望着那熟悉的高大城墙和巍峨城楼，赵普眼眶里含着热泪，他强忍住不让泪珠滚落下来，嘴里喃喃自语道："别了，汴京！别了，陛下！终有一日，我还会回来的。"然后向北遥拜三下，登车向西疾驰而去。

离开汴京十里，是都亭驿。往日，赵普曾到此为无数官员送行；如今，轮到他降职外任，又有谁会为他送行呢？他离开汴京前夕，曾向几位故友辞别，并叮嘱不让他们送行，免得受到牵连。熟人不来，政敌当然更不会为他送行。赵普正在车内胡思乱想之时，车夫眼尖，望见都亭驿前人头攒动，马匹嘶鸣，不远处停着一轮十分豪华的大辇，车夫忙挽紧缰绳，让车速减缓下来。待仔细看时，只见那大辇涂金抹银，彩绘龙凤。车夫不看则已，看后大惊失色，赶忙停下车来，向坐在车内的赵普说道："相爷，前面好像是皇上的大辇，我们如何是好？"

赵普忙掀起车帘望去，果然是太祖所乘之辇。他连忙下车，招呼夫人及两个女儿紧随其后，整理好衣冠，恭恭敬敬地向大辇走去。

早有人报告坐在辇内的太祖，说赵普领家人步行而来。太祖下得辇来，赵普已走到近处。赵普看见太祖下辇，忙紧走几步，跪拜道："微臣叩见陛下，不知陛下在此，臣罪该万死！"

太祖忙叫赵普平身，说道："听说卿今日赴任，朕特地来为你饯行。"

太祖的话如一缕春风吹过赵普的心头，又像一丝春雨滋润着赵普的肺腑。他做梦也没想到，太祖会亲自来为自己送行，一时间胸中热血沸腾，忙令夫人林氏及两个女儿兰儿、蕙儿叩拜太祖。太祖看到兰儿、蕙儿长得玲珑可爱，十分喜欢，便把她俩叫到身边，一手拉住一个，说道："兰儿、蕙儿，快四岁了吧！"两个孩子同时点头。

赵普感叹道："陛下整日操心国家大事，怎么连她们的岁数都记得这般清楚？"

太祖抚摸着兰儿、蕙儿胸前挂着的长命金锁，说道："这长命金锁还是两个孩子过满月时，朕亲自送去的，怎能忘记？"接着，又问道，"承宗、承煦此番没有回来吗？"

赵普忙答道："犬子分别在潭州（治所在今湖南长沙）、成州（治所在今甘肃陇南市成县）任上为朝廷效力，没有叫他们回来。"

太祖点了点头。原来，赵普的长子赵承宗为羽林大将军，正在潭州任上；次子赵承煦一个月前被封为成州团练使，刚去赴任。二子听说父亲已辞掉相位，便托人捎来书信，要回汴京探望。赵普忙去信阻止，以免二子分心。

眼看时候不早，赵普便拜请太祖启驾回宫。太祖拉着赵普的手，深情地说道："爱卿此去要多多保重。"说罢坐进大辇，前部马队先行，然后主辇六十四人一齐发力，大辇向汴京方向行去。赵普眼含热泪，跪送大辇远去，直到看不见踪影，这才起身上车，继续西行。

赵普在车内真是百感交集：太祖不打招呼，亲自来送行，是感念旧情，还是心怀内疚？只叙家常，不谈国事，是有意还是无心？不管怎样，他效忠朝廷的一片丹心，随着太祖的来到，又被点燃得火烧火燎。赵普决心在节度使任上再干出一番事业。

三天过后，赵普来到河阳三城节度使的治所——怀州。它北倚太行，南临黄河，为洛阳北面的重镇。河阳三城节度使领河南府下面的河阳、氾水、河清、济源、温县等县，地理位置十分重要，历来是兵家必争之地。宋朝时，太祖主张集权，节度使一职徒有虚名，已无实权，外任多给功勋卓著的元老，颐养天年。

按说赵普原本可以在任上修身养性，过安稳日子，不必操心军务政事，但他哪能闲得下来？安顿好住所后，他便微服四处走动，整日到酒肆茶楼、街头巷尾、古寺庙宇、田间地头察访民情。

一日赵普来到氾水一家茶楼，一个人靠窗而坐，一面慢慢品茶，一面打量着周围的茶客。邻桌坐着几个老者，穿戴干净整齐，看来是这里的常客，彼此十分熟悉，可谈起话来却又争得面红耳赤。

只听一个须发皆白、双目炯炯的高大老者说道："听说宰相赵普已到了怀州任上，大家可有耳闻？"听对方提到自己的名字，赵普心中一动，忙集中精力侧耳细听。

"这谁能不晓。赵普失宠，放任在外，管辖咱这地界，究竟是福是祸，谁能预料？"说话的是一个矮黑胖大老者。

"管他是福是祸，当官的哪有好人？整日在朝中钩心斗角，争权夺利，取悦龙颜，有谁想过为咱百姓办点实事？这赵普也不例外，他当宰相十年，除了替皇上尽忠效力，可为老百姓办过一件什么好事？"这个红脸膛的干瘦老者，说起话来很是激动。

赵普起初还心平气和，当红脸干瘦老者说完，他竟失态将茶杯碰倒，脸也"腾"地红了起来。幸亏邻桌人谈论得正起劲，并未注意。伙计忙赶过来，用肩上的抹布擦干桌上的茶水，又给赵普斟上一杯茶。

白发高大老者反驳道："黄兄说话未免过于偏激，赵普辅佐皇上统一中原，功不可没。现今大宋境内国泰民安，丰衣足食，怎能说他没办过一件好事呢？"

"是呀，历朝历代，有昏君，也有明君；有奸臣，也有忠臣；有扰民的，也有为民的。赵普算起来，也就是个不好不坏的官啦！"矮黑胖大老者晃着脑袋说，自觉自己说的比较公允。

红脸干瘦老者不以为然，他愤愤不平道："咱们谁也不认识赵普，谈论他有何用？当官的有几个真正为老百姓操心的？

咱们这儿的氾水、沁河年年泛滥，水患不断，又有谁来治理过？你们说说是不是这个理儿？"

说者无意，听者有心。赵普在家曾看过辖区地理、水文图，河阳三城所领五县有沁河、氾水、潆河流过，而且紧挨黄河。他从县志上也看到过连年决河的记载，但并未过多注意。此番听几位老者议论，无意中受到触动：是呀，过去十载为相，自己想的都是夺取城池、占领土地、统一南北的战事，不曾为百姓办过一件实实在在的事情。节度使虽说是个虚职，可以不做任何事情，只在府中享享清福即可，但那样做，自己于心不忍，上对不起朝廷，下对不起百姓，也对不起自己的良心。

赵普正在沉思之际，忽听那个矮黑胖大老者建议道："两位仁兄，时候不早了，我银铺上还有事情要办，改日再奉陪。"白发高大老者和红脸干瘦老者也都站起身来准备离去。矮黑胖大老者唤过伙计，将茶费记在自己的账上。

赵普见三位老者就要离去，赶忙过来，客客气气施礼道："几位老丈，恕在下冒昧，请问尊姓大名？适才听你们谈起地方水患，不知有何治水良策，愿闻其详。"

几位老者见有人拦住去路，实感意外，但见此人年约五十左右，温文尔雅，气度不凡，知道他必有来历。几个人交换了一下眼色，白发高大老者说道："先生不必客气。我们只是闲来无事，信口开河，哪懂什么治水良策。你如感兴趣，何不去找知县问个明白。"说完，三人相视一笑，飘然而去。

赵普凝视着他们的背影，随后结清茶费，走下茶楼，离开氾水，回到怀州府第。

一连数日，赵普在家中调集水文资料，书案上堆积了厚厚的一摆。他将沁河、汜水等河流在七八月洪峰期间泛滥的规律都详细地做了摘记，从中掌握了大量的第一手材料。然后赵普叫上都水监，与他一起去勘察河道。几天下来，赵普发现由于缺乏整修，河道淤塞严重，河堤多处毁坏，河岸没有树木。怀州位于沁河下游，水患最甚。赵普决心在任上治好水患，但与各地知县一谈，竟被泼了一瓢凉水！

原来，治水工程最耗费人力、物力、财力。这些知县也想为民兴修水利，治好水患，无奈资金匮乏，朝廷又不拨专款下来，知县个个只能是有心无力。听说赵普决心治水，怀州的黄知县、汜水的刘知县先后来拜访，并诉说无钱治水的苦衷。赵普本想给太祖上疏，请朝廷拨笔专款，可眼下大宋正在备战攻打南唐，国库哪能拨款，只得作罢。

一日，赵普正在府中发愁，忽报其弟赵安易前来探访。赵普迎出门外，兄弟见面，分外亲热。赵普将弟弟接进府中，让到客厅叙话，并唤出夫人林氏叙礼，张罗酒宴。这赵安易是赵普的亲弟，建隆初年（960），摄①府州录事参军，节度使折德扆言其精干，推荐他到河南府当推官。赵普居相位十年，赵安易在推官位上却是十年没能升迁。你道这是为何？原来赵安易为人清高，不愿借助哥哥的宰相权力升迁，赵普自然也十分避嫌，从未暗示旁人将弟弟调任。赵普来到怀州，与河南府仅隔一条黄河，赵安易这才抽暇前来看望兄长。

时间不长，酒席摆好。赵普与赵安易入席，兄弟二人推杯换盏，叙起家常。赵安易见哥哥面带愁容，便关切地问道："兄长不在相位，难得一身轻松，还有什么不快之事？"

---

① 摄：代理。

　　赵普饮干一杯酒，放下酒杯道："兄弟有所不知，为兄跟随圣上南征北战，平定天下，整日为圣上操劳。今日到了地方，本想为民兴利，治好水患，怎奈地方财力不足，徒有决心，却办不成事情。"

　　赵安易哈哈一笑道："这有何难，兄长不必发愁，小弟自有办法。"

　　赵普欲治水患，正为无钱动工犯愁之际，其弟赵安易却说："这有何难，兄长所辖地界富绅大户、腰缠万贯者大有人在，只要动员他们出钱，不怕修不成水利。"

　　赵安易只是随口而说，没想到却一下子提醒了赵普，一个新的想法立刻在他脑海里形成。这真是山重水复疑无路，柳暗花明又一村。只因赵普久在京城，身居要位，对地方情况不甚明了；而赵安易虽对诗书之文懵而不习，却对理财之事极其精透。这一顿酒，兄弟二人喝得畅快淋漓，赵普一脸愁云顿时烟消云散。

　　过了两日，赵普唤黄知县、刘知县前来，让他们列出怀州、汜水两县名门望族、富绅大户名单及其资产情况，随后四处下帖，邀请这些人到赵普府中赏菊赴宴。被邀之人，谁不想结识这位权倾朝野的前宰相？于是纷纷按期结伴赴约。这时正是晚秋时节，赵普府中的后花园里千株菊花，灿然炫目，黄白色的万龄菊、粉红色的桃花菊、白色的木香菊、黄色的金铃菊、纯白而硕大的喜容菊，争奇斗艳，令众多客人在园中流连忘返，陶醉在芳香之中。

赵普看时候不早了，便令点上菊灯，摆上酒宴，请众人入席。赵普笑容满面，由黄知县、刘知县领着，挨桌敬酒，这些被请之人个个受宠若惊，欢喜不尽。酒过三巡，菜过五味，赵普站起身来，轻咳几声，举起酒杯，众人见赵普有话要讲，便都放下碗筷，酒席之上顿时安静下来。这时赵普才开口讲道："今天本官有幸结识各位，也算有缘。只是在下初来宝地，有事相求大家，还望众位多多支持。"

有不知深浅的，正喝得红头涨脸，见赵普说话如此客气，马上接口道："相爷有事尽管直说，我等理应从命。"

赵普郑重其事地说道："实不相瞒，本官来任上时间不长，听说沁河、汜水成年泛滥，致使田地淹没，颗粒不收，房倒屋塌，黎民受难，真是寝食不安。当官不为民办事，岂能称作父母官。因此，我下决心为地方治水，但朝廷一时不能拨来款项，只得先向各位暂借银两，日后必定如数奉还。"

赵普话音刚落，下面先是一阵沉默，接着响起乱哄哄的交头接耳之声。被请之人原以为赵普邀请他们前来只是赏菊饮酒，绝没想到还让他们往外掏腰包。虽说名义是暂借，但借给官府的钱，能指望还回来吗？这与捐钱又有什么区别？一时间，众人都在紧张地盘算着，该如何应付赵普的提议。

赵普见下面只是议论，无人带头响应，便又说道："大家无非是担心钱好借，不好还。这个请诸位放宽心，由本官给你们立下字据，只要有我在，就一定兑现诺言。大家为子孙后代造福，功德无量，朝廷会记录在案，给予嘉奖。"

还是沉默，静得连人们的喘气声都听得见。这时每个人都装出若无其事的样子，再也没心思喝酒，并且都将眼睛盯着别处，唯恐赵普的目光射向自己。此时花园里的空气仿佛凝固了，压抑得人透不过气来。

突然，一个响亮而又苍老的声音打破了寂静："既然相爷一诺千金，真心为百姓造福，我愿出一千两白银。"

此人话音刚落，众人便是一阵躁动，目光齐刷刷射向远处靠边一桌。刘知县站起身来，看了几眼，便转身告诉赵普，说话的是汜水县任记银铺掌柜。赵普凝神望去，觉得那人好生面熟，猛然想起他就是自己在汜水茶楼里遇见的那个矮黑胖大老者，挨桌敬酒时，没有看见他，可能是刚刚赶到的。

"任掌柜深明大义，令本官好生敬佩。还望在座各位也能慷慨解囊，为民造福。"赵普说完，下面就热闹起来。有的报三百两，有的报五百两，最多的没有超过两千两的。赵普走过去，向任掌柜敬上一大杯酒。

任掌柜受惊不小，马上躬身而站，谦声说道："相爷敬酒，小民担当不起。茶楼之事，还望相爷海涵。"

赵普恳切地说道："任掌柜不必过谦，听君茶楼一席话，胜读十年圣贤书。还望给那两位老者捎话，本官随时恭候他们光临。"任掌柜没有想到，堂堂一国宰相，竟如此礼贤下士，着实受了感动。

黄知县、刘知县统计上来，众人自报钱数有两万三千两，离兴修水利所需八万九千两，还有很大距离。赵普心中有数，仅怀州城里的首富赵半城的家私就在五十万两以上；汜水县的周百万财富无人能说得清楚。区区几万，对他们来说简直是从身上拔几根毫毛，但赵半城和周百万好像事先商量好似的，两个人都只报一千两，死活不再张口。此时天色已晚，秋风吹过，带来一丝凉意。在座之人，没有主人下令撤席，谁也不敢离开。

赵普不慌不忙，仍然笑容可掬，用言语稳住大家："治水患务必今冬动工，工程浩大，少了八九万两白银，解决不了问题。今天时候已晚，本官在府中备下房间，委屈各位留宿一夜。现在大家开怀畅饮，一醉方休，难得有这样相聚的日子。"

众人一听，这分明是留下做人质，扣住不让回家，谁还有心思喝酒，个个愁眉不展，脸上阴云不散。赵半城、周百万见势不妙，便说家中还有急事，先要告辞赶回去。赵普右手微捋胡须，笑而不言，一边让黄知县留住赵半城、刘知县缠住周百万，一边派县吏去两家送信，说主人留在赵普府中过夜。赵半城、周百万哭笑不得，无法脱身，只得留下。

静寂的夜空，月白天清，水色的月光撒下来，映得屋里都有些明亮。赵半城、周百万格外受优待，两个人睡在一间宽敞的正房里，但谁也没有合眼。赵半城两眼盯着窗外银白的月光，一动不动，大脑仿佛麻木了一般。周百万则不然，此人脑瓜灵活，一向精明，他在盘算着如何过关：咬牙再出几千两银子！先得回家，然后再做计较。想到这里，他放宽了心，先呼呼睡去。赵半城仍是翻来覆去，合不上眼皮。

次日，周百万起了个大早，找到刘知县，张口便说为了百姓，他愿捐五千两白银。没想到赵普早有交代，刘知县立即转换话题道："相爷知道你周百万是个棋迷，特备下一副铜象棋子，要与你对弈几局。"周百万没有办法。赵普提出与他下棋，应该说是很给面子的事，要是平时，想认识赵普也不易呀！

用过早膳，赵普命人在客厅沏上茶水，摆下棋盘，周百万再不情愿也得前来对弈。二人坐定，各怀心思。赵普轻松自如，专心下棋，进攻所向披靡，防守固若金汤；周百万本是氾水县象棋第一高手，但今天下棋心不在焉，漏着迭出，屡战屡败。赵普见状，不再摆棋，故意问道："听人说周掌柜棋风犀利，锐不可当，为何今日下得如此手软？"

"相爷乃当今下棋高手，草民甘拜下风。"周百万是何等聪明之人，知道下棋是赵普的战术，不过是在拖延时间，不出到一定钱数，自己别想脱身，于是话锋一转，说道："相爷刚到任上，便决心治水，爱民之心令人敬佩。小民考虑再三，不惜倾家荡产，愿再出资两万两白银。"

赵普心里估摸他最多也就出这个数，便开口道："周掌柜通情达理，为人爽快，本官愿交你这样的朋友。我的府门永远为你敞开，随时欢迎你到府上弈棋，到时我们再分个高低上下。"

周百万明白自己已经过"关"，忙接口道："感谢相爷厚待，小民家中确有急事需要处理，容日后再来打扰。"赵普颔首而笑，直将周百万送到府门外。

赵半城见周百万离开相府，便也迫不及待表示愿出资两万两白银，其余人等见周百万、赵半城出得大头，便也增加捐款数目，当天便筹集到九万两白银。赵普命黄知县、刘知县分头组织，做好冬天动工治理水患的准备。

三天之后，白发高大老者和红脸干瘦老者一齐来拜见赵普。二人先报上名来，白发老者唤作和彬，红脸老者名叫黄江。赵普将他们让至客厅，令家人献上茶点。

黄江欠身道："上次在茶楼，小民眼拙，不认得相爷，满嘴胡言，真是有所得罪，还望相爷恕罪。"

赵普微笑道："不必如此客气！治水之事还愿闻两位高见。"

　　黄江见赵普平易得很，紧张的心情一下子松弛下来，便指着和彬道："和兄是治水行家，相爷问他便知。"

　　和彬是有备而来，听任掌柜转告说赵普是真心为百姓办事，感到自己这回有了用武之地，便也不再推辞，侃侃而谈："沁河发源山西，坡陡水急，河流夹带泥沙，到了怀州地界，泥沙沉淀，河床垫高，必致河水泄溢，泛滥成灾。每到夏季，一遇暴雨，便造成伏汛，洪峰冲毁堤坝，那情景真是惨不忍睹。"

　　黄江插言道："满城如听万家哭，墙崩屋圮随流荡。这情景都是当地人亲眼所见的。"

　　赵普听得聚精会神，不时拿笔记下。和彬见赵普这般认真，便又接着往下说道："欲治沁河，先要筑堤束水，以水攻沙。趁冬天水少之际，疏控淤沙，将河身挖得深而狭，这样上游汛季奔泻之水，才能顺道安流，不致泛滥。"

　　"据说这里每年都要修堤，为何作用不大？只修下游，不治上游，能否见效？"赵普道出心中的疑问。

　　和彬答道："过去是土堤，怎能管用？应将土堤筑成石堤，才不致被水冲毁。上游可修缓洪坝，以煞水势；中游造分水闸坝；下游再疏控淤沙。三管齐下，必能见效。只是上游、中游不属这里管辖。"

　　赵普点了点头，然后说道："这个好办。上游、中游治水之事，由本官与当地知县商量，谅这为民造福之事，不会有人出面拦阻。和老先生不愧是行家里手，理应举荐老先生为治河总监，不知意下如何？"

　　黄江赞道："再好不过，和兄万不要推辞。你多年夙愿不就是等着这一天吗？"

　　和彬微微点头，谦虚道："老朽不才，承蒙相爷厚爱，宁愿粉身碎骨，也要治好水患。"

　　赵普不禁喜形于色，又转向黄江道："黄老先生疾恶如仇，忠正耿直。治河银两来之不易，务要用好分文，恳请黄老先生参与督察款项使用情况，不知可否？"

　　还没等黄江表态，和彬就抢先说道："此事交给黄兄办理，定是铁面无私。他是个出了名的眼里揉不得半粒沙子的人，百姓都信得过。"黄江随即微笑应允。

　　赵普好生高兴，没想到氾水茶楼所遇见的几位老者，都是这样的古道热肠。过去久在官场，自己见到的尽是些钩心斗角、尔虞我诈、争权夺利、心术不正之人，就是有一些好官、清官，也大都遭人陷害暗算，郁郁不得志。可是百姓则不然，虽说也有刁民顽主，但毕竟多数纯朴忠厚，像和彬、黄江这样为国分忧的人，在民间可谓比比皆是。

　　转眼秋去冬来，怀州、氾水两县动员上万民夫开赴沁河、氾水二地。邻近的河清、济源、温县等地听说赵普带头治水，不少百姓便纷纷来到工地上参加施工。虽然冬季水量大大减少，又采取了截水堵流措施，但河面上的积水仍然结成了冰，冰层不厚，却坚硬得很。民夫们有的脱去上衣，光着膀子抡起大镐刨冰，冰碴四溅，飞到脸上生疼生疼的，他们却全不在意。刨开冰面，下边便是厚厚一层淤沙。工地上专门有人挖沙，其他人则用筐将沙抬到岸上。整个工地人山人海，热火朝天。

　　且说这天赵普在黄知县陪同下来到沁河工地。听说和彬病倒在岸边临时搭起的窝棚里，赵普便先去探望他。窝棚不大，四面透风，赵普进去之后，便觉有一股寒意袭来。和彬躺在稻草铺就的地上，看见赵普低头弯腰进来，老人双眼"刷"地一亮，忙挣扎着要起身。赵普紧走几步，俯身按着和彬道："闻听和老先生有病，我忧心如焚，不知近日病情可有好转？"

和彬感到一股暖流传遍全身，病一下子好像减轻了许多，声音也变得有力起来："人老了身体也不中用了，偶感风寒便卧床不起，好在有孙女凤娇照顾，这两日已好了许多。"

赵普这才注意到，在窝棚一角，有一女子正在低头熬药。和彬唤道："凤娇，快来拜见相爷。"

凤娇听爷爷唤她，赶忙转过身来，盈盈下拜，轻声细语说道："民女和凤娇参见相爷。"

赵普定睛观瞧，眼前的凤娇与官府的那些小姐大不相同，长得五官端正，脸色红润，不施粉黛，却有一种纯真的乡野之美。赵普越看越觉得凤娇眼熟，好像在哪里见过。啊，这不是活脱脱的凤春姑娘吗？她不是已经吞金死了吗？不！赵普再一仔细打量，才发现凤娇身上更多了一种自然之美，全没有凤春身上的风尘气息，但她们的眉眼五官却长得如此相像，好似孪生姐妹，只不过凤娇看上去比凤春要小几岁。

凤娇见赵普总盯着自己看，不觉脸一红，低下了头。和彬瞧见赵普的表情，问道："相爷的样子好似见过我这孙女似的？"

赵普这才觉得自己有点失态，忙说道："我认识一人，和令孙女长得十分相似。"

"果真吗？你在哪里见过此人？我的大孙女凤春从小就被人拐卖走了，那人莫非就是我的凤春？"和彬情绪十分激动。

赵普的心跳加速，但他表面却不动声色，他已断定凤春就是和彬的大孙女，可他已不想让老人知道凤春的身份及已死的事实，于是摇头否定。

和彬的脸上露出失望的神色，他抬手指着孙女说道："这孩子命苦，生下来时她娘就撒手人寰，五岁上我儿子又暴病身亡，从此我们爷孙相依为命，过得也算安宁。只不过苦了我这孙女，为照顾我这老头子，竟误过了出嫁年龄。"

"爷爷，你又说这个！"凤娇噘起小嘴，急得直跺脚，俨然还是一个天真无邪的少女。

"好了，好了，爷爷不说了。"和彬眼中透着对孙女的爱怜，可见平日这祖孙二人的相处是何等融洽。赵普不禁心生感慨：这种可贵的亲情在官宦人家很是稀有！

这时，一股冷风透过苇席吹进窝棚，和彬不由得打了个寒噤。赵普见状便脱下身上的皮氅，盖在和彬身上，关切地说道："老先生要多多保重，我还会常来看你。"

见赵普要走，和彬猛然想起还有一事相告，于是忙道："相爷慢走，小民还有话要讲。"

第三十七回　多情宰相收孤女
　　　　　　风流天子纳小姨

　　赵普见和彬还有话要讲，便又走近前说道："和老先生，有事请讲，我洗耳恭听。"

　　和彬盖上赵普的皮氅，身上暖和了许多，讲话时也仿佛增加了气力："相爷，我这几日又想到一种防洪的办法，那就是河堤修好之后，要在堤岸上广种柳树，这样树根固连，那河堤就再也不怕风浪冲击了。"

　　堤上种柳，赵普当然见过。他一直以为种堤柳只为美化风景，供人欣赏，却不知有防洪抗洪之用。这也难怪，赵普为官多年，只问政事、战事，不涉民事，怎么能万事都知晓？因此，他对和彬的话很感兴趣，便问道："堤岸种柳，为何能防洪抗洪？"

　　"柳根长而且韧，根深扎堤内，盘根错节，可抵御风浪的冲击，又可加固河堤。成排的堤柳，就是一道坚固的防洪工程，对固定河槽、控制水流，素有实效。如果一旦遇有险情，采取'挂柳'方式抢护，可以使水流外移，防止堤坝继续受到冲击，从而化险为夷。"和彬讲得头头是道，浅显易懂。

　　赵普当下做出决定："就依和老先生之言，沁河、汜水修好堤岸之后，多种一些柳树便是。"

和彬见自己的建议被采纳，高兴得像个孩子似的，脸色也红润起来，忘记了自己还是个病人，竟又滔滔不绝地讲了下去："这种堤柳很有讲究，树苗儿要长八尺，径三寸，而且要在地气才通的惊蛰后种植。树坑要深三尺，栽后要不时灌溉，一定得保浇保活。"

凤娇见爷爷还要絮叨下去，便插言道："爷爷，相爷还有公事，在这时间久了，容易着凉。"

经孙女提醒，和彬才注意到赵普脱下皮氅后，衣服单薄，忙抱歉地说道："相爷快穿上皮氅，免得受寒。"赵普哪里肯穿，坚持要将皮氅送给和彬。凤娇的话说得无意，赵普却听得有心。这小女子通晓人情，心肠火热，赵普竟对她有着一种说不出的喜爱，不知是因为她是凤春的妹妹，还是因为她那种直爽的性格。

赵普临走之时，一再叮嘱和彬静心养病，如果不行，赶快另寻名医医治。和彬眼含热泪，点头答应。赵普又对黄知县说道："百姓种柳一百株以上者，要记录在案，岁终查点成活数目，传令嘉奖。乱砍伐者，应予治罪，不得姑息。"黄知县连连称是。不知为什么，赵普临出窝棚，不由自主又看了凤娇一眼，这眼光温柔怜爱，凤娇一双大眼睛也忽闪闪地有意无意与赵普对视了一下，然后垂下眼帘，红润的脸庞显得更加妩媚娇艳。她这刹那间的变化，不仅被赵普捕捉到了，而且也被她那相依为命的爷爷看在眼里。

开宝七年（974）四月，对赵普来说真是喜忧参半。喜的是沁河、氾水清淤筑堤工程初战告捷，石堤代替土堤，格外壮观。堤岸上栽种成排的柳树，飘拂的柳枝长出了嫩绿的柳叶。

怀州、氾水连同邻近县的百姓，像过盛大节日一样，成群结队来参观这水利工程，企盼今秋能有一个好收成。令赵普欣慰的是，黄江尽职尽责，严厉督察款项使用情况，工程费用还有结余。于是，他计划今冬再挖一条水渠，这样既可分洪，又能引水灌溉农田。同时，他还要督促当地知县做好各种准备，使上游、中游的工程早日开工。

令赵普悲伤的是：赵忠不幸病故。赵忠跟随他二十年，忠心耿耿，劳苦功高，赵普待他如同亲人一般。接连数日，赵普沉浸在悲痛之中。谁知赵忠故去不久，夫人林氏因操劳过度，也病倒在床，这真是雪上加霜！赵普整日忙得头晕脑胀，虽说兰儿、蕙儿十分懂事，但孩子幼小，还得分心照顾她们。赵普强打精神，终日奔波于公务和家事之中。

这日清晨，刘知县派人给赵普送信，说和彬病危，提出要见赵普一面。赵普不敢耽搁，连忙备轿赶往氾水。

一路上几个轿夫健步如飞，怎奈有五十里的路程，直到午后才进得氾水县城。和彬住在东门城根，几个轿夫累得汗流浃背，气喘吁吁，见到了地方，连忙落轿。赵普下轿，只见和彬家两扇柴扉前，围满了男女老少。早有黄江从人群中赶过来，见着赵普就是一揖："参见相爷，可把相爷盼来了，和兄昏迷中还在唤相爷呢！"

听说是赵普来到，人群自然让出一条道来。赵普大步随黄江进院，直奔坐落在正面的和彬的住室。

赵普进到室内，任掌柜来不及叙礼拜见，只是直唤昏睡中的和彬："和兄，和兄，相爷来了，相爷来了！"

凤娇也在床前含泪叫道："爷爷，相爷就在您眼前，快醒醒，快醒醒呀！"

赵普走到床前，只见和彬脸庞瘦削，肤色蜡黄，满头白发也仿佛脱落了许多。他呼吸急促，一副病入膏肓的模样。赵普看着不禁心酸，紧紧攥住和彬青筋鼓起的干瘦的手掌，轻声唤道："和老先生，和老先生，我来了，你睁眼看看呀！"

这一声呼唤，犹如一阵轻风吹进和彬的耳中，昏迷中的和彬渐渐睁开了双眼。他看到了孙女哭肿的眼泡，看到了好友任掌柜、黄江焦急的神色，当看到赵普那怜惜的目光时，和彬一下子睁大了眼睛，瞳仁放出了光彩，精神登时焕发起来。

围在床前的人见和彬醒转过来，心情才放松下来。凤娇凑上前说道："爷爷，相爷看您来啦！"

和彬点点头，便要起身。赵普忙道："和老先生，快躺着别动，你需要好好静养呀！"说完拉过一把椅子，坐在和彬的跟前。

"相爷，容老朽无礼啦！"和彬脸上露出歉意的表情，而后断断续续地说道，"老朽一生无所成就，晚年有相爷的知遇之恩，终于干出了一件无愧于子孙的大事，死而无憾。"说到这里，他那蜡黄的脸颊竟有了红润的颜色。

赵普也是无限感慨，发自内心地说道："和老先生为民造福，功不可没。我会上奏朝廷，给老先生嘉奖，让子孙后代记住和老先生的大名。"

和彬摇了摇头说："我一生淡泊名利，只求心安。古人说'人活七十古来稀'，我已活到七十三岁，知足了。老朽如今只有一事相求，要是相爷不答应，我死不瞑目。"

赵普不知和彬所求何事，望着老人脸上企盼的神色，只得安慰道："和老先生不要多虑，你的病会好的。普虽不才，老先生的事，我还是会尽心去办。"

　　见赵普如此爽快，和彬清癯的面容一下子现出了灿烂的微笑，说话的声音也提高了许多："老朽有一事相托。我死后，苦命的孙女就像断线的风筝，四处漂泊，无人照料。她已年过二十，嫁给乡野村夫，我实放心不下。想我和家也曾是书香门第，她父亲还中过进士，要是相爷不嫌弃，愿将凤娇送到相爷府第，让她终身侍奉相爷和夫人，也算是她的一点福分！"和彬总算把话挑明，心里顿觉畅快了许多。

　　赵普听后左右为难。他万没有想到和彬所求是托付凤娇一事。此事如不答应，老人已有言在先，会伤他的心；如若答应下来，实难启口。

　　和彬见赵普沉思不语，便知他有顾虑，只得又把话说开："凤娇与相爷有缘，老朽心中有数。即使为奴，相爷也不会给她委屈受的，总比流落民间遭人欺侮强呀！老朽自知将不久于人世，还望相爷成全凤娇，否则我怎么去见她的爹娘呀？！"

　　既然和彬话点到这里，赵普心中总算找到了准星，便开口道："和老先生如此信任于我，我只得从命。不过，我也有话在先，凤娇到了府里，一不是婢，二不是妾，我和夫人会好好待她。如姑娘愿意，我随时可为她择个好的人家。"和彬长出了一口气，心想总算了却了最后一桩心事，就是在九泉之下也可以瞑目了。

　　和彬与赵普对话时，旁人无法插言。黄江、任掌柜与和彬虽说是至交好友，但谈起家务事来终究是局外之人，不便多言。而凤娇，虽说听到爷爷和赵普谈的是她今后的去向，但爷爷在病重时，就与她商量过多次，她同意爷爷的安排，此刻更不便插话。说实在话，凤娇心中也曾反复掂量：自己过了二八妙龄，错过了婚嫁的最佳年龄，很难遇到绝好的门户，更不

愿与普通人厮守终身；而赵普在她的心目中是再好不过的保护
人，否则，她一个孤立无援的弱女子，只能任人欺凌。况且，
不知为什么，自与赵普第一次见面，她对这个和自己父亲年龄
差不多的男人，心中隐约有一种说不出的感情，是缺乏父爱的
依恋，还是情窦迟开的渴望，她自己也说不清楚。因此，她觉
得爷爷的考虑，也许是她最好的出路。

和彬喘息了片刻，叫过孙女说道："凤娇，爷爷就要
走了，记住，千万要听相爷的话。孩子，还不快过去谢过
相爷。"

凤娇赶忙过来叩谢赵普。和彬见状，连说两遍："这就好
了，这就好了！"黄江、任掌柜见老友有了精神，还以为他病
情会有好转，哪里想到这竟是回光返照？和彬说完，嘴角尚留
着满意的微笑，便闭上了和善的眼睛，长眠而去。

和彬病逝以后，赵普把丧事委托给刘知县操办，嘱咐他
一定要隆重安葬和彬。丧事已毕，黄江、任掌柜亲自将凤娇送
至赵府。赵普拨出一处院子供凤娇居住，并安排几个丫鬟服侍
她。对于赵普的安排，凤娇深为感激，不知怎样报答才好。她
每日里大部分时间用于研习诗书，其他时间甚感寂寞，便常去
与林夫人作伴。林夫人卧病在床，凤娇煎汤熬药，侍奉得十分
周到。林夫人见她如此懂事，自然对她另眼看待。相处日久，
二人既情同姐妹，又亲如母女。对于凤娇所为，赵普看在眼
里，心中暗暗称赞。

赵普虽身在怀州，却时刻心系朝廷，关注汴京的一举一
动。太祖备战南唐，已有两年之久，却迟迟没有兴兵，赵普在
外十分着急。在京中，太祖何尝不是这样？他恨不得立刻平
定南唐，只是师出无名，不便贸然行动，只得静观南唐国内变

化，等待有利时机。

且说南唐后主李煜，自处死林仁肇后，以为国内再无反叛之人，可以高枕无忧，便整日与周后纵情声色，不理国事。这周后姿容甚美，精通音律，歌舞弹唱，无所不通，每日都花样翻新，陪着李煜歌舞取乐。不料一日周后偶感风寒，一病不起。周后妹妹得知便进宫探望。周后姊妹之间感情深厚，李煜便劝说小姨留在宫中，照顾姐姐。

有妹妹在身旁相陪，周后自然高兴。谁知李煜此举乃是另有用意。你道为何？只因小姨长得国色天香，秀外慧中，姿色、才气比周后还胜几分，再加上年刚及笄，情窦初开，更是别有风姿。李煜暗中垂涎小姨已久，早有一箭双雕之心，只是没有机会下手。这回留小姨在宫中照看周后，他怎肯放过这天赐良机。别看李煜治国不行，采花却是妙手。他早已盘算妥当，只待实施。

这日午后，乘周后熟睡之时，李煜命心腹宫人传旨，唤小姨前往后苑观花。小姨在百花丛中，竟发现一个红罗小亭，甚是好奇。只因这小亭，罩以红罗，压以玳瑁象牙，镂银雕金，极其华丽精致。宫人见状说道："皇姨，小亭内有人间稀有的奇花，煞是好看，何不前去观赏。"

小姨哪里料到这是李煜设下的陷阱，便兴致盎然跟着宫人向小亭走去。谁知她前脚刚踏进门内，宫人便转动机关，门"呀"的一声将小姨关在亭内。里面哪有什么奇花，只见狭小的地方，仅放一榻一台。榻上锦衾高叠；台上有一荷叶式的白玉盘，盛着各色名香，香气郁馥，使人心醉体酥。

小姨心觉蹊跷，刚要喊叫宫人，只听门儿"吱"的一声自动打开，李煜容光焕发，喜气盈盈进来后，门儿又重新闭上。

小姨情知不妙，待要躲避，亭内地方太窄，无处藏身；待要用手推门，哪知这门牢固得很，任她用尽气力，也纹丝不动。这时李煜上前拉住小姨的纤手，极其温存地说道："小姨莫要受惊，难得我们在此，这乃是前生的缘分。"说着，另一只手竟去搂抱她的细腰。

小姨羞得满脸通红，轻声说道："陛下请放尊重些，倘被姐姐知道，妾之颜面何存？要是让外人看见，于陛下也颇多不便。"

李煜哪里管得了这些，他攥住小姨的纤手，搂定她的细腰，笑嘻嘻地说道："自古风流帝王，哪一个不怜香惜玉？唐明皇不是还宠爱着虢国、秦国两位王姨吗？何况朕比那唐明皇风流倜傥还胜过几分。小姨请放宽心，此处甚为隐秘，宫人们不奉传宣不敢擅入，你姐姐也不知此处机关，万无泄漏之理。"

小姨此时自知叫也没用，又走不出去，香气早已熏得她通体酥软，而李煜则在她耳边温言软语诉说着朝思暮想的爱慕之情……

自此，每日午后李煜与小姨便来这红罗小亭。二人卿卿我我，甚是恩爱，毫不顾忌周后的病情。周后从宫人口中得知此事，又是气恼，又是伤心，病势陡重，没几日便玉殒香消。可怜一个如花似玉、才貌双全的周后，年纪轻轻便送了性命。李煜追念旧情，不免伤心，倒也哭了几场。过了些时，李煜降下旨意，聘定周后之妹为继后，人们称之为小周后。李煜风流依旧，不过毕竟心虚，深恐魔障缠身，竟信奉起佛教来，整日跪诵佛经，沉迷于佛法。

太祖探得李煜整日不是诵经，就是与宫嫔歌舞饮宴，已失民心，认为时机已经成熟，便遣知制诰李穆去南唐告知李煜，命他入朝。李煜恐太祖将他扣留在汴京，便称疾推辞不赴。太祖复命梁迥召李煜入朝，李煜仍是推辞。

太祖闻报，大怒道："江南李煜屡召不至，显见违抗朕命，心怀异志，而今出兵征伐，不能说是师出无名了。"

第三十八回　伐南唐李煜归降
　　　　　　　见真情凤娇侍病

　　开宝七年（974）九月，太祖下诏命宣徽南院使、义成军节度使曹彬为西南面行营马步军战棹都部署，山南东道节度使潘美为都监，颍州团练使曹翰为先锋都指挥使，领兵十万，征伐江南。

　　临行之时，曹彬率众将陛辞[①]，太祖拔佩剑授予曹彬道："此次出征，由曹爱卿代朕行令，副将以下，倘有不从命者，卿可持此剑先斩后奏。"

　　曹彬应道："末将听命！"

　　太祖又反复叮嘱道："此行万勿杀戮生灵，暴虐黎民，一定要恩威并施，使其自行归顺。金陵城陷之日，不可肆意屠杀，李煜一门，万不可加害。卿等切记朕言，宁可缓兵推进，不得大开杀戒。"曹彬等顿首领旨。

　　正在这时，军卒来报，抓住一南唐细作，不报姓名，口口声声要见曹将军，说有宝物要献给陛下。曹彬闻听，便请示太祖如何发落，太祖当即下令将细作带上殿来，欲亲自询问。不

---

①　陛辞：古时朝官离开朝廷，上殿辞别皇帝。

大一会儿，一个文弱书生模样的人被推进殿来。只见这个人不慌不忙跪倒在地，口中说道："江南草民樊若水叩见陛下，祝吾皇万岁，万岁，万万岁！"

太祖觉得这个人的举止不像是行伍出身，便以试探的口气先摸清他的来历："樊若水，你不在南唐为生，来到汴京可是刺探军情？"

"草民不敢。小民乃池州一介书生，久盼陛下进取江南，今特来投靠丞相赵普。相爷曾嘱小民，他若不在，可投曹彬将军，转献宝物给陛下。今日小民在曹府外徘徊，不想竟被误认为奸细。"樊若水简明扼要地表明自己的身份。

太祖先听到樊若水说自己是来投奔赵普的，心中有些不快，眉头不禁紧皱，脸色也沉了下来；待又听到他说有宝物要献，才眉头略舒道："有何宝物，送朕观瞧！"

樊若水双手呈上，内侍接过，呈给太祖御览。太祖接过细看，顿时喜形于色。原来樊若水所说的"宝物"指的是平南之策，内有一幅十分详尽的长江图说，凡长江曲折险要之处，均标记清楚，且注明江面的阔狭及水的深浅，并建议如果飞渡长江，必先造好浮桥。太祖阅后，满面春风地说道："得此一图，江南尽在吾掌之中了。"遂又详问樊若水制图的经过。

樊若水本是南唐人氏，为何心向大宋？原来他饱读诗书，满怀雄心壮志，意欲一展宏图，但在南唐几次参加考试，都因朝中有人作梗，一再名落孙山。一气之下，他竟来到大宋，投到赵普门下。当时赵普为相，正为太祖做攻取南唐的准备，从长远考虑，他劝樊若水暂回南唐，伺机绘制长江水面图，待宋军进军江南之时呈上，可立首功一件。樊若水欣然答应，按照赵普安排，又潜回南唐，借着钓鱼为名，驾一叶小舟，载着丝绳，从南岸系定，再疾棹北岸，往返数十次，将江面的阔狭、深浅的尺寸测量得准确无误。就这样，他每日里装作悠闲自在，在江中忽来忽往，或东或西，经年累月，才绘制成功长江水面图。他本想到汴京找恩公赵普，但因此时赵普已在河阳三城节度使任上，这才转投曹彬。

太祖得知前后详情，心头对老臣赵普又掠过一丝怀念之情。此番曹彬出征正是用人之时，太祖当下便授樊若水为右参赞大夫，赴军前听用，待平定南唐以后，再予升迁。

且说李煜与小周后整日寻欢作乐，无心国事，对大宋毫无戒备之心。十月十八日，曹彬率荆湖水军，携带预作浮桥用的舰船，自荆南出发，沿长江靠北岸一侧顺流东下。南唐屯戍南岸的官兵，以为是宋军在沿自家岸边一侧巡逻，不仅未出兵拦阻，还预备水酒犒劳宋师，从而使宋军得以顺利通过南唐屯兵十万的要地湖口，直抵池州（今安徽池州）。南唐守将戈彦看到宋军是南征而来，急得手足无措，弃城遁去。曹彬兵不血刃得了池州，乘胜进至石碑口。樊若水奉命架设浮桥，将大船互相排列起来，架起自古以来长江上的第一座浮桥。宋军踏上浮桥，如履平地，顺利过江，又连克铜陵、芜湖、当涂。接着宋军将预制的浮桥从石碑口移至采石，三日桥成，潘美率步、骑两军由江北经浮桥过江。

还在宋军架设浮桥之时，便有探马报入金陵，李煜忙召群臣商议御敌之计。学士张洎进言道："臣遍览古书，从没有江面造浮桥的事情。此必系军中讹言。倘若果有此事，那宋军的主帅也是个笨蛋了，怕他什么？"

李煜笑道："朕也认为没有这等事情，不要去听信传言。"话音刚落，便有探卒来报：宋军已渡过江了。李煜这才着急，立即调兵遣将前去迎敌。

开宝八年（975）正月，曹彬率军连下金陵西南的白鹭洲、新林港及溧水，直逼金陵城南的秦淮河。

李煜见形势危急，只得派学士承旨徐铉星夜驰赴汴京，哀恳太祖息兵。太祖问徐铉道："朕令李煜入朝，何故违命不遵？"

徐铉巧言答道："李煜并非有意逆命，确因病体缠绵，不能来朝。李煜无罪，陛下师出无名。李煜如地，陛下如天；李煜如子，陛下如父。天乃能盖地，父乃能庇子。"

太祖反问道："既是父子，如何两处吃饭？"

徐铉一时无言可答，只得顿首哀请道："陛下即使不念李煜，也当顾及江南生灵。若大军攻打南唐，必致生灵涂炭，恳请陛下体天地好生之德，下令退兵。"

"朕于出师之时，已谕令军帅，不得妄杀一人。如果李煜早日归降，何至于生灵涂炭？"太祖讲出此话，表明他不灭南唐誓不罢休的决心。

"李煜连年朝贡，未尝失礼，陛下何不网开一面，保其生全？"徐铉仍然不死心，还想凭三寸不烂之舌说动太祖罢兵。

太祖也不再遮掩，直接挑明道："朕并不想加害李煜，只要他献出版图，入朝见朕，朕自然敕命班师。"

徐铉见太祖不肯让步，索性掷出撒手锏，大声道："李煜如此恭顺，仍要见伐，陛下未免太寡恩了！"

太祖不禁由烦生怒，拔出宝剑置在案上说道："你休要多言！江南自是无甚大罪，只是朕要天下一家。朕卧榻之侧岂容他人鼾睡？你再饶舌，可视此剑。"徐铉见状大惊失色，哪敢啰唆，赶忙不分晓夜奔回江南。

李煜听说太祖不肯罢兵，恼羞成怒，自恃金陵城高池深，决心孤注一掷，与宋军决一死战。谁知这时常州传来急报，说吴越王钱俶被太祖任命为昇州（今南京市）东南面行营招抚制置使，派兵进攻常州。

这一消息对李煜来说无疑是雪上加霜。李煜皱眉暗想：当初自己不也是如吴越王所为，助宋攻讨他国吗？可如今却落个养虎遗患、自身难保的结局！想到这里，他竟悔恨地哭出声来。

两旁大臣见状，急忙上前劝慰道："为今之计，只好写信给吴越王，晓以利害，劝他退兵便是。"

李煜心中毫无主意，只得依计而行，派人捎信给吴越王钱俶。信中写道："今日无我，明日岂能有君？宋主野心勃勃，恨不能摘星揽月，尽为己有。一旦宋主攻下南唐，恐怕君也要变为大梁布衣了。"

吴越王助宋伐唐，是为保自家江山，对李煜的信置之不理，照样进攻。攻下江阴、宜兴之后，吴越王又下令进攻常州。南唐江南诸郡所剩无几，金陵早已变成一座孤城。

曹彬围困金陵长达几个月，就是不下令攻城。众将因太祖赐佩剑给曹彬，他有先斩后奏之权，都不敢多言。曹彬几次意欲攻城，总担心城破之时殃及百姓，虽有禁令，也恐有人忘于脑后。

这日，曹彬诈称有疾，卧床不起，众将闻主帅有恙，便都入帐问候。只见曹彬脸色红润，并无病态，甚感奇怪。曹彬见众人纳闷，便问道："诸君可知我的病源？"

众将有的说是劳累过度，有的说是偶感风寒，有的摇头答不出来。

曹彬待众将说完，才道："诸君所言，皆非我的病源。"众将你看着我，我看着你，弄不明白主帅所患何病，忙说快请名医诊治。曹彬接着说道："我的病非名医能治，只要诸君诚心自誓，城破之时，不妄杀一人，本帅的病便可痊愈了。"

众将这才知晓主帅原来是这块心病，齐声道："主帅尽可放心，我等对着主帅，各宣一誓。"说罢，一起焚香发誓。

你道曹彬为何想出此着？原来赵普辞相离京之时，特地嘱咐曹彬：攻打南唐，切不可重蹈王全斌平蜀覆辙，部下将士约束不严，便会大开杀戒，必要时可用计说服将士。曹彬谨记在心，这才想出此一绝招。

十一月二十七日，曹彬下令攻城，仅一日便攻下守备空虚、军心涣散的金陵。众将果然严守军令，不滥杀百姓。李煜万般无奈，只得率领臣僚前往曹彬大营投降。曹彬好言抚慰，待以宾礼，请李煜入宫治装，即日与他同赴汴京。

不一日到了汴京，李煜君臣白衣纱帽，在明德门楼下待罪。太祖宣诏授李煜为右千牛卫上将军，封违命侯，复赐冠带、器币、鞍马；小周后亦被赐为郑国夫人，其余子弟一并授职，所有臣僚亦量能任用。李煜及其臣僚惶恐受诏，俯伏谢罪。至此，南唐已平。

南唐平定的消息传到怀州，赵普十分高兴，听说樊若水已出任池州，便去信叮嘱他要在任上多为百姓办事。

过了不久，不知何故，赵普旧病复发，仍然四肢刺痛，不能行走。林夫人病情未见减轻，赵普又病倒在床，兰儿、蕙儿尚年幼，整个赵府的生活重担一下子压在了凤娇肩头。

凤娇虽来赵府时间不长，但因为人贤德，府中无人敢轻视于她。林夫人常年患病，便将府内之事托付给凤娇。凤娇管理得井井有条，人人称赞。赵普病倒之后，虽说丫鬟侍女不少，但林夫人却不放心，有心自己前去服侍，怎奈体弱，力不从心，想叫凤娇照顾赵普，又难于启齿。凤娇是何等聪慧之人，这日为林夫人煎好汤药，坐在床前，似乎像是无意中提道："夫人，相爷染病不起，虽说有丫鬟在床前侍候，但实难照顾周全。夫人要是不嫌，凤娇愿担此任。"

林氏夫人感动地拉住凤娇的手，说道："好妹子，姐姐怎会嫌你，你若能照顾好相爷，我是求之不得，只怕妹子有不方便之处。"

"夫人有所不知，相爷有疾，身体不便，但头脑却十分明白，需要有人与他交谈，免得孤寂。心情畅快，病自然就能好转。"

凤娇说出这番话来，林夫人不由得点头称赞。原来林夫人见凤娇理家处事十分能干，心肠又好，感情细腻，早有心让赵普纳她为妾。可一来怕丈夫不答应，二来恐委屈了姑娘，故一直将想法埋在心里，未曾说出口。此番让凤娇照顾赵普，正是良机，二人朝夕相处，自然感情会日渐深厚，待水到渠成之日，促二人完婚，自己在九泉之下也可放心。

且说赵普卧病在床，心情十分烦躁，丫鬟小心侍候，赵普却东也看不惯，西也不满意，无端发火，令丫鬟战战兢兢。这日赵普又在生闷气，双眼紧闭，吓得丫鬟立在床前，大气也不敢出。此时，凤娇飘然来到，发现赵普卧室清雅宽大，绣衾罗帐，干净整洁；墙上挂着一幅梅花图，上题南朝宋陆凯的《赠范晔诗》："折花逢驿使，寄予陇头人。江南无所有，聊赠一枝春。"靠北窗下的桌子上，放着围棋盘及棋子；窗台上摆着一盆梅花。

丫鬟见凤娇进来，正要唤她，凤娇忙摆摆手，示意不要惊醒相爷。凤娇还未走到床前，赵普便闻到一股轻幽的香气，待睁眼一看是凤娇，脸上立即露出笑容，语气温和地说道："凤娇姑娘，今天怎有空到我屋中一坐？"

凤娇柔声答道："听说相爷身体有恙，便奉夫人之命前来探望。"

凤娇还是个未出嫁的姑娘，借着夫人的名义前来探望赵普是顺理成章的事。赵普心下明白，也不点破。他很想单独与凤娇多待一会儿，便对丫鬟说道："这里没有你的事了，下去吧。"丫鬟巴不得赶快退出屋去。

凤娇见赵普充满柔情的眼睛注视着自己，便把目光转向窗台上的梅花，随口问道："相爷可是喜欢梅花？"

赵普带着得意的笑容说道："正是。梅花清幽高洁，淡雅超逸，凌霜傲雪。赏梅能排除心中俗气，心与物化，达到静心养性的目的。"

凤娇柔声细语道："相爷不仅是为了静心养性吧？'雪虐风餐愈凛然，花中气节最高坚。'相爷身在怀州，心在汴京，不管风云如何变幻，总要保持一种气节。"

凤娇刚刚说完，赵普便忘情地抓住凤娇的纤手："知我者，凤娇也！"

凤娇还是第一次与男人肌肤相挨，她那纤手被赵普的大手攥得很紧，一时竟抽不出来，急得满脸羞红，嘴里叫道："相爷！"赵普这才发现自己用力过猛，赶忙歉意地松开手。

自此以后，赵普的病情日渐好转。凤娇照例每天抽空前去探望，有时还带着兰儿、蕙儿一起去。两个孩子聪颖懂事，嘴儿挺甜，见着凤娇就叫"姑姑"，凤娇也十分疼爱她们。赵普的节度使一职本来就是闲差，没有政事处理，此次在家中养病，一律闭门谢客。凤娇精心照料赵普，每日里二人不是切磋棋艺，就是阅读《论语》。日子一晃就是一年多，赵普从未这么轻松过。他与凤娇之间，像是师生，又像是朋友，二人的感情在无形中糅进了更多爱的成分。

这日凤娇念到《论语·八佾》中的一段话："定公问：'君使臣，臣事君，如之何？'孔子对曰：'君使臣以礼，臣事君以忠。'"

不知为何，凤娇念完，赵普在床上久久没有说话。见赵普沉默不语，凤娇不由问道："相爷，您怎么啦？"

赵普无限感慨地答道："还是孔圣人说得对呀！想我和陛下相识几十年来，我们君臣便是这样做的。陛下依礼来使用臣，臣忠心地服侍陛下。我这大病一场，整日悠闲自在，没有尽臣子的忠心，追悔莫及。凤娇，快取笔墨来，我要给陛下上表，进献早日收取吴越之策。"

凤娇准备好笔墨纸砚，赵普奋笔疾书，一挥而就。第二天赵普正准备派人将奏章送往汴京，忽然意外地传来太祖驾崩的噩耗。

且说开宝九年（976）十月二十日深夜，太祖在万岁殿突然驾崩。平定南唐才一年时间，太祖统一大业还未完成，就猝然而逝，赵普闻听痛哭失声。他不敢相信这是事实。太祖并未患什么绝症，莫非其中另有蹊跷？赵普派人辗转打听，才得到一些消息。

原来三月间，太祖率群臣去西京河南府祭告天地，并且从长远大计着想，想迁都这里，但包括赵光义在内的大臣都坚决反对，太祖只好放弃迁都之念，但心情却极不舒畅。

太祖刚返回汴京，就得知他最为宠爱的花蕊夫人突然得了病，忙摆驾前往玉真宫。进到宫里，只见屋内挤满了嫔妃宫女，皇后亲自在床前调药。花蕊夫人虽然很得圣眷，但从不因此骄横，待人和蔼可亲，十分谨慎小心，所以上至皇后，下至宫女，无人不说她好话。

皇后与众嫔妃见圣驾到来，连忙一同接驾。太祖一步跨到床前，只见花蕊夫人面容惨白，头发蓬乱，双目紧闭，不觉起急道："花蕊夫人为何成了这个样子？"

皇后小心翼翼答道："花蕊夫人听说陛下就要回来，非常高兴，她与臣妾同在后苑赏花赋诗，说要献给陛下。没想到她突然就喊肚子疼痛，回到宫里便昏迷过去。臣妾给她灌下九转回生丹也未见效，找来御医，也不知是何病症，无法开药，臣妾正没有主张，多亏陛下及时赶到，还请陛下定夺。"

太祖用手抚摸着花蕊夫人的香躯，只觉浑身冰冷，不禁落下泪来，泪水掉在花蕊夫人的脸上，花蕊夫人的眼皮动了一下。太祖忙俯身叫道："爱妃，朕看你来了。"

花蕊夫人睁开了眼睛，定睛看着太祖，两滴热泪顺着脸颊滚落下来，紧接着她大叫一声，闭上眼睛。"爱妃，爱妃……"太祖连唤几声，只闻得满屋异香，花蕊夫人已魂归九天。太祖再也顾不得什么真命天子的身份，哭成个泪人。皇后和众嫔妃一边纷纷擦着眼泪，一边劝太祖："人死不能复生，请陛下保重。"

花蕊夫人死后，太祖命以贵妃的礼仪安葬，办得十分隆重。自此以后，太祖与皇后或其他妃子在一起时，感到索然无味，故而常一人睡在御书房。他变得心情忧郁，神色恍惚，连国事也索性全交予晋王赵光义代理。

开宝九年（976）八月，太祖见自己身体一天不如一天，想早些完成统一宏图，遂对北汉发动了第三次攻势，但辽国又发兵救援北汉，致使进攻受挫。太祖忧心如焚，寝食难安，竟然一病不起。

太祖虽有这些心烦之事，总不至于猝然驾崩，作为当朝大臣的赵普不知内情，后人也无从考证。由于太祖之死与赵光义继位相关，宋人修史时讳莫如深。正史中只说"帝崩于万岁殿，年五十，殡于殿西阶"而已。野史笔记偶有记载，也是众说不一，给太祖之死蒙上了一层扑朔迷离的神秘色彩。这里暂录几种说法，读者自去琢磨。

草野僧人文莹写的《湘山野录（续录）》记载：开宝九年的一天，太祖问卜于一个"忽隐忽现"的混沌道士："还有几多寿？"道士为太祖算了算命后说："只要今年十月二十日夜晴，则可延长寿命十二年，如果不是，应当赶快措办后事。"太祖心中记着这个日子。十二月二十日晚上，太祖心情紧张地来到太清阁观望天象。开始，星光灿烂，天空晴好，太祖心中很是高兴。可是好景不长，忽然间阴云四起，雪雹骤降。太祖见势不妙，赶快撤走仪仗，退归寝宫，并传掌宫钥官启开端门，召晋王赵光义入寝殿。

赵光义入殿后，太祖屏退内侍、宫女，兄弟两人斟酒对饮。从殿外远远望去，只见烛影摇曳，看不清两人有何动作。不久，两人谈话的声音渐高，好像有所争执，烛影下赵光义不时离座，似有推辞谦让的情状。饮毕，三更鼓敲过，地下积雪已数寸厚。太祖步出寝宫，用柱斧戳入雪地之中，"嚓嚓"之声清晰可闻，并大声对赵光义说："你好自为之！"声音激越而凄厉。太祖说罢，解衣就寝，鼾声如雷。当晚，赵光义没有出宫，夜宿禁中。至五更鼓过，皇宫值夜禁卫寂无所闻，太祖猝死。赵光义受禅继位。

历史学家司马光所著的《涑水纪闻》则干脆讳言太祖死因。书中写道：太祖驾崩的那天夜里，宋皇后守在身边。太祖一死，她急忙派遣太祖生前宠幸的内侍王继恩传呼太祖四子赵德芳。王继恩阳奉阴违，径自驰入晋王赵光义府邸传他入宫，赵光义于是随王继恩冒雪步行入宫。宋皇后听到王继恩的脚步声，忙问："德芳来了吗？"王继恩答道："晋王到了。"宋皇后一见晋王，先是一愣，接着惊呼："我们母子之命，全托

烛光斧影君暴殁

官家保护了！"晋王哭泣着说："共保富贵，不要担忧。"

还有一种离奇传闻，说是太祖生一背疽，痛苦难忍，赵光义入宫探视太祖。突见有一女鬼，用手捶太祖之背，他便手执柱斧，向鬼劈去，不意鬼竟闪开，那斧反落到太祖背疽上，疽破肉裂。太祖忍痛不住，晕厥在地，一命呜呼。

你道笔者为何不惜笔墨记述太祖之死？只因他是大宋开国皇帝，功业卓著，传闻异词，实难定一，就是演义小说也不敢胡编乱造，凭空臆断。这雪夜烛影斧声，留下千古之谜，反正是赵氏兄弟一家之事，谁人知晓个中秘密？

闲言少叙，且说太祖驾崩之后，宋皇后及皇子赵德昭、赵德芳、皇弟赵光美一齐抚床同放悲声，哀号不已。内侍王继恩入劝皇后，并奏请道："昭宪太后曾有遗命，传位晋王，由赵普作誓书密藏金匮，现在圣上驾崩，朝廷不可一日无主，就请娘娘传旨谕晋王嗣位，才好准备丧事。"宋后闻言，六神无主，捶胸顿足，哭得昏了过去。

翌日，晋王赵光义即皇帝位，号为太宗，大赦天下，即以本年为太平兴国元年，号太祖之后为开宝皇后；授皇弟赵光美为开封府尹，封齐王，赵光美因避太宗讳，易名廷美；封赵德昭为武功郡王，赵德芳为兴元尹、同平章事；拜卢多逊为中书侍郎。其他人都官升三级。太宗又谥太祖为英武圣文神德皇帝，庙号太祖，葬太祖于永昌陵，并将开宝皇后迁居西宫。

赵普得知这些消息，心情十分沉重。太祖身体一向很好，怎会突然病逝？事先没有一点征兆，真是奇怪！那晋王在没有找到皇帝遗诏的前提下就能顺利继位，可见他在朝中势力不小。

另外，让赵普耿耿于怀的是：他与太祖感情深厚，君臣相处几十年，彼此相知，虽说他被贬到怀州，却对太祖毫无怨恨之言，总指望太祖念其旧情，早晚召他回汴京，再次委以重任。太祖驾崩这件大事，以他与太祖的关系，本应被召回汴京守丧，但太宗并不下诏，他也不能私自前往，不由得心头掠过一丝阴影，只得默默向北叩头，祈祷太祖在天之灵原谅他的失礼。

赵普正在家中胡思乱想之际，突然接到太宗的旨意，改封他为太子太保，召他回京。赵普欣喜若狂，林夫人也十分高兴，与凤娇日夜打点行装。谁知乐极生悲，原本就身体虚弱的林夫人偶遇风寒，竟然卧床不起。这次病得可不轻，凤娇只得日夜守在她身旁，不离寸步。

这日清晨，林夫人从昏迷中醒转过来，睁开双眼看到凤娇疲惫不堪、异常憔悴的样子，心头是无限的感激和疼爱。她攥住凤娇的纤手，气喘吁吁地说道："凤娇，我这一病实在是拖累你了。我知道这回我不行了，可我真放心不下兰儿、蕙儿，她们还没成年，不懂事，你一定要好好待她们呀！"说完，泪流满面。

凤娇忙用绢帕给夫人擦泪，哽咽着说道："夫人不要多想，你的病会好的，孩子们离不开你呀。"林夫人摇了摇头，唤人去叫赵普和孩子们前来。

须臾之间，赵普领着兰儿、蕙儿进得屋来，他几步走到床前，关切地问："夫人，你感觉好些了吗？"

林夫人温柔地望着赵普，随即将目光转向两个女儿，眼神中充满了母爱。她让赵普坐下，郑重地说道："相公，我们夫妻一场，本想不能同日生，但求同日死，可我不行了，等不到那天了。我死后，你要好好活下去，我们还有没长大的孩子呢！另外，我还有一件事求你。"

赵普赶忙说道："夫人请讲。"

"我不忍心撇下你一个人而去。凤娇这孩子自从到了咱家，既要照顾我的病，又要带兰儿、蕙儿，还要管好这个家，十分辛苦。我看她贤惠能干，女儿又都听她的话，你要答应我，一定要将她明媒正娶，并且要好好待她。"夫人刚说完，又猛烈咳嗽起来。

凤娇听林夫人说起此事，脸"腾"地红了起来，转身躲了出去。赵普一边抚摩夫人，一边推脱道："夫人一定会痊愈的，不要多想了。另外我已经年过半百，凤娇还年轻，我不能耽误她。即使夫人百年之后，我也不愿再娶，只想一个人生活。"

林夫人道："你不要再推了。我早已看出，你与凤娇情投意合，再说两个孩子也都听她的话，把孩子交给她我放心。"

事已至此，赵普便顺从地点了点头。他何尝不想和凤娇成婚，只是当着夫人的面，他不好表现得太明显罢了。林夫人又让人把凤娇找回来，她左手拉着凤娇，右手抓着赵普，将两人的手放在一起，这才放心地笑了。

林夫人打量着两个聪慧可爱的女儿，说道："兰儿、蕙儿，以后要听凤娇娘娘的话。"

两个孩子平日间总是唤凤娇为"姑姑"，今日不知为何母亲又让她们改叫凤娇为"娘娘"。不过凤娇待她们不错，她们也要听娘的话，二人交换了一下眼色，齐声道："娘，我们一定听凤娇娘娘的话。"凤娇疼爱地将兰儿、蕙儿搂在怀里，几个人早已泣不成声。

第二天晚上，林夫人便在怀州病故。赵普含悲料理完丧事，心中无限惆怅。家庭和朝廷的变故使赵普苍老了许多，他总把自己一个人关在房中，连兰儿、蕙儿都很少见到父亲。

赵普主要是想躲凤娇。他知道，在他与凤娇之间有一道鸿沟，其中不光有年龄的差距，更有门户地位的差别。如果他娶凤娇为妾，一定不会有人说三道四，但要娶凤娇做夫人，朝中的大臣们会暗中嘲笑的。可是他总要给凤娇一个交代，因此他十分为难。

赵普的这番心思，凤娇怎能不知，以她之聪慧，早已猜透赵普的心事。凤娇并不想难为赵普，不想逼着赵普娶她。在她看来，能待在赵普身边永远侍候他，便心满意足了。

赵普正在犯愁之际，家人来报："驸马爷已在门外等候。"

听说是高怀德到了，赵普欣喜若狂，忙出门迎接。双方见面，感慨万千，二人都苍老了许多，鬓角已生出了白发。他们紧紧握住对方的手，异口同声道："兄弟可老了许多。"说完哈哈大笑。

赵普将高怀德让进客厅，并叫凤娇亲自为他们倒茶。凤娇退下后，高怀德略带疑虑地望着她的背影："则平兄，这是何人？莫非是你新娶的小妾？"

"这是我的一个忘年朋友的孙女。她爷爷去世之前，将她托付我照顾。她在这世上已经没有亲人了。"赵普回答得十分坦然。

高怀德说道："则平兄，恕我刚才冒昧。咦，我看你穿有丧服，府中有何人去世？"

赵普神色黯然地说道："是贱内，几天前刚刚过世。"

高怀德听后一怔，接着安慰赵普："原来是嫂夫人！人死不能复生，则平兄，千万要节哀呀。"

接着二人开始闲谈起来，原来高怀德的夫人也就是燕国长公主也已病殁，高怀德的驸马都尉号也同时被去掉。太宗继位后，封他为同平章事，因此他的地位依旧显赫。只因这个官职仍然是个闲差，高怀德在京无事，听说圣上要召赵普回京，便先过来探望。

聊完往事，高怀德问道："兄弟可有意续弦？我看凤娇姑娘就很合适。她进来后，你的目光就从来没有离开过她。另外，我觉得她长得颇像一人。哦，想起来了，是凤春姑娘。"

赵普没想到高怀德的记忆力如此之好。也难怪，像凤春那样出色的姑娘，任何见过她的人都难以忘怀。赵普毫不隐瞒，将凤娇是凤春的妹妹，姊妹从小便失散之事一一讲出，最后嘱咐高怀德道："兄弟千万不要把这件事说出去，我不想让凤娇为此伤感。"

高怀德笑道："则平兄对凤娇如此关心，看来我这个媒人算是当成了。"

赵普急忙道："我不想让你当媒人。"

"什么？"高怀德顿时愣在那里。

赵普接着说道："兄弟，我有一事相求。你当凤娇的义父如何？"一听说高怀德来到，赵普就有了这个念头。虽然这样使得他与高怀德的辈分不同，但为了凤娇，他只能这样做。高怀德和他关系莫逆，也只有他会帮这个忙。

高怀德先是没有反应过来，而后便明白了赵普的苦心。他满口答应下来，一来因为自己与赵普是多年的朋友，二来也为感激当年赵普为他与燕国长公主作伐，才使他有了一段美满的姻缘。高怀德打趣道："快来拜见岳父大人。"

赵普果然就要行礼，高怀德忙把他一把拉住。赵普说道：

“夫人刚刚过世，我想一年以后再正式迎娶凤娇。”

“也是这个理，则平兄想得十分周到。”高怀德顺口答道。

这天晚上，凤娇就拜高怀德为义父，她的脸绽开了一朵花，高兴劲儿难以用语言表达。

再说赵普奉诏回汴京，本不想大肆声张，无奈怀州黄知县、汜水刘知县得知后，早把此事传开。百姓怀着对赵普的一番感念之情，为赵普送上了一块“为民兴利”的牌匾。当地名门望族、豪绅大户络绎不绝前来送行，只因赵普言而有信，所借修河钱财先后都由朝廷拨来的款项还上。黄江、任掌柜看到凤娇终身有靠，也前来表示庆贺。赵普虽忙得团团转，但心里却十分高兴。

这日，赵普、高怀德、凤娇等人一同还京。虽然事先没有通知，但路两旁站满了百姓。赵普走到哪里，哪里就跪倒一片，人们都眼含热泪，喊着赵普的名字，舍不得让这位节度使大人离去。因此走出这小小的县城，赵普竟费了一个时辰。

这一切，高怀德都看在眼里，他对赵普说道：“看来，则平兄这几年干了不少好事，回京后，圣上一定会对你重新委以重任。”赵普听了，只是苦笑着摇了摇头。

第四十回　娶娇娘赵普续弦
献吴越钱俶纳土

离开汴京三年多，赵普终于又回到自己原来居住的相府中。历经三秋，府邸没有多少变化，只是屋顶瓦片的缝隙中长出丛丛野草，院落的墙皮剥落得斑斑点点，显出无人居住的凄凉。赵普找人修葺院落，粉刷墙壁，清除荒草，沉寂了三年多的相府，又恢复了往日的生气。

话说赵普回朝之后，原指望得到太宗重用，谁知太宗只召见他一次，封他为太子太保，便把他晾在一边，平日也不召他上朝。这太子太保只是个寄禄官，没有任何实权。赵普本想活动一下以便重新复出，哪知恰逢政敌卢多逊专权，处处设防，阻止赵普东山再起。卢多逊先是散布谣言，诋毁赵普不愿立晋王为帝，让太宗疏远嫌弃赵普；继而担心赵普联络朝臣，上书太宗，规定所有群臣奏章必先经他看过底稿，亲书"不敢妄陈利便，希望恩荣"十字。这样一来，赵普便不能买嘱①朝臣弹劾他人了，连金匮遗嘱一事也不能密奏太宗。因此，赵普回汴京后却没有机会入朝执政，整日闲居在家，虽有凤娇陪伴，仍

---

① 买嘱：收买人或机构，使为自己办事。

闷闷不乐。

赵普有个妹夫叫侯仁宝，本在朝里做个供奉官，卢多逊为了使赵普孤立无援，斩断赵普与朝廷的联系，就把侯仁宝调到千里之外的邕州（治所在今广西南宁）去做知州。邕州在南岭之外，与交州相近。交州即交趾地（今越南北部），太祖平定南汉，交州帅丁琏曾入贡宋朝。丁琏死后，其弟丁璿袭职，年尚幼稚，被部将黎桓所拘禁。黎桓自称权知军府事，停止向宋朝纳贡。

赵普深知妹夫此去邕州，如同充军，数年不调，就会老死岭外。可因卢多逊掌权，他虽心忧，却又无力搭救妹夫。赵普思来想去，只有利用太宗好大喜功的心理，设法上书，力陈交州可取。这样，太宗就会召侯仁宝进京问话。

太宗阅完赵普奏章，果然想召侯仁宝回来，当面向他询问边地的情势。哪知卢多逊随时注视着赵普的举动，立刻识破赵普的计策，便入朝面奏太宗道："交州内乱，正可偷袭。若先召侯仁宝，反恐有泄机谋。臣意不如密令侯仁宝就近潜师往袭，驱兵直入，攻其不备，较为万全。"

赵普做梦也没有想到，自己欲救妹夫回京的计策，被卢多逊看穿并借机谋害侯仁宝的性命，真可谓道高一尺，魔高一丈。

太宗嘉许卢多逊深谋远虑，依照他的奏议，密旨命侯仁宝为交州水陆运使，孙全兴、刘澄、贾湜并为部署，同袭交州。

侯仁宝接到密旨，不敢有违，只得立即整顿兵马，偕同孙全兴等先后出发。行至白藤江口，适有交州水兵倚江驻扎，江面排列战船数百艘。侯仁宝率领宋军当先冲入，交州兵毫无防备，乱作一团，四处溃散，宋军夺取战船二百艘，大获全胜。

侯仁宝初战告捷，便自为前锋，约孙全兴等为后应，挥师进入交州内地，一路上乘胜追杀，势如破竹，但孙全兴等按兵不动，致使侯仁宝孤军深入，犯了兵家大忌。

这日，侯仁宝接到黎桓来书，书中说他情愿出降，侯仁宝信以为真，麻痹大意，放松了戒备。到了深夜，黎桓率兵劫营，宋军从睡梦中惊醒，人不披甲，马不配鞍，仓促迎敌，侯仁宝死在乱军之中，残败宋军只得投降了黎桓。

转运使许仲宣据实奏闻，太宗大怒，立即诏令孙全兴班师，立斩刘澄、贾湜。孙全兴入京，也被问罪斩决于市。黎桓本不想与宋朝为敌，也遣使入贡，并呈上丁璿自请让位的表章。太宗见黎桓自愿朝贡，也就依允，不再重提此事。只是赵普弄巧成拙，本想用计调回妹夫，反倒搭上妹夫的一条性命。赵普与卢多逊本来就有嫌隙，这回又结下了一天二地仇、三江四海恨。

且说转眼一年已过，赵普与凤娇完婚，当日举行盛大宴会，邀请各位亲朋好友赴宴。高怀德是凤娇的义父，自然前来参加。这位开国功臣不拘小节，说话直率，凤娇很受他的关照。石守信也来凑热闹，太宗加他兼中书令，这位专务聚敛、积财巨万的建国元勋，平日一毛不拔，赵普大喜之日，他竟是重礼相送。原来，太祖当年的义社弟兄，只剩下他二人还健在，与赵普的感情自是无人能比。

赵普与凤娇成婚的大媒，则请的是太祖时的旧相王溥，太宗当朝封他为祁国公。有这些当年老臣参加婚礼，场面自然宏大，宋琪、曹彬、潘美也都派人送来贺礼，赵府上下喜气洋洋，凤娇脸上显得荣光。

天色将晚，客人散尽，洞房里只剩下这对老夫少妻。这年赵普已经五十五岁，年过半百又当上新郎，喜得他仿佛一下子年轻了十岁；凤娇比赵普年少三十岁，还是个未出阁的黄花闺女。仅从年龄上看，老夫少妻未必般配，但旁人哪知，他们的心灵深处早已冲破年龄的障碍。在沁河工地窝棚二人相遇的一刹那，赵普就喜爱上了凤娇，凤娇的音容笑貌嵌刻在他的脑海里。待凤娇进了赵府，他每日要是见不到凤娇，心里就会感到寂寥空落。卧病在床，凤娇对他来说比那些灵丹妙药要有效十分。

凤娇自小受爷爷疼爱，眼光很高，不知为何见到赵普，心里就像有一根线牵着似的，自信自己此生的命运会随着赵普沉浮，年龄差距于她并不重要。

按下赵普与凤娇过恩爱日子不表，且说太宗继位以后，厉兵秣马，要完成太祖未竟的一统天下的大业。转眼到了太平兴国三年（978）三月，吴越王钱俶、平海军节度使陈洪进相继入朝。

单表那陈洪进乃是泉州人，原系清源军节度使留从效的牙将，留从效受南唐册命，节度泉、漳等州，被封为鄂国公、晋江王。留从效殁后无嗣，兄子留绍镃继立，陈洪进欺留绍镃年幼，便诬他将附吴越、叛变南唐，另推副使陈汉思为清源军节度使，自为副使，未几又逼陈汉思将节度使印缴出，并遣使赴南唐，称陈汉思年老不能治事，自己被众人推举，暂时担任节度使一职。

南唐后主李煜信以为真，即命他为清源军节度使。后因太祖南征北战，东讨西伐，威震华夏，陈洪进便急遣将校魏仁济赴汴京，上表宋廷，自称系清源军节度副使，权知泉南州府事，因节度陈汉思昏耄无知，暂摄节度使印，请求朝廷诏旨定夺。太祖受了表章，遣使优诏抚问陈洪进，命他安心治事。从此陈洪进岁岁进贡，从不间歇。

乾德元年（963），太祖下诏，改清源军为平海军，即以陈洪进为节度使，赐号推诚顺化功臣。开宝八年（975），曹彬平定江南，李煜降宋，陈洪进心中不安，恐太祖将发兵攻己，于是打发儿子陈文显赴汴京进贡，探听虚实。太祖遂召陈洪进入朝。陈洪进接诏，怕重蹈李煜覆辙，不敢推托，便从泉州启程，缓缓行至南剑州，因得到太祖驾崩的消息，便转回泉州发丧。太宗即位，赐诏陈洪进为检校太师，赐钱千万、白金万两、绢万匹。如此厚礼，陈洪进自然明白太宗用意，此次来汴京，便是主动纳土，献漳、泉二州。太宗优诏嘉纳，授陈洪进为武宁节度使、同平章事，赐府邸居住汴京。

陈洪进主动向太宗纳土之时，吴越王钱俶正在汴京，听到这个消息顿觉震惧，即刻也上表请求太宗罢免自己吴越国王的封号，解除自己天下兵马大元帅的职务，并收回诏书不名的诏命，情愿解甲归田，终老天年。谁知太宗竟不准奏，钱俶更加惶惶不安，不知太宗究竟是何意图。钱俶怎有天下兵马大元帅一职？还得将吴越国的来龙去脉慢慢从头表来。

吴越王钱俶的祖辈名叫钱镠，曾贩盐为盗，很不安分。唐朝僖宗时，钱镠拉起一干人马，讨伐黄巢的农民起义军，平定了吴、越地区，唐朝政府便封钱镠为越王，没过多久又封钱锡为吴王，后梁时又被加封为吴越王，占据浙江及福建北部一隅，建都杭州。到了钱俶，已是第五代。这钱俶，本名钱弘俶，只因太祖登基之后，钱弘俶见宋朝人多地广，兵强马壮，决心效仿祖上，找棵大树好乘凉，便拜倒在太祖的足下。为了避太祖父亲赵弘殷的名讳，将自己名字中的"弘"字去掉，改叫钱俶，以讨太祖欢心，求得保护。

钱俶对太祖唯命是从，太祖也就对他另眼看待。建隆元年（960），太祖封钱俶为天下兵马大元帅。这本是个虚名，自己的命运都在别人手里握着，又何能指挥天下兵马？太祖只不过以此笼络钱俶而已。钱俶为讨好太祖，年年进贡，仅乾德元年（963）就向宋朝进贡白银万两，犀、牙各十株，香药十五万斤，金银珠宝等物数百件。

且说钱俶上表请求解甲归田，太宗就是不准。钱俶不知如何是好，有人建议道："主公与赵普关系一向不错，何不向他问个明白？"

钱俶还未说话，谋臣崔仁冀反对道："现在赵普已不受皇上的宠信，我看不如去找卢多逊。"

钱俶沉吟再三，权衡利害，决定还是去赵府探听究竟。他很佩服赵普，赵普作为太祖的军师，为太祖立邦定国屡建功勋，他谋略过人，虽不在其位，但对时局一定有独到见解。而卢多逊虽为太宗信任，可为人狡诈，城府很深，钱俶实在看不上他。

这天晚上，天色已黑，钱俶乔装打扮，一人从赵府后门进入府中。他深知如果太宗知道他来这里，自己定没有好果子吃。赵普见到钱俶，很是纳闷，将他让进书房叙话。

钱俶先开口说道："一别多年，赵相别来无恙乎？"

赵普也十分客气，二人回忆起太祖在世时的时光。赵普说道："你这次还是住在先帝为你准备的'礼贤宅'里吗？你可知道那里的应用之物全是先帝与我亲手挑选的！"

钱俶起身谢道："先帝待我不薄，我这辈子都报答不完。就是赵相对我的照顾，我也都铭记在心。只是上次我派的使者做事不妥，送来的黄金被先帝发现，致赵相受累，我实在于心不安。"

赵普淡淡一笑："那件事不要再提了。其实你我都知，就是没有那件事，我也会辞相的。"

钱俶接着说道："我还记得开宝九年与先帝见的最后一面。我与夫人、犬子在汴京一住两个多月，先帝是三天一小宴，五天一大宴，热情款待我们，还不时嘘寒问暖，我非常感动。要不是贱内适应不了京城气候，我真愿在汴京长久住下去呀！只可惜你那时已不在汴京，无法叙旧。"

赵普那时早已到了怀州，但对朝廷中发生的事却无所不知。太祖借酬劳吴越在平定南唐中有功为名，召钱俶一家入朝，表示酬谢之后即放他们回去。以前钱俶入朝，几天就回，谁知这次太祖却不肯放他回去。钱俶心中忐忑不安，不知吉凶祸福，夫人孙氏多次劝说钱俶主动提出返国的要求，钱俶总是不依，生怕摸不清太祖意图，身遭不测。

正在这时，太祖准备巡幸西京，钱俶为了迎合太祖，试探虚实，便向太祖请求道："臣自入朝以来，备受陛下恩泽，深感愧疚，唯恐他日返回江南，不能事事亲为陛下效力。故此臣请陛下准臣随驾出行，也好抒心中之不安。"

太祖是何等聪明之人，这欲取先与的小手段怎骗得了他，便若有所思地笑道："南北风土不同，卿不必勉为其难，天气渐热，卿可早日回国，有何请求，尽可与朕说来。"

钱俶万万没有料到，太祖竟先提出放他回国，心中感激之情难以言表，几乎流下泪来。别的请求不提，只求太祖准许他三年朝拜一次。

太祖还是笑吟吟道："卿来朝一次，行程多日，就不必预定期限，朕下诏叫你来朝便是。"钱俶唯唯而退，还有点恋恋不舍。

钱俶欲回吴越，太祖在讲武殿为钱俶饯行，酒过三巡，太祖似乎漫不经心地说："此讲武殿乃我朝臣商议攻伐大计的地方，谋于此殿的大策，无往而不胜，朕在此殿为臣饯行，还是首次。"

钱俶听出太祖用意，忙奉迎道："承蒙陛下厚待，臣没齿不忘，永记心中。"

饮宴完毕，太祖命左右捧过一个黄绢包袱，亲手赐予钱俶，并屏退左右，神秘地悄声对钱俶说道："卿可在途中密观，千万不可令他人知晓。"

钱俶不知包里有何奇珍异宝，小心翼翼接过，连连答应而去。钱俶离开汴京城，在途中迫不及待地打开黄绢包袱，里面哪有什么宝物，尽是宋廷臣僚要求扣留钱俶的奏章，竟有数十轴。钱俶看罢大吃一惊，不由吓出一身冷汗，更是感激太祖的大恩大德。回到吴越，钱俶便上表拜谢。从此，钱俶死心塌地对宋朝百依百顺。太祖未动干戈征伐，便使吴越不亡而亡。赵普听说此事后，更加佩服太祖的谋略。

且说赵普一边想着往事，一边仔细倾听钱俶的话，猜测他的来意。念头一闪，赵普已明白了钱俶此行的目的。他直截了当道："卿这次来访，怕不只为了和我叙旧吧，莫非是为上表归土不准一事？"

钱俶万万没有想到自己还未提及，赵普就已猜个八九不离十，他竖起大拇指道："先生真神人也，敢问先生高见？"

赵普手捋胡须道："而今君侯离国千里，你们的性命全掌握在陛下手中，就是插翅也难飞还，若再迟疑，恐怕性命不保。"

　　钱俶问道："我上表请求归土，为何陛下不准？"

　　"只因先帝在时，君侯曾与圣上结为金兰之好，今陛下怕落下不义之名，故不准你所奏。你只要再上一道表，言辞恳切，陛下必准无疑。"

　　钱俶告辞，悄然回到府中，再次写了奉章，上表请求归土，以表忠心。

第四十一回 平定天下成一统
笼络微臣扳宿敌

话说钱俶二次上表，请献吴越十三州版图。这道表章写得情真意切，太宗览过，龙心大悦，即下手诏，封钱俶为淮海国王，封其子钱惟濬为淮南军节度使兼侍中、钱惟治为镇国军节度使、钱惟演为团练使、钱惟灏及其侄郁显并为刺史，其弟及其他官员也都各授官职。

此诏一下，钱俶率领子弟上朝谢恩。不久，太宗又令两浙遣发钱俶的亲属及境内的官吏，悉数用船载运至汴京，共载舟一千零四十四艘。并命范质长子范旻权知两浙诸州军事。至此，吴越自钱镠立国至钱俶献土，历五主，共七十二年而亡。

自太祖进兵荆南至吴越归土太宗，历经十五年的军事、政治、经济斗争，宋朝终于完成了统一南方的战争。此时宋朝的国力、军力已经十分强大，统一天下的时机已经成熟。太平兴国四年（979）正月，太宗召群臣商议，拟兴师征伐北汉。左仆射薛居正等均以为不可出兵，且以太祖三次出征未果为例说明，独枢密使曹彬力主可伐。太宗问道："从前周世宗及太祖均亲征北汉，何故不能荡平？"

曹彬早有准备，答道："周世宗时，史彦超兵溃石岭关，人心惊慌，因此班师。太祖屯兵草地，适值暑雨，军士多疾，并且辽兵救援，是以中止。"

太宗见曹彬分析得有理，便又问道："朕今日北征，卿料能成功否？"

曹彬又答道："国家方盛，兵甲精锐，陛下神武，诸将效命，欲入攻太原，定如摧枯拉朽，何患不成？"

太宗听了曹彬之言，正合自己心意，遂力排众议，决意兴师北伐，命宣徽南院使潘美为北路都招讨制置使，率节度使河阳崔彦进、彰德李汉琼、彰信刘遇、桂州观察使曹翰等四面进讨，分攻太原。又命云州观察使郭进为太原石岭关都部署，以断燕蓟辽国援师。一切安排妥当，太宗于长春殿为潘美等出征将领设宴，赐以裘衣、金带、鞍马，预祝此役大获全胜。

北汉主刘继元得报，知宋军大兵压境，急遣使向辽国求援。辽国立即派使者南下来到汴京，入见太宗责问北伐的情由。太宗言道："河东逆命，朝廷自应问罪，北朝如不出援干涉，自然和约如故，否则只有死战。"辽使知道不能阻止太宗兴兵，便悻悻而回。

辽国与宋朝本来势不两立，开宝八年（975）辽国曾通使宋朝，愿修和好。太祖答书应诺，两国约定互不开战。此番辽使碰壁而归，太宗料定辽国必出兵驰援北汉，为鼓士气，太宗决定二月御驾亲征，当下拟命齐王赵廷美留守汴京。

赵廷美满心欢喜，但开封府判官吕端进言道："圣上栉风沐雨，亲征太原，大王身为御弟，当为扈从。职掌留务，恐非所宜，还望大王三思。"赵廷美闻听吕端之言，便奏请随营扈从。太宗遂准奏，另改命沈伦为汴京留守，王仁赡为大内都部署，自率赵廷美、卢多逊等择日出征。

不出太宗所料，辽主接到北汉告急乞援文书，立即命宰相耶律沙为都统、冀王敌烈为监军，领兵星夜驰援。及至石岭关，早有郭进领兵截击。耶律沙见宋军早有防备，便按兵不动，申报辽主增军。谁知敌烈自恃骁勇，领兵抢先渡涧。宋军以逸待劳，未等辽兵列好阵势，便冲杀过来，敌烈被郭进斩于马下，辽兵瞬时大败。虽有耶律斜轸前来助战，耶律沙也不敢轻易进军，为保存兵力，引兵罢战而回。郭进得胜，也不穷追，只扼守石岭关，以防辽兵再来侵扰。

太宗接到郭进捷报，对左右诸将道："石岭关外无足忧矣！刘继元外援既绝，这一回如瓮中捉鳖，北汉气数尽矣！"遂下令从速进军，围攻太原。

潘美率诸将攻无不克，战无不胜，不日直抵太原城下，筑起长围，四面合攻，昼夜不停。北汉见外援日久不至，于是又遣使者持蜡丸密书，从小道赴辽催请援兵。岂料使者行至石岭关便被郭进部下捉获，搜出蜡丸密书，送交太宗发落。太宗命将使者立斩于太原城下，悬首示众，并命潘美向城上喊话道："辽兵已在石岭关被杀得片甲不留，逃回北国；你们趁早归降，还可保全一城性命，如若顽抗，城破之日，定会玉石俱焚。"刘继元在城上听到潘美喊话，才知求辽兵来援已无望，不由得叹道："朕今日定死无疑了。"

正在刘继元万分忧急之时，北汉建德军节度使刘继业率兵前来助守。这刘继业甚是了得，昼夜巡查，亲自指挥，宋军日夜攻城，均被他击退。太宗见损兵折将，未占半点便宜，便下令停止强攻，改用怀柔政策，亲写诏谕劝降，令兵士射入城内。这一着果然奏效，一座孤城粮尽援绝，坚持月余，早已人心惶惶。就是北汉主刘继元，看到太宗的诏谕也心意已动，更何况将士中有人早有投降之心。城中宣徽使范超知道北汉难保，便偷偷出城准备降宋，却被宋军疑是奸细，一刀砍死。刘继元得知范超出城去降，一怒之下将范超的妻小尽行杀戮，投尸城下。

太宗查明范超冤死，妻小俱亡，心甚悲悯，传旨治棺厚殓。亲使郭万超潜行出城，投奔宋营。太宗格外优待，并折箭为盟，誓不相负。城中守将闻得此信，纷纷出城降宋，只有刘继业仍然坚守不懈，死保城池。

太宗自此也不攻城，专用心理战涣散北汉军心斗志。看看北汉将士均已离心，刘继元成了孤家寡人，太宗便又草拟手诏，谕刘继元速降。其手诏道：

> 越王吴主，献地归朝，或授以大藩，或列于上将，臣僚子弟，皆享官封。继元但速降，必保终始，富贵安危两管，尔宜自择。

太宗遣使携手诏来到城下，刘继元接待了宋使。读完诏书，他心内盘算：辽兵不至，城已难保，如若城破之时被俘，不如现下归降。想到这里，便对宋使道："宋主果能优礼，我当即日归降。"宋使闻言，退营复命。当天夜间，刘继元遣客省使李勋奉表面见太宗请降，太宗立即允降，赐他袭衣金带、银鞍勒马。

次日清晨，太宗来到城北，登临城台，刘继元率百官出降，缟衣纱帽，待罪台下。太宗此时心花怒放：太祖未竟大业，由他亲自完成，以后自己便是一统天下之君。他居高临下，好不得意，当下召刘继元登台，传旨特赦，封刘继元为右卫上将军，授彭城郡公，赏赐甚厚。刘继元叩首谢恩，方才下台。

太宗命宋军入城，宋军大队人马刚抵城门，哪知城上刘继业金甲银盔，威风凛凛，大声喝住宋军："主上降宋，我却不降。有本领的，待我开城与尔等拼个你死我活。"

潘美见是刘继业阻挡，便令各军停止进城，赶忙回报太宗知晓。太宗素闻刘继业忠勇，心中十分喜爱，便命刘继元进城劝他归降。刘继元以保全城中百姓为由，好言劝慰，刘继业无奈，大哭一场，乃解甲开城，放入宋军。太宗进得城来，亲自召见刘继业，授他右领军卫大将军，并解下腰间玉带赐给他。这刘继业本姓杨，单名业，太原人氏，事奉刘崇时，屡立战功，赐姓为刘，更名继业。降宋后，刘继业仍复原姓名为杨业，后人称为杨令公，杨业成为宋朝名将。

北汉自刘崇僭立起，至刘继元归降，共历四主、二十九年，宋朝四次征伐才最后平定。至此，五代十国的历史全部结束，在太祖、太宗手中，中国汉民族区域完成天下一统。

北汉既平，天下安定，宋朝宫廷内部却是山雨欲来风满楼。这风源得从赵普说起。赵普的妹夫侯仁宝死在交州，赵普发誓要为妹夫报仇。但卢多逊是宦海老手，富有钩心斗角的经验。进攻的时候，迅雷不及掩耳，一下击中要害；退守的时候，照顾前后左右，丝毫不敢马虎。加上他又能拍上压下、左右逢源，赵普竟找不到他的纰漏。这日夜间，赵普躺在床榻上，望着睡得香甜的凤骄，轻轻将她露在外面的胳膊掖在被里。然后他翻来覆去，苦苦思索：卢多逊权倾朝野，手眼通天，还不是因为有圣上的恩宠庇护，再加上他又是秦王赵廷美府上的常客，没人能动得他一根毫毛。要想搞垮卢多逊，先得采取迂回之策，想法接近太宗的亲信，从他们那里找到蛛丝马迹，再找机会让太宗对卢多逊产生猜忌。想到这里，赵普有了主意，安然睡去。

第二天，赵普在府中设宴招待柴禹锡、杨守一、赵镕等人。这些人官职不大，地位不显，平时赵普对他们不屑一顾，为何今日却把他们尊为座上客，盛情款待，亲自斟酒，嘘长问短？原来，这些人都是太宗做晋王时的心腹幕僚。

柴禹锡是大名人，为人好学，善应对，先在晋王府做从事，因能说会道、办事勤快，甚得太宗赏识，现任宣徽北院使。

杨守一是洛阳人，性质直勤谨，稍通《周易》及《左氏春秋》，在晋王府久事赵光义。赵光义即位，补其为右班殿直，后迁西头供奉官，现改翰林学士。

赵镕是沧州乐陵人，少时便涉猎文史，精通书翰，善于刀笔，爱收藏古人书画，晋王府里的公文书札尽出自他手。太平兴国初年，补东头供奉官，现任内酒坊副使。

且说柴禹锡、杨守一、赵镕等人，虽在晋王府里供事多年，太宗视他们为心腹知己，但终归因没什么大功劳，升迁不能过快。赵普曾任宰相多年，屈尊宴请，他们自然高兴。在酒席宴上，赵普不谈国事，只是劝酒，凤娇也不时过来应酬。柴禹锡等人过去想巴结赵普都无机会，现今赵普虽无实权，但与太宗关系终不寻常。赵普既然看得起他们，这些人也想将来依靠赵普提拔。因此，大家聚在一起，开怀畅饮，个个喝得面红耳赤，家事国事无所不谈。赵普并不插言，只是在旁笑吟吟地听着，不时为他们斟满酒杯。

酒宴撤去，赵普又请众人到客厅饮茶。这客厅宽敞古朴，墙上悬挂着不少历代名人字画。柴禹锡、杨守一、赵镕都是文人墨客，看后爱不释手。赵普拣他们喜爱的字画，每人奉送一幅，最后亲送他们到府门外。自此，这些人成了赵府的常客，三天一小宴，五天一大宴，与赵普成为知己，交往莫逆。赵普也摸清他们的爱好，不时派人送去礼物。

日子一天天过去，宋廷上下显得异常平静，但谁也没想到在平静之中突然掀起了一场轩然大波。这日，柴禹锡、杨守一、赵镕等人，因都是太宗旧日的心腹幕僚，便径直进入内廷，一齐向太宗密报，说秦王赵廷美骄横不法，有图谋变乱迹象。卢多逊与秦王交往甚密，互相串通勾结。这几个人话讲得不多，但分量却极重，与太宗所猜疑之事正相吻合。

太宗当时并未表态，待他们走后，一个人在殿上来回踱步，暗自想道：卢多逊事事为朕周密筹划，有奸必告，何以秦王有这等阴谋，他却不报告呢？难道他与秦王串通一气，要谋反不成？想到这里，太宗出了一身冷汗。他转念一想：赵普与卢多逊水火不相容，何不密召赵普入朝询问？主意已定，太宗遂派人召赵普入宫。

赵普已经很长时间没有单独见过皇上，他有太多的话要告诉太宗。柴禹锡等人已告诉他进宫之事，赵普料到太宗必召他密商，于是早早穿好朝服等在家中。果然不久，内侍便来宣他入宫。赵普此时大喜过望，精神焕发地去面见太宗。

行过礼后，太宗赐座。赵普谢过，挨着椅沿坐下，未等太宗询问，便先说道："臣有一事已藏在胸中很久了，一直没有机会禀明陛下。"

"请讲！"太宗以为他一定是要告卢多逊。

谁知赵普说道："当初杜太后病逝前，曾让先帝立下遗嘱，让先帝百年之后，帝位传给陛下，陛下传给秦王，秦王传给先帝之子，以此循环。"

"那遗嘱现在何处？"

"遗嘱由臣亲自写下，藏在金匮里，现在先帝的御书房中。"

太宗急忙派人按赵普所说取来金匮，里面果然封有太后遗嘱。太宗看后，百感交集，原来自己继位是顺理成章之事，虽有耳闻，但一直找不到这遗嘱，若不是事先做了工作，皇位早已落入他人之手，再抢回来谈何容易？不过看来先帝已有反悔之意，否则为何将唯一知情人赵普打发出京？太宗一时真是喜忧参半：喜者，自己得帝位名正言顺；忧者，帝位不能传给自己儿子。现德昭、德芳已死，如此一来，秦王是对他的最大威胁。

赵普见太宗脸色一会儿阴，一会儿晴，已猜到太宗的心事。除掉卢多逊是为了报仇，而除去赵廷美则是为了圣上永保自己一支得江山。此时赵普心中已有主意。无毒不丈夫，自己遭人陷害，屡受磨难，好不容易有了重见天日的希望，为何不紧紧抓牢？除去赵廷美，自己不仅可以重新获得太宗信任，还可官复原职，何乐而不为？

太宗说道："卿献此遗嘱很好，明天朕就当众宣读。只是朕本听说秦王有谋反之心，如此一来，朕倒不好查了。"

赵普毛遂自荐道："臣愿陛下稳坐江山，秦王一事可交臣处理。"

太宗高兴地说道："爱卿所言正合朕意。"

赵普见太宗又恢复了往日对自己的信任，便连忙叩首自陈道："臣为朝廷旧臣，得与闻昭宪太后遗命，不幸因戆直的缘故，权幸辈竟在先帝驾前，肆行诋毁于我，蒙蔽圣聪。臣耿耿愚忠，无可告语。前次被迁，曾有人诬臣讪谤陛下，故臣在怀州曾上表自诉，表明心迹。如今档册俱在，若蒙陛下察核，臣虽死不冤。"

待赵普走后，太宗便派内侍找来太祖亲手所封金匮，取出里面所藏的赵普自诉表章，只见上面写道：

外人谓臣轻议皇弟开封尹，皇帝忠孝全德，岂有间然？矧[1]昭宪皇太后大渐[2]之际，臣实预闻顾命。知臣者君，愿赐昭鉴！

太宗阅过赵普亲笔所写表章，心中豁然开朗。你道为何？原来，赵普辞相离开汴京之时，卢多逊等人为离间晋王与赵普关系，四处传播谣言，说赵普曾向太祖进言除掉晋王。此事散布出去，太宗信以为真，对赵普一直怀恨在心。赵普早已耳闻传言，到了怀州任上，即上表自诉给太祖。他知道太祖会将他的自诉表章藏于金匮之中，有了这道表章作证，太宗便会体察赵普的忠心，否则到时自己就是使尽浑身解数，也无法自圆其说。

正如当年赵普在怀州所料，太宗阅过这道表章，便消除了长期以来对他的猜疑，立刻派内侍复召赵普入朝。

---

① 矧（shěn）：况且。

② 大渐：病危。

第四十二回　处心积虑除多逊
　　　　　　煮豆燃萁贬廷美

　　且说赵普闻诏，岂敢怠慢，立即整装入朝。太宗见到赵普，宽慰他道："孰能无过，朕不待五十，已知四十九年是非。从今以后，朕已识卿的忠心了。"遂授赵普为司徒，并兼侍中，封梁国公，同时命他密察秦王赵廷美密谋之事。赵普领旨谢恩，拜辞而去。这时已是太平兴国六年（981）九月。赵普为了这一天，卧薪尝胆，整整等待了六年，终于如愿以偿，实现了除掉卢多逊的第一步计划。秦王赵廷美上朝时原排宰相之前，因赵普为开国旧勋，再登元辅，赵廷美便主动上表请排赵普之下。太宗当下同意。满朝文武见赵普再次得宠，纷纷疏远卢多逊。

　　太宗之所以重新起用赵普，完全是出于宫廷内部斗争的需要。太祖猝死，太宗即位后，虽然给弟弟赵廷美和兄长之子赵德昭、赵德芳封官晋爵，但心里却时时担心他们觊觎自己的皇位，处处加以防范。自从赵普献出金匮遗嘱后，他虽然登位名正言顺，但内心恨不得早日除掉赵廷美，因为这样就不必遵守杜太后遗嘱，将来便可传位于自己之子。

　　先说太祖之子赵德昭，乃孝惠贺皇后所生，开宝六年（973）

授兴元府尹、山南西道节度使、检校太傅、同中书门下平章事，地位显赫。太宗登基，在太平兴国元年，改赵德昭为京兆尹，兼侍中。太平兴国三年（978）冬，又加为检校太尉。

翌年六月，太宗亲征辽国，让赵德昭随驾前往。在高梁河宋军被辽兵打败，太宗不知去向时，宋营人心惶惶，诸将议论纷纷，有人提出立赵德昭为帝，以安军心。谁知太宗是贵人有贵命，被杨业父子救下。太宗回到军中闻知此事，心下十分不悦。

赵德昭却并未察觉，并因太宗回京两月还不下诏对征伐北汉诸将加赏，诸将在下面颇多怨言，入朝面见太宗，即请叙功论赏。

太宗不待赵德昭讲完，便怒目圆睁，拍案道："战败归来，还有什么功劳，要何赏赐？"

赵德昭不顾太宗大怒，仍直言道："征辽虽然失利，北汉终归荡平，陛下应分别考核，量功行赏！"

太宗本来就对诸将欲立赵德昭为帝不满，此时赵德昭又来进谏，故太宗认为他是想笼络人心，便将一肚子疑恨全撒了出来，怒气冲冲道："待你当了皇帝，赏亦未迟。"那赵德昭是刚烈性子，哪受得了如此言语，便低头快步退出宫殿。

回到府邸，赵德昭越想越气，越气越悲。暗忖母亲早逝，父王又撒手而去，自己无依无靠，虽有继母开宝宋皇后、季弟赵德芳，但一个被徙西宫，类似幽囚，一个才经弱冠，少不更事，自己有了委屈能向谁诉说？想着想着，赵德昭顿觉红尘云谲波诡，人情冷暖，世态炎凉，活着毫无意思。与其日后让叔叔逼死，还不如自行了断凡尘孽缘。赵德昭一时火往上撞，竟从壁上悬着的剑囊中，拔出三尺青锋，向颈上一横，顿时碧血飞溅，瘫倒在地。渺渺英魂，去鬼门关寻父母去了。

家人发现后报与太宗。太宗闻报，佯作大惊，即刻摆驾亲往府上探视。但见赵德昭僵卧榻上，目尚未瞑，太宗不觉良心发现，涕泪交零，抱住赵德昭尸体大哭道："痴儿，痴儿！朕不过一时之怒，出言无度，你又何至于如此呢？！"随即命用亲王礼仪安葬，自己即回到宫中，诏赠赵德昭为中书令，追封魏王。这时正是八月。

到了十月，太宗论平北汉功，除赏生恤死外，加封弟弟赵廷美为秦王，薛居正加司空，曹彬兼侍中，其他功臣皆有封禄，算是依从赵德昭的遗奏。

距赵德昭自刎仅一年有余，太平兴国六年（981）三月，赵德芳又不幸暴疾而逝，年仅二十二岁。这赵德芳乃开宝宋皇后所生，太平兴国元年（976）授兴元尹、山南西道节度使、同平章事。太平兴国三年（978）冬加检校太尉。太宗闻知赵德芳殁去，摆驾亲临，痛哭不止，废朝五日，追赠赵德芳为中书令，封岐王。

至此，太祖的至亲骨肉都已不在人间。

秦王赵廷美看到太祖驾崩后，仅几年时间，两个亲侄儿便不明不白地相继故去，心中不免感到凄凉，坐在家中是又忧又惧，深恐祸从天降，又叹息太宗有负兄意。

世上哪有不透风的墙，早有一班谄谀小人，火上浇油地密奏太宗，说秦王意在太宗圣驾临幸西池时作乱，应提早预防。太宗本因金匮遗言而怀着鬼胎，得了此奏恰好借题发挥，遂于太平兴国七年（982）三月，罢黜赵廷美开封府尹之职，改西京留守，赐袭衣、通犀带①，钱十万，绢、彩各万匹，银万两，密遣曹彬在琼林苑为赵廷美饯行。

秦王赵廷美去西京上任，卢多逊明知下一步大祸就要降临到自己头上，可又一心贪恋权位，不甘心退让，还想慢慢设法搭救赵廷美。也是卢多逊合该倒霉，赵普明察暗访，穷追不舍，终于调查到卢多逊经常私遣中书堂吏赵白去秦王府中，将中书机密事件密告赵廷美。这赵白与秦王府中孔目阎密，小吏王继勋、樊德明、赵怀禄、阎怀忠等朋比为奸，卢多逊与赵廷美交好，都由赵白与樊德明往来介绍。

赵普查得实据，心下高兴万分，遂将此事详情面奏太宗。太宗听后大怒，下诏将平章事卢多逊罢为兵部尚书，过两日，又下御史狱；抓捕赵白、阎密、王继勋、樊德明、赵怀禄、阎怀忠等，交由翰林承旨李昉、学士扈蒙、卫尉卿崔仁冀、御史滕中正，一同秉公审讯。

这赵白、樊德明、王继勋、赵怀禄、阎怀忠受刑不过，一一伏罪。赵白供出卢多逊遣他去秦王府对赵廷美讲："愿'宫车'早日升天，尽力事大王。"樊德明也招出赵廷美派他去卢多逊府传话："承旨言合我意，我亦愿'宫车'早些升天。"这"宫车"指的就是太宗。王继勋则招供常替秦王求访声妓，怙势取货，欺压百姓。只有阎密在堂上死不招供。李昉等审讯明白，让赵普看过供状，便奏复太宗。太宗气得七窍生烟，马上诏文武官员，集议朝堂，共拟如何处置。你想，世上的事向来都是树倒猢狲散，墙倒众人推。想当初卢多逊当政，百官无不惧他三分；如今卢多逊获罪，赵普又重登相位，谁不

---

① 通犀带：是有通犀的腰带。通犀：犀角的一种。

顺着他三分？太子太傅王溥等七十四人，早已联名具了表章，
上奏道：

　　谨案兵部尚书卢多逊，身处宰司，心怀顾望，密遣堂
　吏，交结亲王，通达语言，咒咀君父，大逆不道，干纪乱
　常，上负国恩，下亏臣节，宜膏①斧钺②，以正刑章。其
　卢多逊请依有司所断，削夺在身官爵，准法诛斩。秦王廷
　美，亦请同卢多逊处分，其所缘坐，望准律文裁遣。

　　太宗见了文武诸臣所议罪案，故作不忍之色道："廷美自
少刚愎，长益凶恶，朕因同气至亲，不忍加诛，当宽宥之。"
　　诸臣早已知道太宗心思，一齐俯伏奏道："廷美罪在不
赦，万无宽宥之理，望陛下断自干刚，以彰国法。"太宗见诸
臣再三相请，乃不得已下诏道：

　　臣之事君，贰则有辟③，下之谋上，将而必诛。兵
　部尚书卢多逊，顷自先朝擢参大政，洎子临御，俾正台
　衡④，职在燮调⑤，任当辅弼。深负倚毗⑥，不思补报，而
　乃包藏奸究，窥伺君亲，指斥乘舆，交结藩邸，大逆不
　道，非所宜言。爰遣近臣，杂治其事，丑迹尽露，具狱

---

① 膏：血染。
② 斧钺：斧和钺，古代兵器，用于斩刑。
③ 辟（pì）：邪僻。
④ 台衡：指宰辅大臣。
⑤ 燮调（xiè diào）：协和，调理。
⑥ 倚毗：倚重亲近。

已成，有司定刑，外廷集议，佥①以枭夷其族，污潴②其官③，用正宪章，以合经义。尚念尝居重位，久事朝廷，特宽尽室之诛，止用投荒之典，实汝有负，非我无恩。其卢多逊在身官爵及三代封赠、妻子官封，并用削夺追毁，一家亲属，并配流崖州，所在驰驿发遣，纵经大赦；不在量移之限。期周以上亲属，并配隶边远州郡。部曲④奴婢纵之。余依百官所议。中书吏赵白，秦王府吏阎密、王继勋、樊德明、赵怀禄、阎怀忠并斩都门外，仍籍其家，亲属流配海岛。

这诏下后，卢多逊被褫职流配崖州。赵白、阎密等人及亲属也依旨处置，子弟终身不再录用。赵廷美勒归私第，子女封爵全部剥去，连女婿韩崇业的驸马名号也除去。赵廷美的亲信也在劫难逃，贬西京留守阎矩为涪州（治所在今重庆市涪陵区）司户参军，前开封府推官孙屿为融州司户参军。左仆射、平章事沈伦因未能察觉卢多逊与赵廷美的阴谋，不无失职，也被免去相位，降授工部尚书。晋升如京使柴禹锡为宣徽北院使兼枢密副使，翰林学士杨守一迁东上阁门使兼枢密都承旨，内酒坊副使赵镕迁六宅使，领罗州（治所在今广东化州市）刺史，掌翰林司，擢东上阁门使。这几个人之所以能够平步青云，均因他们告发赵廷美有功。他们除感激旧主太宗外，更忘

① 佥（qiān）：众人；都。
② 污潴（zhū）：古代一种酷刑，这里是毁灭的意思。
③ 官：同馆，房舍，住宅。
④ 部曲：旧指家奴。

不了赵普从中点拨之情。

除掉卢多逊，赵普心中好不畅快，多年来郁结在胸的闷气总算吐了出来。赵普又想，赵廷美仍在汴京，唯恐他将来死灰复燃，到那时解救回卢多逊，自己怕是连老命也要搭上。自己本与赵廷美没甚纠葛，只因为要除去心头之患卢多逊，且保太宗一支继位才不得已牵上赵廷美。事已至此，一不做，二不休，赵普咬咬牙，暗中又教开封府里的李符上奏朝廷，说赵廷美不肯悔过，终日怨言，请徙居边地，以免他变。太宗得奏，立即下诏降赵廷美为涪陵县公，安置房州，楚国夫人张氏亦削夺国封。并命崇仪副使阎彦进知房州，监察御史袁廓为通判州事，各赏白金三百两，监视赵廷美的一举一动。

太宗与赵廷美本是兄弟，为何如此相煎？这里还得略做交代。赵廷美兄弟五人，太宗与长兄光济、太祖均是杜太后所生；赵廷美与赵廷俊乃陈国夫人耿氏所生。这耿氏原是太宗的乳母，年少妖艳，为太宗之父宣祖所爱，遂生赵廷美。及宣祖殁，耿氏又出嫁赵氏，生子赵廷俊。所以太宗与赵廷美是同父异母，亲情自然差着一层。待赵廷美事发，太宗在召赵普商议时，曾感叹道："兄终弟及，原有金匮遗言，但朕尚处壮年，廷美何以这般性急？"

赵普心中暗笑，表面不动声色道："恕老臣直言，自夏禹至今，皇位只有父传子的公例，兄终弟及只是中宗虚位之余的故事。太祖已误，陛下岂可再误？"

太宗听后不禁点头，遂下决心治赵廷美之罪，不再依金匮遗言传位于他。但太宗事后却对赵普的"太祖已误"一语耿耿于怀。

金匮遗言，本是赵普亲笔所记，为何如今他却不顾太后遗命，为太宗出这等主意？赵普此等作为，完全是出于讨好太宗、巩固其相位之目的，却没想到因一言不慎而适得其反。

赵廷美自被贬到房州，受阎彦进与袁廓日夜监视，举动不得自由，心情郁闷，不久气郁成疾，身患肝逆，整日躺在病榻之上，长吁短叹。到了雍熙元年（984）正月，不幸病殁，年仅三十八岁。这日太宗正在宫中与宋琪、李昉等商议封禅之事，房州知州阎彦进来报赵廷美病殁的讣音，太宗闻听，竟当众呜咽流涕道："朕和廷美乃同宗兄弟，不忍置之于法，暂将他徙置房州，令其闭门思过。方欲召他还京，谁料他就此殒逝。回溯朕兄弟几人，今只存朕孤身一人，抚躬自问，怎不痛心？！"

赵普忙上前劝慰太宗道："陛下对涪陵县公可算仁至义尽。望陛下节哀，善待龙体，以天下为重。"过了一会儿，太宗方才止住眼泪。

第二天，太宗下诏，追封赵廷美为涪王，命其长子赵德恭为峰州（治所在今越南永富省白鹤县南风州）刺史，次子赵德隆为襄州（治所在今湖北襄阳市襄阳城）刺史，女婿韩崇业为靖难行军司马。

赵廷美既逝，赵普这才心安，知道此案再也无人能翻过来。卢多逊远在崖州，也永无回京之盼。雍熙二年（985），卢多逊死于崖州，时年五十二岁，这也是卢多逊当初不听父亲卢亿之言，非要与赵普作对的结果。卢多逊事败前夕，他在怀州河内家乡的累世祖墓，有一夜忽遭雷电之火，墓地林木尽焚，闻者皆惊异。待卢多逊流徙，人们始知此乃上天预示其贬谪之兆。

卢多逊不得人心，结怨颇多。他在被贬前往崖州途中，路经南岭一家小店，进去歇息进餐。店妪举止文雅，谈吐不凡，尽知汴京之事。卢多逊上前询问老妪为何一口汴京口音，却落在南岭，店妪并不认识卢多逊，直言道："家故汴都，累代仕官。一子在州县当官，卢丞相违背法制，我子没有顺从，便被诬陷流放南岭。至此一年，家中其他人尽丧，独余老朽一人，流落居此。卢丞相欺上罔下，倚势害物，天道昭昭，理当南窜。我未亡前能在此见到他，一快宿憾耳。"老妪说完，呼号泣下。卢多逊闻言惊出一身冷汗，也不顾饥肠辘辘，赶忙起身离去。

卢多逊南行过琼州，入万安州界（今海南岛万宁），夜宿一山馆。时雨霁月明，卢多逊心绪不宁，在月下久久徘徊，入室就枕很久才进入梦乡。梦中忽听有人叩门道："知相国到此，特来拜访。"卢多逊诧异道："你乃何人？"答曰："唐宰相李德裕。"卢多逊答话拒之："彼此被罪，且异代，何面相见？"不一会儿，忽闻月下传来歌谣之声，甚是悲惋，其声曰："万里孤魂归未得，春风肠断洛阳城。"卢多逊惊醒，方知是梦境，心更忧愁。果不其然，卢多逊流配崖州不到三年，便死于海岛，孤魂漂流海外。太宗闻知，下诏徙其家于容州（今广西容县），不久又移置荆南。

赵普复相当朝，大权独揽，却有一件事萦绕心头。赵廷美被贬房州，皆是赵普唆使开封府的李符谎言上奏太宗所致。李符是大名内黄人，太祖欲将国都改定西京，他曾上书陈八难。秦王赵廷美出守西京，命他知开封府。因李符熟知内情，赵普担心他在京一天，就有可能将此事泄露。于是借口李符用刑不当，先将他贬为宁国军行军司马。就是这样，赵普仍不放心。后因弭德超在枢密副使任上被贬至琼州，李符过去曾在弭德超藩邸从事，赵普便将李符打作弭德超朋党，将李符贬知春州（今广东阳春市）。李符到任一年余便死去。

你道赵普为何贬李符到春州？还是在卢多逊贬崖州时，李符曾向赵普进言："珠崖虽远在海中，而水土颇善，春州稍近，瘴气甚毒，至者必死，不如将卢多逊徙至春州。"李符知赵普要置卢多逊于死地，才出此毒招。谁知赵普没有采纳他的建议，却将他说的"春州瘴气"记在心中，最后用到李符身上。这也是害人者的下场。

赵普原想扳倒了赵廷美、卢多逊，自己可以稳稳当当做几年宰相，谁知当政才一年有余，便在太平兴国八年（983）十月，又被太宗削去相位。

第四十三回　半部《论语》治天下 一代谋臣命归西

　　赵普重掌朝柄时间不长，太宗便因他权位太重，又好修小怨，要罢他的相位。太宗打定了遣去赵普的主意，便对群臣道："赵普乃开国元勋，与朕多年故交，朕甚倚赖于他。但他年已衰迈，齿落发斑，朕不忍再以公务相劳，使他昼夜不得安息。朕当择一善地，令他享些清福，颐养天年，才不负他为国操劳一生。"当即作诗一首，命刑部尚书宋琪持赐赵普。

　　宋琪来到相府，赵普因他是自己故交，礼待甚是周到。待赵普拜读太宗诗作后，不禁泣下，暗思诗中寓意，明明是劝他自请辞相。这真是卸磨杀驴，自己好容易重登相位，却又要把这个位置拱手让出。但事已至此，说什么也无用，遂对宋琪道："圣上待普，恩德兼至，普余生无几，自愧报答不尽，唯愿来世再效犬马微劳，幸乞足下转达。"

　　宋琪曾受恩于赵普，有心报答，却无能为力，只得劝慰赵普数语，当即告别，向太宗奏道："普执御诗呜咽涕泣，谓臣曰：'此生余年，无阶①上答，庶希来世得效犬马之劳。'"

---

① 无阶：没有门径。

太宗听后，心里竟生出几许怜悯之情。

翌日早朝，赵普亲自呈上辞表。太宗览表，抚慰了赵普几句，当即准奏，罢去赵普相位，遣他出任武胜军节度使，赐宴长春殿，太宗亲自为赵普饯行。席间，君臣痛饮，一起忆旧，太宗乘着酒酣兴起，又吟诗一首赠予赵普作别。赵普捧诗泣拜道："蒙陛下赐诗，臣当刻石，他日与臣朽骨同葬泉下，生死不忘陛下恩德。"

太宗听了，不免洒了几滴眼泪，又好言相慰。酒宴已毕，赵普叩辞圣驾。太宗亲送至殿外，并命宋琪代送出都。赵普出得宫门，望着巍峨的皇宫，心中生出无限感慨，不知此次一别，有生之年自己是否还能重返汴京。想到这里，他心中甚是酸楚，不禁两眼滚下热泪。

太平兴国八年（983）十月，赵普离开汴京到武胜军节度使治所邓州赴任。此时赵普已年过六十，但仍壮心不已，每日在家中派人四处打听汴京方面的消息，关注太宗的举动，总想抓住机会博得太宗信任，再次返回京都，重登相位。

雍熙三年（986）正月，雄州贺令图等以庚辰夜漏一刻，北方有赤气如城、至明不散之兆，上表太宗请伐辽国，取燕蓟故地。

太平兴国四年（979）六月，太宗曾御驾亲征北辽，失败而归，至今仍念念不忘。故而阅毕贺令图奏章，太宗当下准奏，以天平军节度使曹彬为幽州道行营前军马步水陆都部署，河阳三城节度使崔彦进副之，米信、杜彦圭领兵出雄州，田重进领兵出飞狐。二月，又命潘美、杨业领兵出雁门关，大举伐辽。

宋军征辽，一路得胜。曹彬拔固安、新城、涿州；田重进直取飞狐、灵丘；潘美攻克应、云诸州。汴京城里，捷报频传，百官庆贺，太宗大喜，满朝文武都以为宋军乘胜追击，必获全胜，此时灭辽，易如反掌。独有赵普虽远在邓州，仍保持清醒头脑。他在朝之时，颇知辽兵厉害，宋军几次征辽，都是先胜后败，故不可旷日持久，于是连夜上疏，希太宗乘胜班师。疏曰：

伏睹今春出师，将以收复关外，屡闻克捷，深快舆情。然晦朔屡更，荐臻①炎夏，飞挽②日繁，战斗未息，老师费财，诚无益也。

伏念陛下翦平太原，怀徕闽、浙，混一诸夏，大振英声，十年之间，遂臻广济。远人不服，自古圣王置之度外，何足介意。窃虑邪诣之辈，蒙蔽睿聪，致兴无名之师，深蹈不测之地。臣载披③典籍，颇识前言，窃见汉武时主父偃、徐乐、严安所上书及唐相姚元崇献明皇十事，忠言至论，可举而行。伏望万机之暇，一赐观览，其失未远，虽悔可追。

臣窃念大发骁雄，动摇百万之众，所得者少，所丧者多。又闻战者危事，难保其必胜；兵者凶器，深戒于不虞。所系甚大，大可不思。臣又闻上古圣人，心无固必，事不凝滞，理贵变通。前书有"兵久生变"之言，深为杰可虑，苟或更图稽缓④，转失机宜。旬朔之间，时涉秋

---

① 荐臻：接连到来。

② 飞挽：迅速运送粮草，指军事。

③ 载披：读遍。

④ 稽缓：延迟。

序，边庭早凉，弓劲马肥，我军久困，切虑此际，或误指踪①。臣方冒宠以守藩，曷敢兴言而沮众。盖臣已日薄西山，馀沉无几，酬恩报国，正在斯时。伏望速诏班师，无容玩敌。

臣复有全策，愿达圣聪。望陛下精调御膳，保养圣躬，挈彼疲氓，转之富庶。将见边烽不警，外户不扃②，率土归仁，殊方异俗，相率响化，契丹独将焉往？陛下计不出此，乃信邪谄之徒，谓契丹主少事多，所以用武，以中陛下之意。陛下乐祸求功，以为万全，臣窃以为不可。伏愿陛下审其虚实，究其妄谬，正奸臣误国之罪，罢将士伐燕之师。非特多难兴王，抑亦从谏则圣也。古之人尚闻尸谏，老臣未死，岂敢百谀为安身之计而不言哉？

赵普的这道奏疏，披肝沥胆，直言进谏，忠心耿耿，苍天可鉴。但是此时宋军捷报频传，太宗虽深感赵普的建议有纵览全局的战略意义，可好大喜功之心蒙蔽了他的双眼，不听从赵普乘胜班师的良策，仍锐意用兵。为了嘉奖赵普对朝廷矢志不贰的忠诚，太宗亲笔赐诏给赵普。

太宗手诏被送到邓州，赵普捧读再三，不禁捋须长叹。太宗在手诏中将出兵责任推卸给将帅，但骨子里还是想征灭辽国。好在太宗还没有忘掉他这个远离京城的老臣，竟亲赐手诏于他，也算自己没有白费心血。赵普于是又给太宗上表谢曰：

---

① 指踪：亦作指纵，比喻指挥谋划。

② 扃（jiōng）：关门。

　　昨以天兵久驻塞外，未克恢复，渐及炎蒸，事危势迫，辄陈狂狷①，甘俟宪章。陛下特鉴衷诚，亲纡宸翰，密谕圣谋。臣窃审命师讨罪，信为上策，将帅能遵成算，必可平定。惟其不副天心，由兹败事。今既边鄙有备，更复何虞。况陛下登极十年，坐隆大业，无一物之失所，见万国之咸宁。所宜端拱②穆清③，啬神④和志，自可远继九皇，俯观五帝。岂必穷边极武，与契丹较胜负哉？臣素亏壮志，刻在衰龄，虽无功伐，愿竭忠纯。

　　你道笔者为何不惜篇幅照录赵普这两道表章？只因它不仅是赵普忠于朝廷、保持晚节的写照，而且里面闪烁着他统揽全局的战略思想的火花。最可贵的是，他那直言规谏的人格力量，到了晚年仍未被磨掉棱角。可惜的是，太宗没有采纳赵普的正确主张，致使雍熙三年（986）五月，宋军全线溃败，杨业等战死。太宗闻报，追悔莫及。

　　此时太宗更加感到赵普上疏字字珠玑，句句入理；他的一片丹心，满腔热血，都是为了社稷长治久安。

　　雍熙四年（987），太宗下诏迁赵普为山南东道节度使，由梁国公改封许国公。适逢太宗下诏亲耕籍田，赵普暗忖，欲回汴京不能错过这千载难逢的机会，于是上表请求入朝觐见，文辞恳切，情意赤忱。太宗看了很受感动，恻然道："赵普乃

---

① 狂狷：狂妄偏激之语。
② 端拱：正身拱手，指帝王庄严临朝，清简为政。
③ 穆清：太平祥和。
④ 啬（sè）神：保养精神。

开国元勋，宜从其请。"赵普奉召，又回到阔别五年的京师。未等赵普安顿停当，太宗便在宫中赐宴，酒席之上，对赵普慰抚再三。赵普不由泪流满面，呜咽流涕。君臣相对，感慨万分，竟有说不完的话。

许王赵元僖闻听赵普还京，十分高兴，便想向父皇举荐赵普重新为相。这赵元僖是太宗的次子，初名赵德明，太平兴国八年（983）进封陈王，改名赵元佑。因长兄卫王赵德崇（后改名赵元佐）为救赵廷美未成，遂发狂患病，夜纵火焚宫，太宗改立赵元佑为昭成太子。雍熙二年（985）以赵元佑为开封府尹兼侍中，进封许王，加中书令，并改名为赵元僖。这赵元僖长得姿貌雄毅，沉静寡言，为社稷安定着想，力主再次起用赵普，遂奏表上言曰：

> 臣伏见唐太宗有魏玄成、房玄龄、杜如晦，明皇有姚崇、宗魏知古，皆任以辅弼，委之心膂①，财成帝道，康济九区，宗祀延洪，史策昭焕，良由登用得其人也。今陛下君临万方，焦劳庶政，宵衣旰食，以民为心。历考前王，诚无所让，而辅相之重，未偕曩贤。况为邦在于任人，任人在乎公正，公正之道莫先于赏罚，斯为政之大柄也。敬赏罚匪当，淑慝莫分，朝廷纪纲，渐政隳紊②。必须公正之人典衡轴③，直躬敢言，以辨得失，然后彝伦④式

---

① 心膂（lǚ）：亲信得力之人。

② 隳（huī）紊：败坏紊乱。

③ 衡轴：比喻中枢要职。

④ 彝伦：伦常。

序，庶务用康。

伏见山南东道节度使赵普，开国元老，参谋缔构，厚重有识，不妄希求恩顾以全禄位，不私徇人情以邀名望，此真圣朝之良臣也。窃闻之辈，朋党比周，众口嗷嗷，恶直丑正，恨不斥逐遐徼，以快其心。何者？盖虑陛下之再用普也。然公谠①之人，咸愿陛下复委以政，启沃君心，羽翼圣化。国有大事，使之谋之；朝有宏纲，使之举之；四目未察，使之明之；四聪未至，使之达之。官人以材，则无窃禄，致君以道，则无苟容。贤愚洞分，玉石殊致。当使结朋党以驰骛声势者气索，纵巧佞以援引侪类者道消。沈冥②废滞③得以进，名儒懿行得以显，大政何患乎不举，生民何患乎不康，匪窬④期月之间，可臻清静之治。臣知虑庸浅，发言鲁直。伏望陛下旁采群议，俯察物情，苟用不失人，实邦国大幸。

许王赵元僖的这道奏表流传开去，时人都认为是对赵普从政一生的公正论定，为赵普再次入相铺平了道路。籍田礼毕，太宗欲奖掖新进，让吕蒙正担任宰相，恐其资历尚浅，便借重赵普的德望为表率，册拜他为太保兼侍中。太宗真诚地说道："卿是国家老臣，要为他人做个表率，朕就倚靠你了。"赵普叩头拜谢。

---

① 公谠（dǎng）：比喻公正。
② 沈冥：指隐居的人。
③ 废滞：指废弃不用的人。
④ 窬（yú）：超过。

端拱元年（988）元月，赵普以六十六岁高龄与吕蒙正同登相位。一系元老，第三次入相；一乃后进，初登元辅。二人都秉正敢言，疾恶如仇。

郑州团练使侯莫陈利用，以幻术得幸，骄恣不法，居处服御，僭拟乘舆。赵普力陈其十罪，请求正法，太宗改发配商州。赵普又上书请诛，太宗怒道："朕为万乘主，难道不能庇护一人吗？"

赵普叩首道："陛下若不诛奸幸，便是乱法。法可惜，一竖子何足惜？"

太宗见赵普态度甚是坚决，不得已下令以法诛。这时候莫陈利用已至商州，自恃主宠，尚是大言不惭，恰朝旨到来，由商州刺史奉诏行刑。侯莫陈利用刚刚伏法，又有朝使驰至，闻知已经行刑，不由得叹息道："朝旨已令缓刑，偏我迟了一步，竟致不及，大约侯莫陈利用恶贯满盈，应该受诛，唯我恐未免受谴也。"原来朝使行至新安，马陷泥淖，等换马驰至商州，侯莫陈利用已被处死。汴、陕官民，无不拍手称快。

淳化元年（990）春，赵普见吕蒙正为人秉直，业已成熟，便称疾上表乞休。太宗不许，赵普上表三次，方勉强答应，命赵普出任西京留守、河南府尹，仍授太保兼中书令。赵普三表恳让，太宗不准，赐手谕道："开国旧勋，唯卿一人，不同他等，无须固让，待过几日，当亲到府第与卿告别。"

赵普在府中接到太宗手谕，捧谕涕泣，乃入朝请对，太宗赐座在侧。赵普谈及国家大事，太宗频频点头表示赞同，过了很久，赵普才告退。过几日，太宗又亲至相府，与赵普话别。

淳化三年（992）春，赵普以老衰久病为由，令留守通判刘昌言奉表到京，哀求致仕①，三上表乞赐骸骨。太宗遣中使驰传抚问，授赵普太师，封魏国公，给宰相俸；且命养疾痊愈后，再行赴京相见。

七月，赵普因痛惜长子赵承宗故去，病势更加沉重，乃解宝双鱼犀带，遣亲吏甄潜送到太平宫祈祷。神为降语曰："赵普，开国忠臣，久被病，亦有冤累耳。"甄潜回来复命。

这日夜晚，月朗星稀，清风徐徐，赵普强撑病体，穿戴朝服，在中庭听取神的告诫，感激涕零。此时，他的头脑十分清晰，历历往事，一齐涌上心头：辅佐太祖，创建基业；一统天下，殚精竭虑；荐贤除奸，嫉恶忠纯，纵是九泉之下也可心安。只是想起赵廷美之死，赵普心头不免掠过一丝隐痛。是夜，赵普身虚体弱，却久伫中庭，回到病榻，喉间哽塞，郎中未到，便气绝身亡，年七十一岁。

家人检点遗书，箧内只有书籍两本，乃《论语》二十篇。赵普平日常对太宗道："臣有《论语》一部，半部佐太祖定天下，半部佐陛下致太平。"太宗甚为嘉叹。历史上便留下"赵普半部《论语》治天下"的佳话。

太宗接到讣告，震悼万分，对近臣说道："普事先帝，与朕故旧，能断大事。向与朕尝有不足，众所知也。朕君临以来，每优礼之，普亦倾竭自效，尽忠国家，真社稷臣也，朕甚惜之。"言毕，竟悲哭流涕，左右感动。太宗遂下令废朝五日，为赵普发表举哀，赠尚书令，追封真定王，赐谥忠献。太宗又亲撰神道碑文，并以八分书亲笔书写，遣右谏议大夫范果摄鸿胪寺卿，办理丧事。赙绢布各五百匹，米面各五百石。发

---

① 致仕：交还官职，即退休。

葬日，有司设仪仗吹奏，场面宏大。

赵普逝世后，和氏凤娇愿出家为尼，兰儿、蕙儿均已成人，矢志不嫁，也同请削发为尼。太宗再三谕之，仍矢志不改。太宗遂准。长女兰儿赐名志愿，号智果大师；次女蕙儿赐名志英，号智圆大师。和氏出资，建造庵堂。母女三人奉佛终身。

至道三年（997）三月，太宗驾崩。其三子寿王赵元侃继位，便是历史上的真宗。咸平元年（998），真宗下诏追封赵普为韩王。咸平二年，又特下诏曰：

故太师赠尚书令，追封韩王赵普，识冠人彝①，才高王佐，翊戴②兴运，光启鸿图，虽吕望肆伐之勋，萧何指纵之效，殆无以过也。自辅弼两朝，周旋三纪，茂岩廊之硕望，分屏翰之剧权，正直不回，始终无玷，谋猷③可复，风烈如生。宜预享于大烝④，永同休于宗祏，兹为茂典，以答旧勋，其以普配飨太祖庙庭。

这道诏文，为以半部《论语》治天下的赵普一生，画上了圆满的句号。

---

① 人彝：人伦。

② 翊（yì）戴：辅佐拥戴。

③ 谋猷（yóu）：谋略。

④ 大烝：古时祭祀名。冬时祭先王，以功臣配享。